当代乡土小说审美变迁研究 1949—2015

贺仲明 著

Copyright ⓒ 2024 by SDX Joint Publishing Company.
All Rights Reserved.
本作品版权由生活·读书·新知三联书店所有。
未经许可，不得翻印。

图书在版编目（CIP）数据

当代乡土小说审美变迁研究：1949—2015 / 贺仲明著．—北京：
生活·读书·新知三联书店，2024.3
ISBN 978-7-108-07792-9

Ⅰ.①当… Ⅱ.①贺… Ⅲ.①乡土小说－小说研究－
中国－当代 Ⅳ.①I207.42

中国国家版本馆 CIP 数据核字 (2024) 第 046919 号

责任编辑	张　龙
装帧设计	刘　洋
责任印制	卢　岳
出版发行	生活·讀書·新知 三联书店
	（北京市东城区美术馆东街 22 号　100010）
网　　址	www.sdxjpc.com
经　　销	新华书店
印　　刷	河北松源印刷有限公司
版　　次	2024 年 3 月北京第 1 版
	2024 年 3 月北京第 1 次印刷
开　　本	635 毫米 × 965 毫米　1/16　印张 24
字　　数	285 千字
印　　数	0,001－3,000 册
定　　价	68.00 元

（印装查询：01064002715；邮购查询：01084010542）

目 录

绪 论 ... 1

第一部分 史论

第一章 审美内涵及其演变 ... 21

第一节 乡土小说美的内涵与观念变迁
——以女性人物美为中心 ... 21

第二节 风景中的权力与传统
——兼论"十七年"乡土小说的风景描写 ... 47

第三节 从写实到象征
——当代乡土小说艺术方法变迁 ... 69

第二章 审美特征和大众接受 ... 92

第一节 当代乡土小说的方言问题
——以1950年代"方言问题讨论"为中心 ... 92

第二节　乡土人物塑造的主体性与真实性
　　——论当代乡土小说中的农村"新人"形象　　*112*

第三节　当代乡土小说的地域性演变与问题讨论　　*134*

第四节　论乡土小说的文学接受问题
　　——以"十七年"乡土小说创作为中心　　*157*

第二部分　分论

第三章　革命时代的乡土审美（1949—1976）　　*181*

引　论　　*181*

第一节　孙犁：乡村文化背景下的思想与抒情　　*184*

第二节　赵树理与浩然：农民文学审美的两种类型　　*204*

第三节　美与革命的两难与困惑
　　——柳青《创业史》中的审美心态：以改霞塑造为中心　　*224*

第四章　改革时代的乡土审美（1978—1999）　　*243*

引　论　　*243*

第一节　魅惑、探寻与创造
　　——以韩少功为例论知青作家与乡村文化的关系　　*247*

第二节　当乡土遭遇现代主义
　　——论"先锋小说"中的乡土叙事　　*269*

第三节　中国乡村大地的当代回声
　　——莫言乡土小说审美论　　*284*

第五章 新世纪的乡土审美（2000—2015）   *299*

引　论   *299*

第一节 "南方化"：西部乡土小说的新审美趋向

——以红柯、李进祥、石舒清等作家为中心   *302*

第二节 现实主义的守望与未来前景

——以贺享雍《乡村志》为中心   *319*

第三节 乡村之子的故乡遥祭

——论"80后"作家的乡村书写：以马金莲、甫跃辉、郑小驴为中心   *335*

结语：乡土的未来与审美的未来   *357*

参考文献   *361*

后　记   *375*

绪 论

一、乡土小说与审美

1. 乡土小说概念

乡土小说是一个发展的概念。它的问世是在现代工业社会背景下，人们受到现代思想的感召和启迪，对乡土社会和乡村文明产生了很复杂的感情，于是以对乡土的书写来表达这种情绪。这当中既有以现代视野对乡村文化的批判和反思，也有对乡村生活的怀想和眷恋。只有在现代文明的辉映下，才会出现"乡土文学"和"乡土小说"的概念。

中国的乡土小说也是如此。20世纪中国经历的是从传统乡土社会到现代工业社会的剧烈转型，因此，作家们在乡村书写中所表达的最基本思想就是对"现代性"的回应。鲁迅在1920年代开创乡土小说写作，并带动起以王鲁彦、彭家煌、台静农、许钦文等为代表的一个创作群体，主要是在"对乡村文化批判和启蒙"主题下进行创作。鲁迅在1930年代回顾这一创作，并为"乡土文学"做了界定，指出乡土作家们"在还未开手来写乡土文学之前，却已被故乡所放逐,生活驱逐他们到异地去了","回忆故乡的已不存在的事物,是比明明存在,而只有自己不能接近的事物较为舒适,也更能自慰的"①,就是准确的体现。

1920年代末至30年代初,废名、沈从文等作家开创了"现代性"思想的另一层面创作,就是"对乡村文化的怀乡和眷恋"。它与鲁迅的文化批判传统是"现代性"的两个侧面。或者说,鲁迅的传统是正面指向现代性,废名、沈从文的传统则是包含有对现代性的反思和批判意识,具有"后现代性"的意味。② 现代性是20世纪中国社会和思想发展的主流,因此,以现代性为中心的"批判"和"眷恋"两大主题就成为中国乡土小说最基本的方向,构成了乡土小说的内在精神主流。

但是,20世纪中国乡村所处的又是一个现实问题严重、变革快速的时代,诸多的政治和文化变革深刻地影响到乡村面貌和农民生活。所以,作家们不可避免地会在小说创作中表达明确的现实关切,对乡村社会的变革和现状进行写实书写。

这一点,在1930年代更显突出。因为一方面,现代知识分子普遍感觉单纯的文化批判不能取得社会效果,典型如鲁迅在《一件小事》《祝福》《故乡》等作品中多次反思知识分子与大众之间的隔膜,认为必须与大众有更密切的关联,才更可能取得社会文化变革的成功;另一方面,这时期的中国乡村正承受着西方经济危机转嫁的后果,传统乡村经济与现代工业经济之间的反差更为突出,"谷

---

① 鲁迅:《且介亭杂文二集·〈中国新文学大系〉小说二集序》,《鲁迅全集》(第6卷),人民文学出版社1981年版,第247页。
② 这种对"现代性"的分析主要源于"现代性"概念本身的含混性和多元性。参见[美]马泰·卡林内斯库:《现代性的五副面孔》,顾爱彬、李瑞华译,商务印书馆2002年版。

贱伤农"的破产潮在乡村社会中泛滥。

在这种情况下,乡土小说(乡土文学)的写作方向有所拓展,其概念内涵也有所发展。一个最显著的标志就是作家们更积极地关注现实,承担起社会批判的任务。

茅盾是1930年代乡土小说的创作者,他的"农村三部曲"在当时产生了很大影响。更重要的是,茅盾对乡土小说理论进行了非常深入的思考和探索。他意识到乡土小说进入乡村现实的充分必要性,并进一步将乡土小说与乡村现实的社会和政治变革结合起来,认为表现"与我们共同的对于运命的挣扎"①应该成为乡土小说的主要内容,从而实现乡土小说对社会现实的关怀和介入式批判。

鲁迅、废名等侧重文化层面的书写,与茅盾等侧重现实层面的书写,构成了乡土小说两个最基本的方向,也奠定了乡土小说概念的基本范畴。事实上,这两大范畴几乎涵盖了所有的20世纪中国乡土小说创作。它们之间的竞争和融合,也成为百年乡土小说发展的基本脉络。

但是,由于文化批判与现实关怀之间并非简单而整齐的关系,而是互相交织与融合,因此,人们对乡土小说概念内涵存在着一些不明确之处,并由此引起了较大的争议。

典型之一是老舍的北京题材小说。这些作品的书写对象是北京(北平),其基本主题则是对中国传统文化的批判。在很多人看来,按照一般的思想认识,中国传统文化的源头就是农业文明,因此,很多人就把老舍的北京小说作为乡土小说启蒙批判主题的典型代表,并将它们纳入到"乡土小说"和"乡土文学"阵营之中。北

---

① 茅盾:《关于"乡土文学"》,原载《文学》1936年2月1日第6卷第2号,收入《茅盾全集》(第21卷),人民文学出版社1991年版,第89页。

京城尽管古老，但与传统乡土还是存在着较大差别，因此，对老舍的"乡土作家"定位引起了一些人的质疑，近年来，人们也很少再以"乡土作家""乡土小说"来界定老舍和他的作品。

还有一类创作同样有较大争议，就是"十七年"时期的"农村题材小说"——这一概念之出现，是因为一些学者认为这些作品过于切近现实，缺乏文化批判的内涵特征，因此不应该被纳入"乡土小说"范畴，只能被界定为"某某题材小说"。贬斥之意非常明显。但仔细辨析，这种对"十七年"乡土书写的命名只是鲁迅现代性批判立场的结果。如果以茅盾现实关怀立场来定位，这些作品显然无法被排除在乡土小说之外。所以，近年来，大多数人已普遍认可这些作品也应归属于乡土小说之列。

除了历史中的争议，现实的发展也对"乡土小说"概念带来了新的挑战。1990年代以来，中国社会出现了大规模的农民进城，也由此产生了"农民城市生活"的小说创作。这些创作对以往的乡土文学（乡土小说）概念构成了冲击。因为这些人的身份和生活环境有了实质性的分离。他们在身份上还是农民，但已经不再生活在农村，而是进入城市，拥有市民化的生活方式。这种情况是以往所未曾出现过的，也很难按以往的概念来进行界定。

在大多数乡土小说研究者那里，农民进城生活小说应该归属于乡土小说，但这一情况的出现，还是给乡土小说研究者们提出了警醒，引起人们对"乡土小说"概念的新认识。原因非常简单，随着中国社会的快速都市化，在不久之后，很多传统乡村会消失，依靠传统农业方式生活的人会越来越少。也就是说，以后可能不再会（或很少）有传统的农民，也少有传统的乡村，而以这些为依托的乡村（乡土）文化会以什么方式存在，以及内涵上会有什么变化，也是很难预测的事。

如果我们固守以往"乡土小说"的概念内涵，那么，很可能会影响到乡土小说的发展，甚至可能会导致其消亡。所以，正如我们对待以往历史上的创作应该采取宽容而非狭窄的眼光，在今天，我们也应该用发展而非停滞的眼光来看待现实创作，在确定核心内涵的基础上，以多元和广阔的视野来界定"乡土小说"的概念范围。在这方面，还需要乡土小说学会和作家来共同进行思考和讨论。

2. 乡土小说审美

乡土小说概念的不确定性，决定了乡土小说的审美特点也不是完全稳定不变，而是有所变化和调整。或者说，对乡土小说的不同认识，不同的乡土小说创作目的，会直接带来对乡土小说审美认识，以及其呈现出的审美特征的不同。比如，鲁迅所开创的启蒙批判乡土小说，多带有沉重阴郁或者是象征讽喻的特点；而废名、沈从文的文化怀乡乡土小说，则多具有抒情含蓄和浪漫之美；茅盾所倡导的现实关怀作品，审美风格普遍上较为朴实，写实色彩较浓。

当然，这并非说乡土小说就不具有共同的审美特征。事实上，审美特征是乡土小说这一概念形成的前提，也是乡土小说最重要的内涵之一。如果没有独特的审美特征为基础，也就难以把"乡土小说"作为一个独特的类型从一般小说中划分出来，而是会像诸如"工业题材小说""知识分子题材小说"等，只能以题材作为标志。

正因为如此，自乡土小说诞生以来，创作者和研究者们都在不断地探索和总结乡土小说的审美特征，这极大地丰富了人们对乡土小说审美特征的认识。

在乡土小说发展早期，最有影响的思想是鲁迅提出的"乡愁色彩"、周作人的"地方气息"，以及茅盾的"地域风情""运命的挣扎"等。这三位作家的思想，基本奠定了乡土小说独特的审美基础。进入中国当代文学学术研究中，学者们更全面系统地进行了总结和概括。最具代表性和最系统的论述，是丁帆在《中国乡土小说史》一书中提出的"三画四彩"，就是风景画、风俗画、风情画，自然色彩、神性色彩、流寓色彩、悲情色彩。[①] 这一概括比较完备地介绍了乡土小说的审美个性，为人们认识乡土小说提供了非常好的基础。

但是总体来说，至少到目前为止，学术界对乡土小说的审美研究还不是很充分，认识也不很深入。我以为，这主要有两方面的原因：

其一，受传统观念和现实因素影响，中国现当代文学研究一直存在重思想轻审美的特点，乡土小说研究也不例外。中国文学批评传统一直以思想内容为中心，以审美为辅助，现代文学承继了这一传统。而且，它所处的时代，知识分子们迫切希望以文学改造中国文化，追赶世界潮流，改变中国的现实命运。所以，现当代文学的创作和批评传统一直都是把思想放在首位，把审美置于边缘位置。就乡土小说而论，鲁迅对乡土文学的认识就侧重于思想内涵，将"乡愁"和"文化批判"作为概念核心。它们虽然也关联审美，但审美绝对不是其核心本质；相比之下，周作人的"地方气息"倒是更侧重于审美层面。正如在乡土小说界（当然也是整个现当代文学界），鲁迅的影响力是周作人远不能相比的，无论是在乡土小说理论还是创作上，文化批判、思想启蒙的重要性都远远超过了审美。

其二，近年来，现当代文学界盛行文化批判潮流，乡土小说研究自然难以例外。文化批判方法自然有其产生和繁盛的缘由，不可简

---

① 丁帆等：《中国乡土小说史》，北京大学出版社2007年版，第21—27页。

单否定。但无可置疑的是,这种研究方法专注于社会文化角度,却严重忽视了文学审美的内涵。以乡土小说研究为例,这些年,以乡土文学(小说)为研究对象的专著论文难以计数,但是却极少看到专门致力于研究乡土小说审美的专著,这方面的学术论文数量也非常少。

这样的情况,严重影响人们对乡土小说审美问题的认识,并进而对乡土小说研究产生全面的影响。

一方面,由于缺乏对乡土小说审美的深入探究,就导致如前所述的乡土小说概念、范畴产生较大歧义。比如"十七年"乡土小说问题。它究竟是否属于乡土小说?它的审美特质对于乡土小说主流究竟是一种丰富还是一种背离?另一方面,乡土小说和乡土作家的审美思想、审美风格等都没有得到很深入的研究。在百年的发展历史中,乡土小说创作呈现出不同阶段、不同风格的审美和变化特征,这是乡土小说丰富魅力之所在。特别是一些优秀作家,既有独立审美个性,又开创了不同的创作传统,非常需要做深入的审美考察。但是,除了个别作家(如沈从文、孙犁)得到了比较深入的审美研究外,包括对鲁迅、莫言在内的许多重要乡土作家的审美研究都很不够。

更重要的是,这还使一些重要的乡土小说审美问题始终处在争论中,没有在学术界达成基本共识,从而影响到乡土小说的艺术发展。比如,由废名、沈从文开创,孙犁、汪曾祺继承并发展的诗化乡土小说,是非常有成就、有特色的创作传统,但是在1990年代后基本终结。那么,这一派创作究竟如何形成,有何价值,又为什么会终结?作家们如何才能重续传统、再创辉煌?由于缺乏深入的审美理论研究,目前对这些问题的认识都不够深入,也没有对文学创作产生有效的启迪和激励作用。这一创作传统至今没有恢复生机。

我始终认为,文学的本质在于审美,文学研究也应该充分关注文学审美。如果文学没有美，也就不成其为文学，文学研究不关注美，也就失去了文学研究的意义——当然，我也一直反对将"审美"狭窄化、将审美局限在文学形式层面的理解。审美，它不仅是形式，同时也是内容，也包含着思想内涵。因为在任何情况下，都没有单独的、纯粹的形式美。思想的美，同艺术的美一样，共同构成文学美的基本内涵。所以，文学研究的基本功能是分辨、展示和剖析这些美学特征，以让人们更好地进行文学审美活动。

立足于这样的看法，我以为非常有必要深入研究中国现当代乡土小说的审美问题。特别是希望我的研究能够促动学术界对乡土小说审美问题产生更多的讨论和关注，使乡土小说审美理论能够更系统和科学，并能够影响到乡土小说创作界，启迪作家们创作出具有更高审美品质的文学作品。

二、当代乡土小说的审美

1. 当代乡土小说的审美

从 1949 年中华人民共和国成立至今，中国当代文学已经走过了 70 多年路程。无论是政治文化背景还是经济和社会状况，当代文学与现代文学之间都存在着很大且多方位的差异。当然，将现代文学与当代文学进行比较是非常艰难也非常复杂的事情，这里不可能展开，也不宜做任何简单化的处理。二者的差异，简单地说，现代文学所处的是受压抑的背景，反抗性的揭露和批判是其主流；当代文学则处在与政治方向基本一致的背景，服从和歌颂是其主流。这里不存在褒贬，只是揭示文学特征上的差异。

事实上，当代文学本身也不是整齐划一的，其自身也充满着差异和变化，使当代文学发展呈现出斑驳曲折的特色。就一般文学史从历史发展而划分的"十七年"、"文革"与"改革开放"以及"21世纪"几个阶段来看,各个阶段之间的差异是明显的,很多方面甚至是对立的,其文学状貌存在着巨大的差异。

比如"十七年"时期和"文革"时期,文学总体特征是朴素积极的。它们与现实政治有着非常密切的关系,带着时代的深深烙印。目前文学史界对其认识存在着截然对立的状况,这也意味着对它们的认识还有很大的丰富和深入空间。

从改革开放一直到21世纪初的30多年,特别是从1990年代以来,中国社会进入到与之前有巨大差异的市场经济时代。它对中国社会的生活、文化都有广泛而深刻的影响。文学面貌也是如此。特别是1990年代后文学的强烈个性化和多元化特点,与之前的当代文学呈现出完全不同的局面。

这一切,也很自然地体现在乡土小说审美上。因为文学作为时代文化的一部分,它的变化密切关联着社会生活和文化的变化。生活的面貌在文学创作中能够得到清晰的反映,文学作品也能够折射出时代的面影。

以"十七年"到21世纪初的社会生活和审美观念变迁为例。我们只要去翻看《中国画报》杂志,就可以清晰地感受到当代社会70多年间审美观念和生活上的巨大嬗变。从新中国成立初期的以艰苦朴素为美,整个社会一片灰色和蓝色海洋,到今天以怪异和特异为时尚标准,各种"奇装异服"盛行于年轻人的世界,其变化之大,让人难以置信。同样,从20世纪五六十年代到80年代,再到今天,中国社会的乡村有着完全不同的面貌。从乡村自然风景、家庭居所,到生产方式、经济条件,再到乡村伦理、政治生态……都发生了巨大的变化。

这一切,自然会反映到乡土小说中,对乡土小说所表现的生活内容，包括小说自身的审美面貌产生深刻影响。如果说在"十七年"时期柳青、周立波等人的乡土小说中，充盈的是乡村生活的细致写实，呈现的是自然美、劳作美、人情美，那么在今天的小说中已经很难看到这些内容——因为它们已经远离了人们的现实生活，也是作家们无法在自己的生活经验中找到的。

除了乡村生活的变化对乡土小说产生影响，作家本身的变化也会影响到乡土小说审美。因为文学是作家的创造物，作家思想观念在其中起着很重要的作用。从"十七年"到"文革"的共和国前30年是革命年代，作家也是革命文化的一部分。对于作家来说，遵从革命的文学理念是自然要求，其文学创作也不可能违背这一主题方向。而到了改革开放后的时代，作家们思想有了较大的自由度，他们开始寻找自己的个性和主体性。尽管路途艰难，但文学面貌还是明显茁壮和自由起来，对美的追求和表现也越发丰富多彩。

社会的变化、作家的变化，也会带来乡土小说审美的变化。也就是说，虽然相对于社会一般文化来说，艺术形式的变化要缓慢一些，但随着改革开放和社会文化的变化，当代乡土小说的形式技巧、文学方法也有大的改变。以创作方法而论，前30年文学中盛行的理想主义和浪漫主义在今天几乎已经无人可以接受，而同样曾经兴盛一时的现实主义则早已遭到众多乡土小说作家的普遍拒绝。可以说，作为一种写作方法，现实主义（或者准确地说是"写实主义"）始终存在，但是作为一种文学意识形态，现实主义则已经基本上退出了当前的文学舞台。

检视70年乡土小说的审美变迁，确实有时间漫长和文化迥异之感。但无论是对于时代的变化，还是对于文学的差异，我们都不应该简单以"好坏"来进行评判。我们更愿意将它们看作历史合理性的产物，是在客观环境下，多种历史合力作用的结果。特别是从文学角度来说,细致的展示、客观的介绍、冷静的剖析,远比情绪化的赞美或否定要好得多——尽管在具体过程中,我们每一个人都不可避免会带有自己的情绪和价值偏向。

这主要是因为文学研究特别是文学审美研究,应该具有基本的科学性,而不是将价值判断建立在个人情感之上。当代文学已经有了70多年的历史,其研究也正在进入科学化的阶段,对学理性的追求是自律也是客观要求。另外,更重要的是,对文学的准确评判肯定不是我们这些历史同代人可以完成的。我们与当代文学共生,与生俱来地带着与它之间的密切关系,这也注定了我们视野的局限和情感色彩,不可能真正拥有超越的高度和理性。所以,尽可能客观、多元地呈现,应该是我们认识当代乡土小说审美问题的基本前提。

2. 当代乡土小说审美研究的基本范畴

在充分认识到当代文学研究特点的基础上,我们来研究乡土小说审美,就应尽可能遵循理性客观的要求,尽可能从社会现实、文化背景、作家心态等方面来进行考察。也就是说,我们研究的一个基本前提是:文学审美是丰富的社会文化合力的结果,我们的研究也同样要结合社会文化整体来进行。

具体说,我以为,这一研究应该包括以下三方面的内容:

一是美的形态。当代乡土小说究竟呈现出了什么样的审美形态?它们塑造了什么样的美,各自有什么特点、什么个性?这主要是立足于客观的呈现,将乡土小说创作对美的书写内容展现出来。对于审美研究,这应该是最基本,也是最有说服力的。后续的其他研究都应该建立在这一前提之上。

二是美的观念。当代乡土小说究竟以什么为美?它们呈现出什么不一样的审美观?这种审美观的基础是现实社会,它们之间存在着较直接的内在联系。但我们以为，文学在整体上受时代文化影响和制约，作家个体又有相对的独立性。只有将二者结合起来，才是对文学与社会关系最全面的考察。所以，其中既应该有对时代文化审美观念的考察，也需要有对个体作家创作心理的考察。

三是美的艺术表现。乡土文学自身的审美特征有什么发展和差异？文学本来就是一种艺术，那么，乡土小说在历史发展中，自身的艺术表现方法有什么变化？艺术成就有什么样的区别？

这三方面的内容，既涉及文学本体（作品），也涉及社会文化心理和作家主体，是文学内部研究和外部研究的统一。也就是说，对当代乡土小说审美问题的考察需要全面和立体。它涵盖内在和外在，主体和客体，成就和局限。所以，在更高层面上，我希望审美只是一个有意义的视角，通过它能够对当代乡土小说进行比较深入的审察。

在此基础上，我还有一个更深层的意图，就是试图对乡土小说整体审美问题进行思考。如前所述，乡土小说不是一个固定不变的概念，在不同的时期它的发展也完全不一样。因此，以当代乡土小说为透视点，探讨乡土小说发展中与时代文化的复杂关系，联系时代发展的阶段性和发展性，对乡土小说审美问题进行考问，有可能透视到一些具有超越时代文化、更具有普遍性和规律性的东西。这些经验或教训不只是对当代乡土小说历史具有总结意义，也可以更深入地反思整个乡土小说历史，更能够启迪今天和未来的乡土小说创作者。

如果能够做到这一点，那就已经超出当初申报这个课题的初衷，也算是今日之我对往昔之我的些许进步了。

3. 乡土小说审美与乡村文化建设

美是一种文化，一种深入人们心灵、浸润人们思想行为的文化，特别是与善的品质有着深刻关联。美既包含外在形象，也包括内在精神，如文明举止的礼貌、行为规范的文明等等。所以我们曾有"五讲四美"（"四美"指的是心灵美、语言美、行为美、环境美）的概括，也有"文明美""精神美"的说法。

所以，对乡土小说美的关注，不仅是针对文学自身，也是针对当前乡村文化建设。因为就普遍情况来看，当前中国乡村社会最严重的问题不是生存问题（当然生存问题也很重要，特别是在一些边远地区），而是文化问题。乡村社会存在的一些问题，如老人赡养、小孩教育等现实问题，以及深层的文化生活贫乏、道德观念涣散等问题，都与文化建设有着直接而深刻的联系（当然也与乡村社会的经济问题密切相关，但这不是本书的研究范围，不做专门讨论）。

文学是美的艺术。美的教育、美的艺术，能够润物细无声，潜在而深刻地参与社会文化，影响人们的心灵和行为。而且，美的影响方式委婉、艺术，具有政治政策所难以达到的效果。它可能不一定直接针对问题，不一定马上解决问题，但是一旦发生影响，就是持久而深刻的，很难轻易改变的。

所以，我们关注乡土小说审美问题，对乡土小说和乡村社会各种美的问题进行思考，既是一种文学研究，也是一种文化建设。特别希望将美的内容、方式融入乡村文化建设之中，让文学、审美在乡村文化建设中发挥更好的作用。

三、研究思路和方法

在整体上研究一个时代的文学，具有很大的难度，或者说存在一个悖论，就是时代整体性与作家个体性的矛盾。确实，从宏观看，时代文学的特征是存在的，与其他时段比较，更是如此。但是，这种特征不是完备而全面地存在在作家创作中——更不可能存在于所有作家创作中，而是研究者集中一些重要作家作品的特点，进行归纳、概括而成的。换言之，在作家个体与时代整体风貌之间，很难一一进行对应，甚至会存在完全不相一致的现象。

在这种情况下，文学研究者们常常会选择两种不同的方式来进行研究。其一是对时代作家作品进行集中分析，找到其共性，并适度区分其共性中的个性，从而得出一个时代文学的面貌特征。另一种方式则是集中在作家作品个案研究，通过个案的深入呈现来凸显时代风貌。这种研究的缺陷是很难做到一叶知秋，典型地反映时代面貌，优点则是能够比较深入集中地进入作家作品个体，得到有深度的研究结论。

中国现当代文学，特别是当代文学研究也许更适合第二种方式。因为宏观全面的研究方式有一个致命缺陷，就是不可能穷尽时代的所有作品，而作家创作个性差异又大，很难进行有效的取舍，所以，这种研究方式对于古代文学研究也许合适——因为它保留下来的作品相对较少，时间已经进行了严格的筛选，但对现当代文学就未必合适。毕竟，现代文学的时间才刚刚一百年，作品多，佳作少，又没有经历时间的"经典化"淘洗。如果放进时代长河之中更是如此，真正能够留存于时代中的作家是极少数。在这一点上，我很认同俄国学者梅列日科夫斯基在《托尔斯泰与陀思妥耶夫斯基》"前言"中表达的观点：作为当代文学研究，最首要的任务不是关注现象，而是研究经典。[①]

还有一个原因，就是对当代文学作品现象性的评论和研究已经很多了，时代特征的概括也很普遍——如受到许多学者质疑的"十

---

① ［俄］梅列日科夫斯基：《托尔斯泰与陀思妥耶夫斯基》，杨德友译，华夏出版社2016年版。

年模式",就是乐于进行时代特征概括观念的典型体现。但是,真正立足于具体作家作品,而又深入地揭示时代文学高度的研究,目前还比较少。如何将典型个案研究与整体时代特征研究结合,是一个艰难但又必须探索的问题。

正是建立于这样的思想前提上,我在研究当代乡土文学审美这一课题,试图对近70年的乡土文学美学特征进行梳理和分析的时候,放弃了原来设想的全面梳理、概括特征的方式,而选择了将整体考察与代表性个案研究相结合。

具体说,就是在结构上,将整部书稿分为两部分:一部分是立足于宏观角度,就当代乡土小说审美中的整体性问题展开论述。这其中包括当代文学审美观念的流变、审美形式的流变,以及乡土小说的地域性问题、方言问题、大众接受问题等等。虽然有个别章节也是以某个个案为中心,但视野却是全局性的,是对当代乡土小说整体性的扫描和诊断。另一部分则是具体个案。也就是以审美问题为中心,选择当代文学70年间各个时期的典型作家作品,展开比较细致的论述。个案选择是很重要的工作。只有选择有代表性的作家作品,才能反映这个时期的主要问题,才能折射这个时代的整体面貌和突出特征。

在这方面,我以优秀作品为首要的选择原则。因为我以为,真正能够代表时代文学高度的,一定是其中最优秀的作品。即使是在时代中并不典型但成就突出的作家作品,我也认为值得选择。因为在漫长的文学史长河中,当代文学70年只是短暂一瞬,如何认识这个时代的文学,只能由后人去完成。作为同时代人,我们只能把优秀的、有价值的作品凸显出来,它们所折射的特点或问题至少能够以自己的侧面反映时代。典型如孙犁,当然不能算"十七年"时期最有影响力的作家,但毫无疑问是创作个性、文学成就十分突出的作家，在乡土书写上具有充分的代表性。所以，我认为非常有必要对他进行专门论述。

第二个原则是时代性。这一原则是对第一个原则的补充，也可以说是一种妥协。因为如果严格按照文学史的"优秀"标准来选择，可能能够入选的作品就太少。但既然要完整再现当代乡土小说70年的整体面貌，只能选择也许不那么优秀，但是能够代表时代特征的作品。当然，值得说明的是，时代性的代表是以多种方式存在的，不一定就是在当时最红火、最有社会影响的作品。它既可能在外在层面上，也可能在内在层面上。在这里，我特别注意结合各个时期乡土小说的代表性思潮。如1980年代，最有影响的乡土小说无疑是"寻根文学"和现实主义文学，但"先锋小说"作为当时非常有特色的创作思潮之一，在乡村书写上也有独到的探索，所以我们也做了专门关注。

在如此前提下，我选择的当代乡土文学70年各时段代表作家作品如下：

"十七年"和"文革"的当代文学前30年，我主要选择了孙犁、赵树理、柳青、浩然4位作家。这几位作家的文学成就自然是最突出的，同时，他们的创作在审美方向、创作心态等方面具有更显著的代表性——虽然创作成就高者不局限于这4人（如周立波成就也很突出，但代表性不如这4位作家）。

改革开放以来的40多年，我将它们分成两个阶段。一是1980年代。我选择了莫言、韩少功和先锋小说群体，这是从作家个体和创作思潮两方面做出的选择，应该是具有比较充分代表性的——当然，如路遥、贾平凹、张炜等作家也很值得研究，但考虑到我在之前的著作中对这几位作家都有专门论述，为免重复，就放弃了[①]。二

---

① 贺仲明：《一种文学与一个阶层——中国新文学与农民关系研究》，人民出版社2008年版。

是 1990 年代以来。这个时段与当下相距太近，选择的难度更大。我选择了西北乡土小说、贺享雍、"80 后作家群体"作为典型个案。西北属于后开放地区，也是传统文化特征改变得比较少、变化速度比较缓慢的地区，他们的乡土小说因此具有显著的代表性——在其他乡村都已经普遍商业化的背景下，西北乡土小说所表现出的文化坚持是否能够显示某些独特思想和审美意义？选择贺享雍，一是考虑到他几十年坚持现实主义写作，很有典型性，再一个他属于比较典型的"草根作家"，一直在基层写作，可以作为当前乡土小说写作的某种代表。我觉得，研究一个时期的小说特点，完全没有基层作家也不合适。至于"80 后"乡土小说，则代表着最新的创作思潮和审美方向，当然值得特别关注。

考虑到第二部分全都是个案作家，缺乏对全局的展示，我在结构上进行了适当弥补，就是在每章之前设置一篇引论，在整体上介绍此一时期审美基本方向和格局。结合之后每节写一位作家或一部作品，希望能够做到以点为中心，同时以点带面，面与点相结合，真正典型而全面地描画出当代 70 年乡土小说创作的审美面貌。

第一部分

史 论

第一章 审美内涵及其演变

第一节 乡土小说美的内涵与观念变迁
——以女性人物美为中心

在 20 世纪五六十年代,曾经有过一次关于"美的本质"的著名论争。最终,各种"美是主观"论者受到批评,"美是客观"的观点得到认可。然而,时过境迁之后,人们的困惑并没有减少。因为虽然客观事物是美存在的基本前提,但是,"美"的真正本质却不是物质本身,而是一种思想观念,是以人的主观意识为前提的。正因为这样,各个时代、各个民族之间的审美标准存在着很大差异。

美的观念中包括人物美,人物美的观念也同样存在着多种差异性。所谓"环肥燕瘦""楚王好细腰,宫中多饿死",当代中国崇尚骨感美,但小国汤加却以胖为美。不同的审美标准造就不同的审美时尚,它们都是其时代和民族文化的共同产物。换句话说,一个时代和民族的政治、经济和文化，对审美观念起着影响和限定的作用，构成了审美风尚的重要基础。

文学是社会生活的反映，很自然要展现这种观念状态。反过来说，通过审察一个时代的文学，可以清晰地了解时代的价值观念，包括审美观念。审视中国当代乡土小说的创作历史，可以对当代社会变迁状况有更深入的了解。从共和国成立之初的"革命时代"到21世纪初，尽管时间才近70年，但社会发生的变化却是巨大的。经济上不用说了，21世纪初生活的便利和富裕是半个世纪前的人们不敢想象的；政治和文化上也经历了从封闭到开放的巨大转变。在当代乡土小说中，我们可以看到人们审美标准的变化过程，以及这种变迁对小说创作产生的影响。

无论是中国还是西方，谈人物美都是以女性为中心。这其中的原因暂不讨论。一个客观的现象是：在绘画、雕塑等艺术形式中，女性人物美的展示是最丰富多彩、具有艺术感染力的。同样，在文学作品中，对女性美的描写要远远多过男性，成就也更为突出。由此，从乡土小说人物美角度来审视当代中国社会审美观念的状况，选择女性形象来作为典型是极为恰当也完全可行的方式。

一般而言，作品女主人公形象往往寄托着作者的基本价值观，特别是作家往往会对人物有比较明确的褒贬，由此更可以清晰地感受到作家的审美观念。此外，在一些次要但是有特色的女性形象塑造上也可以透视到这种观念。具体来说，女性人物的外貌描写是最直观的表现。当然，美既在外表，也在品格和行为，因此，考察文学中的形象美，需要从外在美和内在美两方面进行。而通过对这些形象的考察，既可以透视到时代的文化和审美倾向，还可以体察到作家的审美观和价值观。

一、乡土小说中女性美的变迁历史

从"十七年"到 21 世纪初,近 70 年的社会文化变迁巨大,乡土小说中的女性人物美描写也是这样,其中存在着清晰的变化和发展轨迹。具体可以分为两个大的阶段:一是从"十七年"到"文革"时期,这是革命时代,文化相对保守封闭;二是从 1980 年代改革开放后,一直到当前。虽然这中间也有一定的文化差异,但是开放和现代背景大体是相同的,从人物审美角度看,适合作为一个阶段来看待。概括来说,两个阶段的女性人物美描写大体呈现这样的特点:

首先,是外表美的从"土"到"洋"。

所谓"土",就是带着乡土气息,体现着乡村自身的标准。由于乡村生活的实际情况,乡村文化的女性审美带着很强的实用特点。比如,乡村女性美的首要要求是健康——健康意味着能劳动、能生育,这对于农业文明时期人们的生活来说是至关重要的。再如,乡村审美还崇尚质朴简单。这也与现实环境要求有关。农民需要每天到田间劳动,过于讲究外表显然与现实要求相冲突,因此会遭人反感,而质朴简单则为人所称赞。

对女性外表美的"土"的书写,在"十七年"乡土小说中体现得最为充分。就总体来说,"十七年"乡土小说中细致描绘女性外表的作品不多(这多少与时代的要求有关),即使有描绘,也多是比较简洁。比如赵树理、马烽、西戎等"山药蛋派"作家的作品中就很少描绘女性外表美。

这是赵树理作品中对女性的描绘:

> 王兰看见李老师一出门,便跑到他身边和他打招呼。李老

师是个大个子,王兰的个子只能到他的腋下。他看见王兰穿着一件农村妇女们常穿的有大襟的夹袄走近了他,一时没有认出来是谁,不过听到王兰叫他李老师,便认得是王兰的声音了。"小兰!好孩子!你的外表已经打扮得像个农民了!""李老师!不只是外表,我已经学会赶车了!""那自然更好了!到家里玩玩去!"①

其女性外表只见朴素,而几无美感,很难称得上是外貌描写。到了赵树理的后期作品《灵泉洞》,对女主人公的描写更是朴素加上传奇:"见她只穿得个衬衣衬裤,露着两半截赤膊,直竖着两条长眉,拿着枪头向他刺过来,觉得活像当地一出戏中的一位打虎女英雄,真是世界少有的美人。"②

赵树理当然是较极端的个案,"十七年"乡土小说也有不少作家对女性外表美有所描绘。只是虽然作家们在对女性外表书写上存在程度和艺术风格的差别,但基本特点却相当一致。

比如,几乎没有例外,作品的女主人公外表都具有健康、阳光的特征,"大眼睛""长辫子"是集体共相。比如:

> 银英抹一抹给风吹乱了的刘海。她那又胖又圆的脸,像五月里的蜜桃,一双大眼睛,挺会传情表意,身体长得也挺丰满结实,有一股青春的吸人的魅力,叫人见了一回就不容易忘记。③
>
> 长得也很秀气:大大的眼睛,长长的睫毛,两条油亮的小辫

---

① 赵树理:《卖烟叶》,原载《人民文学》1964年第1、3期,见《赵树理全集》(第6卷),大众文艺出版社2006年版,第222页。
② 赵树理:《灵泉洞》,《赵树理文集》(第2卷),中国工人出版社2000年版,第683页。
③ 陆地:《美丽的南方》,广西人民出版社1979年版,第33页。

子一前一后地摆动着。①

那时候,王三女刚满二十岁,脑后拖着一条乌黑油亮的大辫子,脸色红润,声音清亮,两只大眼睛滴溜价转,走起路来像是一阵夏天的轻风。②

周立波《山乡巨变》对盛淑君的描绘也一样:

> 从侧面,她看到她的脸颊丰满,长着一些没有扯过脸的少女所特有的茸毛,鼻子端正,耳朵上穿了小孔,回头一笑时,她的微圆的脸,她的一双睫毛长长的墨黑的大眼睛,都妩媚动人。她肤色微黑,神态里带着一种乡里姑娘的蛮野和稚气。邓秀梅从这姑娘的身上好像重新看见了自己逝去不远的闺女时代的单纯。③

然而,到1980年代后,以"土"为美的倾向迅速改变,取而代之的是崇尚追求着"洋气"的方向。到这时,女性外表的特征不再是"大眼睛""大辫子""健壮",而是优雅、温柔。传统乡村的文化气息不再存在,取而代之的是明显的现代美气息。

比如《老井》对巧英外貌的描写:

> 小而挺直的鼻子,翘翘的,好一股儿傲傲的心气儿。凉水刚擦过的脸,红扑扑的,直透出山里妮子们所特有的俏爽劲儿。但衣着竟是一派城里人的时新打扮:紫红皮鞋,半高跟的;银灰色的筒裤,裤线笔挺;浅蓝色的西装上衣,大翻领里,露出一片猩

---

① 孙谦:《伤疤的故事》,《孙谦文集》(第4卷),山西人民出版社2001年版,第2031页。
② 孙谦:《拾谷穗的女人》,《孙谦文集》(第4卷),山西人民出版社2001年版,第2220页。
③ 周立波:《山乡巨变》,作家出版社1959年版,第16页。

红的毛衣和雪白的衬衣领；长长的黑发，油亮亮的，只一条花手绢在脑后随便一扎……

看得出，今晚她是特意打扮过一番的：一条白手绢束起的长发，稍稍卷了卷，在额上耳边翻卷起几个好看的小波浪，筒裤笔挺，一件大红西装领衣裳，晃眼夺目，使她从蓝、黑、灰色的人丛中顿时闪跳出来，很有些儿不协调。①

她虽然是农民身份，但在衣着打扮和精神面貌上却具备了非常浓郁的城市气息，几乎很难将她与农村联系在一起。

路遥《人生》中对刘巧珍的描述也是如此：

刘巧珍看起来根本不像个农村姑娘。漂亮不必说，装束既不土气，也不俗气。草绿的确良裤子，洗得发白的蓝劳动布上衣，水红的确良衬衣的大翻领翻在外边，使得一张美丽的脸庞显得异常生动。

巧珍那漂亮的、充满热烈感情的生动脸庞，她那白杨树一般苗条的身材，时刻都在他眼前晃动着。

巧珍来了，穿着那身他所喜爱的衣服：米黄色短袖上衣，深蓝的确良裤子。乌黑油亮的头发用花手帕在脑后扎成蓬松的一团，脸白嫩得像初春刚开放的梨花。②

可以说，城市色彩的"洋气"是刘巧珍外表上所努力追求的目标，也是作者路遥所认可的女性美方向。

---

① 郑义：《老井》，中原农民出版社1986年版，第104、119页。
② 路遥：《人生》，北京十月文艺出版社2012年版，第15、48、74页。

此后乡土小说的发展，都是沿袭 1980 年代的书写方向，或者说，时间越是往后推移，女性外表的"洋"的色彩就更为强烈，越来越看不出农村的乡土气息。比如《九月还乡》所描绘的九月，从外表上已经完全看不出农村女孩的痕迹，而是与城市女性完全一样：

> 九月从镜子里看到自己苍白的脸，还有一双忧郁的大眼睛，脸和眼睛很好看，真实而生动。看着看着，就被水浸湿成一片黑土地。印在平原上的脸不再苍白，变成红扑扑极鲜活的一张脸，分明是九月的秋风染就。①

2006 年问世的周大新的《湖光山色》，更是借助人物语言，明确表达了"城里人"的外表时尚成为农村女性追慕和学习的目标：

> 开田笑笑，低了声说：我觉着你越来越会打扮了，比咱村里那些同龄的姑娘会穿衣裳，头发也收拾得好看，有点城里人的味道了。
> 你们这儿的水土真好，看看你的皮肤，细嫩得城里的女人都比不上，说实话，我真想找机会触摸一下！②

其次，是精神上的从传统到现代。

与外表美的健康质朴相一致，"十七年"乡土小说中的女性往往关联着勤劳善良等优秀的传统乡村道德品质。事实上，不少作品是将二者结合在一起来展示的。如《队长的家事》："她（乔玉霞）

---

① 关仁山：《九月还乡》，郑电波编《中国乡土小说名作大系》（第25卷），中原农民出版社 2014 年版，第 78 页。
② 周大新：《湖光山色》，人民文学出版社 2016 年版，第 235 页。

又能干，又泼辣。年轻时候，眼明齿亮，绣得一手好花，人们叫她一枝花。""（董其文）身材壮实，粗眉大眼，脸色红得像火，嗓音粗得像锣，是个火气十足的年轻人。"①《新麦》："她是个瘦姑娘。长着一双饱含热情的大眼睛。她的脸色稍许有点黑，可是黑得不难看，反而显得健康、潇洒。"②

至于李准的《李双双小传》，对主人公李双双就没有进行细致的外貌描写，而是通过丈夫的眼睛，传达出她爱劳动的特征："他喜欢双双那个火辣辣的性子，喜欢她这些年变化得敢说敢笑的爽快劲儿。双双人长得漂亮，又做得一手好针线，干起活来快当利落。"③

包括孙犁《铁木前传》中对九儿的描写，也是将勤劳品格作为重点突出出来：

> 九儿今天穿得很单薄，上身只穿了一件蓝色夹袄，她把擦脸的毛巾绾起来，齐着脑门把头发捆住，就像绣像上孙悟空戴的戒箍一样。她的脸色是更显得明朗了，充满了工作之前的热情和虔诚，轻捷而又稳重地推动着风箱。④

浩然《艳阳天》更是借主人公萧长春之口，明确表达出对女性劳动美的揄扬："我们不主张总是讲究打扮，也不反对打扮。话说回来，人美不美不在打扮，也不在外表，心眼好，劳动好，爱社会

---

① 孙谦：《队长的家事》，《孙谦文集》（第4卷），山西人民出版社2001年版，第2201、2206页。
② 孙谦：《新麦》，《孙谦文集》（第4卷），山西人民出版社2001年版，第2015页。
③ 李准：《李双双小传》，《李准小说选》，四川人民出版社1981年版，第283页。
④ 孙犁：《铁木前传》，《孙犁小说》，浙江文艺出版社2018年版，第294页。

主义，穿戴再破烂，再朴素，也是最美的。"①

进入改革开放后的1980年代，乡土小说中的女性描写基本上不再倡导和追求传统美德，而是以现代文明为目标。

其中当然也有复杂的纠结和不无矛盾的转换过程。如贾平凹的《浮躁》中的小水就有较多传统女性思想特征。但正如男主人公金狗始终不愿意对小水表达出爱的感情，而是反复沉沦于城市女性的诱惑之下，作品对小水的认可度显然不够彻底，而是蕴含着矛盾心态。至于《鸡窝洼的人家》中的两个女性麦绒和烟峰，一个保留传统伦理，一个追求现代观念，作者也未置可否，难以权衡。但到了《高老庄》《土门》《秦腔》等作品，传统的女性（包括外表和思想）都已经被严重边缘化，取而代之的是对现代女性美的追求与渴望。《高老庄》中的菊娃和西夏是鲜明的对比；《秦腔》中被作为美的典范的女主人公白雪不只是具有演员身份，更是完全的现代美体现，与传统乡村的美的品质基本无关。

同样可以作为代表的，是古华《爬满青藤的木屋》中的盘青青。她虽然长得很美丽，但在丈夫王木通的眼里，她只是一个服从者。盘青青自己也完全没有对美的自觉。但在知识青年李幸福的感召下，她开始了对现代生活的追求，也有了对美的自我意识。可以说，盘青青美的意识觉醒背后，就是现代意识在觉醒，这使她从一个具有传统品德的女性转变为一个具有现代精神的女性。作品的价值无疑是完全倾向后者的。

到了近一二十年，乡土小说中女性维持传统审美特征的只有个案性的存在，更普遍的是对现代性审美的认可。不少作品中的乡村女性都在努力去除掉自己的乡村特征，以与城市女性完全一样

---

① 浩然：《艳阳天》（第2部），华龄出版社1995年版，第149页。

为荣。

孙惠芬《歇马山庄的两个女人》对此有很精彩的表现。乡村青年女性李平,曾经在城里打工、接受过城市文化熏染。由于在城市中受过伤害,她决定回乡村发展,希望乡村的宁静能够给她以心灵抚慰,帮助她平息伤痛:"她那样结婚,就是要告别浪漫,要跟乡村生活打成一片。""我浪漫得大发了,被浪漫伤着了,结了婚,怎么都行,就是不想再浪漫了,现实对我很重要。"①

然而,她的目标已经很难达到。因为城市文化已经深刻地影响和改变了她。她不自觉地回归到城市的审美习惯上来,按照城市审美的标准来打扮自己。于是,她回村后是这样的装扮:"空气凛冽得一哈气就能结冰,成子媳妇居然穿着一件单薄的大红婚纱,成子媳妇的脖子居然露着白白的颈窝。"在外人看来,"一点也没有乡村模样","太洋气了"。到后来,进入乡村日常生活中,她也会下意识地被这种审美习惯所影响:"穿了锈红色毛衣外套的成子媳妇,不管是在堂屋烧火,还是在院子里喂猪,或是到大田翻地,都希望有人看她。乍暖还寒,一件毛衣风一吹就透,可是越冷越能提醒着什么。"②城市,包括其审美习惯,像一个摆脱不了的梦魇,深深潜藏在李平的心里,构成了她生活和文化的一部分。

最后,是女性特征从纯洁到性感。

女性的性别特征是女性美不可忽略的方面。但是,在1980年代之前的乡土小说中,性别特征被严重遮蔽。如前所述,"十七年"女性形象审美的主流品质是健康和劳动,其女性性别特征自然会被弱化。一直被人们作为时代女性审美代表的王汶石《新结识的伙

---

① 孙惠芬:《歇马山庄的两个女人》,群众出版社2003年版,第34页。
② 同上书,第6、7、27页。

伴》中的张腊月和《黑凤》中的黑凤，都表现出强壮、爽朗、劳动能力强的男性特征，是典型的非女性化，而具有一定传统女性特征的吴淑兰，则在前者的影响和改造下发生变化。

虽然并非每个女性形象都像张腊月和黑凤这样极端，比如在《山乡巨变》《铁木前传》等作品中，也存在对女性的柔情和烂漫的描写，但总体来说，作家们在塑造女性形象时，很少去突出其女性身体特征，最多不过是突出其婉约和柔美等女性精神气质而已。这种倾向一直延续到1980年代初。尽管大的潮流已经有所改变，但很多作家在塑造女性时，还是非常青睐这种以纯净为特征的女性特质。

如铁凝的《哦，香雪》对主人公香雪的描写："你望着她那洁净得仿佛一分钟前才诞生的面孔，望着她那柔软得宛若红缎子似的嘴唇，心中会升起一种美好的情感……"①

不过总的来说，在1980年代后，这种对女性纯净特质的展示已经变得边缘化了。主流是对女性性别特征的彰显。这一点，在"文革"刚刚结束的"伤痕文学"中就有所体现。

比如，古华《芙蓉镇》是这样描写女主人公胡玉音的："黑眉大眼，面如满月，胸脯丰满，体态动情……镇粮站主任谷燕山打了个比方：'芙蓉姐的肉色洁白细嫩得和她所卖的米豆腐一个样。'"②张弦《被爱情遗忘的角落》对主人公荒妹的描写也凸显了她的女性特征："她脸上黄巴巴的气色已经褪去，露出红润而透着柔和的光泽；眉毛长得浓密起来；枯涩的眼睛也变得黑白分明，水汪汪的了。她感到胸脯发胀，肩背渐渐丰满，穿着姐姐那葵绿色的毛线衣，已经有点绷得难受了。"③

---

① 铁凝：《哦，香雪》，《铁凝精选集》，燕山出版社2013年版，第6页。
② 古华：《芙蓉镇》，人民文学出版社2019年版，第4页。
③ 张弦：《被爱情遗忘的角落》，花城出版社2010年版，第11页。

此后，作家们更为充分地在这方面进行描述。如贾平凹的《浮躁》对女主人公小水的描写：

　　小水在寂寞里悄悄发育，滚圆了肩膀，白皙了脖颈，胸部臀部显出线条。
　　熟得像一颗软了的火晶蛋柿。①

张炜《九月寓言》对乡村女孩的描绘：

　　肥简直羞于注视神奇的赶鹦：越长越高，身腰很细，又很丰满；眼睛黑亮灼人；唇沟深深，上唇微翘，像是随时都要接受亲吻。她嗓子尖甜，声音总绕着人打旋。
　　这个小村姑娘长得太美了，结实，光润，圆圆的臀部。②

关仁山的《九月还乡》中：

　　她身子消瘦，皮肤有些松弛。眉啦眼儿依旧透着媚气。她身子不板，腰肢柔软，在外面待久了，连说话走路的姿势都活泛了，懈懈怠怠的样子很好看。
　　九月头扎红头绳，一件淡淡蓝色的小背心，遮不住她鼓胀胀的胸脯。③

---

① 贾平凹：《浮躁》，作家出版社1992年版，第20、23页。
② 张炜：《九月寓言》，作家出版社2014年版，第10、171页。
③ 关仁山：《九月还乡》，郑电波编《中国乡土小说名作大系》（第25卷），中原农民出版社2014年版，第65、72页。

新世纪乡土小说更是有这样的突出倾向。如果说毕飞宇《玉米》的描述还有所含蓄的话：

> 玉米没穿棉袄，只穿了一件薄薄的白线衫，小了一些，胸脯鼓鼓的，到了小腰那儿又有力地收了回去，腰身全出来了。
> 玉米不同，她的身体很直，又饱满，好衣服一上身自然会格外地挺拔，身体和面料相互依偎，一副体贴谦让又相互帮衬的样子。①

那么，贾平凹《秦腔》、王手《乡下姑娘李美凤》、周大新《湖光山色》的描述就相当露骨，在将女性性征充分凸显的同时，更赋予其明确的性诱惑色彩：

> 那天穿的是白底碎兰花小袄，长长的黑颜色裤，裤腿儿挺宽，没有穿高跟鞋，是一双带着带儿的平底鞋，鞋面却是皮子做的，显得脚脖子那样的白。她从土埝下走过，我能看到她的脖子，她的胸脯和屁股上部微微收回去的后腰，我无法控制我了。②
>
> 她的手细细嫩嫩的，有些微红，又有些透明，连肉窝都非常显眼，这实在不像是一双劳动的手，李美凤有点不好意思。
> 她看见了自己圆润的肩膀，看见了自己鼓鼓的乳房，看见了自己光滑的腹部，她还提起了自己的脚看了看，脚是粗了点，但皮肤紧绷绷的，她忍不住撮了一下，放开来都好像有"咚"的一

---

① 毕飞宇：《玉米》，作家出版社2014年版，第7、45页。
② 贾平凹：《秦腔》，作家出版社2005年版，第380页。

声，弹性好极了。①

还有你那双嘴唇，小巧柔润得让人直流口水，我太想亲它们一回！还有你的臀部，丰满又秀美，我太想感受一下它们的弹性了！②

二、时代与个人

文学是时代的反映。当代乡土小说女性美书写，折射的无疑是时代文化的面貌。也就是说，时代的审美观念决定了这些文学作品中所描写的美。因为作家作品是具体时代的产物，他所书写的内容也是时代文化的结果。只有在时代观念为"美"的事物，才能以美的面貌出现在文学作品中。

以"十七年"乡土小说为例。这些作品中描写的女性"土"和"传统伦理美"，真实地折射出时代文化特点。我们只要打开这时期的《中国画报》，看看它所刊登的这一时代的真实图像，就可以看到"土"的外表正是其时尚标准。女性的着装不尚华丽而尚朴素，服饰和发型都呈现集体性的单一化和标准化特点，而"劳动美""勤劳美"则更受到一致的推崇。典型，如这时期大张旗鼓宣传的"铁姑娘"，以及"男女平等""妇女半边天"口号下出现的女架线工、女拖拉机手等女性社会形象，就可以充分展现出这一点。

同样，这时期乡土小说的女性美观念蕴含着强烈的政治意识形态色彩，"美"被赋予政治正确与热爱乡村等思想内涵，也与"十七年"文化中的政治意识直接相关。在阶级观念、斗争意识很

---

① 王手：《乡下姑娘李美凤》，《狮身人面》，浙江文艺出版社 2007 年版，第 36、46 页。
② 周大新：《湖光山色》，人民文学出版社 2016 年版，第 235 页。

强的时代氛围下,鲁迅在《文学和出汗》一文中指出的美也有阶级性观念被广泛认可,审美观念中的文化内涵也就很自然地被凸显出来。如果说稍后的"文革"时期有"什么藤结什么瓜,什么阶级说什么话""老子英雄儿好汉,老子混账儿混蛋"这样的极端言论,将政治身份与人的所有特点相关联,那么,在很多方面,"十七年"时期已经初见雏形了。

如果将这一特点与"十七年"乡土小说中的女性人物外貌描写进一步联系起来,可以看到,写不写,如何写,都不是简单的文学内部的事情,而是直接关联着人物的政治身份。特别是1960年代,距离"文革"时期越近,情况越是如此。比如,于1963年问世的浩然的《艳阳天》,对女主人公焦淑红,虽然多处提到她"俊俏",却很少有细致的外貌美描写。开场的描写也相当简洁:"二十二岁的姑娘,长得十分俊俏,圆圆的脸蛋,弯细的眉毛,两只玻璃球似的大眼睛里,闪动着青春、热情的光芒。"[1]显然,这与她特殊的政治身份——萧长春的未婚妻——有直接关系。

与之相关的是,那些"中间人物",甚至略带负面色彩的人物往往能够拥有较多的外貌美描写。如《艳阳天》中具有负面色彩的孙桂英,作品对其外貌进行了很细致的描述:

> 细高个子,长瓜子脸,细皮嫩肉,弯弯的眉毛,两只单眼皮,稍微有一点儿斜睨的眼睛总是活泼地转动着;不笑不说话,一笑,腮帮子上立刻出现两个小小的酒窝;特别在她不高兴的时候,那弯眉一皱,小嘴一噘,越发惹人喜欢。[2]

---

[1] 浩然:《艳阳天》(上),作家出版社1964年版,第26页。
[2] 同上书,第148—149页。

同样，孙犁《铁木前传》对小满儿也有很细致的外貌描写，展现其女性美的特征：

> 她的新做的时兴的花袄，被风吹折起前襟，露出鲜红的里儿；她的肥大的像两口大钟似的棉裤脚，有节奏地相互摩擦着。她的绣花鞋，平整地在地下迈动，像留不下脚印似的那样轻松。
>
> 她那空着的一只手，扮演舞蹈似的前后摆动着，柔嫩得像粉面儿捏成。她的脸微微红涨，为了不显出气喘，她把两片红润的嘴唇紧闭着，把脖子里的纽扣儿也预先解开了。①

而一些反面女性人物则往往被丑化。只是这种丑化的方式有些复杂。一种是直接描述其丑。如《铁木前传》对满儿姐姐的描写：

> 因为肥胖，因为她的一只脚有点毛病，特别因为她的视力不能集中，她那奔跑的姿势，就像足球场上，带着球奋勇突击的前锋一样：一时曲偻着上身，一时弯架着胳膊，一时左右脚交攀着，一时在地下滚动着。②

另一种则是妖魅化，就是赋予这些女性以浓妆艳抹、性感妖媚等特点——在"十七年"时期，这些女性特点是被完全作为负面形象而存在，是受到社会政策和大众文化一致排斥乃至批判的。如《风云初记》中描写俗儿，"她的小红袄儿松开脖颈里的纽扣，绣花鞋没提上后跟儿，盯了高庆山有抽半锅烟的工夫，就张开红嘴唇儿

---

① 孙犁：《铁木前传》，百花文艺出版社2012年版，第27页。
② 同上书，第30页。

笑了"①，就具有这样的特点。

"十七年"乡土小说女性美中渗透着时代审美精神，其他时期也同样如此。1980年代改革开放带来了时代文化观念的深刻变化。从1980年代初期邓丽君的"靡靡之音"，到1990年代初《渴望》中的刘慧芳形象，经历了女性审美观念的纷繁变化，女性服饰也从之前的单调整齐，到后来的五彩缤纷和充分个性化。乡村社会审美观念的点滴变化，都可以在乡土小说中事无巨细地展示出来。

在文化精神层面上也一样。改革开放带来的对知识的尊重，对金钱财富的重视，以及1990年代后市场经济的来临，传统伦理崩溃导致的金钱文化主导，都清晰地投射在小说作品中。事实上，文学作品既是时代精神的体现，本身也同时是时代精神的构成者和推动者。像贾平凹《腊月正月》、张炜《声音》、铁凝《哦，香雪》等作品，都是时代乡村改革的积极响应者，也构成了时代现代性追求的重要音符。而在市场经济背景下，女性美逐渐成为市场消费品，文学作品中的女性美也难逃厄运。如人们曾指出过的，林白、陈染等女性主义写作被市场进行了"欲望化"改造，以及盛行一时的以卫慧、棉棉为代表的"身体写作"，都是这种文化的体现。乡土小说女性美描写虽然与之存在程度上的差别，但想要拒绝时代潮流的影响，则是几乎不可能的事情。

时代审美观念对乡土小说女性美产生着重要影响，除此以外，时代文化的要求和限制也会通过对作家思想观念的影响而渗透到作品中。

典型如"十七年"时期的知识分子思想改造运动。这一从1942

---

① 孙犁：《风云初记》，《孙犁小说全集》，时代文艺出版社2000年版，第666页。

年延安整风运动就开始的运动,核心是对资产阶级和小资产阶级思想进行批评和改造。换句话说,运动的本质是以农民朴素文化来取代文明的知识分子文化。在运动中,农民文化拥有更高的权力和优势,受到肯定和张扬,而现代文明色彩的知识分子处于弱势位置,受到否定和批判。在这一背景下,延安时期,周立波、丁玲等人就有过自我检讨。"十七年"时期,西戎等人也表示要克服"'美丽'的个人幻想"[①]。

所以,如果说赵树理在1942年创作的《小二黑结婚》对三仙姑注重个性形象、较多外表打扮品质的讽刺,还是比较突出的个例的话,那么,在"十七年"时期已经成为很普遍的现象了。比如陆地的《美丽的南方》,对村妇女主任的外貌描写与《小二黑结婚》描述三仙姑如出一辙:

> 她,三十七八岁的人了,却做二十七八岁人的打扮。腰上缠着一条白净的带子,带子上还绣着星星点点的花边;眉毛修得又细又弯,脸上同没沾点灰尘的镜面似的,收拾得挺干净。[②]

"十七年"时期的孙谦更是保持他的一贯态度,甚至将人物外表美本身就视为一种缺陷。如《演戏的故事》就将外表的讲究直接与人物的品行联系起来:

> 贾得富的长相漂亮,衣着整洁,风度潇洒——浑身上下都挑不出什么毛病来。但是,不论是在村里,还是在学校里,贾得富

---

① 西戎:《谈文学青年的生活与创作》,《西戎文集》(第5卷),山西人民出版社2001年版,第2208页。
② 陆地:《美丽的南方》,广西人民出版社1979年版,第77页。

都没有什么知心朋友……①

时代的匮乏导致了"十七年"和八九十年代各个时期乡土小说人物美的不同特点。但是，如果文学仅仅只是时代文化的简单反映，而没有蕴含作家的主体个性的话，文学也就失去了独立的存在意义。事实上，任何时代文学都不可能是简单的时代投影，而是存在作家个性所赋予的差异性。所以，考察当代乡土小说的女性美描写，更值得关注和思考的是其中的复杂性，以及这些复杂性所造成的前因和后果。

其中，作家在内心世界与时代要求之间的矛盾和两难很值得探究。一个典型的例子是柳青《创业史》对改霞的叙述，特别是初次在《延河》杂志上发表的版本与正式出版图书之间的差异——作家对改霞形象进行了较大幅度的修改，删去了初版本对其女性性别特征的凸显。②然而，尽管经历了修改，但至少在《创业史》第一部里，改霞依然是作品中最具有艺术魅力、给人留下深刻印象的人物形象，特别是她具有现代气质的美丽外表。显然，这与作者对这一形象的特殊喜爱有关，也直接关联作品对其外表充分细致的描摹：

> 但改霞白嫩的脸盘，那双扑闪扑闪会说话的大眼睛，总使生宝恋恋难忘。她的俊秀的小手，早先给他坚硬的手掌里，留下了柔软和温热的感觉，总是一再地使他回忆起他们在土地改革运动

---

① 孙谦：《演戏的故事》，《孙谦小说散文集》，北岳文艺出版社2015年版，第187页。
② 对此，已经有多位学者进行了对比和分析。这里不再赘语。如金宏宇：《修改意向和版本本性》，《三峡大学学报（人文社会科学版）》2003年第5期；陈国和：《文学与政治之间——关于〈创业史〉的修改》，《广西社会科学》2007年第5期。

中在一块的那些日子。①

但是，到了《创业史》的第二部，具有现代美的改霞基本上退出舞台，取而代之成为作品女主人公的是具有传统农民气质的刘淑良。通过与前面对改霞外貌描写的对比，可以清晰地看到柳青女性审美观念的巨大变迁：

> 这回他看清楚了：是一个二十几岁的劳动妇女，前额宽阔的长方脸庞，浓眉大眼，显得精明能干。生宝再看她托在木炕沿上的两手和踏在地上的两脚，的确比一般只从事家务劳动的妇女要大。生宝看见她那手指头比较粗壮，心里就明白这是田地里劳动锻炼的结果。骨骼几乎同他一样高大，猛一看似乎有点消瘦，仔细看却是十分强壮。②

无论从哪个方面说，改霞形象的塑造和美感都比刘淑良要成功。如果说，改霞是柳青个人精神世界的外在体现，那么，刘淑良就只能说是时代观念的简单复制品了。所以，柳青的这种改变，既可以看作是柳青个性化和独立性的逐渐丧失，也可以说是审美观念的严重退化。

"十七年"时期另一个值得关注的乡土小说作家是浩然。前面已经分析过其《艳阳天》中女性美描写的缺失，"文革"时期问世的《金光大道》更是如此。但其实，浩然是一位并不缺乏审美能力的作家，对女性美的描述也很有功底。在他后期创作的《苍生》和

---

① 柳青：《创业史》（第一部），中国青年出版社2009年版，第101页。
② 柳青：《创业史》，陕西人民出版社1991年版，第682—683页。

《山水情》等作品中都有对女性美较多也很细致的描绘。

特别是其晚年作品《浩然口述自传》，很多地方都细致地描摹了女性美。而且，其女性美能够将质朴和现代（"土"和"洋"）较好地结合，艺术魅力很丰富。比如以下描写：

> 我只能看到她小半边脸。那脸腮并不白，倒显着一种嫩嫩的健康的红润。披在脖根下的短发也不厚密，却墨黑墨黑地透着秀丽。一只轮廓分明的耳朵从发丛中露出，耳垂上的银环一闪一闪的。还能看到她嘴巴的一角，薄薄的嘴唇挂着一种嘲笑意味地撇着。
>
> 嘿，好一张俊俏的脸蛋！正面看比侧面看受端详，特别是那双不太大、杏核形的眼睛，如同闪光的珠子粒儿，十分地动人。
>
> 大襟儿、开气儿的白布小衫，宛如银星流动；黑黑的、长长的头发，即使没有风吹，也要随着她的脚步一飘一飘的。弯腰采朵野花，插到头上，伸手折一颗草果实，叼在嘴唇上。寻食的山鸟被她惊动，飞飞落落。那情景那画面，那美妙身影的移动，实在让人赏心悦目。①

由此看来，《艳阳天》《金光大道》等作品对女性美的忽略和政治化处理，即使不说是为政治写作，至少可以说是浩然才华的被遮蔽，其对美的感受和描摹能力没有全面充分地展示出来。

三、总结与反思

当代乡土小说的人物美描写，无论是作为时代画卷，折射时代

---

① 浩然口述：《浩然口述自传》，天津人民出版社2008年版，第68、68、74页。

审美观念的变迁，还是提供给人们审美艺术，塑造优秀的美的人物形象，都有一定成就。

这突出表现在一些优秀作家的创作上。如孙犁，尽管他所在的"十七年"时期主流文化限制较多，但他坚持对女性美的个性化关注，特别是将时代要求与自己的个性结合起来，将乡村传统和现代伦理观念适度融合，塑造了小满儿这样富有特色的优秀人物形象。

另外，周立波也是成就非常突出的作家。作为一个南方作家，他将对自然美的关注与对人物美的塑造结合在一起，并从整体上构筑了一个由方言、民俗等地方文化构成的地方文学景观。其中，他对女性人物美多有较细致的描述，凸显了南方女性的个性，也与人物的年龄、身份、政治背景等相吻合，显示出很高的人物细描功力。

典型如《山乡巨变》。这是对乡村女青年盛淑君的描绘："穿花棉袄""两根粗大、油黑的辫子""脸颊丰满""一双睫毛长长的墨黑的大眼睛""肤色微黑""带着一种乡里姑娘的蛮野和稚气"[1]。而以下是对青年妇女盛佳秀的书写：

> 体子壮实，两手粗大而红润，一看就像一位手脚不停的、做惯粗活的辛勤的妇女。
>
> 她的端正、黝黑、稍许有些雀斑的脸上，又泛起了一层羞赧的红晕，显出引人的风致。[2]

下乡干部邓秀梅则是这样的形象：

> 穿一身青布斜纹制服，棉制服右边的上口袋配一支钢笔，插

---

[1] 周立波：《山乡巨变》，作家出版社1959年版，第16页。
[2] 同上书，第321、313页。

一把牙刷,她没戴帽子,剪短了的黑浸浸的头发在脑门顶上挑开一条缝,两撇弯弯的、墨黑的眉毛又细又长,眉尖差不多伸到鬓边。

　　　　轻巧地挑起水桶往前走,脚步很稳,竹扁担在她那浑圆结实的肩膀上一闪一闪的,平桶边的水微微地浪起涟漪,一点也不洒出来。①

这些描述尊重生活的本来面目,还原出时代环境中朴实、生动、带着泥土味的乡村女性美。

　　1980年代后,在女性美的展示上具有代表性的作家是莫言。这最主要是缘于他的独特审美观。他不拘泥于现代伦理标准,充分借鉴和吸纳乡村民间文学传统,展现出具有原始野性色彩的女性美,从而呈现出与主流文学传统有所差别却极具个性色彩的女性美书写,也塑造出了如戴凤莲(《红高粱》)、上官鲁氏(《丰乳肥臀》)等个性化的女性形象。虽然莫言的美学观念与现代观念有所背离,但从文学意义上说是很成功的。

　　《红高粱》时期的莫言美学观念相对来说还比较传统,虽然作品张扬原始生命力量,也对背离传统伦理的性爱进行了讴歌,但在具体人物描写上并没有特别张扬之处。如对戴凤莲出场时的外貌描写:

　　　　奶奶那年身高一米六零,体重六十公斤,上穿碎花洋布褂子,下穿绿色缎裤,脚脖子上扎着深红色的绸带子。
　　　　十六岁那年,奶奶已经出落得丰满秀丽,走起路来双臂挥

---

① 周立波:《山乡巨变》,作家出版社1959年版,第7、17页。

舞，身腰扭动，好似风中招飐的杨柳。①

但到了《丰乳肥臀》阶段，就对女性美有更大胆的展现。其中，对上官鲁氏的描写最为大胆。如这一段：

> 窗棂上镶着一块水银斑驳的破镜子，映出脸的侧面：被汗水濡湿的鬓发，细长的、黯淡无光的眼睛、高耸的白鼻梁、不停地抖动着嘴唇的枯燥的阔嘴。一缕潮滤滤的阳光透过窗棂，斜射在她的肚皮上。那上边暴露着弯弯曲曲的蓝色血管和一大片凹凸不平的白色花纹，显得狰狞而恐怖。②

入微的细节中，展现的不是传统女性的美，而是某些怪异乃至"狰狞"的色彩。这一点，伴随着作品对上官鲁氏对传统道德大胆叛逆的行为书写，引起了人们对其"母亲"身份的较大争议，也塑造了中国当代文学形象系列中独特的"这一个"。

此外，在对其他女性的外貌描写中，《丰乳肥臀》也颇为恣肆。如这是对"大姐"的外貌描述：

> 度过一个丰衣足食、相对平静的夏天，大姐的身体发生了重大变化。她的胸脯已经高高挺起，干枯的头发变得油黑发亮，腰肢变得纤细柔软富有弹性，屁股膨胀并往上翘起。在一百天内，她蜕去了枯萎黄瘦的少女之皮，成为一个花蝴蝶般的美丽姑娘。大姐的白色的高鼻梁是属于母亲的，丰满的乳房和生气蓬勃的屁

---

① 莫言：《红高粱》，《红高粱家族》，作家出版社2012年版，第35、36页。
② 莫言：《丰乳肥臀》，作家出版社2012年版，第6页。

股也属于母亲。面对着水缸中的娇羞处女,她的眼睛里流露出忧郁之光。她手挽青丝,挥动木梳,惊鸿照影,闲愁万种。①

而到了《檀香刑》,莫言的女性描述又有改变。他进一步强化了民间文学的书写传统,其艺术表现手法具有说书色彩,审美塑造也更多白描艺术,充分呈现了民间文艺的审美色彩。如作品对女主人公眉娘的描绘:

> 她的头发黑得发蓝,刚用豆油擦过似的。她的额头光亮,赛过白瓷花瓶的凸肚儿。她的眉毛弯儿弯儿的,正是两抹柳叶儿。她的鼻子白生生的,一节嫩藕雕成的。她的双眼水灵灵,黑葡萄泡在蛋清里。她的嘴巴有点大,嘴唇不抹自来红。两只嘴角往上翘,好比一只鲜菱角。②

然而,就整个当代乡土小说女性审美表现来看,其创作成就还不够突出,有很多值得反思和讨论的地方。

其一,审美观念上的肤浅化和模式化。

当代乡土小说的女性美描写以作家独立审美观念为核心。应该说,除了极少数,大多作家作品都受各自时代观念的局限,停留在再现生活这个层面,没有表现出对生活和时代观念的超越和突破。

如前30年的"革命"时代,绝大多数作家都遵守时代政治规范,不敢越雷池一步,其美的内涵、美的表现都只是时代折射,很

---

① 莫言:《丰乳肥臀》,作家出版社2012年版,第72页。
② 莫言:《檀香刑》,上海文艺出版社2012年版,第63页。

少看到作家真正的独立思考。同样,"改革"时代的最近几十年,女性美描写很大程度上受欲望叙事的影响,完全朝着以性感为中心的审美特征发展,这是商业文化制约下的另一种模式化,也是另一种对生活的屈从。

此外,当代文学近 70 年乡土小说人物美观念,还存在一些共性的缺点。比如"红颜祸水"的书写模式,在各个时期都有比较多的表现。"十七年"时期对正面女性进行外貌美的有意遮蔽是一种表现,近年来商业化背景下对女性性征的有意凸显,也是这种模式的一种表现——这其中包含着强烈的男性中心视角,以及情色意味。

与之相应,乡土小说作家们在对人物美的内涵方面却缺乏足够的探索。比如外表美与内在美的关系,比如究竟什么是人物的美,以及美的意义,等等。这些具有哲理性的内容,与人性内涵、历史文化内涵都有深刻的关联,是人物审美书写非常重要的方面。但是,从既有创作来看,作家们对人物美的书写,基本上局限在外表,最多涉及思想观念(传统与现代)和基本的行为模式(是否文明),很少进入美的范畴之中进行探索和思考,也因此看不到美的哲学之光在文学中闪现。

其二,在人物美的艺术表现上的简单化。

审视当代乡土小说的女性人物美,可以说较少具有丰富美学内涵的形象。这当然与作家美学观念有关,也与艺术表现方法不够丰富有联系。比如,在对女性内心世界的挖掘和表现上就有所不够。除了孙犁部分作品具有与之相近的艺术效果外,我们很难看到像沈从文《边城》那样对翠翠细腻复杂心理的描摹。另外,在艺术表现手法上也比较单一,特别是缺乏将中国传统文学含蓄美、诗化美的融合,从而呈现出民族特色的艺术旨趣。

我们试引废名和沈从文对少女外貌的描写，其含蓄隽永之美在当代乡土小说作品中很少能够看到：

> 翠翠在风日里长养着，把皮肤变得黑黑的，触目为青山绿水，一对眸子清明如水晶。自然既长养她且教育她，为人天真活泼，处处俨然如一只小兽物。人又那么乖，如山头黄麂一样，从不想到残忍事情，从不发愁，从不动气。①

> 三姑娘这时已经是十二三岁的姑娘，因为是暑天，穿的是竹布单衣，颜色淡得同月色一般，——这自然是新的了，然而倘若是新的，怕没有这样合式，不过这也不能说定，因为我们从没有看见三姑娘穿新衣：总之三姑娘是好看罢了。②

特别是近年来，随着乡土小说追求叙事速度，作品的叙事成分增加，描写大幅度减少，人物外貌美的描写更呈现出淡化趋势。这与当前社会生活节奏加快，人们缺乏耐心欣赏细致的描写艺术有关，但不管怎样，乡土小说少了女性之美，少了描写之美，都绝对是一个大的遗憾，也会对乡土小说的美学特征造成严重伤害。

第二节　风景中的权力与传统
——兼论"十七年"乡土小说的风景描写

在乡土小说审美中，风景具有很重要的地位。原因之一，自

---

① 沈从文：《边城》，当代世界出版社2019年版，第7页。
② 冯文炳：《竹林的故事》，上海北新书局1927年版，第172页。

然风景本就是乡土生活的重要特征,地域广袤纷繁的中国乡土天然地赋予乡土小说以独特美感。依靠丰富的个性化艺术表现,不同乡土小说作家呈现出或细腻或简洁,或冲淡或抒情多种风格的风景描写,使之成为乡土小说一个重要的审美魅力所在。如鲁迅《故乡》、废名《竹林的故事》、沈从文《边城》、孙犁《铁木前传》、贾平凹《浮躁》等都是如此。原因之二,风景是构成乡土小说"现代性"的一个重要特征。作家们在风景描写中充分传达了自我主体精神,表现出对现代文化方向的追寻,传达出以独立性和个人性为特征的现代精神。五四文学特别倡导风景书写,并将之与传统小说的思想观念、价值立场联系起来。① 如茅盾就将风景描写提升到文学鉴赏观念是否现代的高度,"中国一般人看小说的目的,一向是在看点'情节',到现在还是如此;'情调'和'风格',一向被群众忽视",不改变这种情况,"中国一般读者赏鉴小说的程度,终难提高"。② 所以,鲁迅的《故乡》《祝福》等作品始终以知识分子的眼睛展示乡村风景,借对乡村自然的描写和抒怀,表达对乡村文化的批判以及对自我的强烈反思。废名和沈从文等的作品则借美丽细致的风景书写,表达出对乡村自然美和自然人性的充分认可,潜藏的是作家的生命态度和自然态度。

正因为这样,当代乡土小说理论家们在谈及乡土小说概念时,都将风景作为其一个核心特征。③ 陈继会在《中国乡土小说史》中

---

① 对此,已经有学者做了比较细致的梳理和研究。特别是郭晓平通过梳理中国现代小说理论从"背景""环境"到"风景"概念的演变,对中国现代小说发展的早期,风景如何进入作家们的视野,成为小说创作的重要因素,做了非常细致的梳理。如郭晓平:《中国现代小说风景叙事之研究》,中国社会科学出版社2019年版。
② 茅盾《评〈小说汇刊〉》,《文学旬刊》1922年第43期。
③ 参见丁帆:《新世纪中国文学应该如何表现"风景"》,《徐州师范大学学报》2012年第3期。

指出:"乡土小说中的风俗画、风景画,天然地就具备更多的文化意蕴。"① 丁帆《中国乡土小说史论》更提出"三画四彩",将风景美视为乡土小说的重要特征:"风景画,是进入乡土小说叙事空间的风景,它在被撷取被描绘中融入了创作主体烙着地域文化印痕的主观情愫,从而构成乡土小说的文体形象,凸显为乡土小说所特有的审美特征。"②

一、"十七年"乡土小说风景书写的特异性

在中国现当代乡土小说的整体发展历史中,"十七年"乡土小说的风景书写是一个很显著的例外。与其他时期作家们很重视风景描写不同,这时期的创作都没有给予其特别的关注,更重要的是,即使有些作家进行了一定的风景书写,所赋予的内涵也与主流乡土小说传统不一样。具体来说,它具有这样的特点:

首先是简单化。"十七年"乡土小说中不少作品基本上没有风景描写。更多的情况是:有些作品虽然书写了风景,但非常简单素朴。其中没有对自然景物的细致描摹,更少人物针对自然的抒情,只是在对社会环境进行介绍时,将自然环境纳入其中而已。只有在比较宽泛的理解下,这种自然景物书写才能被称作"风景"。

没有风景描写的作家,最有代表性的是赵树理。早在新中国成立前,赵树理的《小二黑结婚》《李有才板话》等乡土小说,就很少有风景描写。它们基本上就是讲故事,非必要不会对周围环境进行描写。即使描写,也是以生活环境为主体,自然环境很少,文笔

---

① 陈继会等:《中国乡土小说史》,安徽教育出版社1999年版,第398页。
② 丁帆等:《中国乡土小说史》,北京大学出版社2007年版,第21页。

也很简洁。对此，赵树理有清晰的自我认识，或者说，这种书写来源于他的主观自觉："我过去所写的小说如《小二黑结婚》《李有才板话》《李家庄的变迁》等里面，不仅没有单独的心理描写，连单独的一般描写也没有。这也是为了照顾农民读者。因为农民读者不习惯读单独的描写文字，你要是写几页风景，他们怕你在写什么地理书哩！"①

新中国成立后，赵树理的乡土小说依然保持这样的风格。他的《三里湾》《锻炼锻炼》《套不住的手》等作品，几乎都没有细致的风景描画。

这是《三里湾》对村庄环境的描述。虽然其中有自然树木，但完全建立在人文生活的背景之上。它们可以说是自然风景，但在根本上承担的是人文景观的陪衬和附庸：

> 这菜园的小地名叫"船头起"，东边是用大石头修成的防河堰，堰外的地势比里边低五六尺，长着一排柳树，从柳树底再往东走，地势越来越低，大约还有一百来步远，才是水边拴船的地方。大堰外边，有用石头垫成的一道斜坡，可以走到园里来，便是从河东岸来了买菜的走的路。靠着大堰，有用柳枝搭的一长溜子扁豆架，白肚子的扁豆荚长得像皂荚。②

赵树理是典型代表，以他为榜样的"山药蛋派"作家也都跟他基本一样。如马烽、西戎的代表作《三年早知道》《赖大嫂》等都

---

① 赵树理：《做生活的主人》，《赵树理文集》（第4卷），中国工人出版社2000年版，第1989—1990页。
② 赵树理：《三里湾》，董大中主编《赵树理全集》（第2卷），北岳文艺出版社2019年版，第105页。

是这样。如西戎《宋老大进城》中开场的风景描写:

> 车子出了村,上了大路。大路两旁的秋庄稼,长得真叫宋老大心里喜欢。多少年来从未有过的丰收,就要在宋老大他们的社里出现了。宋老大心里笑着,两只眼不住地四处看着。刚才的一点不愉快,早已烟消云散了。这时,每块庄稼地里,都是成群结伙的人在干活,只有单干户王发祥的棉花地里,发祥老婆领着两个露屁股孩子,在打整棉果。①

基本上与赵树理小说的风景描写如出一辙,呈现的是非常简约朴素的特点。

其次是功用化。也就是说,"十七年"乡土小说作品的风景描写的关注点基本上都不在自然本身,而是作为乡村日常生活的一部分;作家们书写的出发点不是在风景之美,其中很少有作家主体精神的投射,也很少与人物情感世界发生关联。"实用"才是作家们书写的出发点,是这些风景的实质中心。

1940年代到"十七年"时期的乡土小说中,孙犁是以抒情美和风景美而突出的作家,他的风景观就是密切与生活联系在一起。他曾经这样表示:"不应该把所谓'美'的东西,从现实生活的长卷里割裂出来。即使是'风景画'吧,也应该是和现实生活、现实斗争、作者的思想感情,紧紧联系在一起的。"② 所以,他笔下的风景具有与生活强烈的关联性。

这是他发表于新中国成立前夕的短篇小说《浇园》:

---

① 西戎:《宋老大进城》,山西人民出版社1956年版,第4页。
② 孙犁:《作画》,《孙犁文集》(第4卷),百花文艺出版社1992年版,第472页。

> 他（引者按：小说人物李丹）拐到那里，从畦背上走过去，才看见香菊隐在了一排又高又密的鬼子姜后面。
>
> 这是特意栽培的鬼子姜。它长起来可以遮蔽太阳。一棵小葫芦攀援上去，开了一朵雪白的小花。在四外酷旱的田野里，只有它还像带着清晨的露水。
>
> 李丹站在香菊对面，把拐支稳，低下头一看，那是一眼大井。从砖缝里蓬蓬生长着特别翠绿的草。井水震荡得很厉害，可是稍一平静，他就看见水里面轻微地浮动着晴朗的天空，香菊的和鬼子姜的影子，还有那朵巍巍的小白葫芦花。[①]

景物描写非常细腻生动，也已经化为乡村劳作和生产中的一部分，具有与生活不可分割的特点。

周立波也是这样。周立波是"十七年"文学中风景描写最多、成就也最突出的作家之一。他风景描写的最大特点也是很少作家主体思想的介入，而是充分服务于现实生活，特别是现实中的集体和劳动主题。[②]

比如，在《张满贞》中有这样的风景：

> 在青翠的茅草里，翠绿的小树边，这一丛丛茂盛的野花红得像火焰。背着北风的秧田里，稠密的秧苗像一铺编织均匀的深绿的绒毯，风一刮，把嫩秧叶子往一边翻倒，秧田又变成了浅绿颜色的颤颤波波的绸子了。[③]

[①] 孙犁：《浇园》，《文艺劳动》1949年5月15日第1卷第1期。
[②] 钟凯丽：《周立波小说中的风景与抒情》，《西安文理学院学报》2018年第2期。
[③] 周立波：《张满贞》，《周立波选集》（第1卷），湖南人民出版社1983年版，第182页。

这样的风景无疑是细腻而优美的,但是在作品中,人物并不以这些风景为喜悦,而是充满着担忧。因为作品和作品中的人物一样,首要考虑的不是风景美,而是现实生活问题——具体就是随着大雨的降临,有可能会影响到今年的农作物生长。所以,作品人物谈论的是:"今年不会烂秧吧?""这种鬼天气,哪个晓得啊?"同样,《一八山里》描写夏天风景,也是从与农作物长势的关系角度来写。作品中描绘的虽然是自然,呈现出的是自然之美,但完全是从日常生活角度来考虑,带有很强的实用性质:

> 家家的屋前屋后,塘基边上,水库周围,山坡坡上,哪里都栽种。不上五年,一到春天,你看吧,粉红的桃花,雪白的梨花,嫩黄的橘子花,开得满村满山,满地满堤,像云彩,像锦绣,工人老大哥下得乡来,会疑心自己迷了路,走进人家花园里来了。①

王汶石也是"十七年"风景描写较多的作家,他的风景特点也一样。比如他的《在白烟升起的地方》,风景描写相当细致,也都密切关联着乡村的日常生活,表面上虽然以自然为主,实际上都是现实的附庸:

> 当我们踩着列石,在小河上渡过两次之后,太阳在我们背后的山峰上冒花花了。川道忽然明亮,迎着我们的山坡,都闪耀着金黄的光芒。连绵起伏的土山,秋庄稼早已收割净尽,留下黄褐

---

① 周立波:《一八山里》,《周立波选集》(第3卷),湖南人民出版社1983年版,第207—208页。

色光秃的土包。只有那些酸枣刺丛,挂着一串串红玉石似的酸枣果,点缀着单调的山崖。成群的野鸡,在路旁的草坡上,炫耀着织锦似的羽衣,抖动着尾巴上颤巍巍的翁毛,追逐嬉戏。它们不大怕人,只在我们走得很近时,才咯咯叫着,奔跑开去,像同我们捉迷藏似的,在草丛里藏起来。①

最后是政治化。"十七年"乡土小说的风景书写与劳动、集体生活等关系密切,而且还在不同程度上体现着时代政治的影响,具有政治的陪衬或者象征意义。② 蔡翔在《革命/叙述——中国社会主义文学-文化想象(1949—1966)》一书中做了较多关注,认为很多作品的风景书写中呈现了一种以"社会主义"为中心的劳动价值观,蕴含着人与土地的崭新感情,是一种积极意义的对风景的"重写"。③

具体到作家作品也是如此。比如周立波《山乡巨变》"山里"一节的风景描写,就蕴含着与时代政治蓝图的关联。当陈大春带着盛淑君来到山间观看乡村夜景时,"两个人并排站在一块刚刚挖了红薯的山土上,望着月色迷离的远山和近树"④,陈大春展望的是社会主义的未来美景。而《卜春秀》中的自然景观更直接联系着时代英雄:"山顶上,阳雀子不住停地送出幽婉的啼声。温暖的南方的清夜飘满了草香、花气和新砍的柴禾的冲人的青味。……她的心神又飞到了我们的勇士守卫着的、祖国的遥远的边疆。"⑤

---

① 王汶石:《在白烟升起的地方》,《文艺月报》1958年第5期。
② 参见朱羽:《周立波与"风景"——阅读〈山乡巨变〉》,《枣庄学院学报》2008年第1期。
③ 蔡翔:《革命/叙述——中国社会主义文学—文化想象(1949—1966)》,北京大学出版社2010年版,第33—36页。
④ 周立波:《山乡巨变》,作家出版社1959年版,第216页。
⑤ 周立波:《卜春秀》,《周立波短篇小说选》,中国青年出版社1979年版,第241页。

还有一些作家作品从自然的象征面来彰显人物和时代精神。如王汶石《风雪之夜》就用了大量笔墨渲染暴风雪的肆虐，以大自然的严酷来彰显对时代精神的歌颂。柳青《创业史》也一样。作品中的梁生宝进山砍竹子的场景，也描写了自然环境的艰难和天气的恶劣，同样是为了烘托气氛，突出主人公的坚强意志。而浩然的《从上边下来的人》，在自然风景中融入积极热情的氛围特征，传达出热烈奔放的时代精神：

> 经过一场春雨洗刷，满山遍野绿色加浓，桃李树下落英缤纷，蓝湛湛的天上，飘动着几朵白云彩。麦苗儿像马鬃一样茂密苗壮，盖住了金鸡塘两岸所有的土地，和远山连在一起。地里，散布着锄田的社员，男的女的，一排排，一队队，甚是精神。①

政治化特点体现更为明确的，是一些作品通过书写人物如何看待自然风景，传达出各种具有政治色彩的思想意识，并因此对人物进行诸如"小资情调"等的政治性评价。陆地的《美丽的南方》就写到知识分子和农村干部对同一"风景"的不同视角。对于乡村生活，知识分子钱江冷发出这样的感慨：

> 只是有一样，别处是不容易见到的，就是外边的风景挺美：地面上冒起那么多挺拔秀丽的石山，冬天的河岸还是一条绿带似的，特别是这片橄榄林，比意大利达·芬奇的故乡——佛罗伦萨的橄榄林还美。②

---

① 浩然：《从上边下来的人》，《喜鹊登枝》，作家出版社 1958 年版，第 112 页。
② 陆地：《美丽的南方》，广西师范大学出版社 2017 年版，第 75 页。

而在主人公傅全昭眼中，自然完全不是风景，而是蕴含着新的生命气息，代表着革命的时代精神：

> 这地方，虽说是严冬，却不见冷，只要一出太阳，气候还是挺暖和。现在，湖水似的天空轻轻地飘着白云，小溪活泼地湍流；雀鸟尽情地歌唱、飞翔；田里是一片嫩绿的菜蔬；留着做年节供果的金黄色的柚子，点缀着葱绿的树。①

两人所见之物相同，但是视野内涵却完全不一样。对此，作品给予了密切的褒贬，也赋予了自然风景充分的政治内涵。

以上三个特点，共同蕴藏着鲜明的时代文化特点。

其一是农民文化特点。也就是说，"十七年"乡土小说的风景描写带有很强的乡土自我审视特点，它看待自然风景的视点基本上就是立足于乡村的主体——农民，努力呈现出农民的视野。或者说它在审美风格上很少带有作家主体精神的抒情特色，而是更为质朴、简单，更切合乡村真实的日常生活。原因很简单，对于"十七年"及更早时期的农民来说，生存无疑是第一位的。所谓的"自然"，所谓的"风景"，都不可能脱离生存、实用的角度。

其二，时代政治文化特点。从文化基本方向来说，时代文化尊崇简朴节约，生活中没有太多追求美的基础条件，也不能多谈美的话题。除了因为领袖人物喜爱，书画领域对美的讨论和关注比较多之外，其他领域都较少讨论这一话题。这时期文化的主体方向是对"小资产阶级情调"的否定和批判，主张向农民学习，培养无产阶级感情。著名的"美学大讨论"中就有明确的体现。朱光潜强调

---

① 陆地：《美丽的南方》，广西师范大学出版社2017年版，第88—89页。

审美主体的美学观点受到全面否定，只有与时代文化方向一致、表达美的"客观性""时代性"的观点才得到推崇。① 文学风景，只有像茅盾的《白杨礼赞》《风景谈》一样，赋予风景以特殊的"革命"意义，才能够得到较多的肯定。在纯粹的审美意义上谈论风景美，显然是悖逆于时代潮流，要受到责难的。

所以，当时的作家和学者都很少谈论纯粹的"美"，更少对"风景"问题的关注和讨论。翻阅"十七年"时期最重要的文学报刊——《人民文学》和《文艺报》，只有一两篇以"风景"为题的文章，而且都不是从文学审美角度来谈论的。并且，这极少的文章也并非对美的问题的真正讨论，而是主要讨论"风景"与阶级审美的关系，其基本观点是对风景书写的否定性认识。②

从这个角度来说，"十七年"乡土小说风景描写完全可以看作是时代文学观念的结果，与时代文学思想高度一致。从毛泽东《在延安文艺座谈会上的讲话》开始，到"十七年"文学的主流思想，都高度尊崇"为工农兵服务"的文学观念和审美标准。表现在文学形式上，就是追求质朴的语言和通俗的故事，以适应农民的接受水平和审美要求。所以，"十七年"乡土小说以质朴简洁、强烈的生活化为风景书写的基本特征，具备审美色彩的风景描写严重匮乏乃至基本退出，就是很自然的事情了。

"十七年"乡土小说的鲜明时代文化特征与现当代文学主流传统形成了鲜明的对比。在"十七年"时，这些作品在总体上受到高度评价和充分认可，乡土小说中的风景描写也作为一个重要特点受到普遍肯定性评价。但是在进入1980年代后，与对"十七年"文

---

① 参见文艺报编辑部编：《美学问题讨论集》，作家出版社1957年版。
② 参见魏宏瑞：《消失的"风景线"——"十七年"（1949—1966）乡土小说中的风、花、雪、月》，《南京师范大学文学院学报》2011年第6期。

学整体上持质疑和批评态度一样,学术界对于其乡土小说风景书写也普遍予以否定和批判,将它作为文学"反现代性"的一个重要表征。

二、风景中的权力与传统

学者们对"十七年"乡土小说风景描写的批评自然有道理。然而我以为,这一强烈个性化的文学特点,也许并非完全的一无是处,而是有着更丰富的讨论空间,能够给人以更多的启示。

之所以如此考虑,首先是来源于对"风景"理论的认识。正如西方学者所说:"风景的再现并非与政治没有关联,而是深度植于权力与知识的关系之中。"① 无论是作为概念还是文学史来看,风景都具有一定的讨论意味。从表面上看,风景是文学艺术的事情,但在其背后,实质上蕴含着强烈的社会和文化意味。简单地说,风景不是纯粹客观的自然,而是人为和主观的产物,本质上是人与自然的关系。正如刘勰《文心雕龙》所说:"登山则情满于山,观海则意溢于海。"自然本无情,人将自己的情感投射其上,赋予它思想情感,才有了风景和对风景的欣赏。也因此,风景中蕴含着不同的美学观,也蕴含着强烈的权力和文化因素。

从"自然"转为"风景",并非自然而成,而是需要有多个前提条件,需要有从社会到主体、外在到内在的多方面要求:

一是一定的距离。如学者的论述:"只有在对周围外部的东西没有关心的'内在的人'那里,风景才能得以发现。风景乃是被无

---

① [美]温迪·J. 达比:《风景与认同》,张箭飞、赵红英译,译林出版社2018年版,第9页。

视'外部'的人发现的。""人"作为价值判断的主体，站在自然山水之外，就是把"风景""作为与人类疏远化了的风景之风景"①。风景一定要外观者才能发现其价值，或者说才能发觉"自然"之作为"风景"的本质。因为他只有到过外地，具有更为宽阔的视野，在有所比较之后，才能有所鉴别和认识。真正身在其中，自然只是作为一种日常生活景观存在，每天见到，是难以感受到其美的特征的，也不会觉得它是风景。这一点，就像一个人如果一直生活在家乡，是难以体会到对家乡生活的特别珍惜和思念之情的。只有他离开故乡，与故乡有了一定的距离，才会产生这种珍惜，并油然而生出强烈思乡情感。

　　二是一定的主体和客观前提。从客观来说，就是一定的经济发展水平。比如闲暇时间。一个饥饿中的人是感受不到食物的美的，他只能体会到食物的实用价值。风景也是一样。一个成天为生计奔波的人，到一片森林里，所看到的树木让他想到的只是值钱与否，而不是美不美。从主体来说，一定的知识和文化水平也很重要。一个人认识和欣赏风景，是他在风景中发现了自我，进而在其中寄托自我。所以，他除了需要具有欣赏的时间和寄托的心境，还需要有理解的知识和想象的能力，才可能做到景物与看风景者的内心合一，达到诸如李白的"相看两不厌，只有敬亭山"、韦应物的"春潮带雨晚来急，野渡无人舟自横"这样的观景境界。

　　以上两点因素是风景构成的基础，也就赋予了"风景"一词强烈的意识形态内涵，并导致风景中的"权力"和"传统"问题。如

---

① ［日］柄谷行人：《日本现代文学的起源》，赵京华译，生活·读书·新知三联书店2003年版，第15、19页。

伊安·怀特所说:"风景不只是我们所看到的世界,而且是对我们所看到的世界的建构。因此,风景是社会文化的产物,是投射于大地之上的一种观看方式,有其特有的技巧和构成方式;风景是一种特定的凝视,它消解了我们体验与自然关系的其他方式。风景不是自然存在,而是在各种复杂变量制约下的一种社会建构,这些变量包括种族、阶级和性别。"① 也因此,美国学者杰克逊放弃"风景"一词,改用"景观",只是把"风景"作为其中的一个阶段:"最早它指的是风景画,之后代表风景本身。……整个十九世纪,人们习惯性地过分依赖于艺术家的观点和他们对景观美的定义。"②

具体而言,风景中的权力和传统有着两方面的体现:

其一,风景由外来者所发现,那么,风景究竟属于谁?属于本土居住者还是外来者?本土居住者虽然意识不到风景之为风景,在风景内涵方面是被动者和被限制者,但他们是该地域的生存者。而外来者,他们能够意识到风景的意义,也代表着审美的价值。那么,究竟是生存重要,还是审美重要?因为在现实生活中,经常会出现风景与生活相冲突的事情。如旧的民俗区域,从日常生活角度,可能很不便利,居住其中的人们希望拆迁,建筑现代化的新居。但是,从外来者、旅游者的角度看,肯定是要保留有特色的旧居。如果不涉及利害关系,旁观者当然可以说审美更重要。但是,从人道主义或公平角度出发,生存的意义也不应该轻易忽略。

其二,风景的差异性。如前所述,风景的形成具有很强的主

---

① Ian D. Whyte, *Landscape and History Since 1500*, London: Reaktion Books, 2004, pp. 17-18. 转引自潘红:《哈葛德〈三千年艳尸记〉中的非洲风景与帝国意识》,《外国文学评论》2017年第1期。
② [美]约翰·布林克霍夫·杰克逊:《发现乡土景观》,俞孔坚等译,商务印书馆2016年版,第9页。

观性因素，也就必然包含着较强的差异性。很多个体差异导致风景认识上的差异。比如身份——在一个农民眼里的风景也许是城市夜景，而在一个城市人眼中的风景则是乡村自然。比如时代——古人眼中的风景，与现代人眼中的风景肯定存在较大差异，对同一风景的内涵有不同理解。同一风景，古人可能从壮美和崇高美的角度去理解，近代人则很可能会赋予其抒情美，现代人则又可能会寄托生态平等等价值观念。再如民族文化——如英国作家吉卜林《基姆》、福斯特《印度之行》所书写的，在19世纪的印度殖民地，英国殖民者和印度本地人在很多观念上都存在严重差异，英国人所欣赏的风景，在印度本地人看来却非常普通，没有欣赏的价值。

这种风景的差异性特点，特别是民族文化上的差异性，直接而深刻地影响到民族文学对风景的认识和书写。

比如中国文学对风景的理解，就蕴含着中国传统文化的观点，即以人与自然的合一为中心。在中国古代哲学家们看来，人是自然中的一部分，所以要顺应自然规律。"天地与我并生，而万物与我为一"（庄子）、"人应当复归自然，倚自然赋予人的本性生存，人的意义和价值在于任情适性，不刻意地追求实现什么却能获得自我身心的绝对自由与无限"。[①] 这种文化方式，决定了作家（诗人）们看待风景时，人不是在风景之外，把它与自身隔离开去，而是努力将自己与风景融合起来。因此，这就导致中国传统文学（诗歌）难以形成客观细致的风景描写，而更多是对景物的抒情和感叹，并进而形成情景交融、融情入景的审美特点。进一步说，在中国古典文学中，每一处景都是情的投射，没有纯粹自然的、客观的风景。《诗经》中的"赋比兴"很广泛地运用自然景观来传达隐晦的

---

① 徐宏：《论中国古典园林的核心意义》，博士论文，东南大学2007年，第96—98页。

思想感情，也常常借景物来抒发人物的情怀，如"昔我往矣，杨柳依依。今我来思，雨雪霏霏"，就是如此。王国维曾以"意境"或"情境"来概括中国古典诗词艺术，正凝聚了对中国文学（诗歌）风景书写的基本特点。

后起的小说艺术也相类似。中国小说从最初的神话故事，发展到魏晋时期的人物逸事，再到唐传奇、宋元话本、明清小说，基本上都是以故事讲述为主，很少单纯的风景描写。即使有风景，也往往借助诗词形式来表现。比如代表小说成就最高峰的《水浒传》《红楼梦》《金瓶梅》等，无一例外。① 这种趋势一直延续到近代。虽然近代文学引进了许多现代小说技巧，在叙事模式上有较大转变，包括产生了像《老残游记》这样有细腻风景描写的作品，但总体来说，风景描写匮乏的创作传统没有改变。所以，陈平原对"新小说"有这样的概括："'新小说'中不乏记主人公游历之作，每遇名山胜水，多点到即止，不作铺叙。除可能有艺术修养的限制外，更主要的是作家突出人、事政治层面含义的创作意图，决定了景物描写在小说中无足轻重，因而被自觉地'遗忘'。"②

西方文学背后的文化传统与中国文化存在很大差别。与中国哲学强调天人合一、人与自然一体的观念不同，西方哲学更关注人的独立性，因此，他们世界中的人与自然呈现分离状态，作为人的"他者"而存在，人与自然之间也往往是或顺从或征服的关系。③ 进入现代工业社会以来，更是强调人对自然的征服和控制。因此，西

---

① 参见［日］中里见敬：《作为文体的风景——中国古代白话小说"风景之发现"之前的叙景》，《中山大学学报》2017年第2期。
② 陈平原：《中国小说叙事模式的转变》，北京大学出版社2010年版，第107页。
③ 张志伟：《"天人合一"与"天人相分"——中西哲学比较研究中的一个误区》，《哲学动态》1995年第7期。

方小说，特别是现代西方小说有较多的风景描写。无论是18世纪的浪漫主义小说还是19世纪的现实主义小说作品，都有相当广泛细致的风景描写，也构成了西方文学理论对自然风景书写的深入论述。①

当然，文化观念导致的风景书写差异并非只意味着对立，它们也可能相互借鉴与互相融合。事实上，文学观念可以改变，风景意识也完全可以发展与更新。典型如中国现当代文学的风景书写就很大程度上借鉴和学习了西方文学的方法。或者说，它以西方文学风景意识为基础，发展和丰富了中国传统文学的风景意识，有效地促进了中国文学整体上的现代性更新。与此同时，也有一些现当代作家尝试另一方面的融合，那就是将西方文学风景特点与中国传统文学艺术相结合。如废名、沈从文的抒情小说传统对待风景的态度和方法，既有深刻的西方文学影响特点，又努力借鉴中国传统的文学艺术精神，将中国古典诗词的艺术特点融入小说之中，从而形成了其含蓄简洁、追求意境美的风景书写特点。

三、历史和现实的重新审视

在审视了风景的概念内涵和内在特点，以及中国文学风景书写的历史之后，再来认识"十七年"乡土小说的风景描写，会有更复杂的看法。

一方面，正如众多批评家和文学史家的论断，它所存在的缺陷

---

① 西方文学理论中，涉及风景书写的著作很多。如［美］史蒂文·C. 布拉萨：《景观美学》，彭锋译，北京大学出版社2008年版；［英］马尔科姆·安德鲁斯：《风景与西方艺术》，张翔译，上海人民出版社2014年版；［英］西蒙·沙玛：《风景与记忆》，胡淑陈、冯樨译，译林出版社2013年版；［美］W. J. T. 米切尔：《风景与权力》，杨丽、万信琼译，译林出版社2014年版。

是明显的。在根本上，它蕴含的是农业文明的文化观和文学观，缺乏充分的现代性内涵。从艺术角度说，它缺乏对自然认识和观察的丰富性，也没有展现出丰富多样的艺术，因此，它没有呈现出自然的多彩状态，艺术表现上既没有具有主体色彩的现代美，也没有传统艺术含蓄、物我一体的风景美，而且具有较浓的模式化色彩，风格高度雷同。从思想角度说，它缺乏对自然的充分关切，特别是缺乏将风景作为独立的美来认识和看待。不是完全否定农民实用主义思想存在的合理性，但是，自然的内涵是多样化的，如果只是局限于从实用角度来认识，缺乏对其超越性审美特点的认识，是对自然本质的狭窄化和片面化。

但是，另一方面，在意识到"十七年"乡土小说风景书写缺陷性的同时，其意义也不可忽视。具体说，就是其审美特点与本土文化（文学）的密切关联。如前所述，中国传统文学特别是民间文学叙事传统具有侧重故事、轻视风景描写的特点。这又在根本上源于中国文学侧重社会价值的文学理念——为现实而不是为审美而创作。"十七年"乡土小说的风景书写与这种传统有直接的联系。他们之所以不重视风景，是因为在他们的眼里，风景不应该理解为纯自然，他们更将风景作为生存的一部分。他们将文学的意义集中于社会，也致力于将文学切近生活，融入生活之中。

当然不能说本土化的风景观念就是完全正确的，它也存在自己的局限——过于强烈的社会功利意识，忽视非功利的审美就是典型表现。但是，毫无疑问，它也具有自己的存在价值。特别是结合现实乡土小说的某些误区和缺失来看更是如此。更重要的是，结合这种本土化风景书写观念，能够促进我们对一些风景问题的更深入认识：

其一，风景与生活的关系。乡土小说的中心之一是对乡村生活的真实反映，风景也是其中一个重要内容。同样，乡土小说的审美内涵中，风景书写也是不可缺少的重要内容。但是，不管怎么说，生活和人物是乡土小说（也是所有文学）最重要的核心，风景的意义始终有着无法逾越的限度。所以，乡土小说作家需要关注风景，但是不能喧宾夺主，过于沉溺于风景书写之中。这种对风景的过分关注，可能带来几个缺陷：一是导致"人化的自然"现象，也就是对自然的控制、异化和伤害。特别是将风景人为化、夸张化，为了迎合外来的审视眼光，主动而夸张地展示自己的"异质性"；二是走向对生活本身的忽视。过分的风景关注，本质上意味着一种自恋式的自我中心，他关注的实际上是自我，是自我对风景的投射。

　　这一点，著名作家老舍早就有所认识，并明确指出风景与生活、人物之间的主次关系："真实的地方色彩，必须与人物的性格或地方的事实有关系，以助成故事的完美与真实，反之，主观的，想象的，背景，是为引起某种趣味与效果，如温室中的热气，专为培养出某种人与事，人与事只是为做足这背景的力量而设的。"① 当代西方学者也表达出一致的思想观点，对过于强调风景书写的观点进行了批评："长久以来，我们都受制于传统的景观美的概念，认为景观之美在于其符合某种普遍的美学原则，或生物的和生态的规律……然而，我们看到的乡土景观的形象是普通的人的形象：艰苦、渴望、互让、互爱。只有体现这些品质的景观，才是真正的美的景观。"②

　　从人与自然以及文学本质的角度来认识风景，也是如此。这固

---

① 老舍：《景物的描写》，原载《宇宙风》1936年9月1日第24期，见《中国当代文学研究资料　老舍专集》（上），第62页。
② ［美］约翰·布林克霍夫·杰克逊：《发现乡土景观》，俞孔坚等译，商务印书馆2016年版，第5页。

然体现人的自觉,从与物的关系中解脱出来,意识到自我的存在,以及与物构成一定的对照关系。但是,与此同时,这种自觉也意味着与"物"之间的距离。也就是说,他与"物"之间不再是紧密相连的关系,而是有了清晰的距离。这种距离对于审美来说也许是必要的,但是,文学不只有一种方式,就像"现代性"不只有一种内涵一样。如果不从纯粹审美的角度来理解文学,那么,摒弃风景的文学也并非没有其存在价值。或者说,不只是有风景的文学才是唯一现代性的,没有风景的文学就一定是处于前现代,价值一定是弱的。

事实上,在文化和文学史上不乏这样的情况。从文化角度说,中国传统的园林文化就存在这样的缺陷。很多园林过于追求景观之美,而忽略了自然主体的生命,忽略了它们生长的自由和独立,让它们按照人类意志扭曲地生长。从文学角度说,近年来,一些乡土小说作家将乡村作为知识分子的自我言说和主体展示,与乡村真实生活越来越远。他们虽然书写了乡村风景,但实质上未能揭示出乡村生活的本真面目,更没有表达出乡村农民的真实精神和心里愿望,没有完成对乡村深刻而切实的书写。当前商业文化背景下,更有不少作家(典型是部分"西部文学"作家)将乡村风景作为迎合市场的方式。他们的作品中着力渲染一些哗众取宠的怪异"风俗",以及人为编造的"伪风景",却严重忽略普通百姓的日常生活。这样的"风景",根本不能反映真实的乡村境况和百姓日常生活,甚至成了对人们生活的严重遮蔽和曲解。正因如此,一些西部作家对此表示了强烈的反感,甚至拒绝用"西部作家"来界定自己。①

---

① 参见贺仲明:《乡土文学的地域性:反思与深入》,《首都师范大学学报(社会科学版)》2012年第5期。

其二，风景书写的多样性，特别是从充分的民族文化个性出发。按照现代性对"风景"的理解，只有在自然与作家主体精神相联系的情况下，自然当中投射了作家的主体精神，才算是"风景"，也才算具有了现代性内涵。但这一观点也存在可商榷之处。最基本的原则是：文学是否就以现代性为唯一标杆？文学的本质是审美，它不应该成为现代性的奴仆，而应具有自己的独立原则。以此来思考，现代性的风景书写固然可以成为风景书写之一种，那么，不仅仅将"乡村"作为一个"自我"的对象，而是以乡村为主体、相对忽视自我对自然的投射，也应该可以称为一种自然书写方式，也应该属于风景书写之重要形式。文学本就是多样化的，风景书写也应该体现这种丰富性。

事实上，只有将丰富的风景与多彩的生活结合起来，共同构成乡村生活图景，才能展示出真实的乡村世界。果戈理曾经说过："真正的民族性不在于描写农妇穿的无袖长衫，而在表现民族精神本身。诗人甚至描写完全生疏的世界，只要他是用含有自己民族要素的眼睛来看它，用整个民族的眼睛来看它，只要诗人这样感受和说话，使他的同胞们看来，似乎就是他们自己在感受和说话，他在这时候也可能是民族的。"[1] 也就是说，对于乡土小说，风景当然是重要的。但是如何书写风景，并不存在单一的书写标准。它可以致力于细致描摹风景，充分展现自然之美，并辅以现代思想观念，但也可以多着眼于生活景观，从生活角度来认识风景、理解风景和书写风景。

"十七年"乡土小说将书写重心聚焦于乡村生活，而对风景的

---

[1]〔俄〕果戈理：《关于普希金的几句话》，《文学的战斗传统》，满涛译，新文艺出版社1954年版，第2—3页。

相对忽视,其实可以看作是作家的某种"无我"思想。也就是创作者的中心完全在于书写对象——乡村和农民,却忽略了自己。这种书写方式,比较起那种带有强烈主体色彩的文学,也许不符合"现代性"的标准,但却可能更全面客观地进入书写对象。虽然由于其他原因的制约,"十七年"乡土小说并没有能够达到这样的效果,但从方法论来说,却具有足以示范的意义,可以为后来者所借鉴和汲取。

从具体艺术表现方法来说,孙犁的作品有最典型的体现。它的简朴自然与生活化特征,继承了废名、沈从文开创的抒情小说传统,体现出含蓄隽永的审美特色。这其中,有西方审美思想的渗透,又蕴含有中国传统文学的审美特点,是传统与现代的结合,西方特色与中国传统的融合与发展。《铁木前传》的这一段落就传达出风景书写的充分艺术魅力:

> 园子里有一棵小桃树,也叫流沙压得弯弯地倒在地上。小满儿用手刨了刨沙土,叫小桃树直起腰来,然后找了些干草,把树身包裹起来。她在沙岗的避风处坐了下来,有一只大公鸡在沙岗上高声啼叫,干枯的白杨叶子,落到她的怀里。她忽然觉得很难过,一个人掩着脸,啼哭起来。①

只是非常遗憾,这一传统没有为后来的作家们所继承。当代乡土小说中,已经很少有作家作品对其有所发扬和深化——在1980年代初,汪曾祺等曾经一度让这一传统复苏,但很快,因为后继乏人,这一传统基本上断裂了。

---

① 孙犁:《铁木前传》,百花文艺出版社2012年版,第64页。

所以，对于乡土小说风景书写来说，如何既充分保持向外开放和学习，不断丰富和发展自己，又继承和发展自己的民族文学传统，特别是彰显自己独特而优异的个性特征，还有很多空间可以探索。中国古典诗歌中"曲终人不见，江上数峰青"的含蓄隽永的风景书写似乎距离我们已经非常遥远了。如果我们能够在乡土小说中欣赏和感受到这种民族传统文化之美，那么，中国乡土小说的风景描写就完全成熟、独立，也就拥有对包括"十七年"乡土小说在内的历史的超越和扬弃，进入到一个新的境界了。

第三节　从写实到象征
——当代乡土小说艺术方法变迁

当代乡土小说在对乡村生活进行书写和展示时，其中，美是很重要的内容。而与此同时，乡土小说自身也构成一种审美形式。换句话说，乡土小说在寻找和反映生活中的美，同时也努力将自身发展成为更完美的艺术形式，实现其作为文学的美的特色。

所以，考察当代乡土小说的审美变迁，一个不可忽略的重要内容就是考察乡土小说审美艺术的变迁。原因很简单，在当代社会半个多世纪的流转中，人们的审美观念固然发生了很大改变，文学审美自身也同样有大的变化和发展。简单地说，从 1950 年代以写实为中心的小说艺术特征，到 21 世纪上半叶改革开放背景下诸多现代艺术方法的融合，无论是审美要求、艺术旨趣，还是具体的表现方法，都有所不同。

文学作品是作家个人的创作，所以，虽然文学艺术的流转具有整体性和时代性特点，但它并不一定要显著地体现在较短的时间范围内，特别是肯定有个别作家会逸出时代特征，以超前或滞后的姿态区别于潮流。所以，真正深入有效的文学审美评论，只能建立在具体的作家作品分析基础之上。但本书的要求需要有宏观、整体的论述，又限于篇幅，不能做过多的个案研究，因此，在艺术变迁的论述中，我们难以面面俱到，只能选取一些有代表性的作品，从具有典型性的层面来进行考察。而且，这些分析不可能做到完备，甚至也难以做到适用于所有作品，它只是对于整体创作趋向的基本蠡测而已。

具体来说，近70年中，乡土小说的艺术变迁既是多方面的，也是很复杂的，我们只能选择最具典型性的艺术特征来分析。在我看来，当代乡土小说艺术最显著的变化应该体现在写作方法上，概括说就是从写实到象征的变化。

一、写实与象征之于乡土小说审美

写实和象征是文学书写的两种基本的方法。写实源于对生活的客观描摹，是文学最早也最基本的写作方法。而象征则来源于对写实的超越，试图通过具体事物去表现更抽象的事物。二者的区分，就像西方美学家所进行的概括："在一切表现中，我们可以区别出两项，第一项是实际呈现的事物，一个字，一个形象，或一件富于表现力的东西；第二项是所暗示的事物，更为深远的思想、感情，或被唤起的形象、被表现的东西。"①

关于写实艺术和象征艺术，有着非常复杂深刻的理论，这里

---

① ［美］乔治·桑塔耶纳：《美感：美学大纲》，缪灵珠译，中国社会科学出版社1982年版，第132页。

不可能做过多阐释。最简单的思考有两点：一是二者之间没有简单的得失高下之分，而是各有所长、各有特色，体现出不同的审美效果和艺术特色。精彩的写实艺术可以抵达文学顶峰，象征艺术也同样可以。二是二者之间的区分也并非绝对。一方面，在具体的创作中，写实与象征不是截然分离，而是经常融合在一起，只是有不同的侧重而已。特别是象征性作品，必须以写实为基础。只有在一定的生活写实基础上，象征才可以成立。同样，写实作品也并非完全不包含象征色彩。另一方面，写实与象征可能在文学史中发生迁移，超出创作者的预期。比如，创作者当初也许只是写实，并没有象征的寓意，但在时间流转过程中，它的写实性会逐渐淡化，象征色彩则得到强化。比如"荷马史诗"，包括中国《诗经》中的许多篇章，都是如此。同样，也不排除一些原本象征性的作品被后人作为写实来看待。①

从艺术风格角度来说，中国乡土小说可以分为乡土写实与乡土抒情两大基本类型，从表现方法角度来看，写实与象征就是乡土小说最主要运用的艺术方法。

从基本层面来看，写实与乡土小说有着密切的不解之缘。乡村自然和生活风俗画是乡村区别于城市的最外在特点，因此，对乡村自然和生活客观的描摹构成乡土小说的主要内容，也构成其最重要的艺术魅力。写实则是展现这些画面最重要的艺术方法。从世界乡土小说历史来看，许多经典作品都是以写实为基本特色的。像哈代的《德伯家的苔丝》、莱蒙特的《农民》、斯坦贝克的《愤怒的葡萄》等，都是如此。

---

① 参见［意］艾柯等：《诠释与过度诠释》，［英］柯里尼编，王宇根译，生活·读书·新知三联书店 2005 年版。

但这并非意味着象征方法就与乡土小说无缘。正如有学者对"象征"艺术的概括："它是一种表达思想和感情的艺术，但不直接去描述它们，也不通过与具体意象明显的比较去限定它们。而是暗示这些思想和感情是什么，运用未加解释的象征使读者在头脑里重新创造它们。"[①] 不满足于客观本体，而是寻求本体背后的深远意义，是很多作家创作的愿望，乡土小说自然也不例外。

这一点，在中国现代乡土小说中表现最为典型。诞生于五四文化氛围下的现代乡土小说，最基本的意图就是以文学为改造民族文化的工具，文学世界也经常被赋予文化的象征意义。这一方面是因为绝大多数乡土小说作家都是"侨居"大城市的"游子"，远离故乡的乡村。而且，这些作家大都出身于比较富裕的家庭，基本上没有亲自参加过劳动，对乡村底层大众的日常生活并不熟悉。所以，他们在都市回望乡村的时候，无法进行详细的写实，只能选择象征的方式。

更重要的是主观层面。现代知识分子文化的中心是启蒙大众，是进行文化上从传统到现代的转型。乡村作为中国社会最底层也是最落后的地区之一，很自然被作为民族文化聚集地的代表，受到作家们的批判性展示。作家们之所以书写乡村，目的不在于去客观展现乡村面貌和大众生活，而在于对其"启蒙"和批判。在这种情况下，作家们在创作中就不会以写实为最主要的目标，而是旨在揭示乡村的"灵魂"，在象征层面去展现乡村社会。

鲁迅最有影响的乡土小说作品《阿Q正传》就是典型。在《俄文译本〈阿Q正传〉序及著者自叙传略》等多篇文章中，鲁迅明确地表示自己之所以写阿Q和未庄，是想"画出这样沉默的国

---

① ［英］查尔斯·查得威克：《象征主义》，周发祥译，昆仑出版社1989年版，第3页。

民的魂灵来",是将阿Q和未庄作为中国文化的典型来进行设计。[①] 也就是说,鲁迅之塑造阿Q,对其本身生存的关注不是最主要的目的,目的在于其背后的象征。确实,对立志于"国民性批判"、改造传统中国的五四作家们来说,中国乡村最重要的问题不在现实,而在文化——就像著名的"幻灯事件"所传达出来的思想——最迫切和最重要的问题是对乡村文化的改造和启蒙。

在这一背景下,鲁迅的《阿Q正传》成为中国乡土小说毫无争议的绝对典型,象征也成为书写乡村的主流方法。20年代乡土小说所展现的乡村世界,基本上都是具有象征性质的。包括人物形象,大都受到阿Q形象的影响,以之为楷模和精神示范。典型如萧红《生死场》《呼兰河传》、师陀《果园城记》等都是其中重要的继承者。而且,这一传统影响深远,一直到今天,依然有不少作家在以这种方式进行创作。

与鲁迅传统将乡村作为黑暗文化聚集地的方向相反,废名和沈从文的小说是将乡村作为自然和人性的代表来看待。废名的《竹林的故事》《桃园》等作品,致力于发掘乡村的自然天成、人性的未被雕琢;沈从文的《三三》《边城》同样将乡村视作自然人性的代表。从最根本的角度来说,正如沈从文后来对文学"理想"的认识:"这理想是什么?我看就是想借文字的力量,把野蛮人的血液注射到老态龙钟,颓废腐败的中华民族身体里去,使他兴奋起来,年轻起来,好在20世纪的舞台上与别个民族争生存权利。"[②] 废名和沈从文对乡村的理解方式与鲁迅传统并没有本质区别。他们都是将乡村作为文化观念的代表,以象征的方式来看待和书写。

---

① 鲁迅:《俄文译本〈阿Q正传〉序及著者自叙传略》,《鲁迅全集》(第7卷),人民文学出版社1981年版,第82页。
② 苏雪林:《沈从文论》,《苏雪林文集》(第3卷),安徽文艺出版社1996年版,第300页。

鲁迅、废名、沈从文的象征书写方法在当前中国乡土小说创作中有很好的发展。当前中国乡村文化面临坍塌，许多作家怀着对乡村文化的惋惜和追忆心理，将对乡村的关注集中在其文化命运上，因此，他们的乡村书写普遍以象征为主要方法，在书写中寄托他们对乡村文化的忧虑。

思想观念是中国乡土小说作家广泛运用象征方法的原因之一，此外，艺术方面的考量也产生了重要影响。这主要是因为中国传统文学的特点——特别是诗词艺术——不崇尚写实，而喜欢虚化，运用含蓄的象征和隐喻。一些乡土作家具有深厚的传统文学素养和艺术功底，他们虽然创作的是小说，但传统艺术对他们影响深刻，使他们不自觉地在小说创作中渗透进传统文学的某些特征，特别是诗歌艺术的特征。象征和隐喻是其中的重要内容。

典型如废名小说，从《桃园》《竹林的故事》到《桥》等作品，虽然以乡村为背景，却基本上不落实到具体、真实的地名上。特别是在艺术表现上，运用了大量的虚化方式，追求中国传统文学艺术的意境美、含蓄美，使象征艺术色彩浓郁地投射于这些作品之中。同样，鲁迅的《故乡》、沈从文的《边城》等作品，也融入了象征艺术的因素，传达出中国传统文学艺术的悠远意境和含蓄隽永之美。

象征在中国乡土小说中有悠久的传统，但同样，中国现代乡土小说也有非常丰富的写实作品，以及漫长的创作历史。自茅盾在1930年代倡导乡土小说要进入现实，反映现实农民生活以来，乡村写实就成为乡土小说的重要类型之一。无论是作品数量还是社会影响力，都可以与象征性作品旗鼓相当，甚至更为突出。特别是1942年之后的延安文学，都是以写实为主要方法。茅盾的"农村三部曲"、叶紫的《丰收》、吴组缃的《一千八百担》、周立波的

《暴风骤雨》、丁玲的《太阳照在桑干河上》等，都是现代写实乡土小说的代表作品。

如前所述，写实艺术和象征艺术不是截然分开，而主要是主次之分。现代乡土小说也是如此。像鲁迅的《阿Q正传》、沈从文的《边城》，都是重要的象征色彩作品，但对生活的写实描摹也很具体细致。同样，像茅盾《春蚕》等作品，也暗含着对时代乡村的隐喻，包含一定的象征意味。

二、当代乡土小说艺术方法之轨迹

当代乡土小说发展的近70年间，艺术方法经历了一定的历史变迁。

"十七年"乡土小说是1940年代延安乡土书写的继续和发展，只是这一时期创作者更多，作品数量也更为庞大。除了极个别作品，这时期的乡土小说都直接反映乡村现实，特别是社会政治变革。它们广泛采用写实方法，丰富细致地还原当时乡村生活的几乎所有方位的场景，在整体艺术风貌上呈现出与鲁迅乡土小说传统的不同面貌，达到了写实乡土小说创作的高峰。

写实方法的运用，在一定程度上提升了"十七年"乡土小说的品质。正如恩格斯所说的，对生活的写实描述，有可能超越作家预设的创作观念，抵达深层生活，达到"现实主义的伟大胜利"[1]。所以，尽管时代环境给予作家们较多的限制和要求，但"十七年"乡土小说依靠写实艺术，对生活的反映较为切实，对乡村社会的自然

---

[1] 参见陈思和：《中国当代文学史教程》之第二章第三节"民间立场的曲折表达：《锻炼锻炼》"，复旦大学出版社2008年版。

和人文生态有较为丰富的展示。①

乡土小说以写实为主体写作方法的创作潮流在"文革"结束后就基本终结，但作为作家个体，一直有绵延和持续。特别是在一些老作家的创作中。如周克芹《许茂和他的女儿们》，浩然《苍生》《山水情》等，是其中的代表作品。

1980年代初期开始，乡土小说写作方法就发生了大的改变。以知青作家和"先锋作家"为代表的青年作家，普遍放弃了以写实为中心的方法，不同程度转向了以象征为主。知青作家的乡村书写曾经有过短暂的写实期。比如韩少功的《月兰》《西望茅草地》等作品，就是典型。但是，很快，进入"寻根文学"时期，作家们普遍采用象征方法来进行书写。韩少功的《爸爸爸》《女女女》固然是典型的文化象征作品，阿城的《树王》、王安忆的《小鲍庄》、郑义的《老井》、李杭育的"葛川江系列"作品、张承志的《黑骏马》等，都是在作品中寄予文化思考的意图，特别是思考城市与乡村，传统与现代，以及汉文化与少数民族文化等关系的主题。

"先锋作家"更是如此。他们的作品是否能够归入乡土小说其实颇可怀疑，只是因为他们的不少作品以乡村为背景，在一定程度上继承的是鲁迅书写未庄和阿Q的传统，表达对民族性批判的主题，所以可以把它们纳入乡土小说之中。但他们的作品完全是建立在虚构和想象的基础之上，很少有乡村生活写实。即使也采用描写方法，但已完全不具备真正写实艺术特征，只是象征手法的点缀和丰富而已。这与他们的创作理念有直接关系。一则他们的书写重点是故事，是对叙事方法的探索；二则他们侧重于表现

---

① 贺仲明：《乡村生态与"十七年"农村题材小说》，《文学评论》2006年第6期。

的是人性，各种人物都不在于具体身份和性格，而在于文化的内涵和时代的缩影。

之所以在这一时期出现乡土小说写实潮流迅速退出、象征艺术取而代之的局面，有多方面的原因：

其一，文学界对现实主义创作方法的否定和批判。写实方法与现实主义有着非常密切的联系，它是现实主义的艺术基础。事实上，现实主义最初就是被翻译成"写实主义"。在当代文学的前30年，现实主义受到特别的推崇，甚至将其他创作方法完全逐出文学舞台，失去了生存空间。在很多情况下，现实主义成为一种压制和打击其他创作方法的工具和武器，自然引起人们的反感。而且，现实主义的内涵也被严重异化，其批判性内涵被弃置，只剩下赞美，更丧失了对生活深刻而丰富的揭示。

所以，在进入改革开放时代，文学环境较为自由、作家创作选择较为宽松的背景下，很多人就表示出对现实主义创作方法的反感和拒绝。虽然写实方法与现实主义并不完全是一回事，但还是多少受到这种潮流的波及，致使其在创作中受到冷落。乡土小说只是其受到影响的创作之一。

路遥《平凡的世界》在当时的遭遇就是一个典型。作品第一部在1986年出版后，批评家们给予了较多的否定性评价，一个重要原因就是很多人认为作品的写实手法太落后，已经跟不上时代潮流。作者路遥也意识到文学界的这股潮流，只是他不予认可。他坚持认为写实方法并没有落伍，有意识地执着坚持。[①]

其二，作家生活基础的匮乏，以及文学观念的改变。写实方法的重要基础是生活积累。没有生活，是很难充分运用写实方法的。

[①] 参见白描：《不要再为我们的文学批评护短》，《文学自由谈》2020年第6期。

而这时期的乡土小说作家普遍存在着生活积累方面的困境。年长的作家有对乡村集体生活的深厚记忆，但对改革开放下的乡村现实也并不熟悉；知青作家对乡村的记忆仅限于往事，而且，尚处于成长年龄的他们，对生活的关注点不可能在于陌生的乡村和农民，而更多在于其自身。他们的乡村生活经验不可能丰富；至于更年轻的"先锋作家"，正处在求学年龄，思想上更是普遍受西方现代文学影响，无心也无力去关注乡村生活。

更重要的是，这时候流行的文学观念也与生活相背离。西方现代主义思想引进中国，引起强烈的反响，特别是得到年轻作家们的普遍好评。对文学形式、叙述方法的狂热，成为时代文学青年的潮流。而割裂文学与生活、与作者的关系，正是西方现实主义文学理论的重要内容。在这种情况下，写实方法自然不可能被作家们认可，也不可能广泛存在于乡土小说创作之中。

所以，这时期最基本的文学潮流是从客观到主观，从外在到内心。作家们运用最多也受到社会赞誉的，是内卷化的书写方式，是对叙述方式多样化的追求，对文学语言的多方位探索。在小说创作上，叙述取代描写逐渐成为小说叙事的主要方式。人们多讲故事，追求讲述故事的方法，以及展示自我精神与外在世界的冲突，却很少去关注外在世界本身。

这一潮流在 1980 年代中期兴起，其影响力一直持续至今。1990 年代之后的文学创作潮流都离不开其影响痕迹。以 1990 年代著名的"现实主义冲击波"创作为例。这一潮流既然以"现实主义"命名，无疑应该以写实为基本方法。事实上，这一创作的主体是关仁山、刘醒龙、何申，代表作品也主要集中在乡土领域，是对乡村现实的书写。但是，从艺术方法而论，与之前的写实乡土小说构成显著对比的是，这些作品中已经较少对日常生活的细致描摹，叙述成为它们的核心。①

　　与之密切关联的另一种文学方法也发生改变,就是人物语言描写的基本退场,直接叙述的人物语言被间接叙述所代替。在很多小说作品中已经看不到有引号的人物语言,代替它的是叙述者不带引号的间接叙述。虽然这只是一个语言问题,但实际上它所代表的是作家们对语言描写的失控——他们已经没有能力进行生动的人物语言描写,以及没有热情和兴趣来进行这种描写。这与作家们将热情转向叙述所指向的内涵是一样的。

　　其三,作家在现实乡村面前的困惑与彷徨。前述很多作家缺少现实乡村生活,但这只是部分情况,毫无疑问还是有不少作家是熟悉现实,有生活基础的。因为中国的乡土作家绝大多数都是与乡村有着深厚的血缘或文化关联,密切关注着乡村变化的。只是这些作家对乡村的现实变革并不是完全认可——准确地说,是曾经有过短暂的认可和支持,但很快就产生不理解乃至不赞同的态度。这严重影响他们对现实的关注和书写热情。

　　一个最根本的原因是乡村改革虽然主要是针对生产制度,但却不可避免会冲击到传统的乡村伦理文化。而这些文化往往是乡土作家们最珍惜也最为热爱的。所以,在1983年,乡村改革还远没有很深入的时候,就有王润滋的《鲁班的子孙》,作品表达了深刻的困惑和疑问。作品中的黄志亮代表的是传统乡村伦理,而他儿子黄秀川则是现代文化伦理的产物。二者的冲突背后是两种文明的冲突,作者的情感无疑是朝向父亲,也就是传统乡村伦理的。此外,张炜《一潭清水》《秋天的愤怒》等作品也表达了类似态度。《一潭

---

① 参见童庆炳、陶东风:《人文关怀与历史理性的缺失——"新现实主义小说"再评价》,《文学评论》1998年第4期。

清水》中，那潭"清水"所象征的正是传统乡村的美好品德，而它正被时代抛弃，也引起作者的困惑与不安。《秋天的愤怒》则对现实改革表达了明确的批判态度：无论是从农民利益，还是从乡村文化来说，改革都没有真正给乡村带来益处。

当然，就总体而言，像王润滋、张炜这样明确对乡村改革现实表达批评性质疑的还不是很多，更多的作家表达的是对现实的困惑和犹疑。比如贾平凹的《鸡窝洼的人家》《小月前本》等作品，都表达出对乡村改革的犹疑和矛盾态度。长篇小说《浮躁》更是以"浮躁"来概括乡村改革现状，显示作者自己对时代的无法把握和无可形容。

在这种背景下，作家们的创作热情不可能指向乡村现实改革场景，最多只是关注乡村文化命运。从乡土小说历史来看，一个不可忽略的现象是：从1980年代初乡村改革开始，到1990年之间的这10年，除了《浮躁》《平凡的世界》等非常有限的几部作品之外，直接反映现实乡村改革的乡土小说数量很少，包括有影响的中短篇小说都不多。

作家的文学观念、生活积累和现实态度，都会对作家的创作倾向、表现方法和艺术旨趣等产生深刻影响。作家们不愿意关注现实，对现实进行写实再现，很自然会选择相对抽象和有距离的方式去展示乡村，表达自己的观念和态度。作为从1980年代中期开始的一个现实表征是：写实乡土小说呈现不断下降的趋势，与之相应，象征型乡土小说迅速增长，成为乡土小说的写作主流。

面对庞大的作品数量，我们无法进行简单的数字统计，以具体的作家创作演变轨迹为例也许更具代表性。我们选择的是贾平凹和张炜两位作家。他们二人是从1980年代初至今都很有影响力的乡土小说作家，他们的创作也一直关注乡村，现实题材也比较多。从他们艺术表现方法的演变轨迹，可以典型地投射出时代潮流的变迁过程。

张炜从"芦青河系列"和《声音》等作品进入乡土小说创作，到 1984 年的《秋天的思索》《秋天的愤怒》，虽然有对乡村伦理的强烈维护，对乡村改革也有批判色彩，但基本倾向是认同现实的，所采用的也主要是写实方法。但从 1987 年的《古船》开始，其思想和艺术表现都有较大变化。《古船》虽然主要是反思历史，但对现实的关怀也很深切。作品虽然没有对乡村现实表现反对态度，但却流露出强烈的忧虑情绪，结尾的河流干涸意象充分表达了这种思想。从艺术上说，这部兼具写实和象征色彩的作品开启了张炜乡土小说的象征书写传统。

《九月寓言》从标题看就是明确的"寓言"色彩。事实上，作品所写的那个叫"鲅鲅"的渔村，如同韩少功《爸爸爸》的鸡头寨，具有跨越时间的特点，不具备现实性，而更多承担着文化象征的功能。作品结尾处的村庄垮塌事件更是明确象征，指代传统文明在现代文明挤压下的没落命运。此后，张炜的乡土创作基本上都沿袭这一道路行进。其内容繁复、篇幅巨大的《你在高原》就是一部典型的浪漫主义作品。"葡萄园""渔村"等都是张炜作品中具有浓郁文化象征意义的典型意象。

贾平凹的创作轨迹也基本如此。他的早期作品包括以《腊月正月》等为代表的"商州系列"乡土小说，直至 1986 年出版的《浮躁》，都是直面现实、以写实方法为中心的创作。但也就在这期间，贾平凹开始转向象征方法的写作，如《天狗》等作品。特别是到 1990 年代后，以《高老庄》《土门》《秦腔》为代表的系列长篇小说，虽然题材还是现实，但关注点都在文化变迁而非现实乡村状貌。准确地说，现实只是其小说的一个背景，其真正的关注点是在乡村文化，象征是这些作品共同的思想和艺术指向。包括近年来以地域文化为中心的《山本》《老生》等作品，也都致力于表现地方文化的命运，挖掘现实背后的象征意义，传达出一种文化上的诉求。

当然，时代文学创作不是简单的数字整合。虽然具有大的潮流方向，但其一，并不是所有作家都是顺潮流而行，其中也包含逆向和偏向者；其二，潮流的方向也不是整齐划一，主流之外也有支流，它使潮流呈现出丰富性和复杂性。

就乡土小说艺术方法而言，在从写实到象征的潮流之外，也有一些作家始终在坚持写实艺术，专注于对具体乡村生活和文化变迁的表述，其关注点也一直在于切实的现实生活。此外，年轻的"80后"乡土小说家们又有新的创作倾向。他们的作品多带着个人生活经验，传达出强烈的生活记忆特点，具有一定的写实性。但同时，这些作品又具有对乡村文明的遥祭色彩，并传达出一定的文化象征意味，客观说是将写实与象征进行了混杂与融合。

三、方法的变迁与乡土小说艺术的未来

写实与象征虽然只是两种艺术表现方法，但实际上它关联着对"乡土小说"的理解和认识，也折射出对乡村不同的理解立场和书写姿态，其背后存在着很复杂的问题。

就我们的理解，乡土小说最基本的方法应该是写实。它关系到乡土小说概念的存在，是乡土小说艺术重要的边界线。在乡土小说（"乡土文学"）界存在这样的争议，就是究竟是以"乡"（生活）为主还是以"土"（文化）为主？我以为，至少在目前情况下，无论哪一种观念，都要落脚在对生活的写实上。如果没有对"乡"的生活描述，"土"也就只能是无源之水、无土之木。

而且，从根本上说，写实寄寓着对乡村本身的关注。只有在对

乡村有较深了解、以乡村为关注重心的基础上,才可能以细致的写实方式去书写乡村。这一点对乡村世界特别重要。在社会和文化地位上,乡村始终是处于低级的位置。而且,乡村民众的文化水平普遍较低,很难进行自我讲述,因此,乡村很需要为它进行代言的作家。反过来说,要真正深入细致地展现乡村,一个很重要的前提就是放下身段,深入乡村,特别是尊重乡村的主体地位,以平等的态度对待乡村。在这个意义上,写实是一位优秀乡土小说作家非常重要的能力,它折射的不只是一种艺术方法,还是一种文学立场和文学精神。也就是乡土小说首先是为乡土写作,为对底层大众的关怀写作,而不仅仅是为作家自己写作。它最首要的关注点在于乡村,而不是自我。在这方面,乡土小说要以中国传统文学中的某些"悯农诗"为警诫——站在乡村远处,陶醉于对乡村美的观赏,却忽视了乡村和农民现实中的苦难和困厄。

但乡土小说的写实立场也需要注意一个倾向,就是视野过于局限和狭窄。因为目光聚焦于乡村,就以乡村为唯一世界,而将乡土小说理解为"问题小说",缺乏必要的思想高度,以及对人性更广泛的关注和批判精神。关爱不是狭隘的溺爱,它不排斥批判,甚至可以说,如鲁迅的"哀其不幸,怒其不争",批判也许是一种更深刻也更有价值的大爱。

这其中还需要警惕的是,过于聚焦于乡村问题,很可能丧失作家的主体精神,使自己沦为某些现实工具。因为现实往往是以问题为指针的,如果没有独立的主体精神,很可能陷入简单为现实服务的窠臼,从而丧失了文学本身的独特性和不可或缺的独立批判精神。

相比之下,象征书写无疑具有更高也更远的视野。作家之所以能够运用象征方法来书写乡村,是因为他抓住了乡村某方面的特点，将之升华和普遍化。要做到这一点，不局限于乡村内部问题的超越性思想不可缺少。这是文学非常重要的内涵，也是整个文化思想发展的重要前提。

但是，象征书写也有容易陷入的陷阱。最简单来说，就是作家们往往受观念所囿限，不愿意以平等姿态进入乡村中，而是高踞于乡村之上，以俯视的态度看待乡村和大众。这样就很容易产生一个误区，就是其象征思想的落脚点不一定与现实相切合，或者说思想和现实之间的指向不完全一致。有可能郢书燕说，甚至指鹿为马。

从文学角度来说，这种写作也很可能会失去文学艺术很重要的细致、真切，不能深刻准确地展现乡村，特别是揭示出乡村人物的内心世界，塑造本色的农民人物形象。这样的乡土小说，一方面很难得到乡村的认可和接受，另一方面也很难真正进入文学的高层境界。其所承担的"启蒙"任务无法完成，文学的使命也难以完全胜任。

由此可见，无论是从文学方法层面还是从背后所蕴含的深层精神上来说，写实和象征都应该融合，而不是分离。写实者需要拓展视野，深化独立意识和批判精神；象征者需要深入实地，加强对乡村的关爱和了解。只有很好地将二者融合起来，才能达到乡土小说优秀的思想高度和艺术境界。

事实上，从乡土小说发展历史来看，许多优秀作家都有过这样的尝试和努力。如前所说，鲁迅等早期乡土小说作家之所以普遍采用象征手法，很大程度上缘于生活经验的局限，并不意味着作家们没有对乡村的关爱，并且，他们也做出了克服弱点方面的努力。

典型如鲁迅，就对自己与乡村和农民的距离有过深刻反思。《故乡》中，就借"我"与闰土之间无法弥合的隔膜，对自身的弱点有深刻检讨。《祝福》更是在自我解剖中寄托着强烈的自我批判精神，并传达出对乡村大众的精神忏悔之意。① 并且，鲁迅还充分意识到摆脱这一困境的难度，在将自己视为"历史中间物"的同时，更将希望寄予未来的文学，寄予那些真正来自农村、有切实生活经验的农民作家。

正是在鲁迅等作家的影响下，从1930年代起，乡土小说出现了向写实方法的倾斜，它可以看作是对象征型乡土小说的补充和纠偏。这期间的"大众化讨论"中，瞿秋白、茅盾等人对现代文学进行批判性反思时，都将缺乏对乡村生活的写实作为早期乡土书写的一个重要缺陷。以此为前提，在茅盾的引领下，"左翼"乡土小说家开掘出了另一条以"写实"为中心的创作道路。

1940年代，经过毛泽东《在延安文艺座谈会上的讲话》影响之后，作家们也都纷纷改变自己，进入乡村实际，艺术风格也普遍走向写实。最有代表性的是周立波和丁玲。周立波从一个典型的受西方文学较大影响的"亭子间作家"，转变为一个熟练运用地方方言的乡土小说作家，②并创作出《暴风骤雨》这样具有强烈现实色彩的作品。丁玲的《太阳照在桑干河上》也是同时期最有现实深度的乡土小说，它对河北乡村土改运动深入的写实描画，使它获得了巨大声誉。

在象征型乡土小说向写实方法借鉴和转型的同时，写实乡土小说也有朝向视野开拓和思想深化上的努力。一些人曾经对写实方法存在误解，认为写实会局限作家的想象力和创造性、会为生活所囿限。其实写实的内涵很丰富，真正优秀的作家可以借以实现对生活

---

① 参见张福贵、向天一：《呐喊者与看客的"言"下之意——从鲁迅到"现实鲁迅"与"科幻鲁迅"》，《吉林大学社会科学学报》2020年第3期。
② 参见李洁非、杨劼：《直击语言——〈讲话〉前延安小说的语言风貌》，《西南民族大学学报（人文社科版）》2006年第3期。

的还原式书写，也可以融入自己的独特思想个性。比如托尔斯泰对生活细节的陌生化处理，就不是对生活的简单还原，而是包含自己对写实艺术的独特思考，实现了现实主义的伟大成功。①

  写实乡土作家们的努力，首先要提及"十七年"时期的《创业史》。很多人认为"十七年"乡土小说都局限于写实，缺乏对思想的探索。这虽然是时代创作的整体状貌，但并不排除个别作家的创新尝试。《创业史》就是一个例外。它虽然写的是蛤蟆滩这个具体地方的乡村变革，但作者具有更广阔的思想意图，就是探索中国乡村的发展道路，也就是借典型个案来透视大的社会，因此，蛤蟆滩也就具有了一定的象征性意味——虽然它还是落脚于具体地点和事件，但却已经超越了个体，进入到更宽阔的境界。从现在的角度看，《创业史》的思想还存在着较多局限，但从作家的创作努力看，以及从作品所表现出的思想格局看，无疑是值得充分肯定的。这也是很多学者一直把《创业史》作为"十七年"乡土小说最高成就的重要原因。

  此外，进入1980年代，特别是1990年代后，作家们这方面的努力更为突出。如贾平凹《高老庄》《秦腔》，阎连科《受活》等都具有这方面的倾向。而其中成就突出的，则是陈忠实的《白鹿原》。这部以现代乡村历史为题材的作品，具有对乡村生活强烈的写实精神，对人物的刻画是其重要特色之一。但作品的创作意图不局限于白鹿原，而是试图思索中国乡村伦理的命运，并站在文化立场上对现代历史进行反思。所以，作品中的白鹿原既是一个具体地方，同时也具有一定的象征意味，是中国乡村文化的典型和缩影。作品中

---

① [俄]梅列日科夫斯基：《托尔斯泰与陀思妥耶夫斯基》，杨德友译，华夏出版社2009年版。

的白嘉轩、朱先生等形象,也被赋予了更丰富的典型意义。

当代乡土作家们在写实与象征的融合上做出了值得肯定的努力,然而就总体来说,这种努力还不是很让人满意,所取得的成就也不是很突出。一个典型的标志是:就象征艺术的运用来说,后来再没有哪部作品达到(更不要说超越)《阿Q正传》的高度;而从写实角度说,虽然有个别作品获得了对以往的较多突破,但真正优秀的作品数量还是相当有限。

这其中,有两方面的问题最值得关注:

其一是写实过于局促,缺乏思想深度和宽广格局。这方面的代表是"十七年"乡土小说。这是一个老问题,已经有很多学者进行过批评,我们也已经在其他章节有过涉猎,这里就不多赘语。

其二是近年来乡土小说出现的写实匮乏。如前所述,近年来乡土小说创作出现象征方法回归的特点。这并非缺点,但与之伴随的写实方法的严重匮乏却是不可忽视的缺憾。近年来的乡土小说,已经很少能够看到再现乡村现实的作品,更少有深入揭示现实问题的优秀之作。显然,这不仅是一种艺术方法的匮乏,背后隐藏的是现实精神的缺失,是对乡村大众关注的缺失。

它也严重影响到当前乡土小说的创作成就。可以说,近年来乡土小说创作的不景气,社会影响力日渐下降,与现实精神和写实方法的匮乏有着深刻的联系。

首先,客观生活美和生态美的丧失。

文学是一门具象的艺术,它通过具体的事物和细节来进行展现。小说虽然是一种叙事的艺术,需要故事叙述为基础,但它的魅力还是要充分依赖于再现式的描写方法,也就是写实方法。对人物外貌、语言,对自然风景和生活细节的客观细致描摹,是小说作品客观反映生活的重要前提,也是叙述真实可靠的基础,是小说艺术的重要魅力所在。

中外文学史上的例子不胜枚举。中国古典文学中,《史记·陈涉世家》以"夥颐!涉之为王沉沉者"一句话描述被奢靡豪华惊呆了的农民形象;《史记·项羽本纪》和《高祖本纪》中,"彼可取而代也"和"大丈夫当如此也"分别将刘邦、项羽二人的胸襟和气度充分展露出来。充分显示了人物语言的再现对人物性格的重要意义。优秀的外国文学作品,虽然中间有翻译的损失,但在优秀翻译家笔下,依然留存下许多形神俱备的人物形象,以及充分个性化的人物语言和生活场景。这样的例子太多,无须多举。

但当前许多乡土小说作品,无论是书写在乡的农民,还是进城的打工者,都呈现出严重缺乏个性的缺点。本来,中国地域广阔,有着生活方式、语言和文化上的显著地域差异,然而,在绝大多数作品里,几乎看不到方言口语的影子。人物的语言几乎是千人一面,没有丝毫生活的气息和地方色彩,更看不到地方差异和人物性格。有时候整部作品都看不到一句人物语言的直接叙述,只有对人物语言的转述。近年来乡土小说作品(包括所有的文学作品)严重缺乏个性生动鲜明的人物形象,与人物语言描写的缺失直接相关。

其次,文学情境真实性的缺失,甚至影响到文学与生活的本质联系。

中国传统文学的缺陷之一,就是缺乏写实精神,或者说远离底层生活。写实是现代文学的特征。但是,由于多种原因的影响和限制,知识分子与大众之间的心理距离依然很远。知识分子没有改变轻视大众的习惯,也缺乏足够的平等观念。这是当代乡土小说缺乏乡村生活基础,以及写实手法严重匮乏的深层文化原因。

这样的后果是乡土小说生活真实性的严重不足。鲁迅的乡土小说成就当然很突出，但正如有学者的论述："'既然是呐喊，则当然须听将令的了，所以我往往不恤用了曲笔，在《药》的瑜儿的坟上凭空添上一个花环。'……在《药》这类小说中，尽管主题意图是凭借象征性意象间接传达出来的，但这种技巧本身却仍留有明显的人为痕迹，从而容易沦为作者主观意愿的替代性说明。"[①]鲁迅对乡村的书写实际上带有较强的主观色彩，并不能切实地反映出乡村生活的真实状貌。我们在当前许多乡土小说作品中，更是只能看到作家的自我精神宣泄，却看不到现实乡村世界的真实状貌，不能了解到现实乡村究竟怎样，农民的精神欲求究竟如何。

可以说，当前乡土小说如果不能解决写实的问题，不但会严重影响到艺术成就，甚至可能在书写上都难以为继。其背后所隐含的文化心态，更需要乡土小说作家们深刻反思。

当前乡土小说的写实问题值得深入思考。但另一方面，我们也要看到当前情势存在的某些合理性甚至是必然性，应该对其进行探索和讨论。

一个可以预见的现实情况是：随着乡村社会的发展、变化，传统以家庭耕作、村社耕作为主的乡村生活方式可能不再存在，"熟人社会"式的乡村伦理关系也必然会完全被现代生活关系所代替。[②]在这种情况下，城乡生活差异越来越小，乡村民俗等也会减少。乡村现实变化必然带来乡村写实的变化，也就是说，乡土小说很难做到再以乡村生活写实为中心。随着有传统乡村生活经验的作家的逐渐老去，年轻作家已经失去了以写实方式反映乡村的能力。在不久的将来，写实将只能作为乡土小说一道昔日的风景留存了。

---

① 吴晓东：《象征与中国现代小说的深层意蕴》，《齐鲁学刊》1996年第2期。
② 贺雪峰：《乡村社会关键词：进入21世纪的中国乡村素描》，山东人民出版社2010年版。

所以，在未来情境下，乡土小说的书写不再是究竟以写实为中心还是以象征为中心的问题，而是象征取代写实是不可逆转的潮流。虽然没有了传统乡村生活，没有了独特的乡村景观和乡村文化，但乡土小说依然要存在。这样，作家们就只能努力去挖掘"土"的内涵。作家们最需要考虑的，是如何运用象征方法，让象征艺术更好地促进乡土小说的发展。

我以为，对于未来的乡土小说艺术而言，以下两方面问题是需要特别考虑的：

其一，象征思想的方向和高度。

象征艺术的中心在于思想，在于整体上对乡村特别是其文化内涵进行深入思考。这当然是非常丰富的空间，也是作家们深入挖掘的丰富矿藏。其中尤其重要的，是思想要多元丰富，既需要关注传统与现代的文化冲突问题，但又不应该局限于此。特别是不能简单地站在传统乡村文化立场上，对现代文化进行简单的否定和诅咒，对乡村文明的消失进行无望的怀恋——当前乡土小说作家所营造的一些象征意象，如贾平凹笔下的"秦腔""高老庄"，张炜笔下的"葡萄园""高原"，都是如此。

这并非说这种文化怀恋和文化批判没有价值，而是说不能一直停留于此，局限于此。作家们应该努力突破自己的思想限制，从更丰富的角度来拓展思想空间，并呈现出更深邃的思想内涵。比如从生态角度思考乡村文明，从人文角度表现对乡村历史和现实的思考，等等，都是其中可以深入开拓的广阔范畴。

其二，如何在象征中蕴含现实关怀。

象征不是针对具体地域的关怀，而是指向更丰富广阔的思想，所以，不能要求象征艺术的乡土小说像写实乡土小说一样蕴含对具体地域和人物的强烈关切，但是，正如任何象征艺术都不可能完全丢弃掉写实艺术，不可能置于虚空，而必须有具体生活、地域为基础一样，象征型乡土小说也需要具有现实关怀的基础。

这首先是因为，在相当一段时间内，农民都是最值得关怀的群体，当年李昌平给总理上书的"农民真苦，农村真穷，农业真危险"，仍然是不可回避的现实问题。文学本身就应该蕴含真切的人文关怀，甚至可以说，这种关怀是文学生存的重要前提。所以，尽管在未来，乡土小说会朝着思想和象征方向发展，但绝对不应该忽略乡村中的农民群体，不应该失去最基本的对农民的关怀。

高速发展的当下，中国乡村社会正快速变化。我们很难想象未来中国乡村社会的模样，也相信乡土小说很快会有新的发展，会以新的审美面貌和艺术手法呈现。但不管怎样，正如文学永远都不能离开它最基本的人文精神，乡村也会与"土"，与"农"不可分割，乡土小说会有新的发展，但最基本的精神和面貌会始终存在。

第二章　审美特征和大众接受

第一节　当代乡土小说的方言问题
——以1950年代"方言问题讨论"为中心

方言问题是中国现代小说创作的一个重要问题,自《孽海花》开始就不断引起争议和讨论。其中,乡土小说与方言的关系更为密切。因为一方面,城市的现代化程度高,普通话能够得到更广泛的接受和流通,方言小说基本上只是个别作家的"先锋"尝试。而乡村不一样,方言运用的复杂性在乡村社会更为显著。另一方面,丰富的地方方言对于乡村地域特色有着更重要的意义。特别是从全国范围来看,乡村地域的丰富和方言运用的芜杂必然对乡土小说创作产生很大影响。但是,小说与方言问题绝对不是一件简单的事情。它既牵涉文学内部形式问题,又与社会政治、文化有深刻的关联;它与文学的关系也复杂纠结,甚至不无两难困境,绝非简单的对错是非可以概括。

在中国当代文学之初,1950年代初开始,以《文艺报》为中心，语言学界和文学界曾经开展过一场关于方言问题的讨论。这场讨论涉及了对五四白话文运动的批评、民族共同语的建设、方言与民族共同语的关系、方言文学、语言的规范化等诸多方面的问题。讨论延续近10年之久，其间，国家正式推行了汉语规范化的相关制度。可以说，这场讨论对中国当代的语言文学和社会发展都产生了重要影响。[①] 其对中国当代小说创作，特别是乡土小说创作也影响深远。以之为典型个案进行考察，不只是对这场讨论的再度思考，也是对方言与小说，特别是乡土小说关系的深入探索。

一、讨论的缘起与结果

讨论缘起于语言学家邢公畹发表于1950年《文艺学习》第二卷第一期的《谈"方言文学"》一文，这篇文章针对茅盾于1948年发表的《杂谈方言文学》[②]和《再谈"方言文学"》[③]，立足于语言统一的立场，对茅盾提出的"方言文学"概念和相关思想进行了批评："第一：'方言文学'这个口号不是引导着我们向前看，而是引导着我们向后看的东西；不是引导着我们走向统一，而是引导着我们走向分裂的东西。第二：'方言文学'这个口号完全是从中国语言的表面形态的基础上提出来的；不是从中国语言的内在本质的基础上提出来的。"

文章发表后，《文艺报》组织进行了专门的讨论。它先是邀请

[①] 目前对这一讨论的研究主要集中在社会文化角度，从文学出发，特别是从乡土小说角度出发的成果不多。如康凌：《方言如何成为问题？——方言文学讨论中的地方、国家与阶级（1950—1961）》，《现代中文学刊》2015年第2期。
[②] 茅盾：《杂谈方言文学》，香港《群众》周刊1948年第2卷第3期。
[③] 茅盾：《再谈"方言文学"》，《大众文艺丛刊》1948年第1辑。

了语言学家刘作骢和作家周立波分别撰写文章,一并发表在《文艺报》1951年第三卷第十期上。而且,《文艺报》还事先邀请邢公畹撰写了对刘作骢的回应文章,发表在同期刊物上。更重要的是,在这一期的"问题讨论"栏目中,刊物以编辑部的名义特别介绍了邢公畹发表在《文艺学习》上的文章,明确呼吁"语言学的专家、文艺工作者和广大的读者同志能对这一问题发表自己的意见"①。在《文艺报》的组织和号召下,讨论得到了广泛地展开。从1951年至1952年,《文艺报》收到相关讨论文章和读者来信40余篇,刊发了其中的文章10篇。此外,《人民日报》《中国语文》《语文知识》《语文学习》《长江文艺》等杂志也加入了这一讨论,一共发表了数十篇文章,讨论时间一直持续到1959年初。

这场讨论的中心问题主要有两个:一是如何建构统一的民族共同语,以及方言与民族共同语之间的关系;二是文学创作应不应该使用方言,以及如何使用方言。就前一问题来说,基本上不存在异议。语言学家们充分论述了北京话作为共同语之基础的诸多优势②,大家也都普遍认同方言应该服从于民族共同语,应该致力于建构统一的民族共同语③。而对第二个问题,讨论者的争议就比较大,不同意见也主要围绕这一问题而展开。

---

① 《编辑部的话》,《文艺报》1951年第3卷第10期。
② 如语言学大家王力就分析过北京话成为民族共同语的优势:除了北京作为政治、经济、文化之中心的历史现实条件外,中国古代的白话文学经典,如《红楼梦》《儿女英雄传》都是用北京话创作的。《论汉族标准语》,《中国语文》1954年6月号。
③ 被邢公畹一再强调,并在当时成为普遍共识的"方言服从于民族共同语"的观点,源自斯大林:"除了语言之外还有方言、土语,但是部落和部族统一的和共同的语言是占着统治地位,并使这些方言、土语服从自己","有方言习惯语和同行语存在并不是否定,而是肯定有全民语言的存在,因为方言习惯语和同行语是全民语言的支脉,并且服从于全民语言"。邢公畹:《关于"方言文学"的补充意见》,《文艺报》1951年第3卷第10期。

  支持使用方言者以周立波、刘作骢、杨堤为代表。周立波是发言最多，态度也最明确的。他基于自己的创作经验，从文学创作和语言的发展两方面论述了文学中方言的意义。从文学创作角度上，他指出反映农村生活的作品使用方言可以真实地表现实际生活，并结合我国书面语和口头语长期处于分离状态的现实情况，指出"学生腔"语汇贫乏、枯燥无味，而方言土语是人民群众天天使用的活的语言，精练生动，与生产劳动紧密联系，充满生活气息，因而采用方言创作，不但不会与民族共同语相冲突，反而有利于丰富文学语言形式。在此前提下，周立波还结合自己的创作经验，介绍了在文学创作中使用方言的方法，强调对方言的提炼和加工，尽量不给阅读造成障碍。① 此外，周立波还从语言的发展特性出发，认为民族共同语应该吸取古今中外一切语言的优点，方言尤其是学习的主要对象。周立波之外，刘作骢和杨堤也持支持意见。他们的主要观点是，中国当时还处于文化普及阶段，即中国百分之八十是文盲大众，如果文学要被大众接受，不应该离开方言。② 此外，讨论过程中，《文艺报》编辑部收到的读者来信中，大部分也是支持周立波方言文学观的。虽然这些读者来信没有正式发表，只是在"记者"的讨论总结文章中提及，但也从一个侧面反映了当时文学读者的态度。

  反对者则以邢公畹和吴士勋为代表。邢公畹的态度最为坚决，他从民族语言统一的角度明确要求"文艺家是民族共同语的促进者"③，"作为一个文艺工作者是不应该使用方言土语来创作的，而应

---

① 周立波：《谈方言问题》，《文艺报》1951 年第 3 卷第 10 期。
② 参见刘作骢：《我对〈谈"方言文学"〉的一点意见》，《文艺报》1951 年第 3 卷第 10 期；杨堤：《关于方言文学的几个问题》，《文艺报》1951 年第 4 卷第 5 期。
③ 邢公畹：《文艺家是民族共同语的促进者》，《文艺报》1951 年第 3 卷第 12 期。

该使用共同语来创作"①。他的理由主要有两个：首先是时代要求，即当前国家经济和政治的统一，促使文艺工作者应致力于民族共同语的建设和发展，自觉地减少方言的使用；其次是方言本身的局限，方言创作会给阅读带来障碍，造成作品接受面的狭窄，并且方言具有一定的排他性，与学习外国语言和古人语言冲突，不利于语言的丰富和发展。吴士勋的意见相对委婉，态度较为折中，他一方面从方言对语言统一可能造成的阻碍角度，反对过多使用方言，但同时，他也部分赞同周立波的意见，认为乡土小说不应该完全拒绝方言。②而根据记者的总结，在"读者来信"中，也有部分言辞犀利、上纲上线的意见，指责文学作品中方言运用的一些问题，认为这是"滥用语言"，"侮辱""丑化"劳动人民，全面反对文学创作中的方言运用。

　　就讨论的过程来说，初期的讨论是相当自由的，论争双方虽然并未达成一致意见，但不同的声音和观点都能平等地发表。但是，讨论进行一段时间后，情况发生了较大变化。标志事件是《人民日报》1951年6月6日发表了社论文章《正确地使用祖国语言，为语言的健康和纯洁而斗争！》。该社论以政治高度和严肃态度，强调在新时代正确运用语言的政治意义，并批评了当前语言运用中存在的许多问题，要求形成正确使用语言的严肃文风。社论虽然并未明确提到方言问题，但由于《人民日报》社论的特殊政治地位，方言问题的讨论不可避免地受到严重影响。

　　就在《人民日报》社论发表后的一个多月，《文艺报》的方言讨论工作进入终结阶段。在第四卷第七期的刊物中，发表了署名

---

① 邢公畹：《关于"方言文学"的补充意见》，《文艺报》1951年第3卷第10期。
② 吴士勋：《我对"方言问题"的看法》，《文艺报》1951年第4卷第5期。

"记者"的对讨论进行总结的文章《关于方言问题的讨论》。文章全面回顾了讨论中的各种观点，介绍了读者来信的情况，并未对这些意见表达明确的褒贬和偏向，只是在结尾处明确呼应了《人民日报》社论："必将使我们祖国的语言更纯洁，更健康！"[1] 在此文章发表之后，《文艺报》未再继续发表讨论文章。只是在1952年初，它又刊载了苏联《文学报》的专论《文学语言中的几个问题》[2]，重申了文学语言所承担的语言规范化的功能，显然是再次表明其与主流一致的立场和态度。

与此同时，在现实层面，国家也出台了语言规范化的行政措施。1955年10月26日，《人民日报》发表社论《为促进汉字改革、推广普通话、实现汉语规范化而努力》，重申了"普通话／方言"背后所暗含的"国家／地方"的二元关系，强调了推行民族共同语——普通话和实现汉语规范化的重要意义和迫切性，并对作家和翻译工作者的语言运用提出了具体的要求："要促使每一个说话和写文章的人，特别是在语言使用上有示范作用的人，注意语言的纯洁和健康。语言的规范必须寄托在有形的东西上。这首先是一切作品，特别重要的是文学作品，因为语言的规范主要是通过作品传播开来的。"1956年，国务院发布推广普通话的指示，并成立了中央推广普通话工作委员会；同时，全国范围内开始有领导有组织地开展以县为单位的方言普查，方言的规范化正式被纳入国家推广普通话的进程。

讨论的最初推动者和最主要阵地《文艺报》的退出，显示着讨论已经渐次阑珊。虽然一直到1959年，关于方言问题的讨论文

---

[1] 记者：《关于方言问题的讨论》，《文艺报》1951年第4卷第7期。
[2] 刘辽逸译：《文学语言中的几个问题》（苏联《文学报》专论），《文艺报》1952年第1、2号。

章依然不断有刊发，但角度基本上都局限于对汉语规范化运动的认识，观点上更呈现出"一边倒"的趋势，也就是一致反对在文学作品中使用方言。① 在前期讨论中坚持方言文学最力的作家周立波的相关论述，以及他两部方言色彩较重的代表作品《暴风骤雨》和《山乡巨变》，都成为这些文章批评的对象。② 在这样众口一词的批判声中，关于方言问题的讨论已经失去了实质性的讨论空间，成为汉语规范化运动的一个注脚。

二、讨论之中的文学与小说家

1950 年代的这场方言问题讨论，发起者和主要参与者都是语言学者，但讨论由著名作家茅盾关于方言文学的话题而起，讨论的重要内容之一又是方言和乡土小说，因此，它在文学界特别是对乡土小说作家们的影响非常之大。在当时文学与政治关系非常密切的背景下，作家们必须要有所选择。事实上，不少作家在讨论前后的观点存在明显的变化，应该说与这场讨论以及相关的语言规范运动不无关联。

两位著名作家的态度很值得关注。一个是茅盾。茅盾是当时文学界最著名的小说家和理论家，对乡土小说创作和理论都很有贡献。他的《杂谈方言文学》和《再谈"方言文学"》可谓是"华南方言运动"的重要理论倡导文章，也是引起这次讨论的"导火索"。但是，虽然讨论伊始就直接针砭茅盾的文章，茅盾却没有直接参与

---

① 参见李如：《关于语言问题的意见》，《文艺报》1953 年 7 月号；粟丰：《文学作品中的土语方言问题》，《长江文艺》1955 年 6 月号。
② 参见周定一：《论文艺作品中的方言土语》，《中国语文》1959 年 5 月号；编者：《关于文艺作品使用方言土语的问题》，《中国语文》1959 年 7 月号。

讨论发声为自己进行辩护，相反，他在不同场合直接或间接地表达了对方言文学的否定态度。在1953年的一篇文章中，他批评滥用方言"非但不能达到丰富语汇的目的，反而使得文学语言流于粗糙庞杂"①，并且表示方言并不是一种文学语言。②在方言讨论将近尾声之际，他更明确地表示学习普通话和汉语规范化是一项政治任务，③而且直接批评周立波的《山乡巨变》，认为其中"太多的方言反而成了累赘了"④。

另一位作家是老舍。老舍虽然不是乡土小说作家，但他是"京味"小说大家，他的许多作品都运用了北京方言，并以此为其显著的创作特色。老舍曾经多次谈论过文学创作中方言的意义，并介绍过自己运用方言的方法。特别是在《我的"话"》一文中，他细致回顾了自己如何认识文学方言的意义，并明确将地道北平方言作为自己文学语言的重要来源："我要恢复我的北平话。它怎么说，我便怎么写。怕别人不懂吗？加注解呀。无论怎么说，地方语言运用得好，总比勉强地用四不像的、毫无精力的普通官话强得多。"⑤然而，在方言问题讨论期间，老舍的态度发生了根本性的变化。在《大力推广普通话》（1955年）、《关于语言规范化》（1956年）、《关于文学创作中的语言问题》（1956年）、《文学语言问题》（1957年）、《土话与普通话》（1959年）等⑥文章中，他明确表示作家不宜多用方言土语，而应该承担起推广普通话的政治责任。不过，他

---

① 茅盾：《新的现实和新的任务》，《文艺月报》1953年第10—11期。
② 茅盾：《关于"歇后语"》，《人民文学》1954年第6期。
③ 茅盾：《关于艺术技巧》，《文艺学习》1956年4月号。
④ 茅盾：《反映社会主义跃进的时代，推动社会主义时代的跃进！》，《人民文学》1960年8月号。
⑤ 老舍：《我的"话"》，《文艺月刊》1941年6月号。
⑥ 收入《老舍文集》（第16卷），人民文学出版社1991年版。

的文章都没有绝对化，而是在指出方言与普通话相对立、要求作家尽量避免使用方言的同时，也希望作家能披沙拣金地把一些普通话里没有的、而又具有表现力的方言保留下来，并锤炼加工为普通话，以此丰富文学语言。显然，这些文章折射着老舍作为一名作家和一名北京文艺界领导人身份之间的矛盾。

就乡土小说作家来说，赵树理具有比较突出的代表性。在1940年代解放区时期，赵树理以完全的"农民化"而获得广泛好评。他的作品践行"农民群众听得懂，政治上起作用"的创作意图，语言也遵从通俗易懂的要求，虽然也使用方言，但是方言运用得比较含蓄，很少妨碍读者的阅读和理解。在《也算经验》一文中，他谈到了如何使小说的语言表达符合农民读者的阅读习惯，对方言进行适当的改造："'然而'听不惯，咱就写成'可是'；'所以'生一点，咱就写成'因此'；不给他们换成顺当的字眼儿，他们就不愿意看。字眼儿如此，句子也是同样的道理——句子长了人家听起来捏不到一块儿，何妨简短些多说几句。"[1] 因此，赵树理的小说语言得到主流文学界的高度评价，周扬就褒扬其体现了"真正的新形式，民族新形式"，是"群众的活的语言"。[2]

在1950年代的方言问题讨论中，赵树理并没有发表意见，但在相关的创作谈文章中，他依然坚持自己的语言观点。比如，在1959年发表的文章中，他这样说："写进作品里的语言应该尽量跟口头上的语言一样，口头上说，使群众听得懂，写成文字，使有一定文化水平的群众看得懂，这样才能达到写作是为人民服务的目

---

[1] 赵树理：《也算经验》，《赵树理文集》（第4卷），中国工人出版社1980年版，第1398页。
[2] 周扬：《论赵树理的创作》，原载《解放日报》1946年8月26日，收入《赵树理文集》（前言），中国工人出版社1980年版，第12页。

的。如果把语言分成两套，说的时候是一套，写的时候又是一套，这样我觉得不大好。"① 然而，在时代大潮影响下，赵树理的观点也逐渐发生了变化，强调了"社会语言的发展"要求："作品是要求读者即时能读懂，能及时起到它的社会作用的。但这同时，我也注意，不使作品的语言落后于社会语言的发展。"谈到方言运用问题时，也更朝规范化方向靠拢："在用地方词汇时，也得照顾到不妨碍广大读者的欣赏。比如说：山西农民说话很风趣、生动、准确，是书本上找不到的。但全用这种山西方言写作，别的地区、风土人情各异的读者群就会看不懂，所以也最好不用。"②

在创作实践上，赵树理的小说语言也在逐渐改变，语言运用更接近现代汉语的规范。如创作于1955年的《三里湾》，一方面保留了俗成语、谚语和惯用语的运用，如"黄狗吃了米，逮住黑狗剁尾"，"一头抹了，一头脱了"，但这类富有生气的方言主要用在人物对话中，叙述语言则明显朝普通话方向发展。如小说叙述灵芝结束工作后思考中秋节怎样安排时所用的语言，就相当优美："八月十五这个节日，她一向很感兴趣。她在小的时候，每逢这个节日，总是爱在月光下吃自己最爱吃的东西，玩自己最满意的玩意儿；到了中学以后这几年，在这个节日里，又爱找自己最满意的朋友在月下谈天，谈到半夜也不肯散。"③ 在《〈三里湾〉写作前后》一文中，赵树理表示："写文艺作品应该要求语言艺术化，是在每一种不同语言习惯下的共同要求，而我只是想在能达到这个共同要求的条件

---

① 赵树理：《当前创作中的几个问题》，《赵树理文集》（第4卷），中国工人出版社1980年版，第1652页。
② 同上书，第1731页。
③ 《赵树理文集》（第2卷），中国工人出版社1980年版，第540页。

下又不违背中国劳动人民特有的习惯。"① 这种"共同要求"指的应该就是汉语规范化的要求。

在所有作家中,周立波是能够始终坚持方言立场和以方言创作的作家。在方言问题讨论中,周立波是作家中发言最多,态度也最为明确的。他为乡土小说中使用方言做了大量辩护,即使是在《人民日报》发表社论之后,他也始终坚持立场,不做改变。②而且,他在文学创作中一直坚持使用方言。1950年代中后期,周立波相继创作发表了《盖满爹》《禾场上》《山那面人家》等作品,都不同程度运用了湖南地方方言。特别是长篇小说《山乡巨变》,较广泛地运用了方言,还采用注释的方式来帮助人们理解这些方言。周立波的这些语言措施引起了较大争议,遭遇了一些批评意见③,但他并不妥协,而是多方面地阐释自己的观点,为自己进行辩护:"一是节约使用过于冷僻的字眼;二是必须使用估计读者不懂的字眼时,就加注解;三是反复运用,使得读者一回生,二回熟,见面几次,就理解了"④。

就时代文学整体状况而言,周立波是一个很特别的个案。在方言问题讨论,特别是随之而来的汉语规范化运动的背景下,"十七

---

① 赵树理:《〈三里湾〉写作前后》,《文艺报》1955年第19期。
② 参见周立波:《〈暴风骤雨〉的写作经过》,《中国青年报》1952年4月18日;《几个文学问题——在中国作家协会长沙分会座谈会上的讲演》,《新苗》1958年7月号。
③ 《山乡巨变》连载于《人民文学》1958年1月号至6月号,当时人们对这部作品的评价毁誉参半,其中关于作品的方言运用,也主要形成了两种意见。一是认为作品的方言运用很成功,如刘日之:《也谈周立波作品中的土话》,《人民文学》1958年第6期;王西彦:《谈"山乡巨变"》,《人民文学》1958年第7期。另一种则认为作品使用太多方言,显得驳杂、累赘,如曹日升:《湖南人也不懂的益阳土话》,《人民文学》1958年第4期;茅盾:《反映社会主义跃进的时代,推动社会主义时代的跃进!》,《人民文学》1960年8月号;朱寨:《读〈山乡巨变〉续篇》,《文学评论》1960年第5期;黄秋耘:《〈山乡巨变〉琐谈》,《文艺报》1961年第2期。
④ 周立波:《关于〈山乡巨变〉答读者问》,《人民文学》1958年7月号。

年"乡土小说整体上的语言特色和审美风尚都发生了巨大的变化。将国家级刊物《人民文学》1951年、1952年与1957年、1958年刊载的乡土小说进行对照，可以看出在方言问题讨论前后乡土小说在方言运用上的明显差别。1951年至1952年《人民文学》发表的乡土小说共计23篇，除个别篇目，绝大部分小说都自觉地在人物对话中使用方言，通俗化、口语化倾向十分明显。甚至不止乡村题材小说如此，一些表现工厂建设与生活的小说也不约而同地用到了方言。① 但是，到1957年至1958年，情况有了显著改变。这两年共刊载乡土小说57篇，就艺术形式来说，这些作品更为丰富，但使用方言的小说所占发表比例较之前严重下降，即使有运用方言，方式也明显规范化。除了康濯的《过生日》②，周立波的《民兵》《腊妹子》《山那面人家》《山乡巨变》③，沙汀的《老邬》《在牛棚里》《风浪》《夜谈》④，何海岩的《春蚕》⑤，以及反映少数民族农牧业生产建设的小说《阿娜》《喃娜》《十八盘暴风雪》《没有枝叶的花朵》⑥ 等较多地用到地方方言、农业生产专用术语和少数民族语言外，其余的小说基本上很少用到方言。特别是年轻的一代作家，如李准、浩然等人的作品中，已经很少看到方言的存在了。此外，《人民文学》

---

① 如《人民文学》1951年12月号上刊载的朱敬的《捐献》，反映工厂工人加班捐献工资支援抗美援朝，就用到了"今朝""搞不通""一眼眼""我侭""辰光"等方言词汇和口语化表达。另外还有柳溪《喜事》、金云《互助友爱》，《人民文学》1952年1月号，等等。
② 《人民文学》1957年1月号。
③ 分别载于《人民文学》1957年4月号，1957年11月号，1958年11月号，《山乡巨变》连载于1958年1月号至6月号。
④ 分别载于《人民文学》1957年5、6月合刊号，1957年9月号，1958年6月号，1958年11月号。
⑤ 《人民文学》1957年11月号。
⑥ 分别载于《人民文学》1957年10月号，1958年6月号，后两篇均发表于1958年11月号。

还在"读者来信"栏目发表了一些关于方言运用的"投诉"与建议的文章,如《关于运用方言》(李与文,1951年1月号),《希望作家不要滥用方言土语》(毗水、志泉,1956年5月号),《湖南人也不懂的益阳土话》(曹日升,1958年4月号)。显然,在小说中减少方言的使用,乃至完全将方言驱逐出小说作品,已然成为当时文学界的一种时代共识。

在当代文学史界,学者们对"十七年"文学,包括其乡土小说创作多持不太认可的态度,甚至有不少学者将"十七年"乡土小说排除在"乡土文学"范畴之外,一个重要理由就是认为其缺乏独立的乡土审美品格,换言之,就是认为它们没有展示出乡土生活的本真面目,其中,语言应该是不言自明的一个方面。所以,虽然不能说这期间乡土小说的审美缺陷就是源于其方言缺失,但是二者之间至少有着一定的联系。

三、乡土小说与方言及其他

1950年代的方言问题讨论以及随之开展的汉语规范化运动,不仅影响到"十七年"作家的创作心态和乡土文学的语言探索,还持续影响到了之后长期的乡土小说语言方向。1980年代初涌现的一批乡土小说就很少有以方言运用取胜的。[①] 如古华长篇小说《芙蓉镇》的人物对话虽然吸收了湘南五岭山区的方言土语和山歌民谣,但叙述语言与人物语言分别用的是两套笔墨,且小说更以叙述语言的古

---

① 可参见魏宏瑞:《"言"与"思"——论中国当代小说中的方言问题》,《当代作家评论》2009年第6期。该文对当代中国小说中的方言现象进行了梳理与反思,认为直到1980年代中后期,伴随着文学自主意识和语言意识的觉醒,运用方言而特色各异才成为几代作家创作中的共有现象。

典气息见长；韩少功早期的知青乡土小说《月兰》《西望茅草地》对其描写对象持一种观察和反思的态度，也由于小说主人公知青们的城里人身份，他们与乡村农民始终有一层隔膜之感，因而，小说的方言运用未能与真实的生活细节及农民精神面貌融为一体；张炜早期的"芦青河系列"小说与贾平凹早期的《满月儿》《果林里》等小说，则显出了作家处于创作起步阶段时艺术手法的稚嫩，语言带有一定的学生腔。总体而言，这些小说在方言运用方面还显得有些克制，不够圆熟和贴切，作家们还未能认识到方言之于乡土小说的重要价值，因而也未能形成自觉的方言意识，即将方言去粗取精、化俗为雅，转化为一种兼具地域文化特征和个人风格的文学语言。

在时代发展的背景下，一些乡土小说作家对方言逐渐有了不断深入的自觉。韩少功的变化具有代表性。他成名于1980年代初，但在几年之后，他就流露出"悔其少作"的情绪，认为《月兰》《西望茅草地》等早期作品是"幼稚之作"[①]。从1985年的"寻根文学"代表作《爸爸爸》开始，他开始广泛而深入地运用地方方言。特别是1990年代后创作的《马桥词典》《暗示》等作品，将方言运用作为文学探索的一个重要特色，并取得了很突出的成绩。莫言也经历了从普通话写作到逐渐回归方言写作的过程。他曾经这样说："我的小说语言里面使用了大量的高密东北乡的方言土语。这些方言土语，略加改造后，能够表现生动活泼的现象，产生不同寻常的修辞效果。跟流行的书面用语有很大差别。"[②] 他的代表作之一《檀香刑》就呈现出浓郁的方言色彩，与结构艺术一道共同构成其主要

---

① 韩少功：《学步回顾——〈月兰〉小说集代跋》，《面对空阔而神秘的世界》，浙江文艺出版社1986年版，第91页。
② 莫言：《作为老百姓写作——与大江健三郎、张艺谋对话》，《说吧，莫言》（中卷），海天出版社2007年版，第288页。

艺术特色。

此外,张炜、贾平凹、李锐、敬文东等作家和批评家也从创作和理论方面探讨和探索了小说中的方言问题。如张炜从语言本体论①的角度高度肯定了方言的价值和意义,认为"方言才是真正的语言",方言"能够传递最微妙的、事物内部最曲折的意味"②,他的《古船》《九月寓言》都广泛运用了胶东方言,其语言风格与语言本体论有密切关联。贾平凹新世纪后的长篇小说《高老庄》《秦腔》等作品,人物语言和叙述语言都具有浓郁的陕西方言色彩,③他更表示自己要进行"在传统与现代之间的新汉语写作"④。此外,李锐的"厚土系列"、曹乃谦的"温家窑系列",也是运用较多方言写作的著名乡土小说作品。⑤

但是,即使在今天,乡土小说中的方言运用仍存在很大的问题。表现之一是方言使用还相当狭窄,绝大多数乡土小说作品使用的还是规范的普通话;表现之二是方言使用的熟练度存在欠缺。虽然作家们的努力方向远比"十七年"时期要更多元更开放,但是真正将方言融入乡村生活之中、使二者相得益彰的并不多,生涩和造作却常常可见。可以说,在当前乡土小说中,还没有像周立波《山

---

① "语言本体论"的提法可参见刘东方:《论张炜的文学语言观》,《文艺争鸣》2013年第9期。他认为张炜的文学语言观是一种"本体论语言观念"。
② 张炜:《小说坊八讲》,湖南文艺出版社2013年版,第27页。
③ 参见汪政、晓华:《"语言是第一的"——贾平凹文学语言研究札记》,《当代作家评论》2006年第3期。文中指出:"大约从《小月前本》《鸡窝洼的人家》开始,贾平凹渐渐开始摆脱他后来十分憎恶的学生腔而注意铸造自己的语言,这种铸造的途径之一就是使自己的语言首先土一点,他开始认识到方言土语的价值。不仅是人物语言,他的叙述语言也开始有了越来越重的方言色彩。"
④ 贾平凹、王尧:《在传统与现代之间的新汉语写作》,《当代作家评论》2002年第6期。
⑤ 可参见郜元宝:《音本位与字本位——在汉语中理解汉语》,《当代作家评论》2002年第2期;郜元宝、葛红兵:《语言、声音、方块字与小说——从莫言、贾平凹、阎连科、李锐等说开去》,《大家》2002年第4期等文章。

乡巨变》那样熟练自如运用方言书写乡村的作家作品。不能说这完全是 1950 年代"方言问题讨论"所带来的遗患，但它们之间至少存在着某些密切的关联。

当然，在今天来检讨"方言问题讨论"，并非否定其意义。我们完全理解民族共同语之于新生共和国初期之一体化的重要意义。语言是文化的载体，语言本身也构成了文化的一部分，因而，语言统一能够增进民族国家的统一和文化的交流与传承。这在中西方历史上都能找到明证。我国秦代施行的"车同轨、书同文"政策不仅促进了国家政治文化的统一，也对后世的文化传承产生了深远的影响。安德森在《想象的共同体》中也曾这样阐释过语言之于人们建构同属一个民族国家想象的重要意义："从一开始，民族就是用语言——而非血缘——构想出来的，而且人们可以被'请进'想象的共同体之中。"① 毫无疑问，语言学家们的主张和建议有其合理性，汉语规范化运动的推行也有其重要的历史意义。

我们只是认为，由于某些外在因素的影响，这场讨论未能健康而深入地展开，可以说，从一开始就存在着过于强调语言统一的政治意义而忽略了方言作为一种文学语言的独特价值的缺陷，对文学发展有较多的不利。

简单地说，其一是讨论的方式过于简单粗暴。讨论基本上都是语言学家来主导，从事文学工作者参与很少，主要只有周立波和周文两位作家，因而讨论大多从语言学角度思考问题，而对文学语言的审美性重视不够。讨论中，很多人对文学创作的独特性几乎缺少关注和尊重。包括讨论方式，也并非双方平等自由地交流，而是

---

① ［美］本尼迪克特·安德森：《想象的共同体：民族主义的起源与散布》（增订版），吴叡人译，上海人民出版社 2011 年版，第 140 页。

过分依托于苏联关于语言问题的论述,并以此来指导方言问题讨论的开展,那些不符合苏联语言学标准的看法实际上受到了批评和排斥,讨论后期还出现了上纲上线的批判性语言。其二是讨论不够深入,许多问题存在政治主导下的简单化处理特点。尽管讨论持续时间并不短,但经历了从自由讨论——"一边倒"的转折——批评余波的发展过程,多元的意见未得到充分理性的展开就被表态文章所代替,特别是周立波等作家提出的许多从文学语言出发的意见,完全没有得到讨论就被简单搁置并受到严厉批评。假若当时的讨论能在重视民族共同语之于国家统一的意义的同时,又给予文学一定的尊重,至少是进行理性的探讨,则是文学的幸事。

  事实上,从文学的角度考察,方言有着不可忽略的重要意义。特别是对于以乡村生活为主要书写对象的乡土小说来说,方言的存在几乎不可缺少,失去了方言,乡土小说的审美价值和思想内涵都要受到根本性的重要影响。

  首先,从方言的起源和生命力角度来看,运用方言是真实再现乡村生活的重要前提。方言是在中国的土地上生长起来的一种本土语言,与乡村生活有着天然的血肉联系。我国早在周代就已经出现了类乎方言的概念,即"殊方异域",周代统治者意识到"五方之民,言语不通"的现实问题,便以王畿一带方言为标准,确定了"雅言"。[①] 中国幅员辽阔的地理环境造就了人们生活方式的差异,由此产生了因地而异的说话方式,反之,我们也能通过方言观察不同时代、不同地区人们的生活状况和精神面貌。因此,方言作为乡村通行语言,必然在长期的流传发展中沉积着当地的自然环境和人文历史,产生一些体现当地特有的自然人文景观的方言词汇,如南

---

① 何锡章、王中:《方言与中国现代文学初论》,《文学评论》2006年第1期。

方和北方一些方言的不同，就体现了南方多青山绿水与北方多平原、高原的差异。另外，方言具有极强的生命力，虽然历经数次语言的统一与融合，但一些特殊方言仍然被保存和流传下来，如贾平凹的故乡陕西就保存着一些上古雅语，"这些上古雅语经过历史变迁，遗落在民间，变成了方言土语"①，这样的方言既是人们日常生活中常用的语言，同时又可从中窥见当地自上古时期流传至今的乡土精神，是无法被普通话或别的语言所取代的。即便是在普通话普及率已经很高的现代社会，方言仍然是绝大多数乡村的通行语言，方言也更真实地反映了乡村的生活状况和文化传承，这是无法回避的现实。

其次，方言具有极强的表现力，有助于乡土小说刻画生动的乡村人物形象。小说刻画人物主要是通过描摹其外貌情态，刻画其语言动作，展示其心理活动，揭示其精神面貌，而方言作为特定区域人们天天口头使用的语言，凝结着人们的思维方式、语言习惯、爱憎好恶和审美观念，深刻地体现了人们的生存状态。因而，方言无论是作为叙述语言还是人物语言，都具有极强的表现力，对于乡土小说的人物语言更是不可缺少。方言既是农民日常交流所用的语言，同时，方言背后还蕴含着深厚的文化内涵，反映着农民对世界、对他人的感知与理解，折射出他们日常生活的悲欢喜乐，以及他们的为人处世哲学与生活经验。②如北京方言的幽默从容、山西方言的质朴俭省、湖南方言的爽快利落，都鲜明地体现了这些地区人们不同的思维方式、性格特征和生活态度。从这一层面来看，乡

---

① 贾平凹、王尧：《在传统与现代之间的新汉语写作》，《当代作家评论》2002年第6期。
② 参见罗昕如：《从方言透视古华小说的地域文化特色》，《中国文学研究》2001年第3期。文中指出古华的《浮屠岭》《芙蓉镇》《姐姐寨》等小说中的方言运用"都从不同角度反映了边地山民的人情、心态、为人处世的哲理及生活经验"。

土小说能否灵活地运用方言，很大程度上影响了乡土小说刻画农民精神面貌的深度。从当代乡土小说创作来看，方言的丧失，特别是具有方言色彩的人物口语的丧失，严重影响到了乡土小说的文学品质。因为与之相伴随的，是鲜活的人物形象、生动的生活和劳作场景。这些方面，都是乡土小说最重要的魅力所在。丧失了这些品质，乡土小说的独特审美特质必然会受到严重损害。

最后，方言是地域文化的重要载体和组成部分，运用方言有助于表现乡村生活的地域文化色彩。某一地域的方言往往积淀着特定的历史文化内涵，反映这一地域独特的历史传统和风俗民情。中国幅员辽阔，南北差异巨大，每个地区都有着独特的地方风物和生活习俗，由此产生了一些具有地域特色的地名、物名、人名和专门记录当地特殊风俗的地方方言，如贾平凹小说中的"看山狗""送夏"（《浮躁》）、"糊联"（《浮躁》）、"烟灯"（《小月前本》）等商州地区的民俗语汇，古华小说中的"打梢"（《姐姐寨》）、"放树吊""埋地炮""埋虎夹"（《浮屠岭》）、"坐歌堂"（《芙蓉镇》）等反映湘南山区特定劳作方式与特殊风俗的方言语汇。因而，乡土小说描绘地方饮食习俗、婚丧嫁娶、节气庆典以及日常生活场景等，都离不开对地方方言的使用。从这一角度而言，方言的运用有助于真实细致地记录地方风俗民情，营造独特的乡土生活氛围。另外还有一些特殊的方言，如熟语、惯用语、谚语与民谣等，言简意赅、生动幽默，富有表现力，同时还反映了某一地域人们的特定文化心理。在一些有着自觉的地域文化意识的作家那里，方言不仅是讲述故事、塑造人物、表达主题的手段和工具，其本身也是一种地域文化的凝缩与积淀，如老舍小说中的京都文化、沈从文小说中的湘楚文化、李劼人小说中的巴蜀文化、赵树理小说中的三晋文化等，在他们的小说中，地方方言与地域文化是水乳交融的。由此看来，方言不仅是连通文学作品与地域文化的重要纽带，其运用本身也构成了作品地域色彩的一部分。

历史承担着时代重负。而在今天，文学中的方言又在遭遇着更为严酷的现实困境。随着城市化的高速发展，以及普通话的有效推广，现实生活中的方言使用越来越少，因而，社会上许多人都发出"拯救方言"的呼声。与此同时，在网络发展迅速的背景下，普通话这一汉语标准语逐渐呈现鄙俗化和平板化的趋势。这一现实，对于作家，特别是乡土小说作家们来说，既是一个严峻的挑战，也是一项艰难的任务。

所以，在今天，乡土作家所面临的问题，不仅在于是否使用方言，更重要的是解决相关的一些文学问题，诸如究竟应该如何使用方言，才可以在大众接受、民族文化等问题上找到平衡与和谐。

这是一个非常复杂的问题，这里不可能展开讨论。但一些优秀的前辈作家曾经进行的探索和努力很值得我们总结。特别是周立波的《山乡巨变》等乡土小说，所运用的湖南方言与普通话之间有较大差别，但他进行了许多独到深入的探索，很好地处理了方言运用与大众阅读之间的关系问题。赵树理也一样，他立足于农民阅读的前提，对方言运用也深有体会："我们在写作的时候，要注意口语化，要使用劳动人民所喜爱的语言，我们不仅要从书本上学习语言，还要向群众学习语言。我个人在写作时就感到，从口头上学来的语言，要比书本上学来的多一些。"[①] 莫言也有这样的理论思考："陌生化的语言，应该是一种基本驯化的语言，不是故意地用方言土语制造阅读困难。方言土语自然是我们的语言富矿，但如果只局限在小说的对话部分使用方言土语，并希望借此实现人物语言的个

---

① 《赵树理全集》（第4卷），北岳文艺出版社1990年版，第645页。

性化，则是一个误区。"①

这些经验和探索，给我们充分的启示，也形成了以下基本意见：乡土小说写作需要和支持对方言的运用，但又需要遵循一定的原则。具体说，以下三点原则是必要的前提：一是叙述语言与人物语言分离的原则。小说在总体上是现代的，叙述语言应该采用现代语言。人物语言则是生活化的，应该遵循生活的原则，也就是应该让人物说出自己的个性化语言，其中就包括方言。二是不影响大多数读者理解的前提。文学毕竟属于大众产品，至少是本民族产品。所以，它应该不仅仅属于个别方言区，而是属于整个民族，对方言的运用不应该超越这个前提。三是方言的运用应该局限于词汇层面，不应该进入语音的层面。词汇是各种方言的精华，最能够凸显方言的地域性和文化内涵。而语音则文化内涵相对较弱，而且会严重影响阅读效果。从文学史来看，那些追求语音特色方言的小说都难以被方言区外的人们所接受，也难以得到广泛流传。

第二节　乡土人物塑造的主体性与真实性
——论当代乡土小说中的农村"新人"形象

一、梁生宝的"真实性"与"农民性"

在1950年代到1970年代间，最有影响也最具代表性的农村"新人"形象无疑是柳青《创业史》中的梁生宝。不但作者本人和批评家在相关论述中明确以"新人"来进行指代，而且，对人物的

---

① 莫言：《捍卫长篇小说的尊严》，《当代作家评论》2006年第1期。

"新人"特质,大家还持有不同意见,产生了旷日持久的争论。①

人们争论的焦点是梁生宝的"新人"特质是否具有"真实性",也就是是否与当时的时代环境相符合。论者们的讨论是广泛而有深度的,但我以为,以"真实性"来质疑梁生宝形象并不符合文学的基本原则。早在古希腊时期,亚里斯多德就在《诗学》中说过,"诗人的职责不在于描述已发生的事,而在于描写可能发生的事,即按照可然律或必然律可能发生的事"②,文学本来就不应该(至少不完全)是现实的投影,作家以自己的想象超越现实是很自然也很合理的事情。因此,将文学与现实做简单的对应,用"真实性"来限定《创业史》的人物形象塑造,甚至将梁生宝的思想行为与其原型王家斌做简单对比,并以此为理由质疑梁生宝"高于现实",显然是不符合文学特性,也难以让人信服的——柳青当年之所以对严家炎的批评不服气,一个重要理由就是他认为梁生宝形象寄托着他对农民形象的理想,并不囿于现实。③

也许,从人物身份特征角度对梁生宝"新人"特质进行考察是更恰当的方式。因为任何人物形象(包括现实中的人)都有自己相对稳定的基本性格特征,这些特征是人物思想和行为的基础,也是判断人物形象塑造是否合理和深刻的重要标准。人物的性格特征并非空穴来风,而是密切联系着其社会身份。马克思曾经说:"人的

---

① 在作品出版后问世的评论文章中,纷纷都以"新英雄人物""文学新人"等概念来给梁生宝形象命名。严家炎发表了《〈创业史〉第一部的文学成就》,《北京大学学报》1961年第3期;《谈〈创业史〉中梁三老汉的形象》,《文学评论》1961年第3期;《关于梁生宝形象》,《文学评论》1963年第3期。由此开始,到今天的半个多世纪中,围绕梁生宝形象的真实性等问题一直有大量争议,更兴起过几次讨论热潮,存在多种不同声音。
② 亚里斯多德、贺拉斯:《诗学·诗艺》,罗念生、杨周翰译,人民文学出版社1982年版,第28页。
③ 柳青:《提出几个问题来讨论》,《延河》1963年8月号。

本质……在其现实性上，它是一切社会关系的总和。"① 人由多种社会关系构成，也就是具有多重社会身份，如民族、国家、阶层、性别、宗教、生活环境等。这些社会关系决定人的基本生存条件，也决定着人的基本思想、文化和行为方式——因为在每一种社会关系背后，都有不同的文化资源在发生作用、产生影响。人作为社会的产物，不可能离开这种影响。虽然作为个体的人会有自己个体化的性格、思想和行为方式，但是，这种个体化是统一于其大的身份背景之下，也就是其社会关系之下的。他的精神气质、行为方式，都深深扎根于其中。社会中的人和文学中的人物，既是独立个体，又是群体特征的体现，二者不可分割。当然，每一个人都不止具有一重身份，不同身份在生活中所起的作用（或者说所表现出来的部分）也有一定差异，但一个基本原则是：人统一于多重身份之下，其基本身份决定人物的主体特征，也主导其基本的性格和思想逻辑。

典型的，如农民作为一个有着深厚历史文化的阶层，形成了自己的文化个性，也具有了某些基本文化特征，或者就叫"农民性"——尽管这些特征并不一定完整地体现在具体的个体农民身上，但是它们确实构成了个体农民基本的精神主导和性格逻辑。同样，作为知识分子，无论是传统的还是现代的，都会拥有知识分子阶层所具有的某些个性特征，并使之区别于其他阶层。这使人们往往从一个人的言语行为甚至外貌举止就能看出他的基本身份，判断出他是一位农民、市民、商贩还是一名知识分子。从文学形象角度来说，一个真实的人物，必然拥有基本的身份，也不可能脱离其基

---

① 马克思：《关于费尔巴哈的提纲》，《马克思恩格斯文集》（第1卷），人民出版社2009年版，第501页。

本的社会身份特征,或者说,他的思维逻辑、行为方式等应该符合他的社会身份特征。只有如此,他才是与其生活的社会环境相一致的,是真正的社会文化产物。而反过来说,充分表现了人物形象的主体身份特征,也就意味着揭示出了其背后的文化传统和精神实质,赋予了形象以历史纵深度。

梁生宝也有多重社会身份,最核心的无疑是农民。他出生和成长于农村家庭,也一直以农民身份在乡村生活,所以,农民身份应该构成他社会身份的主体,或者说他的思想和性格主体以农民为基础,呈现出农民的主体性。当然,梁生宝不是一个普通农民,而是农村"新人",也就是说,在时代文化的影响下,他完全可能比其他农民思想更先进,看问题也更深远,对他的塑造可以比现实中的农民更完善、更具有理想色彩,但是,一个重要的前提是,他的这种"新"要符合农民的基本特征,遵循农民主体的发展逻辑。毕竟,农民身份一直伴随着梁生宝的成长,他不可能遽然之间就完全摆脱其印记,蜕变成另一个人物。他性格气质上的"新"和"旧"之间必然会有密切的关联,不可能是截然断裂的。

在《创业史》的前半部分,梁生宝的农民主体性表现得相当突出。这一方面表现在梁生宝的现实生活基础非常深厚。他的基本生活状貌,包括其言语行动、生活细节都很符合农民的习性特点;他的许多精神和性格气质也与农民的身份特点相称——比如在伦理层面上,他对父权家庭所表现出的顺从中的反抗,与同龄农民之间的朴素友谊,与改霞交往中的羞涩和担忧,以及不自觉的情欲愿望,等等,都使作品一开始就展现了一个活生生的、质朴而善良的青年农民形象。

另一方面,梁生宝身上的一些理想主义色彩也与农民文化有深层的契合,是农民主体性的现实折射。作品表现了梁生宝被革命所启发的"共同致富"的集体主义精神，以及为乡亲们奉献自我的牺牲精神。一些学者认为这种精神超越了时代，缺乏真实性，但我以为，它完全符合农民文化传统，蕴含着中国农民一种朴素却深远的未来向往，就是共同富裕的大同理想。我们谈农民文化，一般都会注意到其安土重迁、目光相对狭窄等小农经济特点，但其实，农民文化中也包含着"大同社会""均贫富"的理想化一面。中国历史上的历次农民起义所提的口号大都包含着类似的意思，就是因为它契合了广大农民深层的心理欲求。《水浒传》《说唐演义全传》等通俗小说中塑造的晁盖、单雄信等绿林英雄，充分表现出仗义疏财、舍己为人的品质，就是这种农民文化的典型体现。在梁生宝早期的许多行为中，都可以找到与这些品质、这一文化的深层关联，如"买稻种"等情节体现的节俭、勤劳，"割毛竹"情节体现出的舍己无私和自我牺牲。

作品前半部分表现出的农村"新人"梁生宝，确乎是形象而生动的，既可以看到现实生活中人物的鲜活心灵，又折射出农民文化的遥远理想。但是，让人遗憾的是，这种农民主体精神并没有在梁生宝身上继续深入地展现，而是随着小说的发展，很快发生了偏移和变化。梁生宝的性格表现和行为方式距离农民主体性越来越远，越来越不像一个农民。

一个典型表现是梁生宝的思想觉悟越来越高，考虑和处理问题脱离了农民的视野和高度。这一点，严家炎当年的评论揭示得很细致，此后也不断有学者进行举例论证，指出在诸如对待徐改霞、对待郭振山等个人生活和工作问题上，梁生宝的思想和行为已经完全不像一个农民，而像一个政治水平很高的干部："哪怕是生活中一件极为平凡的事，梁生宝也能一眼就发现它的深刻意义，而且非常明快地把它总结到哲学的、理论的高度，抓得那么敏锐，总结得那么准确，这种本领，我看，简直是一般参加革命若干年的干部都很难如此成熟如此完整地具备的。"① 另一个表现是梁生宝逐渐成为思想传达者和政治观念的化身。作品中，随着梁生宝越来越多地与上级党领导接触，接受他们的教导，于是，每当他有疑惑、有困难，第一时间想到的就是党组织，党的要求成为主导他思想行为观念的绝对中心，他也承担起有关政治观念的宣传和执行的重任。

从人物精神角度分析，梁生宝的精神主体在此已经发生了置换，从农民身份换成了政治干部身份。本来，作为受到革命启蒙的乡村干部，梁生宝身上就存在农民和干部两个身份，只是如前所述，农民应该是其主体身份。但是，在作品的后半部分，政治干部身份完全主宰了梁生宝的思想和行为世界，很多方面与农民身份不相一致。如果说在作品的前半部分，我们看到的梁生宝与他身边的朋友，如高增福、欢喜等人，虽然存在着性格、品格和能力上的一定差异，但基本上可以划归为一个整体，以"农民"来进行概括，但是，到后来，他们之间逐渐具有了实质性的不同。欢喜他们还是农民，而梁生宝已经变成了一名相当纯粹的政治工作者了。他不再是按照农民的逻辑思考和行动，而是依从时代的政治要求。

当然，正如柳青的自我辩护："我的描写是有些气质不属于农民的东西，而属于无产阶级先锋队战士的东西。这是因为在我看来，梁生宝这类人物在农民生活中长大并且继续生活在他们中间，但思想意识却有别于一般农民群众了。"② 梁生宝的农民和革命者身份并非一定要对立，而是也有融合在一起的可能性，只是这种融合肯定会有一个逐步演变的过程，在这一过程中这两种身份必然会有

---

① 严家炎：《关于梁生宝形象》，《文学评论》1963年第3期。对于这一点，严家炎的文章，包括后来许多学者的文章都做了多次列举，这里就不再赘述。
② 柳青：《提出几个问题来讨论》，《延河》1963年8月号。

偏重,有冲突——这种冲突也才是融合真正深入的体现。如果作品细致展示了梁生宝身份融合或转换的过程,并且揭示了这种过程的复杂性,那也是完全可以让人信服,符合文学主体性原则的。但是,作品对此几乎没有展现。梁生宝从早期充满农民主体气息的形象发展到后来以政治为主导的形象,作品没有在变迁中赋予其充分的合理性,而是突兀而彻底,缺乏内在的逻辑理路。

梁生宝之后,浩然《艳阳天》和《金光大道》中的萧长春和高大泉是最有影响的农村"新人"继承者。相较于梁生宝来说,这两个人物的农民身份主体性要匮乏得多,特别是高大泉,农民性格气质已经完全被政治气质挤压到边缘乃至不见——不过即使是对这两个形象,我也不赞同用"真实性"来予以否定。因为在当时背景下,这样的农村干部确实可能存在。在60年代更加政治化的背景下,他们存在的"真实性"甚至比1950年代的梁生宝更大(这也从另一个侧面说明"真实性"原则不适合作为文学形象的评判标准。萧长春和高大泉比梁生宝更符合生活的客观真实,但形象的价值却远不能与梁生宝相比)——但是,这两个形象更严重地脱离了农民的身份特征,已经不适合被当作农民形象,而只能作为乡村政治干部、乡村政治执行者来看待。他们不具备农民形象背后丰富的历史文化内涵,只能是单薄的时代文化化身。所以,晚年的浩然曾经辩解,他所塑造的高大泉完全是现实生活中的人物,丝毫不违背生活真实,[①]确实不无道理。只是浩然忽略了一点,就是他作品中塑

---

① 对于人们长期质疑其代表作品《金光大道》"不真实",浩然显然一直耿耿于怀。1994年,借《金光大道》重版之机,浩然专门撰写长篇文章进行了辩护,认为其塑造的高大泉形象是与现实生活相一致的,而且表示:"用笔反映真实历史的人不应该受到责怪;真实地反映生活的艺术作品,应该有活下去的权利。"参见浩然:《有关〈金光大道〉的几句话》,《文艺报》1994年8月27日。

造出来的，是完全不具有农民主体性的形象，完全没有一个优秀文学形象所必备的主体精神和文化内涵，所以这样的形象必然是不够成功的。

二、另一类"新人"：1980年代的青年知识分子农民

进入改革开放的1980年代，乡土小说创作发生了新的变化，农民形象中出现了另一类"新人"群体。这些人物多是青年农民（其中的个别形象身份不完全稳定，而是徘徊在城乡之间。如《浮躁》中的金狗，一开始是农民，后来离开了农村，成了与乡村关系密切的知识分子；再如《人生》中的高加林，也曾经有过短暂的城市身份），都接受过中学以上的现代教育，可以说属于"学生农民"或"青年知识分子农民"。这些形象代表了1980年代农民形象中最耀眼的部分，其中最有影响的，有路遥《人生》中的高加林、《平凡的世界》中的孙少平，张炜《古船》中的隋抱朴、《秋天的愤怒》中的李芒、《秋天的思索》中的老得、《声音》中的"小罗锅"，郑义《老井》中的孙旺泉和赵巧英，贾平凹《浮躁》中的金狗、《小月前本》中的门门和小月、《鸡窝洼的人家》中的禾禾，铁凝《哦，香雪》中的香雪，等等。这些人物不只是身份醒目，其精神个性上更呈现出许多新的特质，迥别于传统农民形象。

"新"的最突出表现，就是现代文明的气质。这体现在多个方面。最表层的如人物外貌。这些人物大多外表英俊或漂亮，如高加林、孙少平、李芒、香雪等，都是如此。即使是不英俊的，也至少具有与乡村传统审美不一样的特征，意在特别显示出与乡村传统的不同，如老得的水蛇腰、"小罗锅"的罗圈腿等。在穿着打扮上，

他们更表现出趋向城市化的审美追求,如《老井》中的赵巧英,虽然生活在农村,但无论是日常语言还是穿着打扮,都有非常明确的城市时尚追求;《哦,香雪》中的乡村女孩身上也可以看到城市审美的深刻影响:"她们可以穿起花棉袄了,凤娇头上别起了淡粉色的有机玻璃发卡,有些姑娘的辫梢还缠上了夹丝橡皮筋。……她们仿照火车上那些城里姑娘的样子把自己武装起来,整齐地排列在铁路旁。"

如果说外表还只是表象的话,那么,精神气质的体现就更充分了。这些人物的行为方式完全不同于传统的农民,而是表现出强烈的抒情浪漫或者现代思想气质。最基本的是爱读书、写作。如隋抱朴喜欢读《资本论》,老得是一位乡村诗人,一直在寻找所谓的"原理"。此外,在性格上,他们往往喜欢沉思、幻想。如李芒,最喜欢的是"紧皱着眉头,吸着帮助他沉思的大烟斗",隋抱朴更患有"怯病",成天孤独而痛苦地把自己关在家里。这些特点,使他们在乡村中显得很特别。事实上,虽然他们的现实处境往往并不顺利,更少知音朋友,但他们精神上具有很强的优越感,自觉与普通农民疏离,把孤独作为享受。像高加林,在村里基本上处于没有朋友的孤独状态,只有巧珍对他表达了爱恋之情,而在高加林看来,即使是巧珍也并不能真正理解他。同样,"李芒常常怀着类似早期启蒙主义者那样的孤独感"[①],隋抱朴虽然受人尊敬,金狗交往的人也很多,但他们都完全没有真正进入心灵层面的朋友,内心都是孤独的。此外,诸如孙旺泉、赵巧英、门门、禾禾、"小罗锅"等,也都属于村里的另类人物,很少与村里一般农民交往,保持着内心的高傲。

---

① 宋遂良:《诗化和深化了的愤怒——评〈秋天的愤怒〉》,《当代》1985年第6期。

最重要的现代特征是在思想向度上。这些人物普遍表现出对现代文明强烈向往的思想倾向，甚至本人直接就是现代文明的传播者。对乡村，他们都表达出强烈的受压抑感和无路的困惑，从现实到文化都持明确的否定和批判态度。现实层面，如高加林、孙少平、孙旺泉和才才、禾禾等人都不满生活中的贫穷环境，努力寻找新的发展和出路；老得、李芒、金狗等虽然处在乡村改革中，但他们主要表达的是对改革中问题的质疑。文化层面也是如此。如《人生》中的"刷牙""漂白粉"细节充分揭示出乡村的愚昧和颟顸，《老井》中的"老"也清晰地包含着封闭和保守的意思，《古船》的标题也是一个象征，洼狸镇就是停滞不前的传统文化的典型。正因为如此，几乎所有这些人物都怀抱着强烈的"走出乡村"的愿望。《哦，香雪》中的小女孩，几乎可以看作接受现代文明诱惑（或者叫"启蒙"）的典型，她们内心的最大愿望毫无疑问就是走进城市文明；高加林、孙少平、赵巧英、"小罗锅"等，都以成为城里人为自己的执着梦想；即使是那些没有明确表达过离开乡村愿望的，对现代文明的肯定和向往也是完全一致的。

毫无疑问，这些形象具有相当强的时代真实性。他们既展示了农民的现实生存处境，更表达了对未来的憧憬和愿望，是农民自我主体的体现。确实，在1980年代的乡村，已经执行了20多年的人民公社制度越来越显出其弊端。它既严重约束和限制了农民的自由空间，也使乡村变得越来越贫穷，现实中农民最迫切的愿望无疑就是改变乡村，脱离贫困，走向富裕。与此同时，被体制所限制、无法拥有进入城市生活机会的乡村青年知识分子数量也相当庞大，他们比一般人能更敏锐地感受到时代的压抑，也有着更强烈的对现代城市的向往和走出乡村的愿望，对乡村的落后文化也具有最强烈的反抗和批判精神。他们代表的是处在改革背景下的时代先行者，发出了农民们最强烈的改变命运的呼声。

其中,最为成功、最充分体现农民主体特征的形象,是《人生》中的高加林和《平凡的世界》中的孙少平。《人生》对高加林的现实境遇,特别是他在情感与理性、伦理与利益之间的矛盾与困惑,展示得相当细致深刻,深入揭示了农民在现实中的多重困境和精神渴求。故事的内容虽然不复杂,但背后的现实和文化含量却相当沉重。孙少平形象则更侧重在现实层面,他生活中所遇到的种种困窘,以及想改变自己命运的强烈愿望和不懈努力,都具有时代青年农民的典型特征。正因为这两个人物形象准确而深刻地体现了农民的主体特征,《人生》和《平凡的世界》才能够赢得大量读者(特别是来自农村的青年读者)的关注和喜爱,他们也成为时代文学中最有影响的农民形象。[①]

但是,距离真正全面的主体性形象建构,1980年代的青年知识分子农民形象在整体上还存在着一定的局限。

其一,是思想向度太过单一,文化内涵揭示不深。作家们的视野普遍较窄,多体现农民在精神方面的欲求,现实物质层面的却较少。与之相关联,这些人物形象身上的乡村生活气息都不够浓郁,缺乏细致真切的乡村生活基础,也多没有关联乡村的劳作和生产过程。这些方面自然会影响到人物的农民生活特征,也很难通过人物形象窥见当时农民的真实生存状况。此外,形象的思想向度太过单一,都是对传统文化的简单否定,对城市文明无限的向往。虽然如前所述,这时期的农民,特别是青年农民,毋庸置疑地具有向往现代文明和走出乡村的强烈愿望,但是,他们与乡村有着无法隔绝的

[①] 参见赵学勇:《再议被文学史遮蔽的路遥》,《小说评论》2013年第1期;贺仲明:《农民工当代文学阅读状况调查》,《中国现代文学研究丛刊》2012年第8期。

深切情感以及文化和血缘关系，所以，他们走出乡村的步伐不可避免地会交织着沉重和复杂，态度也会有所纠结，甚至会出现乡村文化的坚守者和卫护者。对此，作家们虽然有所意识，如《人生》展示了高加林在巧珍的爱情和黄亚萍的城市诱惑之间的矛盾，《老井》描写了旺泉和巧英在城市梦和乡村伦理之间的困惑，贾平凹、张炜的作品更多有表现，但是，就总体来说，他们的表现并不充分，没有真正深入到人物内心世界中进行揭示。

贾平凹的创作最有代表性，1980年代的贾平凹是塑造青年知识分子农民最多的作家之一，也非常敏锐地表现了农民在现代与传统之间的两难困境。如《小月前本》中小月在门门和才才间选择的困惑，《鸡窝洼的人家》中灰灰和麦绒、禾禾和烟峰在人生道路选择上的两难，《浮躁》中金狗也常陷入这种两难之中，等等。但是，这些作品都存在一个较大的遗憾，就是这种两难困境没有进入到人物的深层内心世界，而只是落实在创作理念上，也就是作家对人物的设计上（张炜的《古船》《秋天的思索》等也与之类似）。这些作品的人物设计多采用"二元对立"的模式，一正一反，分别代表两种对立的理念，于是，他们的冲突，就传达出两种理念的矛盾。换言之，这些作品虽然在主题上表现了农民在现代与传统间选择的困惑，但实际上，每个人物的思想都是单纯的，他们各自代表一种思想类型，作品只是在人物之间相互构成冲突，却没有展示出人物内心之中的矛盾和冲突。显然，这种冲突没有进入人物主体，而是外在于人物的作者思想理念，作者的思想还没有完全内化为人物自我。

其二，是人物的知识分子气息胜过农民气息。青年知识分子农民当然不同于一般农民，他们有更细腻的情感，对社会有更多了解，对未来有更多想象和期待……这都是很自然的。但是，这些人都是在农村家庭、农民文化氛围中长大,文化水平也不是很高,所以,他们的形象实质还应该是以农民为主体,不可能完全脱离农民的生活和文化气息。但是,如前所述,这些人物很多自居于孤独状态,好似与周围的农民相隔绝,显示出在心理、文化上与农民之间的差别。而且,这些人物的行动、语言和思维方式都不符合农民习性,而是更像知识分子。比如《鸡窝洼的人家》中,禾禾与烟峰的人物对话:

"你还对不起我了?你对不起我什么了,你多么省心,一走就了嘛!"

"你别说了,我已经够后悔了,我给你写了信后,就又想再给你写信,但我不知道该怎么写。"

"给我写什么信呀,我一个中年寡妇,谁见了谁都嫌呢,你给我写什么信呢?"

"你还饶不了我吗?是我不好,是我害了你,烟峰……"

同样,张炜《声音》中人物的语言也充满着知识分子气:

"你听咧!你听咧!你听这大林子里多热闹啊!风在吹箫,树叶儿奏琴,小鸟在歌唱……你就不觉得这是一首挺好的交响乐吗?"

"我在听什么呢?我是在听这世上各种各样的音儿,我常常想:一个人,难的是不断地看准他自己。我们就不该给这林子添上一种声音吗?我们也有自己的嗓子,我们怎么就不该喊出自己的声音来呢?"

这样的话语,我们很难想象出自一个农民之口,即使是有一定文化的青年知识分子农民，更何况《鸡窝洼的人家》中的烟峰还是个一字不识的文盲。

所以，从精神上分析，1980年代乡土小说塑造的青年知识分子农民形象虽然部分表现了农民的主体性，但是却远不够完整和全面。或者说，这些形象的知识分子气息胜过农民气息，知识分子主体凌驾于农民主体之上。从这些形象传达出来的声音虽然有部分属于农民，但在根本上还是属于知识分子。这就符合这些作家的身份——不久之前，他们还是农民身份，但几乎每一个人都在渴望着逃离乡村、进入城市，现在，他们已经成为城市人，也许在情感上会增加对乡村的怀旧和眷恋，但思想上却始终朝着现代的方向。所以，作家们尽管可能有表达乡村主体的愿望，但这种主体性还没有真正融入笔下的人物形象中。人物没有真正为农民自己说话，而是在替作家们说话。

三、人物主体性与精神自主性

文学形象是社会和作家的集体创造物，1950年代到1980年代，两类农民"新人"形象在主体性上的匮乏，也折射着多重的复杂因素。其中既有各自时代环境下的差异性因素，也有共同的历史负担所留下的印记。

首先，社会现实是一个潜在却重要的基础因素。也就是说，在农民形象主体性匮乏的背后，隐藏着的是农民卑微的历史和现实地位，以及被轻视和忽略的文化状况。

在漫长的历史中，农民一直处于社会底层，其现实地位不需多说，文化上也一直被人忽视。这种情况的结果是，知识分子虽然大多出身于农民，对农村也很有感情，甚至将田园生活作为自己的心灵归宿,但是在心理上,多缺乏对农民的认同感。从文学传统来说,历史只见悯农诗,却很少有直接描述农民形象和生活的作品。进入现代社会,从现实层面来说,中华人民共和国成立后,农民的社会和经济地位都有较大好转。但是,在城乡户籍制度实施的背景下,农民与城市居民的差距被迅速拉大。进入1980年代后,农村实行了联产承包责任制,农民生活有了较大改善,社会地位也有所提高。但是,多年来形成的城乡差距不可能遽然改变。至少在1950年代至1980年代间,农民的社会地位还是很低的。

文化方面也很相似。五四作家们创造性地将农民形象书写到作品中,是对传统文学的一大突破。但是,五四文化并没有完全走出中国传统文化的悯农窠臼。他们从启蒙角度出发,更多以俯视、批判的眼光审视乡村和农民,虽然大多蕴含有对底层的关怀,文化批判也确实有其意义,但是,作家们强烈的文化优越感使他们始终没有建立与农民真正的平等意识,也没有真正深入地进入到乡村世界和农民的心灵世界中。对此,鲁迅的《祝福》《故乡》等作品有过深刻的反思,只是没有得到后来者的有效继承。之后的中国文化基本上还是秉持五四的方向,五四的优缺点都被后来者所继承。1950年代到1980年代的乡土小说创作也自然受到其深刻影响。

其次,现实政治和时代文化也对农村"新人"的塑造产生着影响。政治影响主要体现在50年代至70年代。这时候,共和国还处在新生不久后的发展阶段,需要塑造建立共和国的英雄,也需要树立改造和建设共和国的"新人"。具体到农村社会,从1950年代初,国家就开始了全国性的农业合作化运动。这是国家整体发展战略下的一项重要举措,也是一种新的生产关系的尝试,关系到乡村面貌的改变,也关系到国家未来的发展方向。所以,这一时期迫切地希望出现农村"新人"形象,以作为对农村合作化运动的支持和声援。所以，在1950年代，文学界的主流声音表达出对农村"新人"的急切期待。在《创业史》之前，《三里湾》和《山乡巨变》等都因为没有塑造出合格的"新人"而受到批评，赵树理为此还做了自我检讨。① 当时中国作协的领导冯牧在文章中明确地表达了期待性的要求："对于我们的某些作品，如何创造农村中的社会主义新人和描绘新事物的萌芽成长，仍然是一个亟待解决的重要课题。"②

对于时代政治对"新人"的要求并不能做简单的否定。作为一个新生共和国，希望自己所实施的乡村政策能够获得更大的影响和效果，能够有效地建构起符合自己规范要求的新农村形象，是很正常的事情（尽管实践证明，这些措施过于理想化，脱离了时代现实环境，对国家和农民的利益都造成了很大伤害）。而且，时代政治当然也希望乡村发展、农民富裕，只是它的着眼点要更高，需要考虑国家整体发展规划，政策措施也更宏远，更富理想色彩。所以，尽管当时的经济和文化政策有不少向乡村倾斜之处，如成立农村读物出版社，出版了大量面向农民读者的作品，扶持基层农村作家和文化人员，以及实施各种"文化下乡"政策等，并确实在很大程度上改变了乡村面貌，特别是文化面貌，但是，时代政治与农民之间还是存在着一些不一致的地方。时代政治是一种国家全局意识，它对乡村发展思考的出发点不可能完全等同于农民，它所希望的农村"新人"也不可能遵循农民自身的逻辑。这是历史合理性与现实合理性之间无法弥合的矛盾。

在1950年代到1970年代，作家们与时代政治的关系是非常密切的。尽管存在个体上的差别，但是绝大多数作家都是自觉将自己

---

① 赵树理：《〈三里湾〉写作前后》，《赵树理全集》（第4卷），北岳文艺出版社1990年版，第281页。
② 冯牧：《初读〈创业史〉》，《文艺报》1960年第1期。

的创作与时代政治联系在一起,希望它们能够为时代服务。所以,他们的作品主旨和人物形象的塑造都很自然地遵循时代政治的要求,以之为首要的前提。柳青塑造梁生宝的意图就非常明确:"我要把梁生宝描写为党的忠实儿子。我以为这是当代英雄最基本、最有普遍性的性格特征。在这部小说里,是因为有了党的正确领导,不是因为有了梁生宝,村里才掀起了社会主义革命浪潮。是梁生宝在社会主义革命中受教育和成长着。小说的字里行间徘徊着一个巨大的形象——党,批评者为什么始终没有看见它?"① 所以,完全可以说,梁生宝、萧长春等形象既是作者柳青、浩然的个人创造,也是时代文化要求和选择的结果。事实上,在1950年代到1970年代的文学作品中,梁生宝式的"新人"形象并非个案,而是具有相当的普遍性,只是程度不同而已。②

1980年代的影响则主要体现在文化上。1980年代是一个热烈回归五四文化传统的时代,作为知识分子的作家毫无疑问会被这一时代文化所感染。书写乡村的作家,几乎无一例外,都表达了迎接时代文化的心声。如铁凝、张炜等作家在其作品创作谈中,都明确地表达了期待乡村接受现代文明洗礼的愿望。就连一直强调乡村文化立场的贾平凹也表示:"如何将西方的先进的东西拿过来又如何作用,伟大的五四运动和五四运动中的伟人们给了我多方面的经验和教训。"③ 作家们的创作正是呼应这一文化潮流,青年知识分子农民形象是他们向时代文化表达一致的一种方式。如此,作家们在塑

---

① 柳青:《提出几个问题来讨论》,《延河》1963年8月号。
② 在《创业史》问世的当时,就有批评家认为梁生宝"不是农民气质或农民意识的体现",而是"一个无产阶级化了的青年农民高大而又真实的形象,社会主义、共产主义新人的形象"。虽然批评家的意图是揄扬人物,但其实这一概括本身就蕴含着内在的对立。见冯健男:《再谈梁生宝》,《上海文学》1963年9月号。
③ 贾平凹:《高老庄》"后记",《贾平凹文集》,陕西人民出版社2008年版,第310页。

造时代"新人",在进入知识分子和农民二重身份选择的时候,自然会毫不犹豫地选择前者而不是后者。他们更愿意去体会和表达作为知识分子层面的思想世界,而不愿意去表达(当然也可能是缺乏表达的能力)农民的深层情感和精神世界。

这一点,如果联系同时期乡土小说对传统农民形象的批判性书写可以看得更为清晰。1980年代,除了知识分子农民形象,作家们也塑造了一些传统农民形象,而这些形象基本上没有例外,都是承袭五四"阿Q式"批判传统,也就是充分展现农民身上的劣根性,作为现代文明的对立物而存在。对于这些形象,作家们的态度是明确否定的。如韩少功的《西望茅草地》、高晓声的《陈奂生上城》,以及古华《爬满青藤的木屋》等作品,都是如此类型。古华《爬满青藤的木屋》最为典型。老实憨厚的王木通被作为现代文明的对应物,代表着愚昧、封闭与落后,李幸福对其妻子盘青青的吸引,正是现代文明对传统的改造和超越。作品的价值取向,是明确地站在现代立场上的。本文所论的虽然是青年知识分子农民形象,但在思想倾向上却与上述作品并无两样,其中的部分作品同时也塑造了"阿Q式"的人物形象。典型如张炜《秋天的愤怒》中的小来,就是直接承袭《阿Q正传》中的小D,他被人侮辱,被逼着叫"我是海节虫"。唯一不同的是,他有幸碰到了启蒙者老得,得到了拯救和启迪。

最后,作家主体也起到了重要作用。作家与乡村的关系和生活经验,以及对文学与乡村关系的认知等,很大程度上会影响其笔下的农民形象主体呈现。

中国的乡土小说作家绝大多数都出身于农村,他们多对乡村有着深厚情感和生活记忆。特别是柳青,他为了文学创作多年扎根农村,具有对乡村生活的谙熟和洞察力,对乡村未来也有深入而挚切的思考。他创作《创业史》的初衷就是想展示乡村在时代中的巨大变迁，探索中国乡村发展的问题，其创作意图的严肃和诚挚无疑都令人钦佩和尊重，而《创业史》也确实部分地实现了创作目的。1980年代的乡土小说作家，绝大部分也都经历过与他们笔下青年知识分子农民类似的生活，走过从乡村到城市的艰难道路，在他们的人物形象中也投射着自己精神和情感的影子。这是他们能够在人物形象中传达出一定农民主体精神的重要原因。但另一方面也可以看出，1980年代部分作家的乡村生活积累尚不够深厚（特别是与柳青等老一辈作家相比较），在表现乡村生活时有些捉襟见肘，语言和情感中的知识分子书生气很浓。这也是他们笔下许多形象更像知识分子而不像农民的重要原因。

另外，将乡村和农民放在文学创作的什么位置，也会对人物形象塑造产生非常重要的影响。

比如，浩然是一位具有较强政治意识的作家，在他的创作思想中，"为现实政治服务"是非常牢固的意识，"改造农民""教育农民"也深入他的脑海中。"一个必不可免的问题提到我的面前：你为什么要写作？为个人兴趣呢，还是个人的名利？把它作为个人的事业呢，还是作为革命事业的一部分？你写什么？站在什么立场和角度上观察、表现生活？是歌颂，还是暴露？这些，都是一个搞文学创作人的根本性的问题……我要当一个文艺战士，拿起文艺这个武器，为革命事业服务，把'一切人民群众的革命斗争必须歌颂之'这句话，作为我的战斗任务。"[①]这种创作立场，在塑造农民形象时，就很自然地容易忽略农民的主体，把农民形象置换成为政治代言者。

---

① 浩然：《永远歌颂》，《浩然研究专集》，百花文艺出版社1994年版，第30页。

对比起来，路遥的创作就更多将农民和乡村主体作为出发点，对农民也有更多的尊重和平等意识。他将对自我和文学的认识密切联系乡村农民，对乡村文化的优秀品质也给予了充分的肯定和赞美："写小说，这也是一种劳动，并不比农民在土地上耕作就高贵多少，它需要的仍然是劳动者的赤诚而质朴的品质和苦熬苦累的精神。和劳动者一并去热烈地拥抱大地和生活，作品和作品中的人物才有可能涌动起生命的血液，否则就可能制造出一些蜡像，尽管很漂亮，也终归是死的。"① 正是这种意识，使路遥在创作中对笔下农民灌注着真诚热爱和真挚关怀："作为正统的农民的儿子，正是基于以上的原因，我对中国农民的命运充满了焦灼的关切之情。我更多地关注他们在走向新生活过程中的艰辛与痛苦，而不仅仅是达到彼岸后的大欢乐。"② 所以，尽管有人认为路遥的思想不够现代③，在创作实践与创作意图之间也未能做到完全的统一，但他的作品确实与农民的心灵更近，笔下的农民形象也具有较充分的农民主体精神。虽然不能说路遥塑造的高加林、孙少平等形象已经完美，但与同时代的农村"新人"形象相比较，他们的主体性是最为鲜明和突出的。

当然，需要指出的是，作家创作的方式多种多样，不能要求他一定要站在农民立场，做农民的代言人。立足于时代政治、文化等其他视野更高的创作立场，也照样可能实现对乡村的深层烛照。但是，在文学创作中，以平等态度对待和关注乡村，尊重农民形象的

---

① 路遥：《路遥全集：早晨从中午开始》，北京十月文艺出版社2013年版，第111页。
② 路遥：《路遥全集：散文·随笔·书信卷》，广州出版社、太白文艺出版社2000年版，第67页。
③ 典型如《人生》中对高加林爱情观的批判性质疑。但实际上，这种矛盾正体现了路遥思想的独立性，也真实传达出了高加林身上的深层乡村文化积淀，从而使这一形象更为厚重和立体。

主体性特征，是书写乡村、塑造农民形象很重要的基础。由此来说，20世纪50年代到80年代乡土小说的作家主体问题还有很多可总结和反思之处。

无论是从思想还是从审美来看，人物形象塑造都是小说作品的首要因素。20世纪50年代到80年代农村"新人"形象中存在的缺陷，也自然会对这期间的乡土小说创作整体上产生一定的负面影响。

首先，它制约了乡土小说人物形象的突破和创新。客观来说，农村"新人"形象是对文学史一个很重要的弥补，或者说暗合着文学历史的内在要求。因为从鲁迅开始，中国现代文学塑造了诸多农民形象，但人物的精神特征基本上局限在"阿Q"类型，缺乏大的创新。阿Q形象当然具有充分的典型意义，只是从时代发展和创新角度上说，如果农民形象始终只是局限于阿Q一类，毫无疑问是文学的失败。在进入到共和国文学的20世纪50年代到80年代间，中国乡村社会发生了较大变迁，人们也有理由期待新的农民形象，期待对传统农民形象的突破和创新。

然而，由于两类农村"新人"形象在主体性上的缺憾，人物的"新"未能在农民自身逻辑性上发展，人物独立而深入的内心世界就不可能得到体现，其背后所蕴含的深厚文化历史内涵也揭示不出来，形象的鲜活性和生动性自然也就匮乏了。在两个时期如此多的农村"新人"形象中，除了高加林等个别形象以外，基本上没有真正具有突破性的优秀人物形象。这也导致20世纪50年代到80年代乡土小说的农民形象塑造未能突破现代文学时期的基本格局，没有突破以"阿Q"范式为主导的文学形象传统。这种情况对乡土小说的发展是很不利的。它既影响了人们对农民阶层的客观认识，容易沉陷在惯性思维里，始终将农民当作封闭愚昧的代表；同时，它也难以获得农民读者的认同感，不利于乡土小说在乡村的传播。

其次，局限了当代乡村书写的深度。从宽泛意义上说，文学"新人"应该是随生活变化的必然产物，不同的时代会出现不同的"新人"。中国当代乡村进行了一系列大的变革，无论是梁生宝问世的50年代到70年代，还是青年知识分子农民所说的1980年代，新的政治和文化环境下的农民都呈现了许多新的气象，具备了一些新的精神质素。这是乡村变化最直观也最深刻的体现，也就是说，"新人"问世已经具备了坚实的现实基础和丰富空间。在此前提下，塑造农村"新人"，展示农民新时代的面貌和色彩，是反映变革中的农村最好的切入口，也是对乡村社会深层的映照。特别是由于这些变迁的背后，折射的是传统农业文明与现代文明的冲突，蕴含着文明转换中的诸多文化和精神意蕴，它们比表层乡村变迁更内在也更深刻，也更值得作家们去揭示。缺了"新人"这面镜子，乡村变化的面貌也就难以得到深刻再现。缺乏主体性的农村"新人"是不可能反映出乡村真实面貌和深层欲求的，也展示不出真实客观而深刻的乡村世界。在农民形象主体性匮乏的背后，实质上是乡村主体性的被漠视，作品游离于人物主体之外，也就意味着不可能进入乡村世界的灵魂。在对乡村深层生活和精神的揭示方面，从1950到1980年代40余年的乡土小说确实存在较大的遗憾，也可以说是一个相当显著的缺陷吧。

当然，正如我对20世纪50年代至80年代乡土作家们的文学观念和文学选择持宽容和多元的态度，对这两类"新人"形象的价值我也不是完全否定。在这些形象中，像高加林（《人生》）、孙少平（《平凡的世界》）等固然已得到了社会的普遍认可，深入到广大读者的心灵中，即使像梁生宝（《创业史》）等存在较大争议的形象，也自有其意义和价值。虽然他们还未能取得在整个文学史意义上的真正突破，但作家们在其中也表现出了比较明确的探索和创新愿望，人物身上也呈现出了许多与以往农民形象不一样的特质。无论是梁生宝等人的理想性特征，还是青年知识分子农民的现代性品质，都折射了一定的时代精神，也对现代文学的农民形象特征有所补充和丰富。特别是80年代青年知识分子农民形象，既传达出农民向往现代思想文化的时代要求，又蕴含着很多未来"新农民"的雏形特征。作家们的这些探索和成就，将为后来者提供良好的启迪。

第三节　当代乡土小说的地域性演变与问题讨论

在漫长的传统社会中，受交通不便利等因素的影响，人们的生活大都被限制在比较狭窄的区域范围之内，长此以往，就形成了不同地域的个性化特征。这既是自然地理和生活风物上的天然区别，更是语言、文化、风俗等文化方面的人文差异。这些差异在文学场域中的体现，就是文学的地域性。

由于乡土小说与地域性问题的天然关联，在乡土小说领域，人们对地域性问题的关注相当充分。整个中国乡土小说的发展历史都是如此。自周作人、鲁迅等人将"特殊的土味和空气"[①]等给予充分的推崇，将地域性特色作为乡土小说一个重要的审美特质推介出来，乡土小说作家们就将追求地域特色作为重要的创作目标，几乎所有的乡土小说作品都在自觉不自觉地呈现丰富而广阔的地域个性特色，地域性也毫无争议地成为乡土小说的一个重要审美概念。

但是，有关文学地域性的理论建设却一直未臻完备。包括文学的地域性应该限定在哪些层面，究竟是以自然地理为主，还是以历

---

① 周作人：《在希腊诸岛》，《小说月报》1921年第12卷第10期。

史文化为中心,学界一直没有达成共识;以及地域性对作家创作有何种影响,影响力度多大,也没有权威看法;甚至对文学地域性于文学价值之优劣,作家究竟应该追求地域个性,还是应该放弃地域性因素,朝普世化方向发展,也是人言人殊,见仁见智。特别是进入21世纪后,乡土小说作家们的乡土经验逐渐薄弱,他们的小说创作也普遍不再以写实为主要手法,作品中也较少显著的地域性气息。这一点也构成了当前乡土小说艺术的一个新特征。

一、地域性与当代乡土小说新变

乡土小说整体上的地域特色在逐渐式微,但与此同时,文学地域性问题却成为文学界的一个热点,其中的很多方面与乡土小说密切关联,也对乡土小说发展产生了新的影响。

"地方性文学"(相关联的是"地方性知识")概念的出现是显著标志。在理论界,"地方性知识"的首倡者、美国人类学家克利福德·格尔兹的著作《文化的解释》[①]受到不少学者(包括人类学和文学学者)的积极介绍和大力赞誉,其思想观念被广泛引用。由于格尔兹理论的立足点是"民族文化"视角,当前对地方性文学的讨论多联系到民族文学、民族文化等问题,话题多牵涉"民族性""边地写作"等。典型如一些学者以"地方性"为视角,对新中国成立后的民族文学制度进行了较全面的检讨,甚至对"少数民族文学"等概念进行了批判性审视,在学术界引起较大反响。[②]

"地方性文学"的创作更密切地关联着乡土小说,换句话说,

---

① [美]克利福德·格尔兹:《文化的解释》,韩莉译,译林出版社1999年版;《地方性知识:阐释人类学论文集》,王海龙、张家瑄译,中央编译出版社2000年版。
② 李怡:《少数民族知识、地方性知识与知识等级问题》,《民族文学研究》2010年第2期。

其中的大多数作品都可以归属于传统意义上的乡土小说。最典型的如作家霍香结直接以"地方性知识"命名的长篇小说，以及与它作为同一系列推出的新世界出版社"小说前沿文库"（包括恶鸟《马口铁注》、张绍民《村庄疾病史》、徐淳刚《树叶全集》、张松《景盂遥详细自传Ⅰ》等作品），虽然名为小说，但实际上与人类学著作无异。在这些作品中，独特的地方成为唯一中心，人物形象和故事情节基本缺失，在表现方式上也努力追求客观写实式的还原手法，将传统文学中重要的想象和虚构摒弃掉（至少是朝这个方向努力）。当然，这样极端化的作品不多，更多作品的内容超越了边地写作的范围，与传统文学的差异也没这么显著。比如阿来的《机村史诗》、孙惠芬的《上塘书》、野莽的《庸国》、罗伟章的《声音史》、于怀岸的《巫师简史》等作品。它们虽然都致力于书写一个地方的民俗生活和文化历史，但都保留了传统的小说范式，也都有基本的故事和人物形象，只是它们都围绕着一个地方中心来叙述。

虽然上述学者、作家口中的"地方性文学"等概念内涵不完全一样，各人的主张之间也存在一定差异，但毫无疑问，它们的思想中心都指向地域文化个性与文学的关系，所以，尽管"地方性文学"尚不成为一个整齐的声音，但却已经成为当前文学一个引人注目的潮流。比较以往的"地域性文学"，今天的"地方性文学"无论是概念内涵还是外在姿态，都存在较大不同，它是文学地域性问题在新时代下的变异和发展，也呈现出与传统地域性文学很多不一样的特点：

其一，在文学理念上，以"地方性"为中心来主导文学的基本观念。在传统文学的论述中，地域性只是文学的一个特色而已，而且它只涵盖部分作家和作品。但是，在今天许多"地方性文学"倡导者这里,"地方性"已经是主导文学创作和文学批评的唯一核心。也就是说,在他们看来,并不存在普适性的文学观。文学观念决定于不同的地方文化,是相对性的概念——这包括什么是文学,也包括判断什么是优秀的文学,以及以什么样的方式书写文学等。因此,他们反对遵循民族国家文化的统一规范性语言和文学形式,而主张以他们自己的文化传统(往往是有别于主流汉文化的少数民族传统)来确立文学观,并追溯其文化传统中的写作方式,以地方方言为工具,遵照传统的标准来写作。格尔兹对艺术的定义被他们反复征引,成为其理论支柱:"对于'艺术',我的词典(一部尽管平庸但却有用的词典)是这样说的,是'意识的产物或颜色、形式、运动、声音或其他要素被安排进一种能产生美的感觉的效果的方式中',这种方式使得人类似乎天生就具有欣赏的能力,如同他们天生就具有明白笑话的能力一般,并且仅仅为它提供了演示的场合。"①

其二,在文学内容上,对地域性的细致完整展示成为其创作最关键和最重要的元素。在许多"地方性文学"写作中,格尔兹的"深描"理念产生很大的影响,甚至被奉为创作圭臬。在其影响下,对地方性知识细致而详尽的描写成为许多作家文学创作的基本主旨。对于这些作家来说,文学已经不再是传统的审美艺术,而成了所谓"地方性知识"的演示台。在传统学术语境中,这种对地方性知识的书写,属于人类学"地方志"的写作方式,在20世纪40年代和80年代,曾经诞生过林耀华的著名著作《金翼》和庄孔韶的《银翅》等作品。但在今天,这种书写已经成为"地方性知

---

① 转引自李清华:《地方性知识与全球化背景之下的本土美学建构》,《西北民族大学学报》2014年第2期。

识"文学倡导者们普遍采用的文学方式。如霍香结《地方性知识》、恶鸟《马口铁注》、张绍民《村庄疾病史》等作品，无论是结构还是内容，都与传统的"文学"和"小说"完全是不同的形态。如《地方性知识》一书，完全按照民俗学的模式，将作品安排为"疆域""语言""风俗研究""列传"等几个方面，整部作品就是在展示乡村的历史文化和民俗生活。孙惠芬的《上塘书》虽然故事性强一些，但也是以乡村的"地理""政治""交通""通信"等框架来安排基本结构的。总体上说，作家们的写作方式尽管有差异，但对地方特色性知识进行细描式还原是共同的特征。在不同的作品中，可以看到各个地方的特色性"知识"，从自然景观、生活风俗到民俗活动、宗教仪式等，不一而足。

其三，在文学观念中蕴含着强烈的文化主体诉求。"地方性"与"地域性"只有一字之差，在内涵上却存在着本质性的区别。"地域性"是相对于文学整体而言的局部特色，而"地方性文学"，对于许多人来说，已经自成一体，是一种与整体文化有密切关系的概念。这一点，如学者对"地方性知识"的概括："所谓的'地方性知识'，不是指任何特定的、具有地方特征的知识，而是一种新型的知识观念。而且'地方性'（local）或者说'局域性'也不仅是在特定的地域意义上说的，它还涉及在知识的生成与辩护中所形成的特定的情境（context），包括由特定的历史条件所形成的文化与亚文化群体的价值观，由特定的利益关系所决定的立场和视域等。"[①]

地方性文学中的"地方性"是一种深入的精神特质，蕴含着人与地方文化深层的精神联系，体现着强烈的文化主体色彩，是对于

---

① 盛晓明：《地方性知识的构造》，《哲学研究》2000年第12期。

自我文化的一种确认。① 也就是说，地方性文学既接受地方性知识的决定性影响，同时又具有地方文化建构的意义。

正是作为这种思想的体现，许多地方性文学的作家和诗人都自觉地将自己的创作与地方文化结合起来，传达出强烈的文化主体意识和文化自主性诉求，文学作品成了他们建构本民族文化的重要方式。②

二、深远的时代背景与文学意义

文学地域性思潮的兴起，具有多重因素的背景。或者说，它既与时代变化发展有密切联系，也与中国现代乡土小说的发展历史有关。

首先，地域性思潮是对全球化时代单一性的抗拒，蕴含着对文化丰富性的追求愿望。

随着人类进入现代信息化时代，人们之间的交流越来越便利，生活也走向趋同化。这当然是人类文明的发展，但也带来了很多的限制。一个最突出的方面就是单一化。在现代化的大方向下，人们被束缚在基本相同的城市地域中，成天生活在大厦、马路、汽车、商场之中，缺少与丰富大自然接近的机会。人们的生活模式也基本上被预设，赚钱、花钱，成为人们生活的重心，人却成为金钱的奴仆。

于是，就出现了对这种单一性方向表示批判和抗拒的"反现代性"或者叫"后现代性"思潮。他们寻求着逆向的现代性生活，

---

① 李倩：《地方何在？知识何为？——简评〈地方性知识：阐释人类学论文集〉》，《民间文化论坛》2003 年第 4 期。
② 参见邱婧、姚新勇：《地方性知识的流变——以彝族当代诗歌的第二次转型为例》，《中国比较文学》2013 年第 2 期。

追求自由、个性和独立性,地域性就是在这样的视野下具有了意义。正如美国作家福克纳对南方文学的推崇,"在南方,最重要的是,那里仍然还有一种共同的对世界的态度,一种共同的生活观,一种共同的价值观",①在长期的地域生活和文化影响下,不同的地域(特别是偏远的地域)往往会孕育出独特的文化精神,包括生命观、文化观、审美观。这些观念带有较多的地域和传统个性,往往意味着与主流现代性方向的不一致,或者说对现代性的滞后。地域性中所蕴含的价值观、文化观,与现代性方向构成着独立和对立的格局,客观地说构成着对现代性的批判和否定。人们推崇和维护地域性(地方性),就是将地域性视为独特个性的重要体现,视为对单一现代化方向的反抗方式。当然,从美学方面来说,丰富的地域文化个性更以其多样化的美学特征,充分切合着独立性的张扬和个性意义的凸显。所以,从文化角度来说,地域性既是一种个性化审美,更是一种反抗的文化姿态。

当前许多"地方性文学"作家都明确表达了这种精神诉求。阿来在谈到自己的《机村史诗》时,就非常明确地表示其试图展示一个藏族村落的现代化进程,或者说传统文化被现代性侵袭的过程,表达对传统文化的叹惋和对现代性的反思。②谭克修更清晰地表示:"在全球化和速度这两头猛兽的追赶下,当真正的自然不复存在,地方性正在消失、瓦解,千城一面、千村一面的格局基本成形……当今中国诗人有对处于弱势地位的地方文化面临被强势殖民文化消灭的焦虑。强调地方性诗歌有延续地方文化生命的使命意

---

① 转引自张晓梅、吴瑾瑾:《南方文学、地域特性与文化神话——美国南方"重农派"文学运动研究》,《东岳论丛》2013年第6期。
② 阿来:《一部村落史,几句题外话——代后记》,《机村史诗1:随风飘散》,浙江文艺出版社2018年版。

义。"①"'地方主义'对抗的就是'全球化''速度'这两头怪兽。在这种新的对抗性中,凸显出地方主义诗人的身份特色。"② 在很大程度上,正如批评家对这一创作潮流的阐释,"全球化语境中的乡村地方性经验,应当就是现时代(消费时代)乡土小说的地方色彩,也就是乡土小说要倾力关注和审美描述的地方性知识",作家们笔下对地方性的特别关注是对全球化文化的一种反抗方式,他们的地方性书写是对"去域化"的个人化抵抗。③

其次,地域性的兴盛也蕴含着文学发展的内在要求。这一点,结合文学地域性在中国现代乡土小说中的发展历史和现实处境来看更为清晰。

在中国现当代乡土小说发展历史上,不乏认同文学地域性价值并对其进行理论和创作探索的作家。1930 年代,鲁迅的"越是民族的,就越是世界的"④思想就包含认可文学地域性的因素。周作人的倡导更为自觉和充分。早在五四初期,他就积极地将地域性与文学个性相联系,进行大力倡导:"风土与住民有密切的关系,大家都是知道的,所以各国文学各有特色,就是一国之中也可以因了地域显出一种不同的风格……这几年来中国新兴文艺渐见发达,各种创作也都有相当的成绩,但我们觉得还有一点不足。为什么呢?这便因为太抽象化了,执着普遍的一个要求,努力去写出预定的概念,却没有真实地强烈地表现出自己的个性,其结果当然是一个单调。我们的希望即在于摆脱这些自加的枷锁,自由地发表那从土里

---

① 谭克修:《地方主义诗群的崛起:一场静悄悄的革命》,《诗歌月刊》2014 年第 4 期。
② 谭克修:《谈论南方诗歌时,我能谈些什么》,《诗刊》2016 年第 16 期。
③ 向荣:《地方性知识:乡土文学抵抗"去域化"的叙事策略——以四川乡土文学发展史为例》,《当代文坛》2010 年第 2 期。
④ 鲁迅:《致陈烟桥》,1934 年 4 月 19 日,收入《鲁迅全集》(第 13 卷),人民文学出版社 2005 年版,第 81 页。

滋长出来的个性。"之后，周作人更将文学地域性作为世界文学发展的一个重要因素来强调："我相信强烈的地方趣味也正是'世界的'文学的一个重大成分。具有多方面的趣味，而不相冲突，合成和谐的全体，这是'世界的'文学的价值。"① 这些思想无疑代表着乡土小说理论界对文学地域性的深层思考。

乡土小说创作上也成就突出。著名乡土小说作家沈从文最具代表性。沈从文的湘西系列小说以自觉而充分彰显地域个性而引人注目，其中也有他多方面的自觉努力。比如，他的作品普遍地运用与现实生活中完全一致的地名、景观和地理标志，并极尽详细地展现湘西的自然风貌和人文习俗，就是试图以现实世界为原型，构造一个完整而独特的小说湘西世界。② 在精神层面，沈从文更对湘西地方文化精神有自觉充分地阐扬。正如苏雪林的论述："沈从文……很想将这份野蛮气质做火炬，引燃整个民族青春之焰，所以他把'雄强''犷悍'整天挂在嘴边。"③《龙朱》《虎雏》等作品所表现出的质朴、勇武精神，固然是充溢着明确的湘西地方文化色彩，《边城》《萧萧》等作品，更在对"文明""进步"等概念的理解上，明确地不同于主流文化，蕴含着湘西地方的主体文化立场。也正是这一点，使沈从文毫无疑问地成为湘西文化最优秀和深刻的表现者。④ 沈从文之外，沙汀、赵树理、周立波等作家也都各有成就，他们的作品分别展示了川、晋、湘等地方独特的地域特色，并造就了现当

---

① 周作人：《地方与文艺》，钟叔河编《周作人文类编·本色》，湖南文艺出版社1998年版，第79页。
② 凌云岚：《"去乡"与"返乡"？——沈从文地域文化观的建构》，《湘潭大学学报》2012年第5期。
③ 引自吴福辉主编：《二十世纪中国小说理论资料》（第3卷），北京大学出版社1997年版，第264页。
④ 参见凌宇：《从苗汉文化和中西文化的撞击看沈从文》，《文艺研究》1986年第2期。

代文学历史上颇有特色的地域文学创作。①

然而,从总体上说,中国乡土小说的地域性创作发展并不充分,特别是进入当代文学后更是如此。这其中最根本的原因,是地域性内涵与现代性文化、民族国家意识之间,先天地存在着难以弥合的冲突。

从文化角度来说,地域性的形成需要以时间积淀为基础,而不是与时俱进的产物,因此,它在大多数情况下会与保守、本土、传统等概念联系在一起(如许多地方风俗、文化民俗就密切联系着传统生活方式,不符合现代科学文明的标准),从而构成与现代性思想的一定对立。特别是在"世界性"文化的潮流下,其不合时宜性越发明显。中国现当代文学从一开始就承担着民族文化转型的重要使命,它很自然地对地域性特征持基本否定的态度。从鲁迅开创的20世纪20年代乡土小说创作开始,如《阿Q正传》《红灯》《拜堂》等作品,都一致对乡村地域文化进行批判性展示。1930年代的文学,也同样以革命现代性对地域性进行批判和否定。包括到20世纪八九十年代,以冯骥才的《神鞭》《炮打双灯》等部分"寻根"作品受到批评,也是源于其悖逆于时代的现代性发展方向。

从民族国家角度来说,正如西方学者安德森在《想象的共同体》中的阐释,文化想象对民族国家的建立具有重要作用,民族语言等文化建设关系着其成败兴衰:"从一开始,民族就是用语言——而非血缘——构想出来的,而且人们可以被'请进'想象的共同体之中。"②在一个大的国家内,存在着地域差异而导致的语言差异、风俗差异,存在某一区域范围外人们理解上的困难和标准

---

① 参见凌宇:《从苗汉文化和中西文化的撞击看沈从文》,《文艺研究》1986年第2期。
② [美]本尼迪克特·安德森:《想象的共同体:民族主义的起源与散布》(增订版),吴叡人译,上海人民出版社2011年版,第140页。

的不一致性。如果任由这种差异扩大，就会导致与其他地区大众接受和交流上的障碍，长此以往，必然会影响到民族文化的共同体建构。所以，任何民族国家要想保持稳定统一，加强整体性文化意识，建立共同性的民族文化是必要的工作。两千多年前秦始皇的统一文字和度量衡等文化举措体现的就是这一意图。1949年中华人民共和国成立，正如当时的学者所说："当我们国家已经进入独立民主、和平统一的阶段时，就应该以正在发展中的民族共同语（全民语）来创作。"[①] 作为新生的民族国家，它希望建立一致性的国家话语，在相关政策中对地域性文学进行一定的限制，是很自然的行为。所以，在新中国成立之初，就开展了具有明确价值倾向性的"方言文学大讨论"，要求作家们采用规范的普通话创作，地方方言则受到较严格的限制。同样，由于保存了较多民族地域原始面貌，玛拉沁夫的作品《在茫茫的草原上》（上部）、穆汉买提翟宜地的《维吾尔民间谚语和谜语》等也都遭到或温和或严厉的批评。在这种环境下，之前在地域性文学方面取得较大成绩的作家，如沈从文、老舍、沙汀、赵树理等，都对自己创作中的地域性问题钳口不言。周立波这样执着于地方方言写作的作家，则基本上处于话语的边缘。

从大的社会环境和历史情境上看，这样的文学政策是具有充分合理性的。毕竟，文学不可能脱离具体社会环境而独立生存，文学的发展也需要建立在国家和社会稳定的前提之上。但是从文学角度上看，它对地域性文学发展造成较大负面影响是不可避免的。从创作方面来看，近几十年文学创作的地域特色在整体上呈严重弱化的趋势。地方方言基本上从文学作品中退出，地方文化和风俗也严重

---

① 邢公畹：《关于"方言文学"的补充意见》，《文艺报》1951年第3卷第10期。

匮乏（特别是20世纪80年代之前。之后情况虽然逐渐好转，但在长期的惯性影响下，局面始终没有大的改观）。最近半个多世纪以来，再没有产生像沈从文、沙汀、赵树理那样致力于在独特地域文学中执着探索的作家，也缺乏深入揭示地域文化个性的优秀作品。从文化和理论上看，这可以说是对文学地域性认识的严重狭窄化。人们不再把地域性当作文学一个重要的、具有一定普遍性的创作要素，而是将它局限为只有个别少数民族边地作家才拥有的特征，如苗族风情、边地风情等，地域性的内涵也被限制在"自然、风俗、人情"等比较表层的方面，其深刻的内在精神被完全搁置。长此以往，作家们普遍地将地域性视为落伍于时代的一个特征，有作家甚至认为将自己界定为某一地域性作家是一种贬斥。

以苏州作家陆文夫的创作和研究为例。陆文夫是20世纪80年代以来最有影响的地域性作家，被文学界冠以"陆苏州"的美誉。然而，陆文夫的苏州书写主要还是集中在园林建筑、生活风习以及美食等比较外在的方面，苏州更深层的文化传统，包括其精致和淡泊的生活态度，柔弱和自然的生命观，等等，都揭示得很有限。当然，陆文夫已经属于地域文化表现最为成功的作家了。换句话说，陆文夫的局限不是缘于作家个人，而是长期以来人们对文学地域性认识所致。所以，文学界那么多对陆文夫创作的评论文章，基本都停留在对其文学地域表现的褒扬和赞誉上，却极少对其文化深度匮乏给予期待和批评。

文学地域性受到时代文化的压制，但是，地域性的个性内涵决定了它必然有复苏的潜能，其在压抑中会酝酿出强烈的内在渴求。甚至，"世界性"的浪潮越大，追求"本土""地域性"的反击也会越强烈。近年来的中国文学就非常明显地呈现出这样的势头。许多作家在追赶着走向世界，迫切得到西方文学的认可，但同时也有不少作家在呼唤着回归本土和文化传统（虽然不排除后者中的部分作家并没有真正的深层自觉，其目标还是在于"世界性"）。"地方性文学"的崛起和兴盛，就是这种呼声的一种表征。它既是对全球化的自觉对抗，也是对历史匮乏的顽强回应。

最后，与当前世界方兴未艾的民族自主性潮流有深层关联。

从国际政治角度来看，民族自立思想是近年来一股重要的思潮。在全球化背景下，处于弱势地位的民族文化显著地感受到西方文化强势的主导性影响，于是提出了包含强烈民族主体色彩的自我诉求，以西方文化霸权为批判主旨的东方主义思想兴起是典型表现。与此同时，世界范围内的民族差异也日益显著，民族冲突逐渐加剧，民族主义思想成为一股世界性的思想潮流。亨廷顿的名著《文明冲突论》对国家形势"文化冲突取代意识形态冲突成为世界文化主流"的观点具有强大影响力，也在现实中得到了较多的印证。

我们不能简单将"地方性文学"（"地方性知识"）的兴盛归因于这一思潮，但二者之间确实存在着较深的关联。克利福德·格尔兹的《文化的解释》站在民族多元文化立场上对西方中心主义进行了明确的批判，安德森的"想象的共同体"思想更促进了地方性文学与民族自主思潮的密切关联。[①] 安德森认为地域性（特别是文学艺术）是民族文化建设中非常重要的因素，甚至是民族国家形成的重要精神基础。在其影响下，人们赋予了地域性文学以更丰富的社会、文化和政治价值，被作为文化建构和象征的意义来看待。迈克·克朗的《文化地理学》对此有非常充分的阐释："文学作品不只是简单地对地理景观进行深情的描写，也提供了认

---

① 参见邹赞、欧阳可惺：《"想象的共同体"与当代西方民族主义叙述的困境》，《中南民族大学学报》2011年第1期。

识世界的不同方法,揭示了一个包含地理意义、地理经历和地理知识的广泛领域。"①

在这一前提下,一些西方民族文化主义者试图通过文化建构来完成其民族思想建构,具有强烈民族化色彩的文学作品就成为被选择的目标之一。"很显然,我们不能把地理景观仅仅看作物质地貌,而应该把它当作可解读的'文本',它们能告诉居民及读者有关某个民族的故事,它们的观念信仰和民族特征。"② 由于地方自然、风物具有一定的独特性,方言、传说等地方生活和文化风习更是长期历史变迁和人口迁徙的结果,蕴含着很深的民族历史文化记忆,凝结着强烈的地方个性,非常有助于民族文化的塑形,也就成为自然的民族文化建构因素。典型如爱尔兰作家乔伊斯的《都柏林人》。它所写的虽然都是现代普通人的日常生活,但每一个人的心灵和生活上都折射着爱尔兰独特的文化记忆和历史重负:天主教和英国的殖民统治。所以,在作品人物的生活和心灵上都镌刻着爱尔兰历史、宗教、政治的深刻印记,是民族地域历史在现代化都市中的沉重回声。因此,这本薄薄的小说集成为对爱尔兰民族和地域文化最深刻的记录者,对爱尔兰民族独立运动产生了重要影响。如前所述,当前中国的"地方性文学"与反抗西方文化主导的"东方主义"思潮存在一定关系,包含着强化民族文化主体地位的明确意图。③

总体审视当前中国的地方性文学思潮,它们并没有形成非常统一的文学主旨,文学诉求也存在较大差异,对其做出简单的肯定或

---

① [英]迈克·克朗:《文化地理学》,杨淑华、宋慧敏译,南京大学出版社2003年版,第72页。
② 同上书,第51页。
③ 同上。

否定都不合适。不过，就其与当前社会文化和文学的关联，以及对当前乡土小说创作来说，有许多值得肯定之处。

首先是文化上对现代性的反思和辅助。今天很多人会忽略掉地域性的文化意义，或者认为在全球化时代的今天已经不存在地域性差异。但实际上，在全球化的时代，地域性依然存在，甚至更强烈，只不过其表现方式更为个人化和私密化罢了，而其意义更隐蔽，但却更为凸显。因为随着人们生活中越来越多的迁徙和变化，人们在精神层面滋生了更强烈的地域归属感。迁徙意味着不稳定，在交流和外出日益成为人们生活的一部分的情况下，人们对自己的地域性身份有时候会感到困惑。而恰恰是在这种情况下，他更会加强自己的地域身份认同，在内心中强化自己的地域性。换言之，迁徙所带来的漂泊感（不稳定感），使他更深切地希望通过明确自己的地域性而得到心理的稳定。所以，正如一直生活在某一固定地域的人，往往更多感受到环境的压抑，特别想逃离，希望去寻找一个新的别样的环境，特别是长期在不稳定状态下生活的人，更渴望在对家乡的认同中找到归属感。也许在现实生活中，他可能会想方设法掩藏自己的地域来源和特征——如方言等，但在心灵和精神层面，他的地域意识会更为强烈。这就是在今天，各种同乡会、宗亲会越来越多，人们对春节、清明等节日始终有强烈归属意识的重要原因。并且，从最根本上说，人不可能离开与土地、家乡的关系，特别是中国传统文化滋育下的人，这种意识更是深入骨髓，不可能轻易改变。所以，地方性文学对地域性的彰显，既是对现代性问题的反思，也是对人本体的关注，既对单一的消费文化构成明确的批判，也为人类现代化提供了精神辅助。

其次是文学创作方面，特别是乡土小说创作方面的意义更为突出。其一,它展示了更丰富的审美深度和个性化特色。丰富的地域差异是构成文学个性的重要基础,一些地方主义文学作品所展现出来的细致地方文化,还原了丰富的地方风貌和生活习俗,展示了多元的民族文化特色,增强了小说内容的不可复制性,也促进了它们形成自己独特的艺术个性。而且,随着中国社会快速的城市化进程,乡村文化生态进入高速消亡的时期。将这些已经消失或行将消失的文化形态以文学形式书写下来,无论是从民俗学角度还是从审美角度来看,都是值得肯定的。其二,在文学形式探索方面有所开拓,呈现了文学一些新的质素,改变了人们对文学的习惯认识。"小说和学术一样,开始走向实证性,这意味着小说的根本精神在发生改变,小说写作者必须有足够的精力和定力去学习新的东西,做田野考察。"[①] 如"地方志",以前属于典型的人类学著作,不能算作文学作品。现在这些作品进入文学视野,虽然还需要慎重对待,但作家们的开拓创新精神还是值得肯定的,也一定程度上丰富了人们对文学边界的认识,拓宽了乡土小说的书写范畴。

正如严家炎所说,地域性是乡土小说一个不可忽略的属性,是文学个性的重要来源,也是作家深入揭示生活的前提:"文学的地域属性就是其本根属性。根的意蕴一旦在文学的时空里展开,它就会成为一种符号和喻指,是生命在此展开和合拢的证明和叙事,而这种本根属性的深浅与长短,又成了都市文学安身立命的基点和撑持,真相与常态就是这样展现开来的。在这种基质里,永恒性与深厚才有可能得以揭示和被还原。"[②] 对地域性的追求,蕴含的是文学的个性化自驱力,是对长期以来地域性弱化趋向的有意补正。

---

① 霍香结:《地方性知识》"后记",新世界出版社 2010 年版,第 482 页。
② 严家炎:《"20 世纪中国文学与区域文化丛书"总序》,《理论与创作》1995 年第 1 期。

三、如何客观理性地表达文学地域性

文学地域性的意义毋庸置疑，但是，在当前社会文化背景下，它的内涵并不简单，而是与政治、民族、文化等多方面因素有着太多的关联，也很容易被某些利益所利用。审视当前的文学地域性问题讨论，包括在一些乡土小说创作中，都已经出现了一些值得反思的问题趋向，需要深入的辨析和认识。

其一，封闭化趋向。就是片面地强调地方性，特别是地方文化个性，却忽略其与其他文化、与整体民族国家的联系。在一些学者和作家眼里，地方性成了完全自足的主体，与外在的联系被完全割断，也没有与整体文化构成必要的联系。他们书写某个村落，其中就只有这一个村落；书写某个民族，当中就只有这一个民族。一些以"地方性"为主旨的文学作品，更在进行孤立、极端的文学实践，以回到封闭的民族文化为宗旨，运用只有掌握本民族语言的人才能阅读的方言创作，将文学的内容、接受和传播完全局限在单一民族范围之内。换句话说，他们制造了文化的自足，甚至刻意地保持这种自足。在这种姿态下，一些人也完全拒绝以开放和发展的眼光来对待外在世界。比如一些作家对"学习汉语""掌握现代文化"等民族交融方式持一味的否定态度，甚至期盼能够保持"与人隔绝，与铺天盖地的大马路隔绝"的静态而封闭的生存状态。[①] 尤为甚者，一些人还以这种封闭和保守作为排斥异己的方式。如四川著名乡土小说作家阿来就受到一些人的有意排斥："他们大致的意思是，作为这个民族的作家，首先应该有纯粹的血统；其次，应该用这个民族的

---

① 参见李长中：《当代少数民族文学批评的公共性检讨：以文化多元论为视角》，《民族文学研究》2017年第2期。

母语进行写作。否则，就意味着背叛。""在我所在的文化语境中，属于哪个民族，以及用什么语言写作，竟然越来越成为一个写作者巨大的困扰，不能不说是一个病态而奇怪的文化景观。"①

其二，极端化趋势。这有两方面的表现。之一是将文学内涵无限泛化，将"地方性文学"完全等同于地方性文化，以之为民族文化乃至政治文化的工具。在一些"地方性文学"作品中已经完全看不到文学的内容，虽然名为小说、诗歌，但丝毫没有这些文学体裁所必须具有的基本要素。充斥其中的文化因素已经完全侵占了文学的空间。之二是对"地方性文学"持无条件的认同和推崇态度。不少作家和学者从尊重个体、边缘文化角度，对地方性文学进行肯定和支持。这当然无可非议。但是，其中的部分人，"由于缺少必要的认识导向，对'地方性知识'的强调极易使'我族中心观念'滑向一种本质上同样极端的'他族中心观念'……对'文化持有者'持一种无原则的肯定与理解态度"②，也就是完全不能认识到地方性概念本身也有一定局限性，不能客观全面地认识其得失。这实质上也是自我主体性的丧失，是从一个极端走向了另一个极端。

这种封闭和极端的趋向对乡土小说创作的发展绝非有益，而是构成巨大的伤害。因为多元、丰富和宽容是文学发展的重要前提。极端的自我封闭，与时代和大众的隔绝，最终只能是被时代和大众拒绝。而且，不能以发展的眼光看待时代变化，也很难真正继承和发扬传统，最终的结果是传统的彻底崩溃。我以为，当前乡土小说地域性的发展，需要坚持三个原则：

---

① 阿来：《我是谁？我们是谁？——在东南亚和南亚作家昆明会议上的发言》，《阿来研究》2015年第1期。
② 王邵励：《"地方性知识"何以可能——对格尔兹阐释人类学之认识论的分析》，《思想战线》2008年第1期。

首先，民族国家的主体原则。也就是说，乡土小说地域性发展的基本前提，是遵循和肯定民族国家的整体性，而不是与之相背离。如前所述，民族国家与地域性之间有着天然的对立。因为地域性是一个很宽泛的概念，可以从不同层面来理解。如果就世界性角度来说，某一个国家，乃至整个东方国家，都可以看作是某个独特地域；如果就国家层面来看，某一省、市，以及更小区域才能构成具体的地域。如果不能很好地处理具体地域与整体地域、边缘与中心之间的关系，具体地域就可能会与整体地域产生一定的冲突。典型如国家整体性与地方个性之间，就会蕴含有整体与局部、统一与割裂之间的对立。过于强调某一地域的独特个性，就有可能对大的国家意识构成冲击，甚至是分离趋向。中国是一个多民族国家，它是"一系列的文化、习俗、政治、礼仪的力量"集合而成的"跨体系社会"。① 强调民族之间的密切联系，以及中华民族的整体性，是中华文化发展的重要前提，也是中国社会发展不可缺少的基础。

事实上，地域性与民族国家并不冲突，而是存在相统一处。也就是说，地方是构成整体的基础，如果没有地方，也就无所谓整体。在民族整体前提下的个体地方性情感深化，能够让读者产生更强的文化认同意识，加强民族的凝聚力和向心力，进而强化整体的民族国家意识。说到底，任何的感情，最基本和最自然的落脚点是具体的地域，对地方情感不能片面地否定，而是应该将它向民族国家整体方向引导。当然，重视地方文化的重要前提是不能狭隘和封闭，而是要立足于民族国家视域，将具体的地方性与整体的民族国家统一起来。从来都没有孤立、封闭和自足的地方，它应该包蕴在大的文化整体当中，与其他文化密切沟通，文化建设应该有利于促

---

① 汪晖：《中国：跨体系的社会》，《中华读书报》2010年4月14日。

进民族之间的团结和统一，而不是以割裂、孤立为目的。①

　　从文学角度来说也是如此。真正优秀的文学应该具有超越狭隘地域的意识，在更宏远的民族国家、人类文化意识上进行思考。如果固守某一狭小地域，缺少了民族国家深厚的历史和文化内涵，地域性也就缺乏深度和广度，也就不可能实现文学的宽阔视野和深远关怀。所以，应该加强中华文化整体性与丰富地方性的结合和统一，以地域性为纽带，促进民族之间的联系，特别是地方与中心之间的相互尊重和联系。比如，中华民族在近一个多世纪的历史上经历了异族侵凌、保家卫国等共同的民族记忆，如果能够将这些民族记忆渗透到地方性文学中，将大的民族国家意识与具体的个体地域历史结合起来书写，肯定能够强化民族的整体文化情感，促进民族国家的向心力和凝聚力。这样的地方性文学应该成为地域文学发展的重要方向。

　　事实上，在现当代文学历史上，特别是乡土小说发展历史上，并不乏有这样意识的优秀作家。沈从文、阿来等都是如此。沈从文虽然致力于地域性文学建设，但他却远非建立孤立的民族文学，而是始终将地方与整体结合起来，在中华民族的整体性基础上来看待和书写湘西地方的地域个性。他笔下的湘西，是与全国地理整体密切联系的地域，是整个中华民族国土和文化的一部分。在谈论湘西地方的民风民俗和精神个性时，他也明确强调其属于"三楚子弟"，是中国楚文化整体的一部分。所以，沈从文的作品充满着民族整体文化自豪感，也洋溢着深远的民族和人类关怀精神。阿来也

---

① 从历史上看，建立在中华民族统一基础上的地域文化建构是有助于民族国家凝聚力的。如广东地域文化馆的形成就很好地促进了该地区对中华民族的归属感。参见程美宝：《地域文化与国家认同——晚清以来"广东文化"观的形成》，生活·读书·新知三联书店2006年版。

是如此。作为一位当代藏族作家,阿来小说中表达了很多藏族地方文化,并且颇具深度,但他同样将藏族地方生活与整个中国结合在一起,在更高更远的视野上来理解现实:"我所要写的这个机村的故事,是有一定独特性的,那就是它描述了一种文化在半个世纪中的衰落,同时我也希望它是具有普遍性的,因为这个村庄首先是一个中国的农耕的村庄,然后才是一个藏族人的村庄。"①特别是对当前一些文化分离思想,阿来也有很客观的认识,明确提出建设整体的、多民族的"完整的中国观"思想:"只有把这些非汉族的人民也当成真正的中国人,只有充分认识到他们的生活现实也是中国的普遍现实,他们的未来也是中国未来的一部分,这才是现代意义上真正的'天下观'。……只有这样双向地警醒与克服,我们才会有一个完整的中国观,才会建立起一种超越性的国家共识。"②

其次,现代性原则。现代性的第一个体现是平等立场,也就是对地方文化保持尊重的姿态,不以其为其他物体或文化的工具。地方应该被赋予与中心同等的重要意义,作家和书写对象之间具有同等的地位,二者之间相互尊重和平等。在这一基础上,作家才能克服对地方的傲慢、炫耀和夸张的心理,深入其内在世界,与其产生心灵的沟通和联系,也才可以真正表现出地方色彩的自然和自在状态。正如美国学者阐述的:"地方色彩文学的叙事人是外来人,以居高临下的姿态描写当地人和事,目的是取悦于城市读者,而地域文学则以平等姿态从当地内部角度反映地方人文,目的是获得读

---

① 阿来:《我只感到世界扑面而来——在渤海大学"小说家论坛"上的讲演》,《当代作家评论》2009年第1期。
② 阿来:《一部村庄史,几句题外话——代后记》,《机村史诗1:随风飘散》,浙江文艺出版社2008年版,第263页。

者认同。"①地域性不是炫耀，不是人为的编造，而是像盐与水的关系，融于日常生活之中。文学表达则是不着痕迹、不露声色，让读者自然沉浸其中而难以自拔，在不自觉的状态下感受真正的个性和特征。

"现代性"的第二个体现是遵循现代性的发展方向。也就是说，我们需要以文明发展的眼光来看待文学地域性。时代发展是不可逆转的，现代性是人类文明发展的基本方向。重视文学地域性，不是回到过去，不是保守，而是建构"公共记忆"，在快速发展的世界中建立起自己稳固的精神基石。同时，需要区别思想现代性和审美现代性之间的差异。从审美角度来看，地域文化代表的是人类文化的优美历史和个性，其意义是永远存在的，也应该是文学永远的书写对象。但是，不能将文化的视野局限于此，否则就会陷入文化保守主义的窠臼之中。这一西方学者的话，反过来解读同样具有启迪意义："文学的国家主义是可悲的，而地方性却至关重要。所有创造性的艺术必须源于某一块特定的土壤，闪烁着地方的精灵。"②也就是说，文学的地域性是值得充分尊重和推广的，但是文化的地域性则须更多的批判和扬弃立场。

最后，文学性原则。文学地域性只是乡土小说一个非根本属性，不能以地域性作为文学的决定和主导因素。地域性对乡土小说创作确实具有深刻的意义，但是，文学的最终目的是实现人类关怀，对人性的探索，是深远而非狭窄，是广阔而非自我。如果以文学为目的和中心，就会舍本逐末，丧失掉文学更高远的目标和追求。所以，对文学地域性的理解，需要将它置于民族和人类关怀之

---

① 转引自刘英：《全球化时代的美国文学地域主义研究》，《国外文学》2010年第2期。
② 劳伦斯语，转引自张跃军：《威廉·卡洛斯·威廉斯的"地方主义"诗学》，《外国文学研究》2001年第1期。

中，以文学的最高目标为前提来思考。这其中包括对它的缺点和局限要有清醒的认识，在具体方式上要注意分寸和尺度，不能过于片面和极端。

其中最重要的一点，就是对地域性的关怀不能超越和凌驾于对人的关怀之上。在任何时代文学中，人都是第一要素，对人的关注是中心。在地域性文学中，地方的自然地貌和人文风俗等当然很重要，但不能忽略最根本的人。事实上，地域性表现与对人的关怀之间并不矛盾，而是有很大的统一性。因为在今天，随着外在地域因素的减弱，地域性的表现已经主要不在外在形式上，而是体现在内在心灵层面，不在公众层面，而在私密层面，不在物质层面，而在精神层面。人在具体的地域成长，其个性气质受地方风习和文化熏陶，其记忆更牢固地联系着地方生活，人的地方个性，以及人对地方的情感和记忆是一种强烈个人化的地域性体现。在这个意义上，表现了真正地域文化个性中的人，也就表现了深层的地域文化精神。要想表现深层地域文化，首要的前提是表现文化中的人。

过于寻求对表层地域性的表现，则势必构成对人的忽略和异化。当前乡土小说创作中就存在这种情况。商业文化满足人们对异质性的追求，地域性也就成为一个很好的文化卖点。各种人造历史人文景观泛滥，各种虚假的地方风情表演盛行，地域性被赋予了商业文化色彩，其目的就是以所谓的"异域情调"，片面地在故事的传奇怪异、风景的奇巧绚丽上下功夫，却忽略了对生活本身的深入和客观呈现，更忽略了其中的人和生活本身，人的真实生存状态被遮蔽、异化和扭曲，人成了地域、风景的附属品而不是主人。包括前述的许多完全以地方文化为中心的"地方志"作品，也是对人的严重忽略。这样的结果是："从早前的荒远之地，到上个世纪初的西域探险考察热，再到新世纪以来中国最具魅力的旅游目的地，新疆乃至西部，正在经历一个被审美化、被消费化的过程，变成了一种'被'，它的主体性并未足够显现。"① 不少作品貌似有强烈地域色彩，实际上却浅表简单，充斥着人为的虚假，是对生活的遮蔽而不是客观呈现。"我们是表现这古老的西部大地和民族文化在现代化进程中的阵痛、变异和生长，在持守和嬗变中再创造出真正地反映母族大地的现代诉求的新的西部传统，还是永远地开掘取之不尽的'西部'资源，让自己的文字成为类似于少数民族地区的风俗旅游中那种满足了'东部'人的优越感和猎奇欲的民俗表演？"② 当代作家严英秀的质疑有可能偏激，但针砭的意义却不可置疑。

第四节　论乡土小说的文学接受问题
——以"十七年"乡土小说创作为中心

一、现当代文学的乡村接受历史与困境思考

从理论上说，中国现当代文学进入乡村具有很强的实现可能性。因为它与现当代文学的目的有着内在的一致性。早期现代文学的明确目的是启蒙，也就是"开启民智""启迪蒙昧"，引进西方先进文化以改造国民性，启迪没有觉醒的民众，促进民族文化的现代化更新。占据中国人数最多、最需要启蒙的群体，农民，就生活在乡村。要实现启蒙的目的，最基本的就是接受启蒙的思想，所以，使自己的作品让农民读懂、被农民所接受，应该非常符合现代文学的创作初衷。1930年代后，宣传革命取代思想启蒙成为现代文学

---

① 沈苇：《地域的，不地域的》，《文艺报》2015年4月10日。
② 严英秀：《"西部写作"的虚妄》，《文学自由谈》2012年第2期。

的首要目的，但对文学接受的期待没有改变。因为让农民认识革命、了解革命就是最重要的任务，它也需要以农民能够理解和接受为前提。

由此，中国现代文学从一开始就有重视民众接受的强烈意图。五四文学的重要纲领文章《文学改良刍议》《文学革命论》等，在批判传统文学时，都特别针砭其晦涩和疏离大众的缺陷，在提倡主张时，也将"国民文学""平民文学"特别提出。其以白话代替文言，在文体上尤重小说，内容上倾向现实和大众，都是这种意图的体现。以至于胡适的诗歌主张"有什么话，说什么话"，成为五四最有影响力的号召之一。

但是，现实情况比作家们所预期的要更为艰难和复杂。这首先是因为中国农民的文化水平和审美习惯。作为中国社会底层的农民群体，其文化水平和审美趣味都与现代文学之间存在着很大的反差。农民中识字的人数有限固然是很严峻的现实，更重要的是，农民们习惯于接受传统的乡村文化、文艺，包括地方戏、说书、民间曲艺等，无论是在价值观念还是审美特色上，它们与现代文学都是完全两样的。其次，也因为作家们的文学立场。五四文学的启蒙和革命立场，决定了他们习惯于居高临下式的批判和俯视姿态。对于百姓，他们只能是怜悯者、悲叹者、审视者，却不可能是心灵的亲近者，难以产生共同的交流和理解。而且，无论是现实环境还是文化处境，都决定了他们不可能真正深入地了解普通百姓生活，深切感受其精神需求和阅读愿望。所以，在审美方面，他们很难调整和改变自己，去努力适应农民的审美方式，而是具有很强的主体性。二者之间的距离是巨大的。

所以，五四文学虽然张扬"平民文学"，但实际上，作家们所写的基本上还是知识分子生活题材。在文学形式方面，作家们更以坚决的态度拒绝向农民们退却一步。他们虽然知道在社会大众（当然也包括乡村）中最受欢迎的是"鸳鸯蝴蝶派"、武侠小说等旧文学以及传统说书和话本方式，但是，他们坚决拒绝向这样的文学形式靠拢，在姿态上更是张示明确的批判立场。1930年代"革命文学"在创作内容上有所变化，开始书写普通大众的生活，但正如后来批评家的论述，他们虽然在思想上是革命者，但"他们的思想和意识，不但是和大众的生活缺乏有机的渗透与融合，就是在他们自己的生活上，他们的思想和意识，也常常露出勉强添加上的人工的破绽"①。他们的文学未能真正将"革命"和"大众生活"结合起来，也就始终与大众接受相疏离，在艺术成就上也有明显的不足。五四文学的影响只在知识分子和青年学生群体，与农民之间基本上没有产生任何交集。基本上没有农民（除了生活在乡村的青年学生）阅读、接受现代文学作品的材料。②

这直接导致了1930年代对五四文学的强烈批判和质疑，也就是"大众化讨论"。以瞿秋白、茅盾等左翼作家为代表的诸多知识界人士参与其中，对现代文学的接受现实进行了尖锐批评，质疑其在大众化方面存在的诸多缺陷，并思考如何突破中国现代文学的接受困境。

大多数批评者都将文学形式作为批评和反思的焦点，主张借用大众化形式。如瞿秋白对报告文学、墙头小说、大众朗诵诗等形式给予高度评价："这些形式，都是真的从劳动大众中产生，从萌芽而成长为普罗艺术的新的形式的。……因为它最直接地反映劳动大众的生活和斗争，一方面它又作为纯然的艺术形式，供给那些从智

---

① 立波：《中国现当代文学的一个发展》，原载《光明》1936年6月10日创刊号，见贾振勇编《左翼十年——中国左翼文学文献史料辑》，人民出版社2015年版，第307页。
② 参见马以鑫：《中国现代文学接受史》，华东师范大学出版社1998年版。

识阶级转变过来的革命作家去采用和发展,给他们的艺术以新的力量。"① 检讨中国现代文学之所以远离大众,也一致地认为文学语言等形式问题是最大的障碍,穆木天称:"现在我们所写的语言,与大众相去太远,我们的言语的写实的力量太少,不能把大众捉住,不能感动人,总嫌现在的作品或译品,因为语言的写实力量不够,只能注入读者一种概念,不能感动大众以一种力量。以后要用大众嘴说的言语,固然要把大家的言语一方面提高的,要丢掉智识阶级的言语这个皮囊。"② 在这一前提下,"左联"对作家们的提倡也特别提出这方面的内容,以此对作家进行要求:"在形式方面,作品的文字组织,必须简明易解,必须用工人农民所听得懂以及他们接近的语言文字;在必要时容许使用方言。因此,作家必须竭力排除智识分子式的句法,而去研究工农大众言语的表现法。"③

形式之外,也有批评家提出作家精神的意义,认为作家需要进行思想的改造和转变,只有在作家思想与大众相一致的前提下,作家才可能创作出为大众接受和认可的文学作品。瞿秋白对此的认识最为深刻。他明确表示,"革命的作家要向群众去学习","在工作的过程之中去学习,即使不能够自己去做工人农民……至少要去做工农所豢养的'文丐'。不是群众应该给文学家服务,而是文学家应当给群众服务。不要只想群众来捧角,来请普罗文学导师指导,

---

① 洛扬:《论文学的大众化》,原载《文学》1934年4月半月刊第1卷第1期,见文振庭编《文艺大众化问题讨论资料》,上海文艺出版社1987年版,第69页。
② 郭沫若等:《我希望于大众文艺的》,原载《大众文艺》1930年5月第2卷第4期,见文振庭编《文艺大众化问题讨论资料》,上海文艺出版社1987年版,第33页。
③ 《中国无产阶级革命文学的新任务》,原载《文学导报》1931年11月15日第1卷第8期,见贾振勇编《左翼十年——中国左翼文学文献史料辑》,人民出版社2015年版,第21页。

而要去向群众唱一出'莲花落'讨几个铜板来生活,受受群众的教训"①。虽然如一些学者指出的,瞿秋白所说的"群众"并不是普通的大众,也不包括农民,而是指有觉悟的工人阶级,但从形式进入思想,无疑是对大众化问题认识上的一次提升。在这一认识之上,左联也明确地对作家提出了思想意识上的要求:"在方法上,作家必须从无产阶级的观点,从无产阶级的世界观,来观察,来描写。作家必须成为一个唯物的辩证法论者。"②

除了理论上的探讨,左翼文学界还有实践上的努力,以多种方式尝试让文学走进大众。1931年底,《中国无产阶级革命文学的新任务》的决议,明确提出了"组织工农兵贫民通信员运动,壁报运动,组织工农兵大众的文艺研究会读书班等等,使广大工农劳苦群众成为无产阶级革命文学的主要读者和拥护者,并且从中产生无产阶级革命的作家和指导者"③。包括在整个文化界,也兴起了轰轰烈烈的"世界语运动",支持者不乏鲁迅、茅盾这样的大家。

然而,尽管作家们做出了如此之多的努力,但是至少在1942年之前,现代文学与大众、特别是与农民之间的关系并没有大的改观。正如赵树理所说:"在十五年以前我就发下宏誓大愿,要为百分之九十的群众写点东西,那时大多数文艺界朋友虽然已倾向革命,但所写的东西还不能跳出学生和知识分子的圈子,当然就谈不

---

① 瞿秋白:《普罗大众文艺的现实问题》,原载《文学》1932年4月25日第1卷第1期,见《瞿秋白文集》(文学编 第一卷),人民文学出版社1985年版,第481页。
② 《中国无产阶级革命文学的新任务》,原载《文学导报》1931年11月15日第1卷第8期,见贾振勇编《左翼十年——中国左翼文学文献史料辑》,人民出版社2015年版,第20页。
③ 同上书,第19页。

上满足广大劳动群众的需要。"①

1942年的解放区,中国现代文学与农民关系发生大的转折,其标志是毛泽东《在延安文艺座谈会上的讲话》(以下简称《讲话》)的发表。《讲话》的内容不限于大众(农民)文学接受,但其思想主体与之密切相关,或者说,接受问题是《讲话》一个潜在的核心。

《讲话》充分吸收了瞿秋白等左翼作家的文学思想,但与之前理论家和作家们相比,《讲话》的思想观点有两个实质性的不同。

其一,真正将接受主体放在普通大众(农民)身上。五四时期,文学的主体毫无疑问是知识分子,一切以知识分子的思想为主导;1930年代,瞿秋白等人提出批评,开始提出知识分子向"群众"学习的问题。但是,瞿秋白所说的"群众"不是普通群众,而是革命群众。所以,其名义虽为群众,但实质还是革命者,也就是潜在的知识分子立场。但《讲话》不一样,它第一次将文学的主体放到了真正的大众身上,并要求作家在身份上拉到与大众一致的高度,甚至比他们还要低,要求作家接受大众的教导。也因此,改造成为《讲话》文学接受思想一个重要的内容。它认为作家多与大众有较远的距离,需要经过思想的改造,才有可能真正在思想意识和文学形式上切近大众的要求,达到为大众服务的目的。客观地说,《讲话》的论述确实是非常准确地抓住了接受问题的症结所在。因为在现实大众水平不变的情况下,文学接受的核心在于作家方面,作家怎么对待创作,决定了文学接受的基本层面。

其二,将文学接受做了理想化的提升。在之前,也有人提出过类似的理想。但是,其基本上局限在文学之内。但是,毛泽东《讲

---

① 荣安:《人民作家赵树理》,原载《解放日报》1949年10月4日,见复旦大学中文系编《中国当代文学研究资料·赵树理专集(上)》,1978年版,第9页。

话》将政治与文学紧密联系起来，或者说明确将文学的目的总结为政治。他所谈的"普及与提高"，如果说普及是手段，提高是目的，那么，普及主要是在文学领域，提高的内涵却不在于此，而是在于政治。也就是说，《讲话》虽然强调作家（文学）向大众学习，但并不是完全以大众为旨归，而是在"普及与提高相结合"的前提下，归结到政治当中来。"我们的提高，是在普及基础上的提高；我们的普及，是在提高指导下的普及。""'阳春白雪'和'下里巴人'统一的问题，是提高和普及统一的问题。"[①] 从深层内涵来说，这里的"提高"主要是思想政治上的提高，在政治上引导大众，促进大众与政治的亲和。然而，至少在表面上，这是对文学接受问题一个大的贡献。因为"普及与提高"的口号确实是对文学接受一个理想化的表述。既能够普及到大众中，为大众所接受和认可，同时又能够提高大众，实现引导大众和启蒙大众的目的。这就从根本上解决了现代文学从一开始就面临的困境和难题，实现文学为现代文化和现实革命的需要服务的目的。

《讲话》虽然是毛泽东的个人思想产物，但它并非空穴来风，而是有着深厚的历史和现实背景。从历史上来说，如前所述，瞿秋白、茅盾等人在1930年代对现代文学的批评表达了很多人的共同感受，其建设性思考对《讲话》也肯定产生了影响。特别是在抗战的现实环境下，文学接受问题既凸显，也亟待解决。这时候，时代要求与文学现实之间的冲突更为明确。时代要求更多大众（农民）具有民族国家意识，觉醒起来参与民族爱国战争。但现实却是文学始终没有真正进入农村，起不到宣传和教育的作用。这是毛泽东对

---

① 毛泽东：《在延安文艺座谈会上的讲话》，《毛泽东选集》（第3卷），人民出版社1953年版，第864—866页。

延安整风之前文学界不满的重要原因，也是《讲话》思想的基本源头。

在战争背景下，文人、知识分子的意义被显著降低，文学的现实功能也很自然充分地凸显，主导了其他的价值意义。从作家主体层面来说，对《讲话》的接受本就有深层心理的可能性。正如李泽厚所指出的，抗战时期，"救亡"的中心压倒了"启蒙"。在战争背景下，作家有较多机会离开书斋，接触现实，对于真实的现实生活，以及文学与大众之间的距离，多少会有一些感触，也会发生一些改变。同时，中国知识分子传统文化本就有强烈的社会参与意识，"百无一用是书生"的思想显在和潜在地刻在许多人的脑海里。可以说，战争时期更促进了人们对文学的期待，也使不少人对"工农兵"能够直接投入民族战争产生仰视，而对自己的文人身份产生自卑感。这是抗战初期，那么多文人投笔从戎、走上街头的原因，也是包括像老舍这样的著名作家放弃自己熟悉的文学形式，选择最有宣传效果的形式来服务抗战的深层文化和心理基础。

在这种情况下，毛泽东《讲话》的思想在延安文学中产生了较多的认同，并引发了作家们的集体忏悔和自我改造潮流，造就了以周立波、丁玲为代表的不少作家离开机关，深入农村。甚至一直到"十七年"时期，依然有不少作家持着与延安作家类似的心态。以往我们很习惯将周立波、丁玲等人的反思和改变归于外在原因，认为他们是被迫改变和放弃自我。但其实，这种理解也许过于简单化了。外在压力是一方面因素，但从内心来说，作家们未尝没有被《讲话》所触动，从内心认可和投入到其引领的方向之中。

周立波可以作为典型分析。他初到延安时，应该基本上是延续 1930 年代上海亭子间的文学思想，知识分子的纯文学观念很明显。但是，经过在延安与农民的接触和对现实生活了解的加深，他的文学观念有明显的改变。所以，延安整风运动固然是外在环境的刺激，但他严峻的自我反思和检讨很难说不是真诚的："我们都是小资产阶级出身的人，身子参加了革命，心还留在自己阶级的趣味里，不习惯，有时也不愿意习惯工农的革命的面貌。"① 正因此，他能够在整风运动后，显著地改变自己的文学创作风格。如果说写农民生活属于比较外在的改变，相对来说比较容易的话，那么，他文学语言的巨大变化，从知识分子语言改换成了地道的方言土语，包括叙事方式也有大的改变，并且取得了较大成功——如果我们不存有某种偏见的话，应该会没有任何理由否认：延安时期周立波的创作成就要远高于上海亭子间时期。在语言的运用上，延安时期也远比上海时期要生动、灵活和富有技巧——这样的改变显然不是简单和表面的，而是属于文学深层次的变化，很难用被动、屈服来解释，内中绝对有周立波精神主体上的自觉认可，有内心的积极参与和自觉改变。② 事实上，自从在延安转变之后，周立波再也没有回到过他1930年代的状况，即使在"文革"后更宽松的环境下也是如此。

  周立波是一个典型个案，具体到每个作家当然会存在一定差异，但其具有一定代表性应该是没有疑问的。事实上，《讲话》之后的解放区文学，在总体上确实出现了一个大的转型，包括丁玲、周立波等在内的几乎所有作家，都在写作内容和艺术风格上大幅度地改变了自己，其改变的方向与周立波相似，都是朝着《讲话》所要求的"为工农兵服务"，是努力适应着农民的阅读习惯和欣赏水平。作为解放区文学代表，被誉为"赵树理方向"的赵树理作品，

---

① 周立波：《思想，生活和形式》，《解放日报》1942年6月12日，见《文学浅论》，北京出版社1959年版，第2页。
② 参见李洁非：《〈讲话〉前延安小说的语言》，《文艺报》2006年3月25日。

典型而突出地获得了农民们的高度认可,开创了中国现代文学历史上的一个奇迹:"赵树理同志的具有深厚的现实生活基础的小说,一直受到农民广泛的欢迎,他的较早的作品,如《李有才板话》《小二黑结婚》以及前几年写的《三里湾》,在农村中影响都很大,可以说历久不衰,特别是像《小二黑结婚》,曾经改编成戏曲演出,更是家喻户晓"[①]。

二、"普及与提高":"十七年"乡土小说的深入尝试

随着1949年新中国的成立,延安解放区的文学思想和文学实践得以在全国范围内推广。由于有了延安文学的先期实验,"十七年"文学能够在朝"工农兵文学"方向发展上走得更彻底,也能够得到更多力量的协同配合,这时期的乡土小说创造了文学与乡村关系的重要突破。

"十七年"作家们在创作思想和实践上向大众(农民)的积极靠拢,具有最基本的意义。因为只有作家作品的创作实绩,才具有实证性和说服力。具体来说,"十七年"乡土小说作家们有以下创作倾向和特点:

其一,积极而丰富的乡土书写。"十七年文学"一个最显著的特征,就是乡村书写大幅度增加。在现代文学时期,虽然乡土题材创作也是一个很重要的部分,但是,它在整个创作中的比重并不占绝对优势。但进入"十七年",随着知识分子题材、市民题材、历史题材等小说的迅速萎缩,乡村书写就显得非常突出,基本上占据了整个小说创作的大半壁江山。

---

① 《记一次"关于小说在农村"的调查》,《文艺报》1963年第2期。

这当然与现实情况有直接关系。在这期间，中国乡村正处于社会大变动的时期，一系列政治、文化和生活运动，在乡村中广泛地展开，大的如土地改革、合作化运动，小的如兴建水利、土壤改造、科技革新、识字运动等，极大地改变了传统乡村的面貌。这其中，特别是持续数年之久的"农业合作化运动"，极大地改变了乡村的社会形态和伦理关系，传统的个体小农经济被集体制经济所取代，对农村社会的影响是巨大的。

作为一个传统农业国家，现代作家也大都与乡村社会有着密切关系，更何况，经历了延安时期的知识分子改造运动，能够被文坛接纳的作家已经有相当部分是来自农村和工厂。他们文化水平不高，但对乡村生活却普遍很熟悉。在这样的情况下，"十七年"作家中的很大一部分都将自己的创作笔触投向了现实乡村，从而掀起了乡土小说的创作热潮，使之成为时代中最有影响和最受关注的创作潮流。可以说，这时期的乡土小说，无论是在作品数量上还是在创作成就和影响力上，都远远超过了之前的任何时期。

其二，热切而投入式的创作姿态。作家们关注乡村，一方面缘于他们普遍与乡村有着较深厚的关系，对乡村持有强烈的关切感情；另一方面也因为这种关注现实的创作符合时代的要求，是"工农兵文艺"的重要体现。所以，作家们对乡村现实生活的变革是充满热情的，既以文学为表现现实、宣传现实的工具，也希望以文学方式介入现实，为实现乡村变革献上力量。也就是说，赵树理的"问题小说"成为时代乡土小说创作的主流方向。如赵树理本人，在新中国成立之初写《登记》是为了呼应新婚姻法，创作《锻炼锻炼》和《三里湾》也是为了针砭和解决农村中的现实问题。

正因为如此，作家们对文学创作是非常热切的，所付出的努力也是很充分的。这时期最有影响的三位乡土小说作家赵树理、柳青、周立波，都为了写作离开城市，回到家乡农村生活。柳青更是带着家人，真正到乡村基层生活了十几年。此外，还有马烽、西戎等更多作家通过下基层挂职等方式深入农村，为创作积累资料。

这当中需要特别提出的是作家的创作姿态。现代乡土小说的主流是启蒙传统，也就是对乡村持批判的、俯视的态度。但是，在这个时期，作家们基本上都放弃了这一姿态，而是以平等视角近距离地接近农民，了解农民的生活和阅读习惯，并努力靠近农民。因此，作家们的创作都具有迎合农民的某些特点。如赵树理就非常明确："想要读者读得下去，就得先摸一摸读者的喜好……摸住读者的喜好了，还须进一步研究大家所喜好的东西。"[①] "不应该只把群众不喜欢或暂时不能接受的东西，硬往他们的手里塞。"[②] "群众爱听故事，咱就增强故事性；爱听连贯的，咱就不要因为讲求剪裁而常把故事割断了。我以为只要能叫大多数人读，总不算赔钱买卖。"[③]

其结果是作家们普遍非常熟悉乡村生活，具有非常丰富的乡村生活积累。赵树理的高度虽然不是所有作家都能达到，但也反映了时代乡土作家与乡村生活的熟稔关系："他们每个人的环境、思想和那思想所支持的生活方式、前途打算，我无所不晓。当他们一个人刚要开口说话，我大体上能猜测出他要说什么，有时候和他开玩

[①] 赵树理：《随〈下乡集〉寄给农村读者》，原载《文汇报》1963年6月2日，收入《赵树理全集》（第6卷），大众文艺出版社2006年版，第166页。

[②] 赵树理：《当前创作中的几个问题》，原载《火花》1959年6月号，收入《赵树理文集》（第4卷），中国工人出版社2005年版，第1884页。

[③] 赵树理：《也算经验》，《人民日报》1949年6月26日，收入董大中主编《赵树理全集》（第4卷），北岳文艺出版社2000年版，第184页。

笑,能预先替他说出或接他的后半句话。"①

其三,大众化的文学形式。这是"十七年"乡土小说最突出的外在特征。因为之前的乡土小说,虽然内容上写的是乡村生活,但无论是语言还是叙述方式,都与其他小说没有什么两样。包括人物语言,即使身份是农民,也说着与知识分子差不多的话语。至于叙述语言,更是完全的知识分子文学语言。

在延安文学时期,赵树理以典型而极端的方式改变了这种现象。他的《小二黑结婚》《李有才板话》等作品,运用农民的口语、通俗故事的形式来写作,使这些作品呈现出地道的农民通俗文学特点。赵树理在延安时期算典型个例,但进入"十七年",这种情况就相当普遍了。作家们普遍都放弃了知识分子叙述语言,尽可能地向农民语言靠拢。赵树理的探索更为充分。他这样说:"我是写小说的,过去我只注意让群众能听得懂、看得懂,因此在语言结构、文字组织上只求农村一般识字的一看就懂,不识字的一听就懂,这就行了。"②他的小说,也都是建立在农民能懂的基础上。特别是《龙泉洞》等作品,更是采用地地道道的地方说书或戏曲形式,创作的是真正本色的农民文学。其整个文学理念都是以读者多为目的:"我要是为了稿费多,就交给人民文学出版社了。现在送到通俗出版社,就是为了书的成本降一点,农民花的钱少一点,销路广一点。只要广大农民能看到这本书,我是不顾及稿费多少的。为了使他们花的钱少,花的时间少,而得到的效果大,我把篇幅也压缩

---

① 赵树理:《决心到群众中去》,原载《光明日报》副刊《收获》1952年5月24日,收入《赵树理文集》(第4卷),中国工人出版社2005年版,第1669页。
② 赵树理:《戏剧为农村服务的几个问题》,《赵树理文集》(第4卷),中国工人出版社2005年版,第2022页。

到最小限度了。"①

当然,"十七年"绝大多数乡土作家的探索都没有像赵树理这样充分,但基本方向却与他完全一致。质朴的语言、简单的结构、写实的手法,以及通俗的故事,是这些作家创作的共同特征。包括周立波等作家,较大幅度地采用地方方言进行叙述,试图更本色地还原农民的日常生活场景。而现代乡土作家们所熟悉的艺术手法,如心理描写、风景描写等,则基本上退出了"十七年"乡土小说的舞台。

作家们的努力和探索,对"十七年"乡土小说的面貌特征产生了很大的影响,使它们充分呈现出与之前乡土书写较大的差异性特征。

其一,精神主体上与知识分子启蒙文化的偏离。现代乡土小说的精神主体无疑是知识分子文化的,鲁迅的启蒙思想不用说,沈从文的文化怀乡也是充分的知识分子主体,即使是茅盾的现实乡土小说,也包含着较强的知识分子意识。但是"十七年"乡土小说不一样,它的主体意识中已经很少知识分子文化。

部分作品呈现出农民主体意识。如赵树理,基本上是坚持农民主体意识的——这是他在延安时期受肯定、"十七年"时期受冷遇的重要原因,也是他与马烽、西戎等作家的差异所在。更多的作家所持的是政治主体意识。也就是说,作家们书写乡村,最主要的创作目的是配合现实、宣传现实和服务现实。不管哪种情况,其中都没有知识分子对乡村俯视和批判的精神指向。

其二,思想内容上的现实意识和集体意识,严重缺乏个人自我。"十七年"乡土小说很少有"我"的存在——很显然,作为知

---

① 戴光中:《赵树理》,中国华侨出版社1997年版,第132页。

识分子的"我"不适宜成为文学的主体。艺术上也较少主体抒情等特点。与之相应,作品中的人物塑造和社会展示也是如此。就人物来说,主要关注人物的思想政治和现实态度表层,很少进入个体精神和复杂情感层面;就社会展现而言,主要揭示乡村社会政治生态,较少进入文化伦理层面。

这样,这时期乡土小说一个显著的特点就是思想缺乏深度,内涵简单直接——或者准确地说,作家作品都没有深度追求意识。它们不追求对生活的深度表现,只是满足于歌颂现实(虽然不是完全没有批评,但基本格局是赞颂)。作家们很少表现出对现实的独立思考,更缺乏思考和批判意识(赵树理算是其中罕见的例外)。

其三,审美风格上的轻松活泼和细致写真。现代乡土小说的主体风格是沉郁悲愤,无论是鲁迅、沈从文还是茅盾的传统都没有离开这个大的背景。但是,这时期的乡土小说风格基本上是轻松愉悦的。它们很少有沉重的悲剧,甚至大多数是喜剧。通俗的故事,轻松的矛盾,大团圆式的结局,是其基本而共同的特点。

不过,"十七年"乡土小说对乡村生活有比以往任何时候都更细致的日常生活还原,特别是日常劳作和乡村家庭生活。以往作品对乡村的展示或者是愚昧,或者是诗意,或者是苦难和斗争,日常生活却普遍匮乏。但"十七年"乡土小说深入日常生活中,特别是塑造了如梁三老汉、亭面糊等一大批有着较多传统文化内涵的老农民形象,贡献了大量真实生动的日常生活细节,从而较全面地展现出乡村生活的日常生态状貌。

"十七年"乡土小说具有显著的时代特征,与此同时,它所生存的大环境也与之构成密切的互动关系,共同参与着这时期乡土小说的整体构造。

比如,时代政治对乡村文化、教育的改进,提高了农民的文化水平和政治觉悟，也激起了农民对乡土小说的阅读热情。新中国成立初期开始，国家广泛地实施了扫盲运动、识字运动等，在很大程度上改变了乡村的文化面貌，提升了农民的文化素质，同时也营造了广泛的文化活动氛围，促进了乡土小说与乡村之间的密切关系；再如，时代文化政策也对乡村进行了大幅度的倾斜，支持和鼓励文学进入乡村。1950年代初，就成立了专门针对农民读者的农村读物出版社，以优待的方式鼓励作家为农村写作。同时在乡村地区广泛设立新华书店，也很好地改善了图书发行条件，为文学进入乡村提供了便利。

三、"十七年"乡土小说文学接受的检讨

"十七年"乡土作家的尝试和努力没有白费，在乡村接受上它取得了很突出的成绩。从历史上看，这是现代文学与农民关系最密切的时期，文学也获得了以往从未有过的社会效果。具体说有这样两点表现：

其一，乡土小说真正进入农村，并受到农民的喜爱和关注。"十七年"时期，农民的文学阅读热情无疑是很高的。一个典型的例子，农村读物出版社的图书发行量大都在数十万册，赵树理等作家在该出版社出版的乡土小说作品在农村拥有相当广泛的市场和影响力。"赵树理同志的《登记》《锻炼锻炼》都为不少社员所熟悉，不久前发表的《互作鉴定》，在一部分青年社员中也获得了好评，他们认为问题提得及时，有很大的现实意义，启发人思考。"[①] "仅以当时的晋东南为例，读《三里湾》的人，时时可见，处处可见。笔

---

① 《记一次"关于小说在农村"的调查》，《文艺报》1963年第2期。

者借工作之便,曾做过一个统计,长治专区内16县1市的新华书店,在短短的三个月内,就销售40000余册,还不包括本地人在外地买的。"① 此外,像《人民文学》《延河》等重要文学期刊刊登乡土小说作品,经常能够引起农民读者的反应,不少读者来信都属于这方面的内容。

其二,乡土小说深入介入农民生活,发挥了政治文化宣传方面的作用。"十七年"时期的乡村文化政策是比较丰富的,乡土小说与这些政策有着互相促进的作用。如李准的《李双双小传》,直接关联乡村的扫盲、妇女解放和合作化运动等,也依靠改编为电影《李双双》,在乡村中获得了非常广泛的影响力,促进了乡村文化的变迁,也推动了合作化运动的进行。事实上,当时的不少文学作品因为与现实问题直接面对面,也直接影响有关政策的实施,甚至被当作现实活动中的实践教材。

然而,尽管"十七年"乡土小说在农民接受上获得了成功,但它的缺陷也很明显。主要表现在两方面:一是知识分子自我主体意识的丧失。"十七年"乡土小说作家在思想主体上基本以时代政治为圭臬,使文学完全成为服务现实的工具,缺乏对乡村大众的启蒙和批判意识。二是审美上迎合农民,完全以接受者——农民的意识为中心,缺乏深度和对人性的关注,更存在艺术肤浅化和模式化等缺点。典型如赵树理,其思想视野与农民视野大体相同,缺乏必要的超越性。包括他的文艺观,"群众再落后,总是大多数,离了大多数,就没有伟大的抗战,也没有伟大的文艺!"②,"我不要求知识

---

① 一丁:《像赵树理那样做人》,载申甲鱼编《赵树理在长治》,中国文联出版公司1990年版。
② 戴光中:《赵树理》,中国华侨出版社1997年版,第69页。

分子都看我的《三里湾》"①，也可以看出其局限性。这样片面迎合大众，追求大众的"懂"，效果永远都是有限的。所以，连赵树理在临终前都表达了这样的遗憾："过去我写的小说都是农村题材，尽量写得通俗易懂，本心是让农民看的，可是我做了个调查，全国真正喜欢看我的小说的，主要是中学生和中小学教员，真正的农民并不多。这使我大失所望。"②

所以，从根本上说，"十七年"乡土小说的乡村接受只是在现实政治层面取得了部分的成功，却远没有取得整体上的成功。而且，其成功很大程度上借助于政治倡导、出版支持等因素，其方式不具备被复制的可能性。一旦脱离了具体的时代环境，它就很难做到。

正因为这样，1980年代后，"十七年"乡土小说创作模式受到广泛的质疑，创作方向也迅速转型，回到现代文学的主流传统道路上。无论是作家还是文学史家，都把"十七年"乡土小说创作作为现当代文学传统中的一个异数来看待。

当然，在批评之余，我们也应该看到"十七年"乡土小说在乡村接受上的成就，特别是对传统乡土小说乃至整个现当代文学所具有的探索性意义。"十七年"乡土小说与农民之间的"亲密接触"是现当代文学历史上难得的密切期，之前和之后都没有过，今天也没有做到——虽然近年来有个别作品，如路遥《平凡的世界》、余华《活着》等，进入乡村市场，受到农民读者的认可，但乡土小说与农民之间的关系总体上是越来越遥远和隔膜。

"十七年"乡土小说的乡村接受虽然不完美，但对其经验和教

---

① 赵树理：《关于〈三里湾〉的爱情描写》，《赵树理全集》（第4卷），大众文艺出版社2006年版，第490页。
② 戴光中：《赵树理传》，北京十月文艺出版社1987年版，第438页。

训进行总结非常有意义。我以为,"十七年"乡土小说作家以下两方面的努力最值得肯定。

其一,文学形式的本土意识。

如前所述,乡土小说的乡村接受之所以一直是个大难题,一个重要症结在于普及与提高的结合,也就是如何做到雅俗共赏,既不丧失自己的思想立场和艺术高度,又能吸引大众。由于中国农民的文化和审美倾向问题,这一难题很难解决。

对此,从1930年代开始,人们就一直关注文学形式问题。这一道理很简单,农民接受不了现代文学形式,要让文学进入农民的阅读视野,就必须在审美形式上对农民妥协和迁就。这一思考显然并非真理。如何保持适当的平衡,以及究竟以何为重点,都有很大的讨论空间。在我看来,不涉及思想层面,仅仅对农民文学审美方式的适当借取就有其意义,因为它所关联的不仅是农民问题,还关联着文学的本土化问题。

比如,传统民歌是中国诗歌发展的重要资源,也完全可以赋予现代诗歌以新的生命力。同样,中国民间故事叙述也极富价值,可以为现代小说作家们所借鉴。从中外文学史来看,将民间文学因素引入现代文学形式中是完全可能获得成功的,它既能赢得读者大众,又不损失思想和艺术高度。中国古代的白居易充分借鉴大众审美,质朴自然,达到了诗歌艺术的很高境界;美国著名诗人惠特曼和威廉斯的诗歌,包括近年获得诺贝尔文学奖的鲍勃·迪伦的民谣诗歌,都融入了很多美国通俗口语,生动晓畅,其诗歌艺术也得到了充分的认可。

中国现当代文学虽然以西方文学为圭臬,改造了传统文学形式,具有突出的开创性贡献,但是,它不可能一直模仿西方,而是需要回到本土,其中一个重要的资源就是中国民间文学艺术。

"十七年"乡土小说的不少作品借助民间故事叙述方式以及生动的农民口语,获得了较大成功。虽然它还存在很多不完备之处,但却开辟了一条回归民间文学传统的道路,为后来者提供了借鉴和支持。①

其二,与社会大众的平等和关怀意识。

毛泽东在《讲话》中谈到了作家创作立场的意义。从文学接受的角度来说,作家的创作姿态确实具有很大影响。正如现代接受学著作《接受美学与接受理论》所阐释的,从心理机制来说,文学阅读是一种心灵的交流,前提是理解和对话,是让人家感觉到你对他的尊重、关心和理解。地位的对等,距离的切近,心灵的相通是影响文学接受的最关键因素。所以,作家的立场不是表层和外在姿态,而是深刻关联着作家的精神态度,也就是说,只有作家从内心关怀农民,与农民有精神上的平等,才能做到思农民之所思,对农民拥有平等的关怀而不是居高临下的怜悯。只有作家投入了真诚和热爱,才可能得到读者同样的认同和回报。赵树理当年那么受其家乡农民喜爱,正是因为他的创作融入了自己的深切感情。他曾说过,《李家庄的变迁》中,"血染龙王庙"的场景,"染了我好多同事的血,连我自己也差一点染到里边去……"② 同样,文学内容也会直接影响读者的热情。只有作品内容真正反映了农民所关心的问题,表达了他们现实中最迫切的问题和内心中最深处的渴求,它们才能被农民们所关注和认可。鲁迅早有认识:"别阶级的文艺作品……倘写下层人物罢,所谓客观其实是楼上的冷眼,所谓同情也

---

① 参见贺仲明:《传统文学继承中的"道"与"器"》,《文艺争鸣》2018年第9期。
② 赵树理:《也算经验》,原载《人民日报》1949年6月26日,收入董大中编《赵树理全集》(第4卷),北岳文艺出版社2000年版,第208页。

不过空虚的布施，于无产者并无补助。而且从来也很难言。"① 赵树理也对其内涵进行过深入思考："所谓'大众立场'，就是'为大众打算'的意思，但这不是主观上变一变观念就可以解决的问题，因为各阶层的生活习惯不同，造成了许多不易理解的隔阂，所以必须到群众中去体验群众生活。劳苦大众的生活，比起洋房子里的生活来是地狱，我们必须得有入地狱的精神。"②

这一点，"十七年"乡土小说作家是有一定突破的。作家们深厚的乡村生活积淀，对乡村强烈的关怀之情，以及平等的视角和通俗的形式，赋予了他们作品与乡村、与农民的较强共通性，从而赢得了农民们的关注和喜爱。尽管这一情形具有时代的特殊性，后人难以复制，而且，在究竟应该如何处理文学的"普及与提高"问题上，学术界仍然存在不同看法，但"十七年"乡土小说毕竟开创了一个此前从未出现过的新局面，其启迪性是毋庸置疑的。在中国乡土小说历史上，它也将留下自己个性丰富的一笔。

当然，现当代文学的乡村接受是一个宏大而复杂的问题，如何认识"十七年"乡土小说在乡村中的接受及其得失，还有很多的问题需要探讨，期待有识者的深入研究。

---

① 鲁迅：《关于小说题材的通信》，《鲁迅文集全编》(1)，国际文化出版公司1995年版，第740页。
② 赵树理：《小更正》，原载《新民报》1950年1月14日第5版，收入董大中编《赵树理全集》(第4卷)，北岳文艺出版社2000年版，第191页。

第二部分

分 论

第三章 革命时代的乡土审美（1949—1976）

引 论

无论从哪个方面看，新生的共和国与之前的民国时期都有很大的不同。这既是政治经济上的，也是社会氛围、精神风貌上的，还是文化和文学上的。经历了漫长的受西方列强侵略、掠夺的屈辱历史，中华人民共和国的成立确实给予了人们很大的信心和骄傲，同时也使人们对未来充满了期盼。胡风的著名诗篇《时间开始了》在艺术上也许不是很精致，但对时代情绪的反映无疑是非常准确的。所以，这是一个理想的时代、激情的时代，与民国时期的压抑抗争和"忧愤深广"构成了鲜明的对比。

同时，这也是一个单纯的时代。因为理想主义往往容易伴生单纯，或者说，单纯是酝酿理想主义的最好温床。社会文化状况也具有同样的特点。漫长的战乱，使这时候的国民素质比较之前的年代并没有更好，而是可能更低。而且，在战争环境中，一切以胜利为目的，实用主义思想占据绝对主流。为了得到当时社会最大人口数目的农民的支持，在政策、思想文化等多方面向农民倾斜，也导致了整个社会文化的"非知识分子化"。

这一点可以看作是延安时期的延续。至少在1950年代的前期，文化政策上对农民是宽容和支持的。之后，由于现实经济政策需要改变，实施工作重心"从农村向城市的转移"，客观上对农民利益有所损害，农民文化与时代政治之间发生了一些不和谐声音，特别是在1958年的"大跃进"运动之后。

这种社会文化环境，导致这时期乡土小说呈现出如此审美特征和面貌：

第一是强烈的集体性和政治性。就是作品都主要表达集体和时代精神，很少表现属于个人的思想和情感。从美学方面来说也是如此。作品所展示的生活中没有个人的、多样化的美，只有集体的、一致性的美；作品本身也努力呈现出时代性的审美特征，压抑、隐藏个人特征，特别是与时代潮流不太一致的特征。这导致这阶段乡土小说的个性化色彩不强，文学质量也受到文学史家的较多批评。

第二是理想、激情和浪漫色彩。这是时代文学整体特色，具体作品的表现存在差异，有的更欢快一些，有的略显平淡。但是基本上没有沉重、压抑乃至悲剧性的作品产生。这是单纯时代文化的产物，不能说它完全不真实，但从文学角度来说它肯定是单一、肤浅。因为任何事物都有复杂性，如此单一的色彩，就将其背后深层的复杂的东西掩藏掉、忽略掉了。

第三是写实性和艺术表现的通俗化色彩。因为要与时代氛围相一致，为现实服务，就不能把艺术表现弄得太复杂，更不能晦涩，要让大家都能看懂。而且，象征艺术容易让人产生多种解读，容易导致误读，于是作家们尽可能采用比较简单和通俗的艺术方式，从而呈现出故事化、口语化和日常化的美学特点。

这样写作的优点是弥补了现代乡土小说写实太少的缺陷，呈现了比较完整的乡村日常生活形态，同时也让农民能够接近乡土小说，使乡土小说在乡村的接受达到了前所未有的良好效果。《李双双小传》《三里湾》《创业史》等作品进入很多普通农民家庭，对农民的生活和文化产生了较大影响。

但是，从文学角度来说，它们的缺点也是明显的。最突出的是缺乏个性和深度，对生活的表现呈现出模式化和简单化的缺点。如果只是阅读一篇作品还好，多阅读一些作品，就会感觉到它们虽然故事背景、人物姓名有别，但是叙述严重模式化，生活面貌大同小异。

从根本上说，这30年乡土小说的审美特征，是政治文化与农民文化的结合。政治文化构成绝对的精神主导，农民文化则作为辅助，特别是在形式层面来配合。它的思想和艺术都有非常浓郁的时代文化烙印。

一个典型的关联现象是这时期乡土小说作家的构成状况。大部分作家来自解放区，或者是在延安文化中培育起来的。他们的文化水平不高，但是政治信仰很明确，创作方向也是这样。其他的作家，那些来自国统区的作家，以及思想倾向比较复杂的作家，基本上不能进入这时期的创作主流，甚至无法进行创作，出现这样的审美特点具有时代必然性。

但是，任何时代都不可能是铁板一块。作家也一样。有些作家在时代中如鱼得水，但也有作家不完全适应，存在着复杂的矛盾。比如赵树理。他的农民文学立场曾经与时代非常契合，但是现在不可避免地产生了冲突；再如孙犁，尽管他明智地自我边缘化，但还是有强烈的不适应感，最后只能停止创作；还有柳青，他是一位革命作家，同时也接受了一定的西方文学思想影响，二者的和谐使他的《创业史》融合了优秀的素质，但二者的冲突也导致作品存在不少内在的割裂。

这当中，孙犁是一位非常值得深入解读和重新认识的作家。他的审美与中国传统文学审美之间有着内在的关联——蕴藉之美、沉静之美、中庸之美，等等。他所塑造的小满儿、李佩钟等形象为乡土小说历史提供了示范性的价值。虽然在时代规范下，他的发展不是很充分，但其意义不可忽视。

如何全面评价这时期乡土小说的价值，是一件很复杂的事情。时代的限制对作家创作产生了巨大的客观影响，所以过于严苛地要求和评价作家是不合适的。事实上，文学创作所折射出来的也是时代文化的共同缺陷——没有人能够幸免；另一方面，这时期的文学形式和文学接受也并非没有显示出自己的价值——尽管它也付出了单一和狭隘的代价。这方面的经验和教训也许需要更长的时间才能看得清楚。

任何事情的得与失都不那么简单，历史更是多种合力的结果。对于历史，特别是历史中的不完美，我们需要有更多的理解和同情，尽可能做出细致具体的分析，尽可能避免简单化和概念化。

第一节　孙犁：乡村文化背景下的思想与抒情

在中国现当代乡土文学史上，孙犁的处境颇为特别。他曾经是抗战时期很有影响的革命作家，但却始终没有进入文学中心。特别是新中国成立后，具有政治和文学双重耀眼履历的孙犁，居然长期任职于一家地方报纸的副刊,与主流文学界的是非相远离。不过在2004年去世后,他所创作的革命文学虽然受到较多批评,但却一直未被文学史忽略,而是被作家和读者高度认可。在我看来,孙犁和他的文学之所以有如此命运,很大程度上源于他自身的文化特色,在于强烈的乡村文化特征。他的个人精神和创作特点,以及文学品格,都与之密切相关。

一、强烈的"人"的关怀

在中国现当代文学史上,将"人"放在重要位置、表达对"人"深切关怀的作家不多,孙犁是很突出的一位。这既体现在其创作内容上,也投射在其艺术特征上,更贯穿于其整个创作生涯——无论是早期的战争书写,还是晚期的回忆散文,都具有如此的特征。具体来说,孙犁创作有如下表现:

其一,以"人"为创作出发点。"我的作品,从同情和怜悯开始,这是值得自己纪念的。"[①] 孙犁的创作包括战争、政治运动等多种题材,这些题材都属于宏大题材,与个人的距离相对较远,但孙犁却很特别地没有集中书写战争和时代政治本身,而是将目光落到其中的个人上,立足于从"人"的角度来思考和写作。比如他写抗日战争,就较少书写战争的大背景,也很少具体的描写战场,而是关注战争中普通人的生活,书写他们在战争中的个人情感,以及战争带给他们的伤痛。孙犁写政治运动也一样。如《秋千》《铁木前传》等作品写土改运动与农业合作化运动。前者以土改工作队员角度写农村土改运动,但其中心却不在如何开展政治运动的过程,而

---

① 孙犁:《孙犁文集(补订版)》(第5卷),百花文艺出版社2013年版,第576页。

是聚焦于一个家庭出身不好的女孩身上，关注她的心灵在运动中受到的戕害。后者虽然对农业合作化运动持明确的肯定态度，但对运动本身同样着墨甚少，而是将重点放在两个与运动关系不大的农民黎老东和傅老刚的私人关系，以及九儿与六儿、小满儿等几个青年之间的感情纠葛上，致力于思考人的心灵如何被财物所异化（六儿），以及政治对情感世界的影响（小满儿和九儿），其立足点都可归结为人性和人情。

"文革"后，经历劫难的孙犁创作了一系列以"文革"等政治运动为中心的散文和小说。这类作品是当时的"时文"，许多与孙犁经历相似的老作家都有这类创作。但孙犁的作品颇为与众不同。他很少直接书写政治运动细节，也少联系大的政治背景去思考运动本身，而是始终将视野集中在自己和身边朋友、同事在运动中的遭遇和表现上。他写得最多，也是他对这场政治运动感受最深的，是人情的冷暖和人心的难测，还有对人生无法把握的偶然性的感叹。在回忆一些与政治关系颇深的故人时（如《芸斋小说》中之《王婉》等），孙犁很少去追究他们的政治行为，而是将重点放在对其人品和人格的揭示，以及对其命运的慨叹上。也就是说，孙犁回顾这场政治运动，思考的核心并非政治，而是人性。这就如孙犁对"革命"所做的人性化理解："过去之革命，为发扬人之优良品质；今日之'革命'，乃利用人之卑劣自私。"[1] 也如他表述的对"文革"最深的体会："深深有感于人与人关系的恶劣变化，所以，即使遇到一个歌舞演员的宽厚，也就像在沙漠跋涉中，遇到一处清泉，在噩梦缠绕时，听到一声鸡唱，感激之情，就非同一般了。"[2]

---

[1] 孙犁：《孙犁全集》（第7卷），人民文学出版社2004年版，第15页。
[2] 孙犁：《删去的文字》，《晚华集》，山东画报出版社1999年版，第88页。

其二，强烈的人文关怀精神。孙犁的作品从人出发，有对人性复杂性的深刻揭示（特别是晚年的创作），但最中心的内容还是传达对人现实和心灵世界的关怀，特别是对生活中的不幸者和弱者的悲悯和同情。无论是在战争中还是在政治中，老百姓、女性和小孩都是天然的弱者，孙犁作品写得最多的也就是这些人。通过书写战争和政治带给人们的各种苦难，揭示和否定战争、政治的非人性性质，表达对不幸者的同情、关怀，以及无奈和悲悯。比如《藏》《荷花淀》《嘱咐》《风云初记》等战争题材作品，都书写了战争给无数个家庭带来骨肉分离的伤害。战争让女性无法平静地生儿育女，儿童无法健康幸福地成长，甚至还要遭遇伤痛和死亡；而晚年的《芸斋小说》和诸多散文则关注了多位被时代政治所播弄的女性和文人的命运，在慨叹人生无常的同时，更有对人生的悲凉感和无奈感。

孙犁的人文关怀，虽然没有完全脱离政治限制，但在很大程度上对阶级、地位、性别等外在因素进行了超越，直接进入到人的个体本身。比如，《秋千》等作品所关注的就是非劳动阶级的子女，《铁木前传》中塑造的小满儿和《风云初记》中塑造的李佩钟，更是对阶级身份的冒险性挑战——要知道，在孙犁书写的时代，阶级身份是非常敏感的问题，也是长期笼罩在很多人头上的巨大政治阴影。事实上，孙犁也因此而多次受到批评。这两个女性都受家庭出身所累，生活充满困厄，内心孤独而无助，但孙犁对她们的叙述惋惜与赞赏并存，蕴含着强烈的同情和关怀情感。此外，在晚年回顾往事的散文中，孙犁也常常记叙那些被生活所摧残和伤害的弱者，表达追忆和叹惋之情。对于那些曾经的政治风云人物，孙犁很少计较他们与自己之间的恩怨得失，当他们落魄之后，也无任何讽喻之意，而是常怀惋惜之心。

其三，对人性美和善的执着关注。这一点，学术界已经有非常广泛的论述,这里不再赘言,只是想对晚年孙犁创作风格与之的关系略做阐述。政治运动的残酷"洗礼"使晚年孙犁的文学风格有较大的改变,其中已经较少对美好人性的讴歌,更多的是对人性的慨叹和思考。包括在一些时候,孙犁还表达了对生活热情的丧失,并放弃了他曾经最钟爱的小说创作:"这种东西(虚伪和罪恶)太多了,它们排挤、压抑,直至销毁我头脑中固有的真善美的思想和感情。……它受的伤太重了,它要休养生息,它要重新思考,它要观察气候,它要审视周围。……假如我把这些感受写成小说,那将是另一种面貌,另一种风格。我不愿意改变我原来的风格,因此,我暂时决定不写小说。"[①] 然而我以为,这种表现不能说明孙犁丧失了热爱美善之心,而是相反。他之所以强烈反感于现实,是因为他依然有所期待;他之所以拒绝妥协,是因为他始终有所坚守。历经劫难而痴心不改,正体现了孙犁对人性美关注之执着和深切。

孙犁曾经说过,"女性是最乐观的",这显然是孙犁喜欢写女性,也善于写女性的重要原因。孙犁书写女性,往往是美和善密切关联的,甚至比较起外表,善良的品行更为重要。所以,无论是在小说中虚构,还是在散文中记叙故人,孙犁笔下的女性多具有人品端正贤良、性格娴静温文的特点,包括在生活细节上,也往往是爱干净、爱整洁的(写到这些女性的家,孙犁都要特别描述其干净和清爽)。对于这些女性,孙犁丝毫没有功利性,而只是把她们当作人生中的美好来看待,进行纯粹的认可和赞美。或者说,这些美是孙犁对人性的信心和希望之所在。在诸多外表,特别是品质美好的女性形象上,寄托了孙犁对人性美的想象和心理依靠。这也是已经

---

① 孙犁:《孙犁全集》(第5卷),人民文学出版社2004年版,第164页。

步入耄耋之年的孙犁依然喜欢在作品中书写美的女性的原因。

晚年孙犁的创作风格略有变化,虽然其中依然有对美好女性的书写,但相比之下,对人性美好的讴歌少了,却多了对人性的感叹和思索。这当然是由于政治运动的残酷:"这场'大革命',迫使我在无数事实面前,摒弃了只信人性善的偏颇,兼信了性恶论……"① 但在这种感叹背后,我们依然可以强烈感受到孙犁对人性美好的热爱之心。或者说,孙犁这种个性与现实之间的冲突,贯穿于其小说创作的整个历程之中。他早年之受批评,以及1950年代神经衰弱、无法继续创作,都与之有密切关系。而这也正体现了孙犁对人性美关注和书写之深切和执着。

孙犁的小说中表现的人性关怀,具有自己的个性和特色。特别是与西方传统人道主义思想比较,具有较大的差异性:

其一,较强的民族国家意识。西方文学的人道主义往往以个人为中心,孙犁《铁木前传》等作品也有对个性的张扬,但在更多情况下,特别是在其战争小说中,都是以民族国家意识为中心,个性意识服从或被结合到民族国家思想之下。表现之一是将个人遭遇与民族国家利益结合起来,以"保卫家园"为中心,赋予民族战争以正当性和合理性,将战争歌颂与"人"的主题统一起来。《纪念》中的这段话是形象的表述:"我不禁心里一震。原来在深深的夜晚,有这么些母亲和孩子,把他们的信心,放在我们身上,把我们当作了保护人。我觉得肩头加上了很重的东西……"② 表现之二是对"军民鱼水情"的演绎,将人性与民族国家(集体)感情融合起来。如《嘱咐》中写水生对父亲和妻子、家乡的深厚亲情;《碑》

---

① 孙犁:《曲终集》,百花文艺出版社1995年版,第5页。
② 孙犁:《孙犁全集》(第1卷),人民文学出版社2004年版,第206页。

《蒿儿梁》写老百姓与战士之间如同家人一般的牵挂、伤心和牺牲。《女人们》写女孩脱下棉衣盖给伤员的细节,更典型地体现了这一点:"我只是把那满留着姑娘的体温的棉袄替顾林盖上,我只是觉得身边这女人的动作,是幼年自己病倒了时,服侍自己的妈妈和姐姐有过的。"① 而在《浇园》中,孙犁更将民族国家情感与最基本的人性——两性情感做了结合。作品中,战士伤员李丹与乡村女性香菊的感情,显然已经超出了一般伤员和护理者之间的感情,而是有了男女之间的情愫。但是,作品并没有让个人感情突破集体情感。"革命"的理性是两人感情的统率者,他们始终没有逾越"革命战士"和"拥军农民"的政治身份。

其二,较浓郁的中国传统伦理色彩。西方人道主义具有较强的平等意识,但孙犁作品却是个性解放与传统伦理的杂糅。孙犁作品尽管塑造了很多优秀女性,但她们的家庭基本上都是以男性为主导。这既是现实的反映,也折射出孙犁的思想观念。所以,孙犁笔下的女性形象,大都具有中国文化的忠贞、勤劳、爱家等传统美德。比如《荷花淀》《藏》等作品在谈到女性时,都特别提到贞洁的意义,以至于有学者对孙犁作品思想的现代性有所质疑。② 包括孙犁作品中最富有个性、具有突破传统伦理色彩的人物形象,如《铁木前传》中的小满儿,《村歌》中的双眉,《风云初记》中的李佩钟等,虽然作者赋予了她们追求自由的个性,但也始终没有超越道德的范畴。或者说,在这些形象上,既有突破时代文化限制的勇气和力量,也有民间文化的自由和生动,同时还有传统儒家伦理思想的制约。

---

① 孙犁:《孙犁全集》(第1卷),人民文学出版社 2004 年版,第 162—163 页。
② 逄增玉:《重读〈荷花淀〉》,《文艺争鸣》2004 年第 3 期。

二、乡土化的抒情

与以人为中心、对人关怀的思想特点相关联，孙犁的艺术风格也呈现出强烈的乡土文化影响下的特点。或者说，在其以抒情为特色的艺术个性背后，蕴含着浓郁的乡土文化气息。

其一，个人情感与集体（家国）情感相结合的抒情艺术。

因为孙犁所写的主要是战争、政治运动题材，在这样的生活中，离别、死亡等个人命运的不幸遭际是很常见的。孙犁作为亲历者，自然多有见识。孙犁正是在对人关怀的基础上，形成了自己审视战争和政治运动的独特艺术特点，那就是强烈的抒情和感伤色彩。这其中，对战争中牺牲者的感伤和悲悯是较为普遍的，但也有对战争中美好人性的讴歌，对胜利的抒情、对美好的抒情。同样，面临土改运动、合作化运动这样的历史巨变，孙犁的《铁木前传》也借童年追忆表达了感伤。包括晚年政治小说和散文也是这样的特点。在回顾"文革"等历史岁月时，无论是对运动中的受害者，还是对曾经借助政治风云直上、现在却跌落到底满怀失意之人，孙犁都一样给予叹息和同情。他如同一位饱经世故的老人，云淡风轻，笑谈人生。他的作品很多抒情，但是感情却少激烈，而多委婉。

从艺术表现上看，既有直抒胸臆，也有精彩的景物描写。特别值得提出的是景物描写。景物描写是孙犁作品一个显著的特色，他的景物不只是细腻优美，也不只是纯粹的景物描写，在其中往往寄托着作者强烈的感情，表达出对作品中人物的关爱之情。典型如《荷花淀》的结尾：

她们奔着那不知道有几亩大小的荷花淀去，那一望无际的密密层层的大荷叶，迎着阳光舒展开，就像铜墙铁壁一样。粉色荷花箭高高地挺出来，是监视白洋淀的哨兵吧！①

其中的"荷花"已经不只是客观的荷花，而是作品人物的象征。同样，在《琴和箫》中：

> 我遥望着那漫天的芦苇，我知道那是一个大帐幕，力量将从其中升起。忽然，我也想起在一个黄昏，不知道是在山里或是平原，远远看见一片深红的舞台幕布，飘卷在晚风里。②

正因为这样，孙犁对自己作品中的景物描写特别重视。当年有中学教材擅自修改《荷花淀》中结尾的风景描写，让孙犁很不满意。

其二，人物塑造中的人性关怀和深沉内蕴。

孙犁小说的一大成就是对人物的塑造。他的作品虽然不多，但塑造的水生、小满儿、李佩钟等人物形象非常有深度，给人们留下了深刻的印象。这与孙犁对人性的深切关注有直接关系。孙犁对人物都赋予强烈的感情，很关注和表现人物深层的内心世界。而且，他塑造人物都尽量从生活本身出发，做多侧面、多角度的展现，很少对人物进行简单化和脸谱化叙述。所以，孙犁笔下的人物形象很少单面的、模式化的，而是具有多面性的，充满着人文关怀。他所塑造的小满儿、李佩钟、九儿等正面形象是如此，即使是《风云初记》中塑造高大疤、俗儿这样的反面人物，也尽可能呈现出一些人情味。

---

① 孙犁：《荷花淀》，《孙犁小说》，浙江文艺出版社2018年版，第8页。
② 孙犁：《琴和箫》，《孙犁小说》，浙江文艺出版社2018年版，第23—24页。

但是，他的情感表现却并不夸张外露，而是蕴藉深沉。这一点最鲜明地体现在像《嘱咐》《荷花淀》这样的抗战小说中。其中的人物形象、伦理情感都渗透在人物的日常言行当中，没有很专门的展示。即使是在经过"文革"之后，他的散文情感表达较为直接而激烈，小说却依然比较含蓄。《芸斋小说》中对多位故人的叙述，情感和态度表达都很委婉，很少直接激烈地表示自己的爱憎。

其三，细节化的生活描述。孙犁小说的情感主要在日常生活描述中展示，借助生活细节、人物对话传达出来。著名如《嘱咐》中多年未归的水生和他妻子的对话，将夫妻之间的思念完全融入日常生活之中。同样，孙犁的景物描写也一样，就是很少纯粹的、与人物无关的风景描写，而是把自然风景与现实中的人，以及人物的情感世界密切地联系在一起。典型如《风云初记》：

> 西瓜已经从叶蔓里露出那鼓鼓的、汪着露水的肚子，懒洋洋地躺在干松的畦背上……它们那无忧无虑的、目空一切的、充满自觉的神态，不知道我们能不能拿在路上遇到的那些昂头走过的少女们来比喻。①

再如《铁木前传》对小满儿的描写，更是为人们所熟知：

> 她一个人走到她姐姐家的菜园子里，这个菜园子紧靠村西的大沙岗，因为黎大傻一家人懒惰，年久失修，那沙岗已经侵占了菜园的一半，园子里有一棵小桃树，也叫流沙压得弯弯地倒在地

---

① 孙犁：《风云初记》，《孙犁小说全集》，时代文艺出版社2000年版，第926页。

上。小满儿用手刨了刨沙土,叫小桃树直起腰来,然后找了些干草,把树身包裹起来。她在沙岗的避风处坐了下来,有一只大公鸡在沙岗上高声啼叫,干枯的白杨叶子,落到她的怀里。她忽然觉得很难过,一个人掩着脸,啼哭起来。在这一时刻,她了解自己,可怜自己,也痛恨自己。她明白自己的身世:她是没有亲人的,她是要自己走路的。过去的路,是走错了吧?[①]

孙犁作品中如此突出的对人的关注和抒情化艺术特点,源于其内心深刻的思想文化,是其人格精神的结晶。从最外在和最直观的层面上,它可以溯源于孙犁的人格和个性,缘于孙犁禀性的善良和敏感。但是,任何个人都既是个体的,同时又是时代的。孙犁的个性气质与其生活和文化环境有着深刻而内在的关系,具体来说,就是中国的乡村生活和文化。

童年是一个人成长中非常重要的阶段,特别是对于作家这样心智敏感的人更是如此。孙犁的童年在河北农村度过,他的家庭和周围环境对他的成长影响至深。孙犁家虽然在农村,但家境也算小康,生活环境比较优裕。他的父亲是一个乡村小知识分子,行为儒雅,母亲也非常善良,性格平和。因为孙犁童年时身体不太强健,家人对他也有更多关爱,特别是母亲对他的照顾非常细心周到,孙犁对母亲的感情也特别深,性格上也敏感,喜静不喜动。此外,孙犁所在的乡村民风比较平和、安静,让他充分感受到乡村的温馨、宁静和美好。

这样的成长环境,使孙犁一直保存着对乡村生活的美好记忆。在以后的生活中,他始终以乡村文化为心理旨归,并始终在心灵

---

① 孙犁:《铁木前传》,百花文艺出版社2012年版,第64页。

上怀着对乡村的强烈感情，对城市生活怀着拒绝和厌恶的心理。"我每天都在思念农村，在那里，人与人的间隔大，关系会好得多。"①"对于我，如果说也有幸福的年代，那就是在农村度过的童年岁月。"② 与此同时，他也一直保持着对父母亲的深厚感情，以及对乡村和农民的关怀之情。孙犁的日记中记载过这样一件事：一天，他去看电影，正好碰上新闻片中播放农村的灾情，孙犁顿时心生感触，写下了这样的心情："难过不在于他们把我拉回灾难的农村生活里去，难过在于我同他们虽然共过一个长时期的忧患，但是今天我的生活已经提高了，而他们还不能，并且是短时间还不能过到类似我今天的生活。"③

对乡村的强烈情感认同，自然会投射到价值观上。也就是说，乡村社会滋养了孙犁的心灵，其朴素人文和道德观念也会对孙犁的人格产生深刻影响。其中，家庭的影响最为深刻。④特别是父亲家庭出身不好，新中国成立后多受打击，孙犁对家人命运非常牵挂，也自然将这种感情延及文化态度。孙犁的父亲乡土文化观念很重，母亲也同样持朴素的乡村道德观念。母亲对孙犁的启蒙教导"饿死不做贼，屈死不告状"，对孙犁思想影响很深，到晚年还记在心中。⑤孙犁一生中有多次当干部的机会，他都主动放弃，甘于做一个普通编辑，显示出这种文化教育影响之深。而孙犁一辈子为人谦和，从来都是将自己视作普通人，并以平等态度待人，也可看出这种文化的影响。评论家阎纲对孙犁有这样的评价："孙

---

① 孙犁：《老荒集》，山东画报出版社1999年版，第14页。
② 孙犁：《答吴泰昌问》，《孙犁文论集》，人民文学出版社1983年版，第549页。
③ 金梅：《孙犁自叙》，团结出版社1998年版，第221页。
④ 参见郭志刚、章无忌：《孙犁传》，北京十月文艺出版社1990年版。
⑤ 同上书，第166—168页。

犁写他的人物,特别写他笔下的人民,关系是平等的。不但平等,而且不惜站在人民之下,眼睛朝上看人民,人民比他高。"[1]评论家鲍昌也对孙犁的思想有过评价:"孙犁作品中'善'的内核,是带有普通人们(主要是农民)的思想特色的。它表现为农民式的质朴、仁爱乃至农民式的乐观幽默,干脆说,它具有醇厚的农民的人情味。"[2]这既是孙犁的为文,也是孙犁的为人,是其人格和文化的积淀结果。

按照西方学者希尔斯的说法,中国的乡村文化属于"小传统"文化。也就是说,它既有自己朴素的、更切合自然和生活方式的文化特点,又与儒家文化的"大传统"有一定联系。特别是在乡村文化的上层——乡绅社会中,儒家思想具有较大的影响力。孙犁的家庭属于乡村中比较富庶的,他的父亲又属于乡村知识分子群体,因此,孙犁在童年和少年时代接受的文化影响中,自然会有较多乡村儒家思想的因素。这一点,结合孙犁文学作品对"人"的关怀特点就可以理解得更为准确。也就是说,前述孙犁作品的"人文关怀"特点,在很多方面与中国传统儒家文化思想有内在的联系。从孙犁对弱者的关爱中可以看到孔子"仁者爱人"和儒家民本思想的影子;孙犁对美善的特别执着,更可以看到孟子性善论的影响。

从抒情艺术上看,正如王德威对中国抒情传统的认识,"现代西方定义下的主体和个人,恰恰是传统'抒情'话语说致力化解——而非建构——的主题之一","中国抒情传统里的主体,不论是言志或是缘情,都不能化约为绝对的个人、私密或唯我的形式;

---

[1] 阎纲:《孙犁的艺术——在〈河北文学〉关于"荷花淀"流派座谈会上的发言》,《孙犁作品评论集》,百花文艺出版社1982年版,第298页。
[2] 鲍昌:《中国文坛上需要这个流派》,《河北文学》1981年第3期。

从兴观群怨到情景交融,都预设了政教、伦理、审美,甚至形而上的复杂对话",①孙犁的抒情艺术也不是源于西方文学的传统,而是与中国乡村文化传统有着密切的联系。

三、乡村审美的意义与价值

无论是从文学价值本身来看,还是在文学史上,孙犁的文学思想和艺术特色都有着非常突出的意义。

首先,它深化了现当代文学的人性关怀书写,特别是拓展和深化了战争文学的思想内涵。如前所述,中国传统文化中并非没有人道主义思想内涵,但长期的专制文化却阻碍了其生长和发展。特别是古代战争文学,多从胜负、道德、社会等角度来书写,对人的价值则是忽略甚至是反人性的。②中国现代文学兴起后,情况有所改观,但传统思维还是在很大程度上局限了作家们的思想,战争文学的品质和高度依然存在较大局限。对此,孙犁创作显示了自己的显著突破。他对战争中人性人情的关注,对牺牲者的悲悯和同情,都揭示了战争的反人性特征,诠释了对战争本质的认识,从而对中国现代战争小说品质做了很好的提升。同样,孙犁晚年从人道角度反思"文革"的作品,也拓展了同类题材创作的思想范畴,显示出在时代文学中的超拔地位。确实,在今天看来,那些过于贴近时代来看问题的文学作品,容易获得时代效应,但局限性往往也会很大。孙犁从"人"的角度出发,冷静旁观,虽

---

① 王德威:《抒情传统与中国现代性:在北大的八堂课》,生活·读书·新知三联书店2010年版,第5、56—57页。
② 例如学术界对《三国演义》非人性的战争观念已经有深入的揭示和批判。参见颜翔林:《第一批判:〈三国演义〉的美学批判》,《江海学刊》2009年第4期。

然难以进入时代潮流，但在时过境迁之后，更能看到其独特视角背后的深度意义。

比如孙犁对战争的思考。与现代西方的人道主义战争小说不同，孙犁小说不是简单的反战，而是对战争有所赞美。表面上看，似乎与人道主义相悖，但实际上，这并不影响孙犁整体上否定战争的思想。他之肯定战争，是因为中国的抗日战争是自我的卫护，其目的就是为了赶走侵略者并最终消灭战争、获得和平。他之歌颂战争中的美和善，目的是以之反衬战争的残酷和反人性。这一思想，具有强烈的家国情怀意识，也就是具有明确的中国传统文化特点，体现了中国文化对战争进行否定的思想。所以，孙犁在作品中非常自觉地将自己和民族国家融为一体："我写出了自己的感情，就是写出了所有离家抗日战士的感情，所有送走自己儿子、丈夫的人们的感情。我表现的感情是发自内心的，每个和我生活经历相同的人，都会受到感动。"[1] 此外，在文学作品中，我们还经常看到孙犁具有中国传统哲学内涵的人生思考："只有寒冷的人，才贪婪地追求一些温暖，知道别人的冷的感觉；只有病弱不幸的人，才贪婪地拼着这个生命去追求健康、幸福……只有从幼小在冷淡里长成的人，他才能爬上树梢吹起口琴。"[2] 孙犁的这种思想观念，包括其所表现的人生观，可能不一定完全符合现代标准，但却是真正生长于这片土地上的，体现了中国文化的特色。

其次，从美学意义来看，孙犁小说同样魅力突出。典型如其战争小说。虽然如一些批评家所说，这些作品存在着战争场景书写过少、战争严酷性展示不足等缺陷，但它们从人的角度出发，细微深

---

[1] 孙犁：《关于〈荷花淀〉的写作》，《晚华集》，山东画报出版社1999年版，第79—80页。
[2] 孙犁：《芦花荡·邢兰》，《孙犁全集》（第1卷），人民文学出版社2004年版，第151页。

切地关注人的心灵，并蕴含着真诚的同情、关怀和悲悯，呈现出独特而强烈的艺术感染力。这是一种具有强烈个性化的艺术风格，也是真正有生命力的文学。如果我们不苛求所有的战争文学都具有一致的思想艺术特征，而是认可文学的魅力往往在于个性和创新，那么，孙犁战争小说就绝对具有其不可忽略的意义。这就像质朴简单的民歌，可能永远成不了黄钟大吕，也没有丰富的社会历史含量，但其价值魅力永远都会存在。

如果放在中国现代文学史的背景上看，其意义更为突出。从思想而论，由于中国传统文学缺乏优秀的人道主义文学传统，现当代文学中的人道主义创作一直非常匮乏。即使偶尔出现的人道主义文学作品，其思想资源也基本上来自西方文化。从早期许地山的《命命鸟》，到1980年代的《晚霞消失的时候》《人啊，人！》等，基本上都是如此。所以，尽管这些作品有自己的价值，但由于它们以西方思想资源为立足点，就很难真正与中国大众的生活密切联系起来，也难以在中国土地上扎下深根。相比之下，孙犁能够立足于中国乡村文化，对中国文化中的优秀元素进行深入的挖掘和拓展，而且又以开放的姿态融入西方现代思想精神，因此孙犁的思想既朴实自然，也更富生活性，具有更强的感染力。可以说，孙犁的中国乡村人道主义思想不只是对时代精神有大胆的突破，而且具有更广泛的方法性意义。

孙犁的抒情艺术也拓展了中国现代文学的抒情风貌。中国现代文学有两种抒情，一是以郁达夫、郭沫若为代表的主观抒情，二是以废名、沈从文为代表的客观抒情传统。前者基本上源自西方（日本）文学传统，虽然在五四时期风行一时，但其实缺乏深的艺术含量，所以，其影响力短暂，作家们也很快改弦易辙。后者则沿承中国传统诗歌艺术的特点，含蓄深沉，追求诗意。他们无疑是成功的，也成就了现代小说中最有影响的一部分。萧红、师陀、汪曾祺都是其中杰出的继承者。

孙犁的抒情小说主要是继承废名、沈从文的传统，也就是与中国古代文学有深刻的关联。但在内在的思想上，孙犁与废名、沈从文又有其不同之处。废名的抒情思想主要来源于中国道家文化，沈从文的思想则更为复杂，苗族文化、西方人道主义思想都有所包含。孙犁的抒情精神则主要是中国的儒家文化传统。无论是其中蕴含的对人的深切关怀，还是其比较蕴藉深沉的特点，都与儒家"'伤人乎？'不问马"（《论语·乡党》）的人文精神，"哀而不伤""怨而不怒"的美学传统有深刻联系。

孙犁的文学创作的思想观念也不仅仅来自中国文化，西方现代思想因素也是绝对不可忽略的一个方面。孙犁从读书起，就接受过现代文化教育，之后的学习和工作也都与中国现代文学和外国文学有密切的联系。他曾经这样说过："抗日战争和解放战争时期，我离乡背井……我的破书包里，还总是带着一本书，准备休息时阅读。我带过《毁灭》《呐喊》《彷徨》，也带过《楚辞》和线装的《孟子》。"[①]"中外作家之中我喜爱的太多了。举其对我的作品有明显影响者。短篇小说：普希金、契诃夫、鲁迅。长篇小说：曹雪芹、果戈理、屠格涅夫。"[②] 并且，孙犁还明确表达过对西方人道主义文学的推崇，"我们幼年学习文学，爱好真的东西，追求美的东西，追求善的东西"，"凡是伟大的作家，都是伟大的人道主义者，

---

① 孙犁：《爱书续谈》，《孙犁文集（补订版）》（第7卷），百花文艺出版社2013年版，第183页。
② 孙犁：《答吴泰问》，《孙犁文集（补订版）》（第5卷），百花文艺出版社2013年版，第580页。

毫无例外的。他们是富于人情的，富于理想的"。① 可以说，孙犁以"人"为中心的文学不是单一和狭窄文化的产物，而是传统与现代、西方与中国的丰富结合。

当然，更重要的是，孙犁创作以典型个案的方式，证明了农民文化传统的审美价值。虽然农民文化有其缺陷，但是，其中一些思想并不缺乏现代意义。中国社会文化（包括审美）都需要现代化，需要吸取和学习西方文化，但与此同时，关注和重视本土文化，特别是将之与现代西方文化结合起来，非常有必要。孙犁文字中常常传递出中国式的人生哲学："只有寒冷的人，才贪婪地追求一些温暖，知道别人的冷的感觉；只有病弱不幸的人，才贪婪地拼着这个生命去追求健康、幸福……只有从幼小在冷淡里长成的人，他才能爬上树梢吹起口琴。"② 包括孙犁将民族国家和个人的联系，也拓展了人们对人道主义的理解。在战争环境中，它们确实是不可分割的。特别是在中国文化传统下，孙犁对个人和民族国家的理解真实，也符合中国人的生活习惯。

包括在审美层面，孙犁小说的明朗清晰但又含蓄深切的抒情方式，充分体现了中国传统文学的特点，其中的质朴明朗则自然传达出中国民间文学艺术的某些个性——当然，孙犁的小说艺术远不只是民间文学特点能够概括，而是融合了中国古典文学传统、现代西方小说艺术等多个因素。正是这种融合，使他的小说艺术达到了很高的境界，是中国现当代文学中富有特色的审美艺术。

当然，孙犁的人道主义和抒情书写并不完美，还存在不小的遗憾。

---

① 孙犁：《文学和生活的路》，《孙犁文集》（第4卷），百花文艺出版社1992年版，第392页。
② 孙犁：《邢兰》，《孙犁文集（补订版）》（第1卷），百花文艺出版社2013年版，第19页。

其一，思想深度的有所欠缺。这主要表现在受时代、阶级等政治限制较多，未能充分体现出以"人"为中心的本质，对中国乡村文化的朴素人道主义精神挖掘和体现得也不够充分。中国乡村社会文化复杂，其中既有封闭保守、愚昧自私的一面，也不乏善良淳朴、道义真诚。在后者中就蕴含有丰富而质朴的人道主义因素。孙犁对之有所展现，但内涵还比较单薄狭窄，政治局限性较大。比如《秋千》，是一篇从人性角度审视政治运动的优秀作品，但作品的关怀主题——对大绢的同情还是被限定在其祖父身份的前提下。也就是说，正如作品中的议论："正月里，只有剥削过人的家庭，不得欢乐。"① 只有在最终证明大绢祖父并非真正地主身份的前提下，作品才能充分表示对她的同情。再如《铁木前传》对小满儿生活的展示也过于简单，她的身份、家庭与乡村伦理以及政治伦理之间究竟构成什么样的冲突，以及有什么复杂性，作品都语焉不详。这些方面对作品的思想深度表达显然是很大的制约。

其二，人性的表现较为单纯，没有充分揭示出人性的复杂性。孙犁小说很少悲剧性作品，也很少营造剧烈的矛盾冲突，让人物在矛盾中接受"洗礼"。而且，由于作品的篇幅都比较短，人物的活动未得充分展开，特别是人物内心世界展示得很不够。所以，孙犁作品中的人物形象固然很具个性，但深层精神却比较模糊，社会历史的内涵更为匮乏，给人以意犹未尽的感觉。

典型如《风云初记》。这部作品采用了将个人故事融入大的战争背景中展开的结构方式，试图将人物命运与时代环境结合起来，并营构了众多的人物和宏大的战争环境，意图实现"战争史诗"的效果。然而，作品与预期效果之间还有一定距离，甚至伤害到了孙

---

① 孙犁：《孙犁全集》（第10卷），人民文学出版社2004年版，第25页。

犁一贯的以"人"为中心的创作特色，影响了人物形象的清晰度和完整性。比如春儿和芒种两个中心人物形象呈现出开头鲜活、后面却模糊的特点，另一个重要人物李佩钟本来很有特点，但形象内涵缺乏必要的厚度，没有充分展现出个性特征。①

孙犁之所以存在如此的创作局限，也许部分可以归因于孙犁的性格气质。孙犁的性格比较柔弱，审美气质偏于柔美而不是壮美，因此他不习惯于构造尖锐复杂的矛盾冲突，也难以承载丰富宏大的社会历史含量。当然，更重要的原因还是时代限制，在于"人"的主题与时代要求之间的内在冲突。无论是《铁木前传》还是《风云初记》，都存在着人的关怀主题与时代政治主题之间冲突的巨大可能性。如果孙犁真的在作品中深入展开对小满儿、李佩钟等形象的书写，必然会与时代政治的要求发生割裂。在这个意义上说，孙犁的创作局限中铭刻着时代的深深烙印。而且，时代的烙印不只是影响到孙犁作品，还对孙犁整个创作生命和人生道路都有影响。像《铁木前传》《风云初记》等作品都存在难以正常终篇的情况，就是这种影响的体现。而孙犁在1950年代严重神经衰弱，无法继续写作，也是这种冲突的结果。

然而，不管怎么说，孙犁既有的成就已足以让他在文学史上留下自己卓越的身影。也许他还不能与世界一流作家们相比，但在他的时代却已经是独树一帜，即使放在整个20世纪中国文学史上，他也能够以其人道主义思想特色而赢得不朽的位置。并且我相信，正如人性的魅力永远不灭，孙犁的作品也肯定会超越时代，进入更广阔的历史空间。

---

① 贺仲明：《文体·传统·政治——论孙犁的长篇小说〈风云初记〉》，《扬子江评论》2018年第1期。

第二节　赵树理与浩然：农民文学审美的两种类型

一、两种农民文学审美的表现

如果说赵树理是农民审美的表现者，应该不会有什么争议。在这方面，学术界已经有很多论述，这里不多赘述，只做简要概括。

最典型的是赵树理的文学观。他的文学观带有很强的现实色彩，也就是将文学当作揭示问题的方式。他的几乎每一篇小说都是针对现实问题，为解决问题而写作是他最基本的文学思想。这种"问题小说"的文学观念与知识分子的"无功利审美"自然是形成了鲜明对比，就是与一般的文学观念之间也有着较为显著的反差。只能说这种文学观念是中国乡村文化的产物，是典型的中国农民式的实用主义审美特点。

也正因此，形成了赵树理以农民为中心的文学创作特色。从文学创作目的来说，赵树理始终以读者为中心，将读者的接受、认可，做一名优秀的"文摊文学家"作为他的文学目标。由于他的读者基本上是农民，或者说他潜在的读者是农民，他的写作也明确是为农民："我认为写进作品里的语言应该尽量跟口头上的语言一样，口头上说，使群众听得懂，写成文字，使有一定文化水平的群众看得懂，这样才能达到写作是为人民服务的目的。"[①] 所以，他的小说技巧就完全是按照农民接受的审美目光来运作，也形成了他强烈泥土气息的审美特征。比如完全以故事为中心的小说结构方式，叙述语言与人物语言的完全一致，等等。

[①] 赵树理：《当前创作中的几个问题》，董大中主编《赵树理全集》（第4卷），人民文学出版社2005年版，第27页。

概而言之，赵树理的审美目光就是完全的农民目光。赵树理作品中基本上没有纯粹的风景描写，他笔下只有生活化的风景，也就是与日常生活紧密联系在一起的风景——按照现代性标准，这其实不能叫风景，只能叫景观，因为它没有作者的自我主体投射，不具备现代性的反思精神。同样，赵树理文学中也几乎没有人物外貌美。无论是青年男女，无论美丑妍媸，他都一律没有进行外貌描写。无论是小芹还是小二黑，我们都只是大体知道他们的外貌状况，却难以细致地进行辨识。

按照现代小说审美观念，这无疑是特别的缺陷，但这恰恰就是很正常的农民审美观念的体现。对于处于社会底层、整天为生计奔波、也缺乏高深文化素养的农民们来说，生存是他们看待事物的出发点和归结点。没有一个农民会对着满山的树木抒情，他只关心这些树木值不值钱，有没有盖房子或做家具的价值。同样，对于农民来说，外貌的秀美不是重要的事情，更重要的是身体健康、强壮，以及勤劳善良等品质。

赵树理的农民审美观念和创作体现，不是偶然，而是贯穿其整个生涯，包括在遇到严重打击和挫折时也是如此。

这种审美观与赵树理的整体文化和现实立场是完全一致的。现实文化方面的典型是"大跃进"运动。运动之初，赵树理也歌颂过人民公社运动，《三里湾》是最早歌颂合作化运动的长篇小说。但是，当赵树理回到家乡，从农民那里得知运动对农民生活的真实影响，了解到运动对农民利益的巨大伤害时，他的态度有了根本上的改变。他不但直接与地方官员交涉，要求他们改变相关政策的实施，更写下万字长文给中央机关刊物《红旗》杂志的主编，表白自己对运动的批评态度。这样的作为，反映了农民在赵树理心中特殊重要的地位。因为在时代大形势面前，赵树理完全可以随大溜，不管这些事情，但他不惜冒着巨大的政治风险，站在农民立场上与现实对抗，传达出的是赵树理真正内在而坚定的农民利益卫护者立场。

这也表现在赵树理的文学生活上。早在1948年，赵树理反映土改运动缺陷的《邪不压正》就遭到了批评。1948年12月21日《人民日报》上同时刊登两篇文章，后又刊登4篇争鸣文章。一年后，《人民日报》发表总结性文章，指责赵树理"把正面的主要的人物，矛盾的正面和主要的一面忽略了"，"在一个矛盾的两面，善于表现落后的一面"，"没有结合整个的历史动向来写出合理的解决过程"。①但赵树理并没有因此而改变自己，在1950年代，他主编《说说唱唱》刊物，都是按照自己所理解的文学与大众、与农民的关系来进行的。这一办刊理念与时代政治之间存在着很多不和谐，赵树理也因此受到主管部门的多次批评，被迫做检讨。但赵树理始终坚持自己的办刊方向，直到离开。

创作上也是这样。赵树理的文学思想和创作方向在1940年代与时代政治高度一致，也达到了他创作上的黄金时期。但是，进入1950年代，他一切以农民为中心的立场与时代潮流逐渐产生了裂隙，他的创作也受到多次的质疑和批评。但赵树理没有屈服和改变自己的创作，而是采取宁可不写也不违背自己的意愿的方式。在20世纪50年代后期和60年代前期，赵树理的创作进入低潮。他创作的文学作品只有很有限的几个短篇小说，以及未完稿的《灵泉洞》。相反，他却"很长时间，专心致志地去弄说唱文学"②，花费很多时间在地方戏等民间文艺上，创作了《石不烂赶车》《十里店》等多部历史题材的梆子戏。对于赵树理这样具有很强"问题意识"

---

① 可参阅钱理群：《1948：天地玄黄》，中华书局2008年版，第194页。
② 孙犁：《谈赵树理》，《孙犁文集（补订版）》（第3卷），百花文艺出版社2013年版，第558页。

的作家来说，不去写现实乡村，显然有很多无奈，却也蕴含着他的倔强和顽强。

在坚持自己审美个性方面，《灵泉洞》最为典型。这部创作于1960年代初的作品是赵树理后期的代表作。在新中国成立后，包括胡乔木在内的多方面领导对赵树理进行了批评，希望他能够改变以往的一些创作特点，希望他能够"新"一些、"现代"一些："胡乔木同志批评我写的东西不大（没有接触重大题材），不深，写不出振奋人心的作品来，要我多读一些借鉴性作品，并亲自为我选定了苏联及其他国家的作品五六本，要我解除一切工作尽心来读。"①但是，赵树理并没有朝着大家期望的方向走，而是完全相反。他后期创作的《灵泉洞》，比他之前的很多作品都更为农民化，农民化的审美特征也更充分。比较起前些年创作的、具有一定现代艺术特色的《三里湾》，《灵泉洞》的审美倾向是明显地在往农民审美方向退。

《灵泉洞》的叙述语言和构架方式都充分体现出这一点。作品基本上没有采用现代叙述方式，而是一个纯粹的民间通俗故事。特别是作品中有一段在赵树理作品中很罕见的对女主人公的外貌描写，这描写呈现的是完全的民间艺术特色和农民审美特点："见她只穿得个衬衣衬裤，露着两半截赤膊，直竖着两条长眉，拿着枪头向他刺过来，觉得活像当地一出戏中的一位打虎女英雄，真是世界少有的美人。"②

正因为这样，晚年赵树理的创作社会影响越来越小，在文学界也被严重边缘化。在1950年代文学界，赵树理的寂寞自是无人

---

① 赵树理：《回忆历史　认识自己》，《赵树理文集》（第4卷），中国工人出版社2000年版，第2113页。
② 赵树理：《灵泉洞》，《赵树理文集》（第2卷），中国工人出版社2000年版，第683页。

可以诉说，也无人给予他真正理解。他的后期创作也在文学界寂寂无闻，《灵泉洞》几乎没有产生任何反响——只有《读书》上发表了一篇评论。而且，即使在今天，人们对这部作品也基本上持冷漠态度，评论文章非常之少。对他了解很深、颇有知己关系的孙犁虽然对赵树理有过这样的评价和分析："其土欲故"，但对晚年赵树理的创作，他还是表示了较明确的批评："故事行进缓慢，波澜激动幅度不广，且因过多罗列生活细节，有时近于卖弄生活知识，遂使整个故事铺摊琐碎，有刻而不深的感觉。"① 显然，是因为这时期的赵树理正从"现代""城市"往"传统""乡村"后退，越来越远离时代的文学潮流，像孙犁这样具有一定乡村文化气质的作家也难以认同。由此也可见，赵树理对农民文化立场的坚持是如何的顽强和执着。要知道，这时候已经是1960年代初了，文学环境已经完全不同于1940年代，但赵树理却不是努力让自己的创作去适应时代，而是一直保持自己的个性，艰难地坚持。

  赵树理的农民立场已经几乎是学界的共识了，这里也没有必要多做论述。相比之下，如果说浩然的创作带有农民的审美观，就需要更详细地论证了。因为在很多人眼里，浩然是一位政治色彩很强的作家，他的审美观也自然是政治的，不应该是农民的。但是仔细追究，正如有学者的论述，"八十年代的浩然与五十年代的赵树理便是殊途同归，一体两面"②，在深层审美精神上，浩然也同样具有农民文化的特点。只是比较起赵树理，浩然的农民审美表现远不够彻底和充分，在内涵和创作过程中，都有较多其他因素的掺杂和介入。

---

① 孙犁：《谈赵树理》，《孙犁文集（补订版）》（第3卷），百花文艺出版社2013年版，第559页。
② 邵部：《〈苍生〉与"八十年代浩然"》，《文艺争鸣》2019年第10期。

在走上文学道路之初，浩然的文学创作理想与赵树理有着很多的一致性。虽然浩然不是出生在正宗的农民家庭，但也是强烈感受过社会压迫和掠夺的农民子弟，所以，他最初的文学梦想也具有很明确为农民代言和说话的意图，这与赵树理的文学观念很接近。比如，在刚走上写作道路时，浩然曾这样表达"为农民写作"的文学愿望："写作，就是替生我养我的农民说话，替生我养我的农民办事，这真是太重要了。往后，我要好好学习写作，努力地做下去，争取当好农民的忠实代言人。"而且，他还将文学写作与"替农民说话"联系起来："搞文学写作能够推动革命工作，能够替农民说话，这才是真正有正气有志气的事，我一定得学会这种本领！"①

在此后的长期文学生涯中，浩然也一直非常关注农民文学。在五六十年代，浩然就非常热心参与北京郊县的基层文学活动，指导基层作家写作。"文革"结束后，尽管浩然处境不是很好，但他又一次着力在农民中培养业余作家，1991年创办了《苍生文学》，专门发表农民的创作，是一本真正的农民文学杂志。"我在深入生活的地方创建了县文联，支持了《苍生文学》季刊的筹办，同时还参加了《北京文学》的编辑工作。这中间，又策划、编发了"北京泥土文学丛书"和"潍坊泥土文学丛书"。二十多册期刊，近十本文学新人的小说、散文集子，是我继续按照《讲话》的指引，从事文学事业新的航程表。"②

从文学创作审美特征来看，浩然早期创作也带有很强的农民审美特点。他的早期代表作《喜鹊登枝》基本上都是以故事为中心的

---

① 浩然口述：《浩然口述自传》，天津人民出版社2008年版，第144、146页。
② 浩然：《艺术航船的指南针》，《泥土巢写作散论》，河南大学出版社1997年版，第209页。

小说，语言也带有很浓郁的泥土味。在风景书写和人物外貌书写上也是这样。像他所展示的女性审美，就带有典型的农民文化特点：

> 只见她：油黑的头发，梳着两条又粗又长的辫子。赤红脸，尖下巴，两只眼睛亮晶晶的。嘴唇虽然厚一些，却一点也不显得难看。站在那儿，身大胳膊粗，浑身上下都是劲儿。①

但是，在浩然的创作中，这种农民审美趋向发展得并不充分。在多种因素的影响下，他的创作发生转向，政治审美取代农民审美成为其文学思想和创作的主体。从《喜鹊登枝》到《艳阳天》再到《金光大道》，特别是到"文革"中创作的《西沙儿女》，农民审美的气息逐渐淡化，时代政治的内涵越来越强。如人物形象的"高大全"，故事内容的"斗争化""阶级化"，以及人物语言的政治化，都是其典型表现。

不过，浩然的创作在1980年代又有新的变化。1976年"文革"结束，浩然从文学中心的高处跌落下来。在政治文化环境发生很大改变的背景下，浩然放弃了他在《金光大道》等作品中简单服务政治的文学理念，试图回归他更早的文学观念，也就是对农民审美的复苏和回归。这一点，在《苍生》的写作中，浩然有清晰的表示："不能退却，不应回避，必须直面农民生活现实，给改革时期的农民做一个历史的记录，摄一些心灵和精神的面影！"②

这种理念也清晰地在《苍生》的思想内涵和艺术表现上传达出来，作品多方面体现出农民审美的特征。

---

① 浩然：《新媳妇》，选自《喜鹊登枝》，作家出版社1958年版，第5页。
② 浩然：《〈苍生〉是怎么写出来的》，《苍生》，北京十月文艺出版社1998年版，第613页。

首先,《苍生》不像《艳阳天》《金光大道》那样,试图在作品中寄托宏大的政治主题,而是就具体的问题来展开。"浩然以集体化的优越之处为参照观察改革,暴露其中隐藏的问题。以至于在某种程度上讲,《苍生》就变成了改革时代的'问题小说'。"其中,当时乡村现实中很重要的"农村基础建设""弱势群体""基层干部权力变质"等问题都得到了比较充分的反映。①

其次,作品的中心不在现实重要的意识形态问题,而是以伦理、婚姻等乡村日常生活为中心。正如浩然自己的表白:"经过一个'反省过去、思考未来'的过程之后,我决计:立足农村这块基地上,写人,写人生;不再单纯地写新人新事,也不再沿用往时那种以政治运动和经济变革为'经'线、以人物的相应活动为'纬'线来结构作品。这回倒过来,不论写中篇还是'小长篇',贯穿着作品的主线都是'人'。写人的心灵辙印、人的命运轨道;政治、经济,即整个社会动态动向,只充当人的背景和天幕。"②作品尽可能避免对生活做简单的政治表态,而是回归农民家庭生活的书写。

而且,作品的价值观念也体现出农民传统文化的某些特点。作品主人公田成业是一个典型的"中间人物",也是比较传统的农民形象。在他身上缺乏明确的阶级政治属性,只有普通农民的价值立场。特别是作品对田留根形象的塑造。这个人物的道德伦理观念基本上是传统乡村的,他对爱情没有自己的主动追求,对生活也基本上是被动接受,很少主动地改变和反抗,体现的正是中国传统农民文化的价值观念。作品赋予这个人物以圆满的结局,既代表对他个

---

① 邵部:《〈苍生〉与"八十年代浩然"》,《文艺争鸣》2019年第10期。
② 浩然:《追赶者的几句话》,《北京文学》1985年第2期。

人价值观念的肯定，也传达出作品的基本文化立场。

可以说，从早期的《喜鹊登枝》到《艳阳天》《金光大道》，再到《苍生》《山水情》等作品，浩然走过的，是一个"之"字形的创作道路，从农民审美主体，到政治审美主体，再回归农民主体。

二、不同的发展与路向

赵树理能够始终坚持农民审美特点，与其性格、文化、环境等多方面的因素有直接关系。早年深厚的乡村文化熏陶和素养，父亲的影响和教育，这方面的因素已经为众多研究者所关注，这里不再赘述。

从大的文化背景来说，是时代造就了赵树理，将他推上了中国文学舞台的中心。无论是放在整个现代文学史还是整个中国文学史来看，赵树理都是特别的。作为正宗的农民审美文化体现者，赵树理其实是距离主流文坛最远的。他对现代文学现状的批评："文化界立过案的新旧各体诗，在现在的农村中根本算是死的""五四以来的新小说和新诗一样，在农村中根本没有培活了"[①]，反衬出他与现当代文学主流之间的严重隔膜。

赵树理的农民审美观能够登上中国文学舞台，是时运和机遇的结果。1940年代解放区所处的是战争状态，于是，在中国社会占绝对多数的农民地位被凸显，农民得到政治的高度重视，二者的利益也高度一致。在这种情况下，赵树理能够做到既保持自己的个

---

① 赵树理：《艺术与农村》，原载《人民日报》1947年8月15日，见《赵树理文集》（第4卷），中国工人出版社2000年版，第1553页。

性,又与时代相和谐,甚至被推崇。如果没有1940年代解放区的机遇,赵树理完全有可能就成为一个地方的文摊艺人,在地方上小有影响,却不可能登上大雅之堂。

所以,如孙犁的评价"所谓时势造英雄",赵树理是特定环境下,特别的时代机遇造就的一位作家。正是因为与时代要求高度一致,赵树理的"文摊文学家""问题小说"的主张,以及完全本色的农民语言和农民故事,能够在《讲话》之后异军突起,乃至被誉为创作方向,产生了巨大的影响,这对赵树理的激励和鼓动作用无疑是巨大的。对于自己农民作家代表的身份,对于自己的创作道路,赵树理一度是感到自信和骄傲的。这种自信给予了他充分的坚持理由。

然而,赵树理可以被时代推上高峰,也可能被时代抛弃。当1950年代社会变化,农民在社会革命中的位置有所迁移的时候,赵树理与主流文化之间的矛盾就显示出来了,特别是他的文学观念与主流文学观念之间的巨大隔阂显露无遗。赵树理的坚持个性也就意味着他悲剧的必然性。或者说,赵树理的个性成就了他在1940年代的辉煌,也造就了他在五六十年代的落寞。

与1940年代赵树理的创作环境相比,浩然创作起步的文化背景有了很大变化。农民已经不再是社会中心,甚至,为了社会发展的需要,农民利益需要更多地牺牲自己,承担城乡差距加大的"剪刀差"损失。所以,1950年代的赵树理深陷郁郁不得志之中。浩然要继承赵树理的农民写作方向已经难以成为现实。

换句话说,在浩然创作起步的时候是充满着多种可能性的,但时代没有给予他承继赵树理传统的可能性。在浩然最初的文学道路中,萧也牧、巴人"两位在浩然成长中最为关键的前辈,以自身的惨痛教训,为他树立了道路上的警示牌"①。在严厉的政治环境下,他只能走上跟随和服务政治的道路。

当然,浩然的文学道路和文学选择,与他的性格、经历,以及与农民的关系、感情和文化底蕴也有很大关系。其一,浩然虽然出身于农民家庭,但他对农民生活并不熟悉,后来也只是以记者、工作队员身份下到农村,因此,他对乡村,特别是对农民的现实困境的认识绝对不如赵树理那样深刻。其二,他的性格比较老实,与赵树理相比,浩然的性格更平和,不像赵树理那样有自己强烈的个性。更重要的是,他是靠共产党才得以改变命运,因此对共产党有朴素感恩之情。②其三,他的文化程度不高。其文学、文化和审美观念都局限在中国古代民间文学范围内,很少现代、西方文学观念的熏陶。特别是他的写作资源,非常简单、肤浅。这一点与赵树理有相似处,但民间文学素养却没有赵树理那么深,情感也没有那么强烈。

正因为这样,浩然的创作虽然受到赵树理的影响,也具有一定的农民审美特点,但很快就转到了政治层面上。比如,他自然而自发地不愿意写生活中的黑暗,不愿意批判现实,甚至自觉回避生活中的黑暗,转而选择歌颂现实。③而且,他很容易接受时代政治观念的影响,为政治潮流而律动:"那段日子,我看到农民的自觉行动,听到农民发自内心的声音,切实地认识到社会主义在农民的心坎上扎了根。我完全沉浸在激动的热潮之中……"④特别

---

① 邵部:《浩然的性格及文学观——由一次文人聚会谈起》,《中国现代文学研究丛刊》2018年第7期。
② 浩然口述:《浩然口述自传》,天津人民出版社2008年版,第42—43页。
③ 同上书,第181页。
④ 同上书,第167页。

是《讲话》，对浩然的思想观念产生了决定性的影响。正因如此，浩然这样表示第一次阅读《讲话》的感受："它像当空的太阳，把光和热都融进我的心里，我的两眼亮了，浑身升起一股强大的信心和力量……"①

政治审美在《金光大道》《西沙儿女》等"文革"时期作品中得到充分的体现。当这一时代过去之后，浩然选择了在文学园地上的改变。他既反思了自己的往昔创作，也尝试回归"十七年"时期的自我，"随着人们解放思想的新潮流，我努力于切实地解放自己的思想，不甘做僵化守旧而停步不前的人"；"我要重新认识历史，重新认识生活，重新认识文学，重新认识自己。通过这样的重新认识，凡是过去做对了的，就坚持在今后做下去；凡是做错了的，就毫不犹豫地改正，学习新的、正确的做法"。②

浩然的选择无疑是自觉，也是有意义的。但他的创作却没有真正恢复到过去，也就是说，他已经在现代和政治文学中浸润很深，不可能再创作出像之前的《喜鹊登枝》那样洋溢着农民审美气息的文学作品。究其原因，一则浩然本身的农民文化内涵就不是很深厚，他不像赵树理，是经过内心的选择最终确立了自己的农民文学方向；二则浩然所受的政治影响太深，政治文化已经成为他身上不自觉的一部分。

因此，《苍生》尽管不能看作是政治小说，或者说，它不是因为表达政治方面的因素而失败，但却在美学上陷入了困境。换句话说，浩然虽然试图在作品中寻找他曾经很熟悉的农民审美特征，也如前所述，这种特征部分地体现在作品的内容和艺术等方面，但从

---

① 浩然口述：《浩然口述自传》，天津人民出版社2008年版，第146页。
② 浩然：《怀胎，不只十个月：漫谈〈山水情〉的酝酿过程》，孙达佑、梁春水编《浩然研究专集》（上），百花文艺出版社1994年版，第170页。

根本上说，这部作品已经无法呈现出《喜鹊登枝》那种自然的农民审美气质。它既缺乏《喜鹊登枝》中那种鲜活的生活场景，也缺乏生动的农民口语，无论是叙述方法还是审美理念，都已经自觉不自觉地蕴含着城市（政治）审美的气息，无法再返回往昔的那种质朴和单纯了。

最典型的是《苍生》对人物美的描写，就带有很强的城市审美色彩。

> 陈耀华今儿个换了一身入时的新衣服：玫瑰红色的羽绒上衣，银灰色呢料筒裤，烟色的高跟皮鞋，头发是新近烫过的，头顶上很俏皮地戴着雪白的针织小帽。
>
> 不知道是野外的春风吹的，还是温暖的阳光晒的，姑娘的脸今儿个显得格外红润，衬托得两只本来水汪汪的眼睛，越发的黑而发亮。……她的衣着时髦而不娇艳。她的做派自然而不放荡。
>
> 他不仅发现这姑娘的身上有他所偏爱和所喜欢的东西，甚至感觉到，他们俩在性格方面，在作风方面，以及在意识方面，都具有某些相似的东西。
>
> 一个上身穿着红色半袖针织衫、下身穿着白色制服短裤的人，站立在一垛压着塑料苫布的坯子前面，迎着初升的一轮红日，举胳膊、踢腿、摇晃脑袋；乌黑的短发，在胸前和身后摆动。①

同样，浩然晚年创作的《浩然口述自传》，虽然内容是记叙浩然童年时代的所见所感，但其中所表达的对美的感受，已经带有强烈的城市文化气息，与他早期作品中所呈现的乡村审美特征有很大

---

① 浩然：《苍生》，北京出版社1996年版，第438、152、153、250页。

差别。如作品对父亲劳动场景的书写：

> 他偏斜着身子，甩动着手臂，踩鼓点扭秧歌一般迈着步子。麦粒儿被扬撒出去，宛如舞动着一条金黄色的绸带子，飘呀飘的……

对女性美的描写：

> 我只能看到她小半边脸。那脸腮并不白，倒显着一种嫩嫩的健康的红润。披在脖根下的短发也不厚密，却墨黑墨黑的透着秀丽。一只轮廓分明的耳朵从发丛中露出，耳垂上的银环一闪一闪的。还能看到她嘴巴的一角，薄薄的嘴唇挂着一种嘲笑意味地撇着。
>
> 嘿，好一张俊俏的脸蛋！正面看比侧面看受端详，特别是那双不太大、杏核形的眼睛，如同闪光的珠子粒儿……眼睛十分动人。
>
> 大襟儿、开气儿的白布小衫，宛如银星流动；黑黑的、长长的头发，即使没有风吹，也要随着她的脚步一飘一飘的。弯腰采朵野花，插到头上，伸手将一颗草果实，叼在嘴唇上。寻食的山鸟被她惊动，飞飞落落。那情景那画面，那美妙身影的移动，实在让人赏心悦目。①

这些场景和人物，虽然属于乡村，但描绘的笔调却充满着抒情化和浪漫化，与农民审美的质朴、简单是不一样的审美面貌。

浩然的命运在当代乡土作家中无疑更为普遍，更具代表性。换

---

① 浩然口述：《浩然口述自传》，天津人民出版社2008年版，第68、68、74页。

句话说，在中国当代文学中，像赵树理那样，始终以农民审美为主旨、坚持农民文学立场的，几乎绝无仅有。更多的作家是像浩然这样的类型。虽然浩然是"十七年"后期到"文革"期间最被政治认可的作家，但实际上，与他有着同样精神和创作面貌的作家并不在少数，只是因为出身、性格、才华等多重因素，他被偶然作为一个代表突出了出来而已。他们也许具有与赵树理相同的文学审美面貌（如语言、形式等），但却有更强的与政治的亲和，或者准确地说是有农民审美的外衣，内在精神还是政治文化的。浩然的文学命运，是不少同时代作家的缩影。

所以，赵树理与浩然在与农民审美的关系上代表着两种类型，也体现出不同的悲剧方向。赵树理始终坚持农民审美特点，以坚持的惨烈为悲剧；浩然没有持续自己的农民审美，只是阶段性开始，然后就转型了，虽然最后尝试回归，却并不成功，他所呈现的是另一种悲剧。他们两人都经历了过山车式的命运，都经历了从声名显赫到备受冷落的鲜明对比。这些当然与外在环境有直接关系，但更深层的却是他们文学选择的结果。

三、反思与讨论：以赵树理为中心

赵树理和浩然的文学命运，既有他们自身文化和文学方面的原因，更与农民审美在现代文学中的处境和地位有深刻关系。

说到底，赵树理的文学与现当代文学主流之间，无论是在文学观念还是审美观念，都存在着巨大的差异。最简单的如创作姿态，赵树理是顽强地为农民写作，为农民问题而写，为农民的阅读而作，这显然与现当代文学的"启蒙"文学观大相径庭。这直接决定了二者在创作姿态、创作方法、书写形式等几乎所有方面的差异——也就是"文坛文学"与"文摊文学"的差异。

在特殊时代政治背景下,赵树理得到了登上主流文坛的机会,连郭沫若、茅盾、周扬等文学界领袖都纷纷表示肯定和赞颂赵树理,但是,正如这并不意味着这些文坛大家内心真正认同赵树理的文学观念和创作特色,赵树理获得的巨大名声也不能说明文坛真正接受了他。事实上,无论是在新中国成立之前还是之后,赵树理在文坛上都一直没有真正的同道者。在几十年的文学生涯中,赵树理是一个特异者,也是一个孤独者。

这其中也包括后来将他作为领袖的山西文学界。赵树理之外的"山药蛋派"作家,马烽、西戎等,虽然在地方风格等表面上与赵树理有一些相似,但是,内在的精神却有着重大的差异。换言之,马烽、西戎等不像赵树理那样是一位真正立足于农民立场、表达农民思想和审美特色的作家,他们更主要是作为有乡土特色的党员作家而存在的。他们的首要立场是党员而不是农民。正因为这样,赵树理与其他"山药蛋派"作家基本上没有私交,也没有文学的交流,只是在地方政治利益下才形成了这个所谓的创作群体。

如果说从表面上看,"山药蛋派"作家与赵树理关系的疏离与性格差异多少有些关系,那么,在更深层面上,赵树理文学的孤独命运还是来源于他对农民文化的坚持,以及对知识分子文化的拒绝。对于现当代文学主流来说,赵树理的"文摊文学家"的口号无异于一个不合作宣言。反过来说,主流的知识分子文化(文学)对农民文化(文学)的轻视与隔膜也是长期、深刻的,难以移易。

所以,在赵树理的创作中,特别是在1960年代后,他有意识地从之前与现当代文学关系相对密切的状态下撤退,重新回归到他所熟悉、也更喜爱的民间文学艺术《灵泉洞》和《三关排宴》，我们可以深刻体会到他的孤独感与绝望感。到晚年，赵树理更发出这样的悲鸣："过去我写的都是农村题材，尽量写得通俗易懂，本意是让农民看的，可是我做了个调查，全国真正喜欢看我的小说的，主要是知识分子和中小学教员，真正的农民并不多。这使我大失所望。"①

赵树理文学的命运与具体的环境改变有关，但从根本上说，充满着必然性。农民审美是与农业文明相伴而生的。进入现代社会，农民审美是不可能有独立发展的出路的。也就是说，它只有在依靠其他力量的情况下，才可能得到发展和兴盛。正如赵树理只有在政治支持下才可能登上文坛，农民审美的文学寻求政治支持具有很强的必然性。

从这个意义上说，浩然所走的道路其实是赵树理最可能走的道路，只是赵树理执拗倔强，坚持走自己更个性化的道路。浩然则循规蹈矩，也落入他的命定中。

所以，如果说赵树理的命运是一种个人悲剧，那么，浩然更多是一种文化悲剧，他的创作在代表农民审美及其命运方面更具有典型性。从个人人品来说，浩然并没有收获多少微词。他具有一定的理想主义气质，具有朴素的真诚。也正因为如此，他的创作基本上发自内心的真诚，包括他对政治理念的表达也是如此。

可以以《金光大道》为例来阐释。浩然晚年对《金光大道》的态度有明显的变化。最初，浩然并没有特别表示对早期作品的认可，特别是对有争议、也与他的政治生命相关联的《金光大道》，他基本上不着一词。这当然有外在环境的压力，但更因为他有对自

---

① 戴光中：《赵树理传》，北京十月文艺出版社1987年版，第438页。

己未来作品的自信做底气。正因如此，为写《苍生》，浩然付出了晚年的大部分精力。他知道，作为一个作家，作品是最重要的成果。特别是对像浩然这样经历过政治坎坷的人来说，最看重的是自己的创作。他想证明自己不是一个政治人物，而是一个真正的作家。但是，作品所获得的反响并不让浩然满意，而且，他也不会很满意作品实际所达到的高度——作为一个优秀的老作家，他对自己作品的认知能力是完全具备的。正是《苍生》的不尽如人意，让浩然失去了自信，于是就将对自己的肯定寄托在往日的荣光上，转而非常高调地肯定起《金光大道》来。与赵树理的悲剧比较起来，浩然的悲剧带有一些喜剧色彩，也更难得到人们的同情，但也并非不让人觉得沉重。

也正因为如此，在中国现当代文学中，有像浩然这样文学（人生）选择的人为数众多，与他有类似文学风格和方向的创作也很常见。他的坚持、他的妥协，都具有普遍性。而像赵树理那样一条道走到黑的人几乎绝无仅有。这甚至也包括在艺术上，赵树理一直坚持农民文学的传统，浩然的创作中则较多地借鉴和采用了一些知识分子现代小说的技巧和特点。

同时，也因为知识分子文化——至少是 20 世纪的知识分子文化——并没有真正廓清与政治的关系，它对政治的依附也许并不少于农民文化，只是在当时，政治没有选择它，而是选择了农民文化而已。可以说，在 21 世纪的今天，情况依然没有什么改变。像赵树理这样比较纯粹的农民审美作家依然不可能被文学界所接纳，而像浩然这样将农民文化审美与政治文化结合起来的作家却完全可能得到认可。

我们审视了赵树理和浩然所代表的农民审美在当代文学中的命运，那么，在当代中国，我们究竟应该如何认识农民审美，它还有存在的意义吗？

我的观点是：从社会发展的角度来说，农民文学的审美价值局限性是不可否认的。因为农民审美毕竟是在相对落后封闭的环境中产生的，必然存在有视野狭窄、深度欠缺的缺陷，艺术表现也相对单调，从整体上看，它难以适应现代文明的要求。

但这绝非说农民文学审美没有其存在的意义。即使是在今天，它依然具有自己的独特价值。这既体现在它本身，也体现在它的精神内涵和影响方面。

从文学本身来说，其质朴自然也具有自己的生命力——就像山野之中的野花，就像底层的民歌一样。文学不是简单的文化，它的价值优劣不只是与时俱进，而是有更丰富的内涵特征。马克思说古希腊的美是后来者永远无法达到的，就是这个意思。农民文学的审美特色永远不能为现代文学所代替，甚至无法为现代文学所拥有。

从其精神内涵来说，农民文学审美与中华民族传统审美有内在关系，蕴含着与本土大众、本土文化之间的深切关联。它的一些思想观念、艺术方法也许已经不适应于时代，需要调整和发展，但其内在的哲学文化思想和独特艺术精神具有一定的超越时代的价值，完全可以被当代和未来的作家所借鉴和汲取，并以其独特性而焕发出新的生命力——这一点，就像在当代中国美术界，"农民画"始终具有自己的特色和存在空间一样。

所以，需要厘清一些思想观念，特别是从文化角度对农民文学、农民审美予以鄙薄和否定的观念。

在中国现代文学观念中，包括农民文学在内的俗文学都受到否定，大家普遍持以俯视、轻视和批判态度。无论是对张恨水还是金庸、琼瑶，都是如此，更遑论那些籍籍无名的民歌作者。否定的理由主要有两个：一是在思想上缺乏启蒙精神；二是在审美趣味上迎合大众。

这不能说完全没有道理，但是，我们却忽略了俗文学值得肯定的一面，就是距离政治相对较远，依附色彩较少——造成这种情况有一定的客观性，就是鲁迅所说的"想做奴隶而不得"，它本身距离政治较远，政治不愿意搭理它。但不管怎么样，这都是它的特点。正是在这种文化背景下，才会诞生赵树理这样在整个现当代文学中显得那么特别的作家。事实上，俗文学（包括农民文学）的这一特点正是中国传统主流文学，包括现当代文学主流的重要缺陷——它们距离政治太近，依附性太强。

相比于作品的思想启蒙性，政治依附性的缺陷并不算小——事实上，它本身就应该是启蒙，知识分子自我启蒙中的重要一部分。所以，我们的主流文学可以批判俗文学，但与此同时，它也应该反思自己，从被批判者身上吸收优点。只有这样，才能更好地改变和发展自己。如果农民文学的这一启发性意义能够得以实现，中国现当代文学的状貌必然将有大的改观，那样，农民文学即使完全退出历史舞台，也无可遗憾了。

最后，在文学与大众的关系上，农民文学同样具有启迪意义。虽然对这一问题，本书将有专门的章节进行论述，但在这里还是要简单提一下。就目前的文学史来看，赵树理是孤独的，虽然他生前身后得到很多赞美，但其实他始终没有真正的同道者。也许在未来，赵树理会有其真正的继承者。当更多的现当代文学作家意识到文学与本土、与大众密切关联的意义之后，情况可能会改观。不管怎样，作为一个特别的"异数"，赵树理给中国现当代文学带来了充分的新鲜和刺激。他的影响，必然是长远的、深刻的。

第三节　美与革命的两难与困惑
——柳青《创业史》中的审美心态：以改霞塑造为中心

一、柳青的文学"梦"

沈从文曾经把《边城》看作他一个"受压抑的梦"①，汪曾祺也明确把《受戒》记为自己"四十三年前的一个梦"②。确实，每一个作家都有自己的"梦"——"梦"，往往联系着作家最深层也最隐秘的自我世界，连接着他长期而执着的理想愿望。对一名作家来说，能够将自己的梦落诸笔下是很幸福的事。它无异于一名孕妇肚中的婴儿落地，母亲的轻松和喜悦可以想象，诞生的也往往是得意的作品。由于主观或客观原因，也有一些作家未能完成自己的梦，或者不能尽情地表达自己的梦。这于作家来说是一种痛苦和遗憾，但却蕴藏着作家委婉微妙的复杂心曲，也能真实折射出曲折幽深的时代文化。

在"十七年"文学中，《创业史》③所塑造的改霞形象，就是作家柳青一个未完成的梦。换句话说，改霞形象的塑造，充分体现了柳青的审美心态。作品中的改霞虽然出场不算很多，却颇多浓彩重

---

① 沈从文《边城题记》："将我某种受压抑的梦写作纸上，这一来，我的过去痛苦的挣扎，受压抑无可安排的乡下人对于爱情憧憬，在这个故事上，才得到了排泄与弥补。"《沈从文文集》（第10卷），花城出版社1984年版。
② 《受戒》结尾题记："一九八〇年八月十二日，写四十三年前的一个梦。"《汪曾祺小说全编》（中），人民文学出版社2016年版。
③ 本节中的《创业史》，如未明确说明，均指其1960年出版的第一部。本节中的作品引文注释（包括第二部）采用以1960年版为底本的中国青年出版社2009年版本。《创业史》的社会影响力和艺术价值，都是源于第一部，而且它才是真正的"十七年"文学作品。第二部的问世时间已经是在1980年代，而且是作者未竟之作，很难说是定型作品。而柳青后来对第一部修改的失败，则基本上已经是文学界的共识。

墨，人物也颇具个性。具体来说，改霞具有如下形象特征：

其一，浪漫气质的审美。改霞的美是作品多处展示、反复渲染的。比如，有对她外表的直接描述："白嫩的脸盘，那双扑扇扑扇会说话的大眼睛"，"俊秀的小手"（第101页）。以自然风景来烘托：

> 初春雨后的傍晚——白雪皑皑的秦岭奇峰，绿汪汪的关中平原，汤河平静的绿水和天边映红的晚照——这乡村里色彩斑斓的大自然美，更衬托出两个农家闺女的青春美。（第36页）

还借用了《陌上桑》的艺术手法来描述改霞的美：

> 他们唱着，谈着，笑着，热烈地争论着，到和改霞相遇的时候，一下子静悄悄的，向她行"注目礼"了。有些在走过以后，还要扭头看一看。（第87页）

而且，这种美不只是外表，也是心灵：

> 漂亮对她来说，是一种外在的东西，与她的聪明、智慧、觉悟和能力，丝毫无关。她丝毫不觉得这是自己的所长，丝毫不因人注意而自满；相反，她讨厌人们贪婪的目光。（第87页）

在"十七年"文学中，如此着力渲染一个女性的美是很少见的。而且，改霞的美与时代认可的女性质朴美和阳刚美有很大不同，她是纤细、"洋气"和浪漫的。特别是作品多处以抒情的笔触，展示了她细腻复杂的少女情怀，将她微妙的内心与外在的美巧妙地融合在一起，比如，"她的心突突地跳起来，全身的血向她脸上涌来。她牙咬着嘴唇,准备着经过一个内心非常紧张的时刻"(第88页)。其气质糅合着抒情、浪漫和感伤,是具有浪漫气息的美。

其二,现代的精神个性。与外表上的"洋气"相一致,改霞在精神上也具有较强的现代特征。最典型的是她的独立性。她虽然是一个乡村女孩,却非常要强,而且很有主见,无论是家人,还是地方领导,都不能成为她的主宰:"她是有主意的闺女,代表主任只能影响她的考虑,不能代替她拿主意。"(第180页)在爱情方面,她表现出传统女性很难有的主动追求精神,对爱情中的独立性也有清醒的认识和要求;在生活方面,她更有独立而清醒的思考,大胆而自主地决定自己的人生道路。这些心思细密、耽于思考,特别是独立自主的思想个性,也许不完全符合一个只上过三年小学的农村少女的精神面貌,而是更呈现出某些知识分子的文化气质,蕴含着现代的思想精神。这一点,有批评家早就指出过(虽然其态度是否定的),并认为它在柳青创作中一脉相承,绵延不绝:"从柳青的创作发展来看,改霞形象的失败,也许不是偶然的。《种谷记》里的存起老婆,《铜墙铁壁》里的银凤……却都带来一种知识分子的心灵特征,改霞尤为突出,这是一个值得注意的问题。"[①]

其三,生活化和理想色彩。《创业史》无疑是以现实政治为主体的,但改霞的个性却主要体现在生活方面。她的美,对爱情的追求和向往,包括人生道路的选择,都主要关联个人生活情感领域,她的活动场域,也很少直接介入现实政治之中,甚至是有所游离。也就是说,作品中,改霞和梁生宝分别以各自方式承担自己的主题,梁生宝作为政治新人,代表现实政治和集体观念,改霞则作为生活新人,代表个人情感和审美世界。正如作品中借梁生宝内

---

① 李希凡:《漫谈〈创业史〉的思想和艺术》,《文艺报》1960年第17、18期合刊。

心表达的:"他要是和改霞结亲,他俩就变成了合股绳,力量更大了。"(第107页)作品至少曾经包含这么一种设想,就是让改霞成为梁生宝的伴侣和助手,让作品的政治和生活主题结合在一起。这一点,与柳青在为梁生宝形象辩护时对《创业史》"理想性"的阐释有密切关联。《创业史》是一部寄托着柳青乡村理想的作品,它融合了现实和理想的双重因素①,改霞形象和梁生宝一样,也蕴含着作者对农村新人理想的想象,具有一定的超越现实的气质——正因此,柳青反复强调改霞作为乡村女孩的合理性,并把她看作中国乡村民歌的结晶②。

由这些特点可以充分见出,《创业史》中改霞形象不是作者塑造的一个普通乡村女孩,而是连接着柳青深层的精神和情感世界,深刻地迎应和投射着他早年的西方经典文学阅读和影响。改霞既天真单纯、富有青春活力,又有独立思想的少女美,无论是外表还是精神气质,都呈现出西方文学经典中少女形象的某些特征,很容易让人想到屠格涅夫笔下的阿霞、托尔斯泰笔下的娜塔莎等著名人物形象。所以,正如柳青所说,"作家所有的作品,从广义上来说,都是为他后来的作品做准备——思想上的准备,艺术上的准备"③,《创业史》凝结着柳青最多的心血,也承载着他的文学追求理想,改霞也是长期萦绕在他心间的一个文学"梦"。

也正因为如此,改霞形象就具有柳青文学审美方面的特别意义。《创业史》是柳青最用心创作的作品,改霞在作品中的篇幅虽

---

① 参见柳青:《提出几个问题来讨论》,《延河》1963年8月号。关于梁生宝形象的理想性问题,我在《重论"十七年"乡村题材小说中的理想性问题》(《文学评论》2012年第2期)中已经做过分析。
② "我写她时,经常想到我国民歌中情歌所表现的丰富情感。"柳青:《艺术论》,蒙万夫等编:《柳青写作生涯》,百花文艺出版社1985年版,第79—80页。
③ 徐民和:《一生心血即此书》,《延河》1978年10月号。

然不是最多,却是他很着力塑造、带着强烈感情的形象(特别是第一部),柳青内心中更对她有明显的偏爱。除了作品对改霞形象多处抒情化和浪漫化的美化书写之外,还多处以抒情的口吻,称呼"咱改霞""我们的改霞"等,对人物的喜爱之情溢于言表。在作品问世后,有人对改霞形象提出批评时,柳青的态度也是很不以为然,多次为之进行辩解:"有人说改霞的恋爱有些知识分子气。我觉得知识分子里头也有感情贫乏、淡漠的人;工农子女里头也有感情丰富、强烈的人。……问题是她的天资、气质和教养,是否协调,并且形成统一的性格。"① 柳青更写作了《怎样评析徐改霞》一文,坚持作家创作的主体性地位,并认为评论家应该"在广阔历史背景上",不能"片面地配合某个时期社会政治的中心任务来分析形象"②,含蓄地表达了对那些否定改霞价值的观点的不同意见。在与朋友交谈中,柳青更是始终不改对改霞塑造的初衷。"当我提到有同志认为改霞这个人物太知识分子味,篇幅也占得太多,甚至可以把这个人物删掉时,他笑了笑,没说什么。"之后,他又明确表示:"有个同志自命不凡,要砍掉改霞,我说他糊涂,只看政治,不看生活。"③

作为柳青"梦"的层面的体现,改霞形象具有自己独立的意义。首先,它拓展了作品的生活和思想宽度,赋予了作品更广阔的主题。改霞代表柳青心中"生活"(情感)和"美"的理想,呈现出个性化的独立气质,无论是在女性生活和思想独立层面,还是在乡村理想和乡村发展层面,都显示了有深度的主题价值。在改霞与

---

① 柳青:《艺术论》,蒙万夫等编《柳青写作生涯》,百花文艺出版社1985年版,第80页。
② 柳青:《怎样评析徐改霞》,蒙万夫等编《柳青写作生涯》,百花文艺出版社1985年版,第54页。
③ 阎纲:《四访柳青》,《当代》1979年第2期。

梁生宝的形象关系上,改霞的意义绝不是梁生宝的配角,而相反,正是因为改霞的存在,梁生宝的形象才具有了某种真实性,内心世界也才有所充实。如果没有改霞与梁生宝的情感关系,梁生宝就是《艳阳天》里的萧长春,就是一个没有个性和生活趣味的概念化代表,作品的主题也会更为干涩和苍白。其次,改霞形象具有独特而较高的审美价值。她的现代气质,她富有个性的浪漫美,既是对时代单一的现实写实和政治审美模式的大胆超越,更延承五四文学现代女性独立意识的创作传统,呈现出另类而富有感染力的审美品格。特别是作品对她心理世界的丰富呈现,拓展了对乡村女性的艺术表现方式,在"十七年"文学乃至整个乡土小说中,她都是值得称道的人物形象。也正因此,改霞形象得到了当时读者大众的高度认可。作品问世时,评论家们对改霞形象持普遍的批评立场,但普通读者却对她表达了积极的认可和真诚的喜爱,并表现出对改霞出路和命运的热切关注。①

二、梦想与现实之间

但是,改霞的形象塑造,又充分传达出柳青审美心态上的两难与困惑。这主要是因为革命时代的要求与柳青的审美观念之间存在着较多的不协调。也可以说是文学上的柳青与政治上的柳青之间存在不够和谐之处,导致其内在的复杂矛盾。

在很多人的印象中,柳青是一位革命化的作家。确实,他20岁就入党,并以《讲话》为指针,经历了1943—1945年"米脂三

---

① 参见柳青:《怎样评析徐改霞》"题记"——《文汇报》"编者按",蒙万夫等编《柳青写作生涯》,百花文艺出版社1985年版,第54页。

年"的革命实践工作，很好地完成了思想的改造，并撰写了《转弯路上》《毛泽东思想教导着我》等坦露其改造心迹的文章。在"十七年"时期，又直接参与了长安县皇甫村的农业合作化运动。其绝大多数创作，如《种谷记》《铜墙铁壁》《创业史》等，都是与现实关系密切，带有强烈政治色彩的作品。

但是，细致考察，柳青在一定程度上又不同于活跃在解放区和"十七年"的现当代文学的一般革命作家。这些作家大多文化程度不高，接受的西方文学影响较少，甚至与五四的传统都比较隔膜，他们是在毛泽东《讲话》的精神滋养下从事文学创作，也自觉接受和实践其文学观念。柳青却不是这样，他上过正规的中学，有相当高的英语水平，翻译过英文小说，很喜爱并大量阅读过巴尔扎克、托尔斯泰、屠格涅夫等人的西方经典文学作品。而且，这种对西方文学经典的热爱伴随着柳青的创作生涯，特别是在《创业史》的创作前后。[①] 可以说，柳青最初之喜欢上文学，走上文学创作道路，以及将文学作为自己的终身追求，与他早期接受的西方文学影响有直接而深刻的关系。

柳青的文学"梦"也自然扎根在这些文学经典的影响当中——虽然柳青没有明确表达其文学梦想的内涵，但从其所阐述的文学观中多少可以见出端倪。在抗战时期，柳青写过一篇文章，批评"朗诵诗"和"集体创作"，其主要的观点就是认为文学作品应该以坚持文学性为前提。在战争时代，这样的观点显然逆于时代潮流，但

---

① 参见刘可风：《柳青传》，人民文学出版社 2016 年版，第 179 页。而耐人寻味的是，"文革"后的柳青很少再阅读西方文学经典作品，甚至很少阅读文学作品。这也许可以部分解释他在这期间对《创业史》令人失望的修改。参见邢小利、邢之美：《柳青年谱》《附录一　柳青晚年的读书与反思》，人民文学出版社 2016 年版，第 168—199 页。

也真实反映了早期柳青文学主体色彩浓郁的文学思想。[①] 后来到延安，在思想上已经经历了"转弯路上"之后，柳青也没有放弃对文学性的要求，依然强调"衡量一个作家的立场观点、思想感情的是他的作品"[②]。在生命的后期，他私下撰写的、未曾正式发表的《艺术论》中，更进一步明确了自己的文学思想，认为作家要"保持自己的独特性"，并且声称："《艺术论》要告诉人们的基本旨意，是作家的生命价值在于其作品具有久远的艺术生命力。"[③] 由此可见，虽然难以用非常明确的语言来描述柳青的文学"梦"，但大体上，它应该蕴含着这样的基本精神：追求真正优秀的文学品质，创作出既具有自己独特个性，又呈现现代审美色彩的文学作品。其中，塑造有现代美学个性的人物形象又是其重要内容（作为一个偏重小说创作的作家，柳青特别重视人物塑造，在几乎每一次创作谈中都会重点强调人物形象的意义）。

对于一个接受了现代西方文学熏陶和影响的作家来说，拥有自己的文学梦想并不特别，但是，在从抗战到"十七年"之间的社会文化氛围中，要将这个梦想化为现实的难度是非常大的。这期间，要么是民族危难、战乱频仍，要么是频繁而紧张的知识分子改造运动，无数曾拥有纯文学梦想的作家（最典型如何其芳、艾青、沈从文等），或者主动地弃笔从戎，或者被动地放弃文学。道路有别，但一致的方向都是从梦想走向现实，从文学走向政治。柳青的情况也没有例外。柳青的身份并非纯粹的作家，他同时也是党员、政治工作人员，因此，他的思想中既有文学的梦想，也有现实的责任和

---

① 参见王鹏程：《柳青早期佚作散论》，《文学评论》2011年第4期。
② 柳青：《毛泽东思想教导着我》，《柳青专集》，福建人民出版社1982年版，第20页。
③ 畅广元：《作品具有久远艺术生命力是作家的毕生追求——读柳青遗稿〈艺术论〉（草稿）》，仵埂等编《柳青研究文集》，西安出版社2016年版，第53、60页。

要求。他需要协调好自己的双重身份，达到精神上的宁静和平衡。同时，柳青还要接受文学能力的挑战。没有长期的真正创作实践磨炼，没有高超的创作水平为基础，柳青即使再有对西方文学经典的憧憬，也不可能写出优秀的文学作品，将文学梦想化为现实。

所以，柳青的早期创作过程，既是他对文学梦想不断追求的过程，也可以看作适应现实与追求文学梦相协调的过程。作为一名党员作家，无论是主观自觉还是客观使然，都决定了柳青的文学创作只能是在现实与梦想之间寻找平衡。或者更确切地说，是在现实当中努力去寻找梦想存在的空间，让梦想得到尽可能的释放。

这一过程并不轻松。柳青从1936年开始从事文学创作，但整个前20年，柳青的文学旅途绝非平坦。从艺术上说，他经历了从欧化风格到朴素风格的转换，其间不无坎坷，包括他投入很多心力的长篇小说《种谷记》和《铜墙铁壁》等也没有获得期待中的成功，相反，批评和质疑之声不少；从思想上说，柳青早期创作的多部作品都比较侧重关注个人，风格比较偏暗。与时代潮流也不吻合。典型如《一个被侮辱的女人》，侧重于写女人的痛苦心理和苦难感受，就被人认为没有表现出抗争思想，受到了批评。[①]在这种情况下，柳青曾经颇感郁闷，慨叹"艺术的道路越走越艰难"[②]。切实地说，在《创业史》问世之前的岁月中，柳青最多算文坛上一个不算活跃的二三流作家，除了他自己，很少有人对他怀有信心，甚至包括与他朝夕与共的妻子。[③]

但柳青具有非常执着的文学理想和顽强的坚持精神。终于，1959年，柳青创作出了具有史诗意味的现代长篇小说《创业史》

---

① 刘建军等：《论柳青的艺术观》，上海人民出版社1981年版，第6—7页。
② 邢小利、邢之美：《柳青年谱》，人民文学出版社2016年版，第48页。
③ 参见刘可风：《柳青传》，人民文学出版社2016年版，第171—179页。

（第一部）。为这部作品，他扎根乡村十多年，书稿几经修改和完善。对于柳青来说，《创业史》具有无法形容的重要意义。它既确立了柳青的文学地位，使他跻身于国内一流作家的行列。更重要的是，在这里，柳青终于在一定程度上释放了他的文学创作压力，部分地实现了自己的文学梦想。

三、梦的虚幻与现实的清醒

改霞形象中深藏着柳青的文学梦，但遗憾的是，《创业史》对改霞的塑造并不完备，甚至存在很多遗憾和失败的地方。也就是说，在改霞这里，柳青的文学梦想并没有得到充足的表现，梦没有真正完成。

首先，改霞的形象塑造始终处在比较模糊和矛盾的状态中，性格未能得到充分发展，形象内涵仍欠完备。

以人物的爱情和生活的矛盾作为悬念——在《创业史》中，即改霞到底是否与梁生宝相爱，到底是进城还是留在乡村——来推动情节的发展当然是一种合理的文学技法，事实上，改霞的部分性格也就是体现在这些犹豫和矛盾当中。但是，如果始终停留在这一层面，一直让人物在犹豫和矛盾中生活，会对人物性格发展构成不利影响。《创业史》正是如此。如果说前半部分改霞的情感和前途困惑与生活本身、与改霞的性格都结合得比较紧密的话，那么，到了后半部分，改霞就基本上沦为了矛盾的工具，换句话说，是对爱情和前途的犹豫和矛盾在推动着改霞的行动，而不是相反，由改霞在对爱情和人生道路的选择中充分展现自己的思想和性格个性。

关键原因是这些矛盾和犹豫不是属于改霞自身，而是柳青思想矛盾的投射，表现在作品情节上，是它不是完全遵循人物和生活的逻辑，而是以作家的心理逻辑为主导，从而使作品的一些情节发展不合生活情理，违背人物性格特征。最典型的当然是改霞和梁生宝的爱情故事。他们两人确实存在着较大差距，作者设计其最后分手也在情理之中。问题是，作品让这种情感的发展太过简单化和政治化，没有让人物在其中展现自己主体思想性的空间，是外在的现实环境在推动他们的爱情关系，而不是两人的内在性格和生活伦理。这一点，当年严家炎先生曾经指出过："所写的生宝处理和改霞爱情关系中的一些理念活动来说，恐怕不仅不能有助于展示双方性格矛盾，实际上有损人物性格的统一。"[①] 近年也有学者做过细致分析："两人在土地改革运动中建立了深厚的感情基础，一直深爱着对方，且双方均有了结感情问题的强烈要求和美好心愿，因一句带有试探性的话而不欢而散，显然不合情理；最后，两人……分手，更无说服力，更加显出柳青在小说架构设计和人物阶级定性上的先验化缺陷。"[②] 确实，勉强和仓促经常出现在对他们爱情关系的处理中。除了上述学者的论述，还有作品的结局部分，在面临改霞热烈追求、主动表白的情况下，梁生宝拒绝的理由却非常生硬而简单，而且还是借助于叙事者直接干预人物思想的叙述方式："共产党员的理智，显然在生宝身上克制了人类每每容易放纵感情的弱点。……他没有权利任性！他是一个企图改造蛤蟆滩社会的人！"（第416页）再如对改霞最终离开农村、进城当工人的情节叙述。这是影响作品人物关系，也是决定主题走向的重要情节，但是作品的叙述非常仓促，没有呈现出人物之所以如此行动的充分理由，甚至还存在着人物心理明显的自我冲突。

---

① 严家炎：《关于梁生宝形象》，《文学评论》1963年第3期。
② 张志平：《能说的和不能说的——柳青在〈创业史〉中设置和塑造徐改霞形象的意图》，《社会科学论坛》2008年第10期。

之所以如此，并非因为柳青的艺术能力不足，而是源于作者内心的矛盾和困惑，以及由此而导致的作品主题之间无法调和的矛盾。如前所言，作品中的梁生宝和改霞分别承担现实和理想、政治与生活的不同主题，作者最初曾有过让二者合一的设想，这事实上是改霞能够在作品中较多存在的基本理由，也是这一形象能够得到充分塑造的重要前提。但是，这种设想存在着内在的根本冲突。正如作品中改霞自己认识到的：

> 她想：生宝肯定是属于人民的了；而她自己呢？也不甘愿当个庄稼院的好媳妇。但他俩结亲以后，狂欢的时刻很快过去了！漫长的农家生活开始了。做饭的是她，不是生宝；生孩子的是她，不是生宝。以她的要强，好跑，两个人能没有矛盾吗？……
> （第428页）

她的个性要求与梁生宝（事实上也是作者）对她的期待之间存在着不可弥合的裂隙。作品中的改霞只能有两种选择：或者是丧失掉自我，成为梁生宝的贤内助（就如她所担心的）；或者是改变梁生宝，让他朝着她的方向走——而这种方式必然导致作品政治主题的变形，会使小说发生内在的自我冲突，即《创业史》究竟如何"创业"——是走向政治还是走向生活？显然，改霞的问题不只是关涉到她个人，而是密切联系着作品的根本主旨。在"十七年"越来越走向单一化的时代环境中，改霞的生活和个性主题不可能有存在空间，也不会被立志于写作"社会主义历史史诗"的柳青所接受。所以，正如《创业史》走向单一现实主题是时代和作者的必然选择，改霞形象塑造的被抑制和被最终舍弃，也是必然的结果。

这必然使柳青陷入矛盾的两难之中。最终，柳青选择了以"国家工业化"的理由让改霞离开农村来解决矛盾。但正如这个理由其实非常勉强——我们只要联想一下不久前改霞对那些想进城的乡村女青年的强烈反感,以及对自己进城想法的强烈自我谴责,就可以感受得到,因为这一理由貌似崇高,实际上却与其他人并没有实质的不同[①]——对于改霞结局的安排,作者的内心并不是完全认同,而是充满着矛盾和无奈。作品在艺术表现上的一些裂隙,正是作者这些内心矛盾的折射。典型如在叙述改霞究竟是离开还是留下的问题时,矛盾和反复如此之多,甚至已经不无拖沓的缺憾。再如第一部的结尾,作品原本试图让改霞春节回来探亲(也就肯定会有改霞与梁生宝见面的场景),但突然之间就夭折了——显然,作者既期待有这次见面,却又不知道究竟如何处理这次见面,于是只能中途刹车。所以,有学者认为:"徐改霞形象是柳青怀揣多年的一个梦,镜花水月、超凡脱俗,柳青不忍她破碎,不愿她堕入凡俗的婚姻生活中、琐碎的日常事务中,必定让她远走高飞。"[②] 前半句我完全认可,但不同意后半句的观点。不是作者不想留下改霞,而是现实乡村中已经没有了改霞的立足之地,她才不得不离开乡村,对于改霞的结局,作者颇多无奈和不甘。

如此矛盾之下,改霞的形象和性格自然难以得到充分的发展,甚至存在前后割裂之处。她的形象主体,基本上在前半部分定型,后期基本只是惯性沿袭,甚至明显弱化。正因此,就整体上看,改霞虽然是《创业史》中最具有美感和个性气质的人物形象,但非常明显存在虎头蛇尾、美中不足之憾,尚未达到真正有个性的鲜活人物形象的高度。

[①] 参见王大可:《改霞的问题:回看〈创业史〉》,《文艺争鸣》2015 年第 2 期。
[②] 张志平:《能说的和不能说的——柳青在〈创业史〉中设置和塑造徐改霞形象的意图》,《社会科学论坛》2008 年第 10 期。

其次，在《创业史》的修改与后续写作中，改霞形象不但没有得到完善，而是逐渐走向自我否定，形象的完整性和清晰度更遭到破坏。

《创业史》第一部出版后，冯牧、李希凡等批评家在给予作品整体和梁生宝形象高度赞扬和肯定的同时，几乎一致地批评了改霞形象，指出其"知识分子气息"与时代的不合拍，以及与作品整体上的不一致。对于这些批评，如上文所言，柳青内心是反感的，并对改霞表达了一定的维护，但同时，他也进行了妥协。无论是在发表的文章、讲话中，还是在对作品的进一步修改中，他为自己进行了一些辩解，更对改霞形象进行了低调处理。

表现之一是降低改霞在作品中的分量和意义。在《创业史》出版之后不久，他就对那些想将《创业史》改编为其他艺术形式的作家表示："不要把徐改霞当作主人公安排。这不符合整个《创业史》的总意图。"[①] 更主动否定改霞在作品中的价值，以及摒弃其在未来小说中的位置："改霞，第一部已基本上完了，后边也不多了，仅是个衬角而已。任何一部作品中，除了男女主人公外，其他人物都不能独立存在。改霞不是女主人公……第二部以后，生宝由不喜欢那女人到喜欢，由喜欢改霞到忘掉她。这中间，生宝往往抚今追昔，久久不能忘掉她呢！"[②]

表现之二是在对《创业史》第一部的修改中，删削了有关改霞和梁生宝情感关系的内容，特别是在第二部中，将改霞置于缺席和被驱逐状态，更将其形象性质往负面发展。其突出表现是刘淑良的出现。这一形象与改霞构成尖锐的精神和审美对立。她与改霞的

---

① 柳青：《作者附记》，《延河》1961年第10期。
② 《柳青和西北大学中文系学生访问者的谈话》，《延河》1981年第6期。

独立个性完全不一样,与梁生宝构成完全同一和附属的关系,是作品现实政治主题的共同承担者。在审美上,她更是时代乡村审美标准的典型,与改霞的现代个性化审美形成鲜明对比。她取代改霞成为梁生宝的恋爱和婚姻对象,或者说成为作品着力塑造的新女主人公,是作品一个重要的转型和改变。

从第二部的这段描写中,我们可以看到作品价值观和审美观的变化:

> 生宝望着大方而正经的刘淑良的背影,觉得她真个美。连手和脚都是美的,不仅和她的高身材相调和,而更主要的,和她的内心也相调和着哩。生宝从来没有在他所熟悉的改霞身上,发现这种内外非常调和的美。拿刘淑良一比较,生宝就更明白改霞和他的亲事没有成功的原因了——两个人居住得很近,其实思想和性格却不合!(第670页)

作品中,更借梁生宝的朋友有万之口来表达对改霞的贬斥:"她拿啥和刘淑良比呢?只不过人长得秀气一点就是了。思想可不见其怎样!"(第596页)

透过文本的裂隙,我们也许可以感受到柳青内心的复杂和割裂。或者说,《创业史》第二部的改变更主要是在理性层面,却难以触动作家的心灵世界,寄托着柳青文学梦想的改霞,依然潜在地在作品中占据着自己的位置。所以,尽管作品对改霞有贬斥,对刘淑良进行揄扬,但与此同时,作品对刘淑良的塑造却文笔生涩,其形象毫无女性的美感,与第一部中对改霞抒情化审美的塑造完全两样:"一个二十几岁的劳动妇女,前额宽阔的长方脸盘,浓眉大眼,显得精明能干。……骨骼几乎同他一样高大,猛一看似乎有些消瘦，仔细看却是十分强壮。"（第588页）甚至在小说第二部的结尾处，改霞形象居然再一次出现在梁生宝的心中。要知道，这时候的改霞早已经进城当了工人，梁生宝也即将步入婚姻阶段，但他却还在挂念着改霞，对当初错失改霞遗憾不已，而且还考虑是否再找改霞谈一次："改霞倒是蛤蟆滩的土壤里生长起来的。要是生宝和改霞结婚，同时都当一个农业社的领导，也不需要顾虑远近的人有什么非议。但是……"（第594页）并且，令梁生宝放弃再找改霞的理由依然是无逻辑的勉强："我梁生宝不能为了男女问题，叫郭振山同志说长道短。"（第595页）在上述种种叙述的背后，当然有柳青对时代审美标准的妥协，但也完全可以解读为柳青内心世界的矛盾和不甘，以及改霞形象在柳青心中的重要性——按照现实逻辑，改霞不可能留在作品中。在此情况下，现实和理性中的柳青只能妥协，但形象塑造的成功与否却不由作家的理性，而是由作家的心灵决定。而且事实上，《创业史》第二部中，政治主题已经基本成为唯一的主题，"女主人公"的概念和位置也已经不复存在。换句话说就是，在第二部中，改霞处于缺席状态，但刘淑良却并没有真正代替她，她也只是一个在场的缺席者。

但是，不管怎么说，《创业史》对改霞形象的修改和情节的进一步发展，更导致了形象的未完成状态。形象的内涵越来越单薄，距离柳青的文学梦想也越来越遥远。

四、时代之痛与文学之痛

改霞形象之所以未能塑造完成，最根本的原因无疑是时代，是形象内涵与时代要求的严重不一致。

改霞形象的内涵与时代的反差太大了。她身上所具有的知识分子审美和自我个性色彩,与时代的工农审美潮流显得格格不入。时代所需要的,是王汶石笔下张腊月那样的"铁姑娘",是李准笔下李双双那样的"辣媳妇",不是改霞这样的洋气又自我的"小清新"。特别是她个人化的独立性格,与时代的集体化思想进程完全相背离。所以,《创业史》一问世,改霞形象就受到文学界的一致质疑和批评是很自然的事情。甚至可以说,如果对那个时代有足够的了解,阅读《创业史》的开头也许就可以猜到结局,时代是不可能允许改霞形象充分发展和真正完成的。

现实环境变化得太大、太快,也是改霞形象塑造没有完成的原因之一。柳青最初写作《创业史》是建立在合作化初期基础上,他也怀着对乡村未来理想化的想法,但是,快速到来的国家工业化政策对他心中的乡村规划有所影响,也自然影响到他对人物形象和前途的设计。特别是乡村合作化运动发展超乎寻常地迅速,以及国家政治大局上的变化,都带给柳青许多难以把握之感,他的思想认识也难以完全与时代政策相和谐。所以,在第一部完成之后,柳青迟迟无法完成第二部,并对自己的写作状态很不满意。柳青曾这样解释在《创业史》第一部出版后进度缓慢的原因:"我写作时永远有创作苦闷,常常感到自己缺乏才能,功夫不深。"[①] 但最主要的原因是在柳青内心。他既非常看重《创业史》的写作,又难以处理与现实的关系(实质是其文学梦想与现实要求之间的冲突)——虽然他遵从现实要求,在口头上描绘了第三、四部的故事发展,但在内心深处,却有着他无法主宰的矛盾和抵触。莫衷一是之间,他当然无法继续自己的写作。

这一定程度上也关联着柳青的性格和身份。从性格气质来说,

---

① 柳青:《关于〈创业史〉复读者的两封信》,《延河》1962年第3期。

虽然柳青内心不乏坚定，但外在表现却不强悍，而是性格谨慎、内心细腻，而且，他的身份兼具党员与作家，思想上也承担着革命与文学的双重职责——当然，他所期待的是二者和谐统一，但在现实中却并不是那么容易实现——所以，在现实中，他经常会感受到很大的压力，而他也往往选择屈从于现实的方式。比如在延安整风运动中，他就深深感受到改造的苦恼，并最终以改造自己来适应现实："如果弄不好，一些意见会反映到区上县上，你说要领导原谅你呢？还是不原谅你呢？即使他们原谅你，工作任务也不能原谅你"，"……通过工作，和群众结合，这种结合就是感情上的结合，就可以逐渐地改造自己"。①

所以，柳青尽管拥有自己的文学梦想，并有坚韧而执着的追求，但是，长期的政治教育和实践工作，让他不得不常在文学与政治、现实与梦想之间徘徊。柳青在《创业史》中改霞形象塑造的矛盾，以及不得不在现实的压力下放弃初衷，都是其性格和精神复杂面的体现。特别是经历了多年的现实打击和改造后，柳青的思想有所倒退，所以，才有对《创业史》第一部不成功的修改，以及创作出不尽如人意的第二部（很遗憾，柳青在1978年就离开了人世。假以时日，情况也许会有所变化）。在现实情况下，甚至可以说，柳青如果把计划中的四部《创业史》全部写完，也许就像姚雪垠的《李自成》一样，不但不会更好，反而会影响第一部所获得的文学成就。也包括对改霞形象的塑造，如果照着第二部的逻辑写下去，改霞形象肯定会越来越往负面发展，最终甚至成为完全的敌对者也未可知。在这个意义上说，柳青只真正完成了《创业史》第一部也许是一件幸事。他没有按照时代风潮将《创业史》写完，也正体现

---

① 柳青：《转弯路上》，《柳青写作生涯》，百花文艺出版社1985年版，第29、19页。

了他内心文学梦想的坚韧性。

不过反过来说，也正是有了政治现实的依靠，具有梦想色彩的改霞才有可能在文学史中问世。设若没有"创业史"的宏大政治背景，没有梁生宝集体合作化的旗帜，改霞很难呈现于"十七年"文学的环境中。从这个角度说，改霞形象的未完成虽然让人觉得遗憾，但柳青能够塑造出目前的改霞形象，能够留下他文学梦的某些痕迹，也算是很难得了。作为那个时代颇为特别的个性化形象，改霞已经进入到"十七年"文学中少有的让人难以忘怀的人物形象之列了。这是柳青的幸运，还是不幸？

在"十七年"那种现实环境比较严厉的时代，作家文学梦与现实之间形成冲突的情况并不少见，像柳青这样借塑造人物形象曲折地表达内心梦想的情况也不乏个案。比如丁玲笔下的黑妮（《太阳照在桑干河上》），孙犁笔下的小满儿（《铁木前传》），在作家精神关联层面上与改霞都有颇为相似之处。她们都以特别的个性逸出时代潮流，在深层世界映照了作家们的内心文学情怀，折射出他们的复杂心迹。这可以看作是作家文学梦想与现实之间的角力，是文学柔弱却不可阻挡的力量的体现。

认识改霞形象的丰富性，认识改霞之于柳青作家心迹的意义，让我们更能体会到"十七年"文学复杂的美学特征，特别是潜藏在文本表层背后的审美和文化多元性，也更应该珍惜此单调时代之复杂之美——尽管它如此孱弱，如此残缺，但却因其诞生的艰难而显得特别珍贵，以及更深入地体会那一时代作家内心的困惑和无奈，也就可以对他们更多一些"了解之同情"。

第四章 改革时代的乡土审美（1978—1999）

引　论

就像"革命文学"时代包括"十七年"和"文革"两个有一定差异的时期一样，"改革时代"的20余年也包括有差异的几个阶段。

这与这时期的政治文化状况有密切关系。"文革"结束后的前20年，是当代中国社会变化最大的时期之一。最初的1976年底到1977年底，曾经一度被称作"过渡时期"，也就是被文学史忽视的一年。因为一般谈"文革"文学，时限都是1966年到1976年10月，而谈"新时期文学"，又是从1978年的十一届三中全会开始（后来追溯到刘心武的《班主任》发表，也就是1977年底）。于是，这一两年时间的文学，命运就很像1911年到1918年之间的文学，一直被文学史所遗忘。

"新时期文学"概念来自十一届三中全会决议中的"我们进入到了一个新的历史时期"，这显然是一个政治时间概念。也正因为如此，关于究竟什么是"新时期文学"的基本内涵，它的时限到底有多长，一直模糊不清。以至于后来又有人提出"后新时期"等概念，也同样因为前提不清而无法被人们接受。之后，因为正逢21世纪的到来，才以"新世纪文学"概念来取代"新时期文学"——尽管还有个别人对这一概念具有特别的感情，一直将之沿用到当下。

"新时期文学"的这20余年，中国社会所处的是快速发展和变化的时代。最初是"拨乱反正"，从对"文革"的部分否定到全面否定，再到对"十七年"部分政策的否定，中间颇多波折和坎坷。随着1992年市场经济的实施，中国又进入一个新的历史阶段。它对中国社会发展的影响之深刻全面，现在还很难准确判断，但它确实深刻改变了中国人的生活和思想观念，其中也包括文学审美潮流。由于市场经济带来的思想文化的剧烈分化，文学创作也呈现多元和分离的局面，一些学者用"无序"或"多元"来表示，审美上的分化和变异非常明显。

乡土小说发展也如大潮流一样，经历了复杂的变化过程。其中一个重要原因是中国的乡土作家基本上都来自乡村，与乡村有着深刻的血缘和文化关系，因此，他们对乡村的关切是渗透到心灵的。时代的开放，使作家们能够自主地表达心灵，造就了当代乡土小说审美内涵最丰富也最深刻的时期，也形成了其思想倾向上的复杂性和多元性。

1980年代初，是相对凋敝背景下的艰难转型状态。刚刚走出"文革"背景，作家们的创作还带有往昔时代的色彩，思想观念和创作理念也是努力回归"十七年文学"时期。如《满月儿》《许茂和他的女儿们》等。所以，乡土小说最初的发展步伐是比较缓慢的。即便在乡村进行了土地承包的所有制改革之后，也没有太大的变化。何士光的《乡场上》、高晓声的《陈奂生上城》是最有影响的作品，也基本上是对现实的迎合和呼应，表示对乡村改革的认可和支持。但是，当乡村改革进入深水区，触及乡村伦理文化层面后，乡土小说发展就进入到复杂的阶段。周克芹《山月不知心里事》、路遥《人生》、王润滋《鲁班的子孙》、张炜《秋天的愤怒》、贾平凹《浮躁》等作品，展示了伦理与现实冲突后的内心彷徨和无从选择。张炜的《九月寓言》则以另一种方式传达出自己的迷茫和幻想。

除了这部分直接关注乡村改革的作品，还有两部分乡土小说也很有特色。这些作家总体上与乡村社会的关系不太紧密，也主要是站在乡村之外来打量和审视乡村，但也因此而呈现出一种别样的审美特征。

其中之一是知青作家的书写。因为特殊的生活经历，知青作家审视乡村的方式具有其独特性，也就是具有内外结合的特点。他们既在乡村之内，又在乡村之外。其中，如铁凝《哦，香雪》、李锐《厚土》等作品就很有特点。绝大多数知青作家因为无法深入乡村深处，或者改弦易辙，放弃了对乡村的关注；或者完全停止了文学创作。只有韩少功等极个别作家持续关注、书写乡村，并不断发展和突破自我。在知青作家与乡村关系中，韩少功无疑是最有代表性的。

另一种是先锋小说。严格来说，先锋小说的乡村书写不应该属于乡土小说，但是宽泛地看，它们写的是乡村、农民，也涉及乡土文化、乡村风景等因素，没有充分的理由将它们拒绝在外。只是作家们的创作目的完全不在于乡村，乡村只是他们选择的一个文学形式演示的场所而已。但客观上，先锋作家的书写也在无意之间显示了自己与其他乡村书写的不同，并构成了某些创新点。因此，尽管这类创作的成就不高，但还是有其独特代表性。

传统现实主义在1990年代也有过艰难的复苏期。也就是说，在1980年代末人们对现实主义文学的集体抛弃和转变（典型是"新写实小说"）之后，也依然有作家在试图挽回现实主义文学的尊严。路遥的《平凡的世界》算是其中最突出的，也确实获得了较大成功。另外，余华从先锋作家转型之后，以更具现代色彩的方式切入现实，创作出《活着》《许三观卖血记》等作品，显示了自己对现实主义方法的继承和发展。

此外，也有一些作家在试图唤回传统现实主义，1993年左右兴起的"现实主义冲击波"就是代表。但它只是昙花一现，回光返照。要唤回现实主义并不容易。只有具备了真正的现实主义勇气，拥有超越性的思想视野，才可能真正深刻揭示时代，焕发出传统现实主义文学的价值。"冲击波"作家们并未能达到这一高度。他们无法直面，更无法解决现实中的诸多矛盾，只能努力以所谓"分享艰难"来予以折中和调和，显然是无法闪耀现实主义光辉的。这一创作只能在困境中衰落。

就乡土小说发展来说，1990年代是一个转型时代，也是一个相对沉寂的时代。转型，一方面指的是随着大量农民进入城市，乡村凋敝，作家们的关注点也集中在城乡转型这一题材上，传统的乡村书写日益减少。这期间出现的"打工文学"很值得关注。对于"打工文学"创作及其与乡土小说的关系，我已经在之前的一本著作中有较多的论述，这里就不再多谈。① 另一方面指的是在小说艺术上发生了较大变化。简单说，就是整体的宏大书写逐渐退出舞台，取而代之的是细碎化的个人化写作。家长里短的乡村琐事，夫妻关系、邻里关系、亲戚关系，成为作家们所关注的重点。像林白的《妇女闲聊录》、孙惠芬的《上塘书》等是其中有代表性的作品。

这一变化极大地改变了乡土小说的面貌。从题材上，它拓展了

---

① 贺仲明等著：《乡村伦理与乡土书写——20世纪90年代以来的乡土小说研究》，人民出版社2017年版。在这本书中，我以专章讨论了"打工文学"的情况，并对这一概念与"乡土小说"之间的关系进行了辨析。

传统乡土小说的范围,使它走出了传统的乡村视域,进入与城市间的关联。由于这一创作还在发展中,很难对它做出明确定论,只能进行初步的讨论。① 从艺术上说,它也深化了乡土小说的表现方法,特别是在人物心理世界和复杂社会关系方面,比较传统乡土小说有所深化。不足的是,缺乏对乡村社会和文化的整体思考,多少会影响到这一创作的社会历史含量,与20世纪初鲁迅等作家开创的乡土小说创作传统也因此有了较远的距离。这是值得我们深思的。

第一节 魅惑、探寻与创造
——以韩少功为例论知青作家与乡村文化的关系

下乡知青是中国当代社会一个重要而特别的社会现象,知青作家也是当代中国文学的重要组成部分。由于相当多数量的知青是下放到乡村,知青作家群体与乡村之间有着非常复杂的关系。1980年代中期兴起的"寻根文学"潮流就与知青作家有着不可分割的密切联系。对于知青作家的乡村渊源,已经有比较丰富而深入的研究成果。但我以为,从具体作家入手,深入透析作家创作与乡村文化的复杂关系,还是很有意义的研究。

在知青作家中,韩少功是具有代表性的一位。这不仅是因为他出生于城市,却在未成年之际就来到乡村,接受乡村生活和文化的滋养,更因为他的文学创作和整个人生都与乡村有着非常密切的关系。在创作之初,他就是以乡村为书写对象,此后的几十年间,他

---

① 我在《重识"打工文学"的意义并论其未来发展——兼论城市书写新的可能性》(《东吴学术》2021年第1期)一文中,对这一创作的近况和发展进行了初步思考。

一直没有脱离过这一领域。在现实生活中，韩少功也保持着与乡村的密切关系。最具代表性的举动是 2003 年，处在事业鼎盛时期的韩少功离开城市，举家迁居到他曾经插队的湖南汨罗乡下，并长年居住于此，成为一个没有农民身份的"农民"。由此，以韩少功为典型个案来透视知青作家与乡村文化的关系是非常合理的。虽然其他作家不一定有着如韩少功一样深厚的乡村渊源和乡村情感，但与乡村之间的关系却庶几相近。希望能够通过对韩少功创作的剖析，见微知著，对知青这一群体的独特文化和心理世界有深入的认识。

一、乡土创作的历史轨迹

乡村书写贯穿韩少功迄今的创作生涯。正如他近年对自己创作历史的感慨："眼前这一套作品选集，署上了'少功'的名字，但相当一部分在我看来已颇为陌生。它们的长短得失令我迷惑。它们来自怎样的写作过程，都让我有几分茫然。一个问题是：如果它们确实是'韩少功'所写，那我现在就可能是另外一个人；如果我眼下坚持自己的姓名权，那么这一部分则似乎来自他人笔下。"[①] 几十年中，韩少功的创作发生了很大变化。其乡村书写也一样，在书写立场、书写方式等多个方面，都呈现出明显的阶段性发展特征。具体而言，大体可以分为三个阶段。

第一阶段是 1985 年之前。这期间，韩少功创作了成名作《月兰》到《西望茅草地》《远方的树》等作品，或直面或回顾和反思，多方面地书写了乡村生活。与同时期其他作家的同类创作相比，韩少功颇有自己的独到之处。如《月兰》，对农民疾苦的揭示和对乡

---

① 韩少功：《自序》，《韩少功作品系列》，上海文艺出版社 2012 年版，第 1 页。

村政治的批判都相当深入，并穿插着叙述者内心的忏悔情感，很有艺术感染力。《西望茅草地》也一样，它突破同时代流行的将人物简单两分化的写法，塑造了充满内在矛盾的复杂体——张种田，将批判的触角超越现实层面，深入到封闭、落后的思想文化领域，从而领一时之潮流。包括《远方的树》，它虽然诞生于知青文学集体性的"回归潮"背景下，影响力也不如同时期史铁生、梁晓声的类似创作，但其情感的真切性和复杂性，是同类作品中最突出的。正因为如此，虽然韩少功此时期的乡村书写作品数量并不算多，但却迅速成名，成为知青作家中的佼佼者。

　　不过，尽管韩少功作品表现的思想勇气和深度要胜于一般作家，其文学写作功底也相当深厚，但在基本的叙述立场和思想方向上，他与其他知青作家并没有大的区别。比如在叙述视角上，韩少功的作品基本上都采用当时流行的第一人称叙述，以明确的乡村旁观者身份，用俯视的姿态来看待乡村。对于乡村，"我"始终都是一个外来者，是一个具有更高文化和道德优势，也更为清醒的旁观者。这使韩少功作品呈现的也是比较典型的知青文学艺术风格，就是乡村写实与浪漫情致的交融。

　　这样的叙述方式，在精神上直接传承鲁迅所开创的文化启蒙传统，也就是以现代文化立场来批判和改造乡村文化。因此，在这些作品现实书写的背后，寄寓的更深层主题是对乡村文化的批判性审视。比如《月兰》，它所展现的表层故事是对某些农村政策的批判，但如作者在创作谈中所言："我力图写出农民这个中华民族主体身上的种种弱点，揭示封建意识是如何在贫穷、愚昧的土壤上得以生长并毒害人民的……"[①] 作品的创作主旨更在于揭示和否定现实背后的

---

① 韩少功：《学步回顾——代跋》，《月兰》，广东人民出版社1981年版，第276页。

乡村文化。同样,《西望茅草地》塑造张种田的形象,也不是把他当作一个孤立的个人,而是作为愚昧乡村文化的典型代表。

  第二阶段是1985年前后"寻根文学"的创作到1996年《马桥词典》的问世。韩少功的《月兰》等乡村书写名扬海内,但是,对于自己的创作,韩少功却并不感到满足,没有沿着这条道路惯性地写作,而是陷入了困惑和迷惘之中。其表现之一是在发表《飞过蓝天》之后,正处创作盛年的韩少功创作上陷入停顿状态,从1982年到1984年间,只有一部《远方的树》问世。而《远方的树》这部作品,表达的正是一个离开乡村的知青对乡村强烈的情感依恋,以及无从取舍的深刻矛盾。这折射出韩少功内心世界的不宁静状态。

  困惑往往蕴含着突破。果然,1985年前后,韩少功的乡土书写迎来了新的变化,呈现出许多与以往创作完全不同的新特点。

  最突出的特点,就是如他在著名的《文学的"根"》一文开篇处所表示的疑惑:"绚丽的楚文化流到哪里去了?"[①] 这时期的韩少功作品普遍表现出对乡村文化浓烈的"寻找"和"探究"兴趣。具体说就是,韩少功不再将创作题材聚焦于现实,而是集中在乡村内在文化方面,其思想态度也不再是简单启蒙立场的否定批判,而是表现出强烈的探寻意愿。《诱惑》很典型地表达了这种意愿。作品中对知青们充满诱惑力、让他们不惜冒着生命危险去一探究竟的大瀑布,远远不只是其物体本身,而是有着更丰富复杂的寓意,或者说,它象征的就是充满神秘和魅惑色彩的乡村文化。此外,如《归去来》《蓝盖子》《余烬》等作品也都表现出类似的内容和思想倾向。比如《山上的声音》,以知青回顾往事的方式,讲述了一些与现代科学完全相背离的、带有神异和虚幻色彩的乡村故事。这些故

---

① 韩少功:《文学的"根"》,《作家》1985年第4期。

事是乡村生活和文化的典型产物，也有悖于人们的日常生活经验，但叙述者却没有否定，而是表现出被深深吸引，乃至基本认同的态度。这一点，在作品结尾传达得很清晰。对于主人公遭遇的那段鬼魂要烟抽的乡村往事，叙述者所持的是基本相信的态度："那支烟，永远留在山里面了，也许我眼下还能找得到。"[①]

这导致了韩少功艺术风格上的显著变化。也就是说，由于这些作品多表达乡村超现实文化，它们在艺术上就多呈现出玄幻和象征风貌，而不再是《月兰》等作品的抒情和写实特征。比如《归去来》对村庄里小牛的头是这样描述的："它们都有皱纹，有胡须，有眼光的疲惫，似乎生下来就苍老了，有苍老的遗传。"[②] 此外，《爸爸爸》所叙述的鸡头寨和丙崽的"爸爸""×妈妈"语录，以及《女女女》中性格古怪的幺姑和结尾处的地震和鼠河，也都是内涵模糊，神秘难测。于是，正如南帆所说，"慷慨悲歌、气宇轩昂的英雄形象销声匿迹。冷峻的洞察逐一拆穿了有意无意的矫饰。这一切无疑败坏了韩少功曾经拥有的不无浅薄的浪漫诗意"[③]，在之前的《月兰》等作品中显得平实而抒情的乡村，在这里已经变得相当的陌生、晦涩和虚幻，让人难以窥见其真实面目。

然而值得注意的是，尽管这些作品对乡村文化表现出浓厚的探寻兴趣，但最终的态度却并不明确。这与韩少功在理论文章中的清晰表述形成了鲜明对比。在被作为"寻根文学"旗帜的《文学的"根"》一文中，韩少功非常明确地表示要寻找楚文化的"根"，要追求"一种对民族的重新认识，一种审美意识中潜在历史因素的觉

---

① 韩少功：《山上的声音》，《作家》1995年第1期。
② 韩少功：《归去来》，《上海文学》1985年第6期。
③ 南帆：《诗意之源——以韩少功二十世纪九十年代的散文为中心》，《当代作家评论》2002年第5期。

醒，一种追求和把握人世无限感和永恒感的对象化表现"①，但落实在具体作品中时，其面貌却有了很大变化，它不再是单纯的"寻根"，而是交织着"审根"的意味，甚至很难分清批判和寻找究竟何为主次。被誉为"寻根文学"代表作的《爸爸爸》最为典型。尽管韩少功曾多次表示，《爸爸爸》不只是如评论家们所理解的具有"主题先行"的文化批判含义，还具有丰富的"同情"内涵，②但作品发表后，绝大多数读者都将之理解为对传统乡村文化的批判，将丙崽喻为当代阿Q。如此集中的"误读"，说明作品文本本身存在着严重的歧义——正因为如此，韩少功后来才会有对《爸爸爸》的多次修改。③《爸爸爸》之外，韩少功另一篇"寻根"代表作《女女女》的思想主题同样语焉不详，作品究竟想表现什么，以及究竟是何态度，没有人能够明确。

1996年，《马桥词典》问世。正如李锐所说，"在《马桥词典》之前，韩少功的一切文字都只能算作是一种准备，在《马桥词典》之后，韩少功将可以被称作是一位杰出的小说家"④，《马桥词典》是韩少功创作中具有奠基意义的作品。它是韩少功"寻根期"的总结之作，保留着"寻根"中的某些矛盾和犹疑，但也代表着他新阶段思想的开启，更清晰和坚定的立场呼之欲出。

具体来说，如韩少功所言："从严格意义上说，我们并不能认识世界，我们只能认识在语言中呈现的世界。我们造就了语言，语言也造就了我们。《马桥词典》无非是力图在语言这个层面撕开一

---

① 韩少功：《文学的"根"》，《作家》1985年第4期。
② 韩少功、施叔青：《鸟的传人》，廖述务《韩少功研究资料》，天津人民出版社2017年版，第71页。
③ 洪子诚：《丙崽生长记——韩少功〈爸爸爸〉的阅读和修改》，《中国现代文学研究丛刊》2012年第12期。
④ 李锐：《旷日持久的煎熬》，《读书》1997年第5期。

些小小的裂口,与读者们一道,清查我们这个民族和人类处境的某些真相。"① 作品的创作主旨就是试图建构一个马桥人自己语言中的世界。也就是说,《马桥词典》中的马桥远不只是一个地名,也不只是一个地域的历史,而是代表着一种行将消失的文化。作品以富有情感色彩的叙述方式,展示它的独特语言和价值,书写它遭受压制、侵蚀的历史和正在消亡的命运,传达出感伤色彩的理解和认同的态度。这种态度的相对明朗与之前的大多数"寻根"作品有着比较显著的差异。当然,这并非说作品对马桥世界完全没有否定,在一些场所它也传达出认同与批判的两难、赞赏与遗憾的困惑。最典型的是作品后半部分对当下马桥青年不良品行的叙述。它既可以看作传统文化崩溃后的道德丧失,也可以阐释为它们正是封闭文化滋生的孽果。两种理解都有其合理性。

第三阶段是《马桥词典》之后一直到今天。这期间的韩少功创作上有一个醒目的变化,就是文体上的转换。他之前的主要文体是小说,但这时期却创作了大量的散文随笔。他出版了以《山南水北》为代表的多部散文、随笔集,获得了很好的社会反响,还创作了《暗示》《革命后记》等介于写实与虚构、小说与随笔之间的作品。这种文体转换并非偶然,而是如韩少功自己所说:"想得清楚的写散文,想不清楚的写小说。""大体上说,散文是我的思考,是理性的认识活动。"② 他之所以多写散文,是因为他认为自己现在的思想更为清晰而确定。确实,比较之前的犹疑与困惑,这时候,韩少功的乡村书写态度和立场明确了许多。就其最基本的倾向,就是对乡村文化更明确的认可与肯定,部分作品更表现出为之代言和维

---

① 韩少功:《语言的节日》,《新创作》1997年第2期。
② 韩少功:《精神的白天与夜晚——与王雪瑛的对话》,《精神的白天与夜晚》,泰山出版社1998年版,第112页。

护的姿态。具体有以下两方面的表现：

首先，对乡村利益和文化价值观念的肯定。如前所述，《马桥词典》中已经部分表达出对乡村价值观的认可，但由于其中还夹杂有批判和质疑的声音，作者的态度还不是非常明确。这阶段的情况有了很大变化。如《山南水北》，对乡村社会与大自然之间密切相关的生命观念和自然观念已经是完全认可，而且还常常以之来对比现代文明，对后者进行批判。对乡村的伦理道德观，作品也多予肯定和赞美。如对乡村劳动观念的如此理解："劳动就成了一个火热的词，重新放射出的光芒，唤醒我沉睡的肌肉。"[①] 再如对强烈神秘色彩的动植物灵性和乡村宗教信仰，也是持认可的态度。

与散文一样，韩少功这阶段的小说也一改"寻根"时期的含糊和矛盾，明确地表示对农民形象和乡村文化的维护立场。其中，一些作品书写了农民的善良和质朴品格。如《月下桨声》写那对在努力挣学费的留守兄妹，却坚持要还回别人多给的一元钱，其执着中尽显真诚；再如《空院残月》中的农民刘长子贫穷而木讷，但其行为中却渗透着淳朴和善良。即使是部分作品书写了农民的自私等弱点，也或者通过对贫穷程度的渲染给予某种程度的辩解（《土地》），或者以之来彰显乡村朴素道德的意义（《白鹿子》），批判的色彩已经相当微弱。而更多的作品则明确表达对乡村文化的认可乃至崇敬。《山歌天上来》最为典型。这篇小说的故事背景在一定程度上是对《马桥词典》的延续，孕育村民毛三寅的边山峒是一个与马桥一样有着自己独特文化的乡村。但与《马桥词典》不同的是，这里已经没有对毛三寅的任何批判和质疑，只有对其与大自然浑然天成的创造性天才的赞美，以及对以欺骗手段扼杀毛三寅创作生命的城

[①] 韩少功：《开荒第一天》，《山南水北》，作家出版社2006年版，第36页。

市文化的明确否定。事实上，像《山歌天上来》一样进行城乡文化主题对比的作品还有不少。如《赶马的老三》就很鲜明地肯定了大智若愚的乡村智慧，与之形成对比的是知识分子大学生的无能。再如《怒目金刚》中普通农民对乡村"礼"文化执着维护的态度，对应的是城市文化的"无礼"状态。包括前述的《月下桨声》，也在对大学教授言行的揶揄中含蓄地表达了否定。《生离死别》写一对老农民夫妇计划安乐死，却被警察以杀人罪判刑。在双方难以沟通的隔膜面前，作品明确持有维护乡村利益的立场。

  其次，在文学内容和形式上更自觉的乡村主体化倾向。与"寻根"时期韩少功小说多呈象征色彩、较少乡村日常生活特点有显著区别，这时期的韩少功作品开始更广泛地关注乡村日常生活。如《山南水北》等散文完全集中于对乡村日常的展示，小说作品也基本上都以现实农民生活为表现内容。如《赶马的老三》《怒目金刚》书写了乡村政治生活，《月下桨声》《生离死别》《空院残月》则关注了留守乡村的儿童、老人和病人。而且，这些作品的叙述者（或隐含叙述者）都是乡村人，表达的是乡村自身的声音。在艺术上，这些作品也一改"寻根"时期的晦涩朦胧风格，转到通俗明白的故事化方向。特别是语言风格上，叙述语言与人物语言基本一致，更广泛融入乡村色彩的幽默和地方方言，不禁让我们想起20世纪中叶周立波和赵树理的作品。

二、文化的印记：从磨合到创新

  韩少功乡村书写的变化，折射着他与乡村之间的复杂关系，也可以看作他在与乡村文化的艰难磨合中，逐渐回归自我心灵，形成独立思想和文学品格的过程。

韩少功的早期创作思想体现的更多是现代文化教育的结果，或者说是现代启蒙文化传统在韩少功思想中的折射。而他之所以不满于早期创作，并开启"寻根文学"之旅，乡村生活经历和文化感受是最重要原因。对此，韩少功有过阐述。他曾这样述说自己的乡村情感："对于他们中的许多人来说，最深的梦境已系在远方的村落里了。""他们多年后带着心灵的创伤从那里逃离的时候，也许谁也没有想到，回首之间，竟带走了几乎要伴其终身的梦境。"① 也这样评述乡村文化对自己的影响："从西化程度较高的城市，到传统积淀较多的乡村，既是社会身份的下移，也是不同文化板块之间的串联。这样，在一种文化碰撞之下，在文化身份的撕裂之下，他们获得了一种独特的生命感受切面，一旦受到某种观念的启导，心里的东西就喷涌而出。"② 确实，如果考虑到下乡插队时的韩少功只是一个15岁刚完成初中学业的少年，城市生活也正赋予他沉重的家庭苦难记忆③，对于韩少功来说，乡村的意义绝不仅仅只是一个普通的插队场所，而是包含着情感依恋和思想启迪的双重意义。这种影响也许在一时之间无法完全呈现，但随着时间的推移，必然会产生日益深刻的印记。《归去来》所表达的深刻乡村记忆几乎导致人物内心分裂（小说的结尾句是"我累了，妈妈！"④），《诱惑》所表达的乡村文化让人无法抗拒的巨大魅惑力，既是小说虚构，也完全是韩少功自我心境的真实展示。

---

① 韩少功：《记忆的价值》，《韩少功散文 海念》，海南出版社1995年版，第72、73页。
② 郝庆军：《九问韩少功——关于文学写作与当代中国的思想状况》，孔见等著《对一个人的阅读——韩少功与他的时代》，江苏文艺出版社2013年版，第268页。
③ 1966年9月，父亲因为遭受政治迫害而去世。对于当时只有13岁的韩少功来说，这种心灵的伤害和打击无疑是非常沉重的。参见孔见：《韩少功评传》，河南文艺出版社2008年版。
④ 韩少功：《归去来》，《上海文学》1985年第6期。

但是，1980年代中期的外在社会环境和韩少功当时的文化积累状况都决定了他"寻根"之旅的艰难。在现代主流文化中，乡村文化是被启蒙和受批判的对象，接受其文化"诱惑"是具有"原罪"性质的。至于尚年轻的韩少功，既接受了多年的现代文化教育，对乡村文化的认识也主要停留在感性层面，绝对不可能果断而清晰地做出自己的文化价值选择。所以，"寻根文学"中的韩少功，基本上处在感性世界的主导中，他提出"寻根"主张，最基本的动因就是解决内心深处的迷茫与困惑。而一旦真正进入深层思想表达层面，他就很难做到对现代理性文化的抗拒，不可避免地陷入自我冲突之中。这是《爸爸爸》《女女女》等"寻根"文学作品主题艰涩而矛盾的根本原因，也致使十几年间韩少功创作的精神面貌有着一定的模糊含混。这期间，韩少功创作了《归去来》《蓝盖子》《余烬》《山上的声音》等表达对乡村文化较多认同的作品，但同时，他也有《北门口预言》《领袖之死》等致力于批判乡村文化的作品问世。

韩少功能够走出漫长的困惑期，开放的文化环境起到了很大作用，而时代的发展则起到了进一步的催化作用。1990年代以来，韩少功广泛接触了西方文学，并翻译了米兰·昆德拉的《生命中不能承受之轻》和佩索阿的《惶然录》等作品。这些文化影响，帮助韩少功克服了现代文化的优越意识，能够更平等、更客观地看待乡村和乡村文化，同时，也让他对乡村文化的认识更为理性，在辨析、归纳等思考中将乡村情感进一步升华，让乡村文化得到更高的理性思辨，并将其融入自己的思想创造。与此同时，社会文化的变迁也促进了韩少功的思想变化。90年代以来，传统乡村迅速颓败，现代物质文化成为社会文化的主导，而高科技也极大地改变了人们的生活方式。对现代商业文化的质疑，对平等、生态等问题的关注，与韩少功内心中的乡村情感和文化记忆，共同交织并相互促进，激发出韩少功《马桥词典》之后的乡村文化思考。

在这一背景下，韩少功才会有对乡村文化如此高而理性的评价："文明成长离不开大量活的经验，离不开各种实践者的生存智慧。看不到农民智慧的人，一定智慧不到哪里去。""文人的知识通常来自书本，不是来自实践；是读来的，不是做来的。这种知识常常不是把问题弄清楚了，而是更不清楚了；不是使知识接近心灵，而是离心灵更远。"① 我们也才可以看到，在韩少功近年来的思想中蕴含着乡村文化的深深印记——它们在与现代理性思想融汇后，深刻地启迪着韩少功，并构成了他思想的重要一部分。这一点，清晰地体现在韩少功近年来的思想和文学世界中：

其一，现代性反思中的乡村思维。

近年来，韩少功最引人注目的思想就是对现代性的反思。在1990年代中期，就有学者将韩少功的创作概括为"文化保守主义的社会理想"，并概括出"对东方文化传统的维护""对原始思维方式的推重""对科学技术的责难""对工业社会、商业社会的批判""对'社会发展'的质疑"等七点表现。② 近年来，韩少功在《山南水北》等散文集以及《进步的回退》《一个人文主义者的生态观》等许多散文随笔中，更进一步表达了对现代进步、发展观的批判。"人类中心主义、理性主义、科学主义、进步主义是一些有色眼镜，把很多丰富的生活现象过滤到盲区中，值得我们小心对待。"③ "这个时代变化太快，无法减速和刹车的经济狂潮正铲除一切

---

① 韩少功：《人们不思考，上帝更发笑——答〈韩少功评传〉作者孔见》，《进步的回退》，上海文艺出版社2012年版，第325—326页。
② 鲁枢元、王春煜：《韩少功小说的精神性存在》，《文学评论》1994年第6期。
③ 张均、韩少功：《用语言挑战语言——韩少功访谈录》，《小说评论》2004年第6期。

旧物，包括旧的礼仪、旧的风气、旧的衣着、旧的饮食以及旧的表情。从某种意义上来说，这使我们欲望太多而情感太少，向往太多而记忆太少，一个个都成了失去母亲的文化孤儿。"[1]对理性和知识的批判，对现代科技和文明未来的质疑，成为近年来韩少功最引人注目的思想。这正如他对"进步"和"退步"的深层反思："不断的物质进步与不断的精神回退是两个并行不悖的过程，可靠的进步必须也同时是回退。这种回退，需要我们经常减除物质欲望，减除对知识、技术的依赖和迷信，需要我们一次次回归到原始的赤子状态，直接面对一座高山或一片树林来理解生命的意义。"[2]

这些思想无疑是具有现代高度的，但它与中国乡村文化之间也有着深刻的关联，或者说乡村文化是这些思想的重要资源和启迪者。最直观的，如《山南水北》《山川入梦》等散文，充分渲染和细致展示了山村自然的素朴之美，揭示了宁静生活方式背后人与自然的高度和谐，阐释了身体劳动的意义。这些方面，正是韩少功用以对比和批判现代文明的重要资源。再如《山川入梦》中多次写到简朴自然的乡村生活方式和以人性善为基础的乡村伦理，展示了与大自然有着内在关联的中药知识和神秘文化，韩少功也是以此为基础展开对现代文明、发展、先进等观念，以及人与自然关系、生命价值问题的丰富思考。

在这些最直观、最直接的乡村伦理和自然观念之外，如有学者注意到，乡村文化也深刻影响到韩少功的深层思维方式："一年中有半年时间蛰居乡间的韩少功屡屡称道的农民兄弟们的健康性智慧，实际上来源于言与象的始终共存——那很可能是因为农民兄弟

---

[1] 韩少功：《怀旧的成本》，《山南水北》，作家出版社2006年版，第32—33页。
[2] 韩少功：《进步的回退》，上海文艺出版社2012年版，第7页。

们距离土地和大自然最近。"① 其中,韩少功对乡村文化"具象化"特点的认识是最重要的一部分。早在《马桥词典》中,韩少功就多次阐释过乡村文化重视具象、轻视抽象的思维特点。"马桥语言明智地区分'他'与'渠',指示了远在与近在的巨大差别,指示了事实与描述的巨大差别,局外事实与现场事实的巨大差别。"② 他们对"时间"的记忆,不是抽象的哪一个年份,而是与其具体生活事件密切关联。这使韩少功进一步认识到:"一个词的理解过程不光是理智过程,也是一个感觉过程,离不开这个词在使用环境里与之相关联的具体形象、具体氛围、具体事实。"③ 并且,他有对乡村"细节文化"非常明确的支持态度:"农民总是通过细节来论人的,总是记忆着细节和传说着细节,重细节甚于任何政策和理论——这与很多新派人士不一样。"④

这种"具象化"的乡村文化印迹清晰地体现在韩少功的思想中。比如他对科学理性和启蒙思想的批判和质疑,在很大程度上就来自对"语言"普遍性的质疑,也就是对抽象和概括等的质疑。在《暗示》中,他有这样清晰的表达:"相同'明言'之下,可以有相同'隐象',这是因为多数人的初始条件大致接近,在衣食、疾病、婚育、家庭等方面也有彼此差不多的经验……相同'明言'之下,必有'隐象'的千差万别,包括深隐和浅隐的差别,富隐和贫隐的差别,隐此和隐彼的差别。""时间长了,作为一种潜在的心理痕迹,言词的隐象已经积淀为本能,进入呼吸、血液、体温一类生

---

① 敬文东:《具象能拯救知识危机吗——重评韩少功的〈暗示〉》,《当代作家评论》2014年第5期。
② 韩少功:《马桥词典》,作家出版社1996年版,第157页。
③ 同上书,第42页。
④ 韩少功:《老地主》,《山南水北》,作家出版社2006年版,第104页。

理反应，却不一定被当事者所意识。"① 而他对理性的贬斥也密切联系着对感性的充分认可："最好的办法不是躲避理性，不是蔑视理性，是把理性推到内在矛盾的地步，打掉理性可能有的简单化和独断化，迫使理性向感觉开放。"②

其二，文体形式变迁中的乡村文化逻辑。

近 20 多年中，韩少功给文学界最大的震撼力是文体形式的探索性和创新性。《马桥词典》借用词典形式书写马桥故事，引起一时轰动；之后，《暗示》和《革命后记》更进一步，虽然名为长篇小说，但却连最基本的完整情节都不再有，略同于随笔。包括《日夜书》《修改过程》等作品在文体形式上也有非常明确的探索创新尝试。文体的改变并非偶然和随意，而是韩少功对生活和文学认识的结果，蕴含着他新的文学和思想理念。这当中，西方文学的影响不可忽略，但乡村文化同样有深刻影响。

"具象"中心的思维方式在其中依然起到了很重要的作用。它最直接的影响是让韩少功对宏大主题产生怀疑和弃置，并倾向于选择具体事物来作为文学作品的表现对象。在《马桥词典》中，他就明确表示出对由"知识"和"规范语言"建构起来的传统小说的不满，尝试抛弃宏大叙事以及与之相关的文体形式："我写了十多年的小说，但越来越不爱读小说，不爱编写小说——当然是指那种情节性很强的传统小说。那种小说里，主导性人物，主导性情节，主导性情绪，一手遮天地独霸了作者和读者的视野，让人们无法旁顾……实际生活不是这样，不符合这种主线因果导控的模式。"③ 而且，他还明确希望自己的文学写作转移到具体和微小的生活中来：

---

① 韩少功：《暗示》，上海文艺出版社 2012 年版，第 309 页。
② 韩少功、施叔青：《鸟的传人》，《进步的回退》，上海文艺出版社 2012 年版，第 277 页。
③ 韩少功：《马桥词典》，作家出版社 1996 年版，第 68 页。

"我的记忆和想象,不是专门为传统准备的。""于是我经常希望从主线因果中跳出来,旁顾一些似乎毫无意义的事物……起码,我应该写一棵树。"① 到《暗示》的创作,韩少功更明确地表示这一创作是对语言的宣战,是尝试用新的语言方式来揭示被传统语言所遮蔽的具象面貌,建构新的文学空间:"《马桥词典》的关注点是生活怎样产生了词语,词语反过来怎样制约生活,制约我们对生活的理解与介入。……我必须重新回到生活中来,看一看我们的回忆、感受、想象、情感、思想是怎么回事,看一看具象是如何隐藏在语言里,正如语言是如何隐藏在具象里。"②

事实上,韩少功并不讳言自己的文体探索与乡村文化之间的关系。在一次对话中,他就表示《马桥词典》的文体形式与中国传统笔记小说之间有着内在的关联和继承。③ 在他看来,具有完整结构的现代小说形态并不适合慢节奏、少规范的传统乡村生活状态,而《马桥词典》所采用的零散、片段式的文体形式与之更为和谐。到《暗示》,韩少功更将作品的文体特点直接关联社会文化状况,将它看作回归农业文明背景的一种文体形式:"现代社会里传媒发达,人们很容易知道这个世界发生了什么事,因此,一个文学写作者描述这些事可能是不重要的,而描述这些事如何被感受和如何被思考可能是更重要的。这就是我有时会放弃传统叙事模式的原因。我想尝试一下把笔墨聚焦于感受方式和思考方式的办法,于是就想到了前人的笔记体或者片段体。"④

其三,乡村神秘文化为底蕴的思想和审美个性。

---

① 韩少功:《马桥词典》,作家出版社1996年版,第69页。
② 张均、韩少功:《用语言挑战语言——韩少功访谈录》,《小说评论》2004年第6期。
③ 参见韩少功、崔卫平:《关于〈马桥词典〉的对话》,《作家》2000年第4期。
④ 韩少功:《我喜欢冒险的写作状态》,《南方日报》2002年12月13日。

韩少功文学创作（特别是小说）有一个显著特色，就是强烈的神秘和怀疑色彩。它首先是超现实色彩的题材内容和艺术表现，也就是真实与虚幻、现实与梦幻相杂糅的故事，以及因此而呈现的亦真亦幻的审美特色。这最初体现在其乡村书写中，如《雷祸》《蓝盖子》《鼻血》《余烬》《山上的声音》《很久以前》等作品。《归去来》是最早的成功尝试。作品将"马眼镜"和"黄治先"两个人物的故事糅为一体，在表达现实与过去、乡村与城市之间迷失主题的同时，也展示了小说虚实结合、真假难辨的突出特点，艺术效果颇为独特。到后来，这种书写逐渐超越了题材限制，成为韩少功创作的共同特征。如《第四十三页》《暗香》《真要出事》《鞋癖》《谋杀》《会心一笑》等，作品内容都与乡村生活无关，但都书写了那种虚幻与真实杂糅的故事，艺术上运用时空交错、现实梦境混同等叙述方法，呈现出亦真亦幻的叙事特点。

　　艺术不仅是艺术，更与思想密切关联。在韩少功很多作品中，这种叙事特点已经超越了纯粹的艺术层面，深化为作品的思想内容，就是看待生命和世界的态度和方式。如《马桥词典》《山南水北》中叙述的很多具有神秘色彩的乡村故事，特别是一些超自然的灵异现象，以及奇异的因果关系，都蕴含着乡村社会的文化态度，这些神怪现象与日常生活混同在一起，构成乡村社会的重要一部分。而韩少功近年创作的长篇小说《日夜书》和《修改过程》，虽然内容主体是对回城知青和大学生活的追忆，但都表达出对现实和叙述真实性的强烈怀疑态度。如《修改过程》，所表达的就是对回忆真实性的质疑。在一件事过去多年之后，每一个事件的经历者对事实的讲述已经完全不同。这不仅是出于记忆误差或有意曲解，而是事件本身就存在疑问。这一主题，在韩少功曾经的一篇名为《是吗》的短篇小说中也有过表现。曾经的事实在时过境迁之后已经不再有真相存在，而它引发的不是对叙述者的质疑，而是对事件的存在本身的困惑。显然，作品内在蕴含的已经是一种时间和生命态度，或者说就是宿命感和不可知哲学。

如果说神秘和虚幻式的艺术特点在其他作家作品中也有过表现，但是，将之升华到哲学和生命观念却基本上属于韩少功的唯一。而究其根本，乡村文化是其源泉。如前所述，韩少功对神秘文化的表现起始于其乡村写作。也就是说，乡村社会中那些与现实生活规律相悖逆的生活现象，那些浸润着乡村独特时空观和生命观的神秘文化，很早就进入韩少功的文学视野并对其创作和思想产生了深刻影响。它们不单成为韩少功的重要艺术特征，而且成为其对生命、对世界的认识的一种重要方式。

正因为如此，韩少功的思想随笔中也有类似的观念表达。如早在1990年代初，韩少功就表示了对科学文化观念的质疑和对宿命色彩生命观的认可："事实上，科学并不能做所有的事情。假如征兆、报应、机缘、参悟、幻觉、宿命、神秘感应等等全部被科学排斥，假如真实不能得到假想的滋养和佑助——就像西方早已发生而中国正在发生的情况一样——那么美就没有了，生命的丰富性也就没有了。"[①]《马桥词典》中，韩少功也有类似的呼吁，认为应该尊重乡村文化独立理解生命现象的权利："人和人是不可能一样的。如果我不能提高多数马桥人的火焰，我想，我也没有理由剥夺他们梦幻的权利，没有理由妨碍他们想象……"[②]到近期，他更明确表示："什么是荒诞？什么是正常？往往因人而异，取决于我们头脑中的观念。我们理解中的荒诞，在另外一些人看来可能完全正常。……

---

① 韩少功：《比喻的传统》，《韩少功散文 海念》，海南出版社1995年版，第70—71页。
② 韩少功：《马桥词典》，作家出版社1996年版，第253—254页。

很多时候，文学就是要使很多不可理解的东西变得可以理解，使很多无声和失语的东西进入言说。这就是发现的责任。"[①] 他声称："不许诺任何可靠的终极结论，不设置任何停泊思维的港湾。"[②]

三、精神轨迹与文学印记

与乡村文化的复杂关联，以及社会环境变化和多文化带来的影响和启迪，推动了韩少功文学创作的不断发展。韩少功的创作历程，可以看作是他逐渐脱离群体、走向独立自我个性的过程。如前所述，韩少功的早期乡土创作，包括部分"寻根"阶段的作品，都局限在知青作家群体创作特征中。正是在"寻根"文学的探索中，特别是在《马桥词典》以后，韩少功形成了自己独特的思想和文学个性，并成为当代中国文学中为数不多的思想型作家之一。

这使韩少功在当代中国文学中显示了突出的意义。由于多种因素的制约，当代中国的思想能力严重不足，特别是对现实生活之外的现代文化和社会发展方向等问题，文学界很少呈现出有深度的思考，从而严重影响到文学在社会文化中的地位和文学自身的高度。这并非说韩少功的思想就是完备的。而且，就韩少功作为思想基础之一的乡村文化本身也并非没有缺陷，它也不可能成为社会文化发展的基本方向。但是，韩少功在开放多元的前提下吸纳乡村文化的部分因素，接受其思想启迪，形成自己的反思现代性思想，是有充分意义的。其中很重要的原因是，中国乡村文化蕴藏着中国传统哲学文化，对于西方文化而言是一个外在的"旁观者"。就文化而言，

---

① 张均、韩少功：《用语言挑战语言——韩少功访谈录》，《小说评论》2004年第6期。
② 韩少功：《精神的白天与夜晚》，《在小说的后台》，山东文艺出版社2001年版，第145页。

没有任何文化是完美的,包括一切以发展、进步为目标的现代西方文化,促进了人类的进步和发展,但也带来了人们难以预测的危机和风险。西方后现代主义思想就是对现代主义的警醒和反思。韩少功的文化思考,不是鹦鹉学舌,而是立足于深厚的中国乡村文化,融会其文化内涵和思想方式,是一种有创造性的文化思想。

在这方面,韩少功与中国现代著名作家沈从文有颇多相似之处。沈从文受到苗族文化的启迪,结合西方文化影响,形成了自己以"自然"为中心的生命观,并表达出对"发展"和"文明"的深刻质疑,从而成为中国现代文学史上最具文化创造性和现代性反思色彩的作家。韩少功的思想方向与之大体相似。只是相比之下,沈从文的文化批判更多立足于感性,也更多情感和抒情因素,而韩少功则较多结合了现代理性思想,以具有乡村文化特点的哲学观和现实观来审视现代文化思想。韩少功与沈从文的生活时代相隔了半个多世纪。在韩少功的时代,现代化的步伐更快,高科技的影响更大,物质文化的主导性也更强。韩少功的思想尽管还没有得到全面的检视和评判,但其强烈的前瞻性和警醒意识,足以成为我们时代的一种重要文化。相信在未来,韩少功的文化思想会得到更多人的认同。

作为一个小说家,评价韩少功的最基本层面还是文学价值。在这方面,韩少功提供了包括文体形式创新在内的多方面贡献,但我以为最突出的还是在审美艺术层面,也就是他创作了一些具有独特审美个性的文学作品。其典型代表是韩少功"寻根"时期的创作,即从《归去来》到《马桥词典》间的部分作品。如前所述,这时期韩少功对乡村文化的认识是比较纯粹的情感和兴趣,这使他不会陷入某些先入为主的偏见观念中,以贬斥、忽视或有意渲染的方式来书写乡村文化,而是能够拥有更平等、客观和审美的立场,更充分地展现其观察和书写乡村的视角特点。

在正常情况下,人们对某一地方的观察和书写都立足于两种角度,即内视和外观,乡土书写也不例外。比如鲁迅、茅盾等作家都是站在乡村之外以俯视姿态观照乡村,进行文化批判与政治启蒙;而赵树理、沈从文等作家则主要立足于乡村之内进行展示,张示出乡村的自我立场和诉求。① 相比之下,韩少功的视角具有充分的独特性。作为曾经的知青,他对乡村有深切的情感和相当的熟稔,但他又始终不是真正的乡村人,外来者的理性和客观天然地存在于其思想中。对韩少功来说,乡村世界既遥远又亲近,既熟悉又神秘,他观察乡村的视角也介于自我主体和乡村客体之间,既有日常的平实,又保持着一定的陌生感和新鲜感。这样的视角,使韩少功的作品能够兼具内外视角的优势,既能够近观乡村,避免距离所带来的隔膜和冷漠,又不至于因为太熟悉而忽略掉一些生活中的微妙细节。所以,这时期韩少功小说营造的乡村世界能够将现实与象征、自我与客观做较充分的结合,特别是能以比较客观的态度看待具有虚无和宿命意识的乡村文化(也就是一般所说的"迷信"),并将之融入人物的独特感受,给予自如真切的展示,从而形成了韩少功小说虚实结合、亦真亦幻的浪漫主义艺术特点。像《归去来》《鼻血》《余烬》《山上的声音》等都是非常成功的优秀作品。

在艺术表现上,日常细节与新鲜感受的融合也产生了独特的艺术效果。如《空城》对"屠户案板"的描写,就充分呈现出"熟悉的陌生感"的审美魅力,与其他视角的表现存在较大不同。

<blockquote>墟场不动声色向脚步声迎来。那里依稀冒出几团黑影,如蹲</blockquote>

---

① 贺仲明:《"农民文化小说":乡村的自审与张望》,《文学评论》2001年第3期。

伏的十几只巨兽从天而降，使人不得不惊慌和提防。借着手电筒的射光细看，才发现"巨兽"原是肉案案板，均有门板大小，几口砖那么厚，油污黑亮，粗头粗脑，重若千钧，压得一只只案脚纹丝不动。案面有密集交错的刀痕，除了一圈黑油油的边沿，当中已砍出了浅浅的本色。①

然而，尽管如此，我对韩少功的近期创作发展还是存有一些困惑。确实，韩少功近年来写作了很多优秀的思想随笔和文化散文，但相比之下，小说创作的水准却并没有超越过去，甚至是有所下降。也就是说，随着韩少功思想观念越来越透彻，主题意识越来越明确，他的小说失去了曾经含蓄朦胧的独特韵味。包括他近年来的文体探索，也是有得有失。如果说《马桥词典》能够较好地将零散化的人物故事以散点的方式组合起来，相得益彰地实现了成功创新的话，那么，《暗示》《革命后记》等就走得太远了。它们的叙述方式更符合思想的要求，却与文学距离较远。概而言之，过强的理性色彩，使韩少功与乡村文化之间始终有着一定的距离。他就像一个步入禁区的好奇者，描画无数个诱惑着他心灵的新奇世界，在某些偶然情况下，他甚至可能深入禁区内部，但最终还是无法真正进入这一世界。从思想来说，这也许是有益的，但对于小说艺术来说则是一种无法避免的伤害。它阻碍了韩少功像当年的沈从文那样建构起一个独立的乡村文学世界。理性与感性，文学与思想，对于韩少功来说，也许是一个鱼与熊掌的两难选择。

---

① 韩少功：《空城》，《韩少功作品系列 爸爸爸》，上海文化出版社2017年版，第32页。

第二节 当乡土遭遇现代主义
——论"先锋小说"中的乡土叙事

一、虚化的乡土书写

乡村生活是中国现当代文学极为重要的创作题材,并造就出风姿各异的乡土小说作品。一般而言,乡土小说都比较密切地关联现实,也较多采用写实艺术。然而,在1980年代中后期兴起,以格非、苏童和余华为代表的先锋文学,却将乡土书写推入一个新的境地。他们的目光虽然集中在近现代历史中的乡村生活,却主要以之为文学形式变革的演练场所,因此,他们的乡土书写也呈现出许多新的特征。

先锋作家乡土叙事,首要也是最突出的特点,就是聚焦于对乡村历史的书写。其中,一些作家将目光投向数十年前、处于另一种政治背景下的民国或更早时代,如格非的《迷舟》《大年》《风琴》和苏童的《一九三四年的逃亡》《罂粟之家》。还有一些作品则隐匿了具体的时间背景,将之置于一个模糊暧昧的氛围之中,比如格非的《敌人》、苏童的《仪式的完成》以及余华早期的大部分作品。对于这一类作品,我们只能从故事的发生地点推断出它们书写的确实是乡村,并且主要是远离现实的乡村历史。

所以,即使是历史,作家们也对它们进行了严重的虚化处理。他们并不试图如实反映历史的真实原貌。他们的小说中既没有对宏阔历史画面的全景式展示,也缺乏真实具体的历史场景,而是悬置了历史与现实真实,将历史视为小说的布景,在虚拟化的历史场景中展开个人化想象,叙事带有明显的虚构色彩。格非和苏童的小说大多有着具体的历史背景，比如《迷舟》中的北伐战争，《一九三四年的逃亡》中1930年代江南的瘟疫、饥荒和水灾，《大年》中1940年代的饥荒及农民暴动，《风琴》中的乡村游击队的抗日行动，以及《罂粟之家》中的土地改革。但这些小说的叙述重心并不是对具体历史事件进行反思，也不是对战争和灾荒年代的乡村命运予以揭示和观照，而是主要借助这些事件营造的历史氛围来展开叙事，也就是说，乡村历史在他们的小说中只是必要的布景，而不是像传统乡土小说那样作为直接书写对象。像《一九三四年的逃亡》虽然涉及诸多乡村历史背景——1930年代接连不断的乡村瘟疫、饥荒和水灾，农民暴动，以及离土农民进入城市促进了南方手工业的兴盛和早期的城市化进程，但在苏童笔下，这些历史并不是脉络清晰、因果逻辑分明的，他只截取了线性历史进程中的一些画面，小说"全部是碎块，是泼墨式的"①，形式的实验痕迹相当明显。

第二个特点是非写实的艺术手法。先锋作家的乡村书写，不致力于追求生活实感，而是经常将故事背景设置在不知名的小镇或与世隔绝的小村庄，甚至还故意淡化乡村场域，以抽象的方式来书写，很少描绘本真自然的乡村世界。如风景，包括乡村自然风景和人文景观，是农民日常起居和劳动触目所及的，是乡村生活的重要构成，也是传统乡土小说的重要书写对象，但先锋小说中的风景普遍呈现出明显的淡化与意象化特征。苏童笔下的枫杨树乡这一完全虚构的产物，其地理空间就是由多个乡村意象——罂粟花地、河流、黑砖楼、蓑草亭子等组合而成，呈现的是一些极具象征意义的画面，而非完整鲜活的乡村场域；格非小说中出现的江南地方风物也主要是人物主观感受和回忆中的风景，突出的是人的主观感觉

---

① 苏童、周新民：《打开人性的皱折——苏童访谈录》，《小说评论》2004年第2期。

和情绪，而非外在的具有独特审美价值的乡村风景本身；余华的《一九八六年》《河边的错误》等作品，虽然有一些南方小镇的影子，但却无具体的风物、生活描写，故事背景相当模糊。而且，他们也很少细致真切地描摹乡村的独特生活方式和具体生活情景，即便出于情节需要必须交代，采用的也是概括的方式。如苏童的《罂粟之家》对枫杨树人赖以谋生的罂粟种植等的描写，格非的《敌人》对子午镇上的商贸交易、日常劳作生产和花集戏演出等娱乐活动的书写，都十分简略而抽象，缺乏具体的乡村生活气息。

在这两个特点之下，先锋作家的乡土书写虽然写的是乡村生活和乡村人的故事，但实质上却与真正的乡村和农民无关。最典型的是他们笔下的农民形象。这些人物虽有农民的身份却完全没有农民的实质，很难以"农民"来进行指代。虽然并不存在一种凝固的、标准形态的农民形象，但由于中国乡村社会生活方式和文化传统的相对稳固地传承，生活在其中的农民也有着性格气质和道德观念上的某些共性，比如务实保守、重视亲情维系和恋土等，而且，先锋作家书写的主要是近现代历史上的乡村，在这一时期，农民的性格尚未发生根本性的变异。然而，这些先锋作家笔下的人物形象却完全不具备农民的特点，甚至可以说根本就不是农民，而是作家理念的体现。

其一是将人物处理成欲望的化身。这在先锋小说中十分常见，最典型的如《敌人》中没落的财主后代赵少忠和《罂粟之家》中的长工陈茂，前者为了欲望而一再杀害自己的亲生儿女，后者与地主一家的矛盾纠葛也始终是因欲望的不能满足，可以说，他们的一生就是为了实现自我的淫欲，除此之外，他们没有任何符合其身份地位的愿望与要求。

其二则是将人物视为寄寓作家美学理念的符号。苏童笔下的农民大多属于这一类型，如《逃》的主人公陈三麦终生都在逃走与回归之间循环，但他的逃亡并非根源于乡村的现实生存苦难，而是作家赋予人物的某种"情结"，与其说这是生活在1950年代初的农民，毋宁说是体现存在悲剧性的一个符号。

而且，这些小说的主题也与乡村（包括乡村历史）无关。格非曾经这样回忆其成名作《迷舟》的写作动机："我就是要写命运的偶然性、不可捉摸，因为我当时对这个题材已经很着迷了，在我看来，所有的事情你都不可能去把握的。当时我对中国历史也做了一些研究，感想特别地多，于是就想写这个来暗示历史，暗示命运。"①事实上，这也正是格非早期大部分小说的共同主题，即表现被宏大历史遮蔽的个体欲望与偶然因素。因而，他小说中的历史与真实的乡村历史其实并无关系，他真正想表达的是超越这些具体历史事件之上的抽象的历史本质。苏童也曾坦言："所有的历史因素在我的那个时期的小说中都是一个符号而已。我真正有能力关注的，还是人的问题。"②他的枫杨树系列小说虽然以家族史为叙述脉络，却并不是将叙述重心放在时代历史背景下的家族兴衰变迁上，而是专注于表现人在具体历史情境中所显露的人性。在这样的形式选择与主题安排之下，先锋小说中的乡村实际上从叙事焦点逐渐虚化为叙事的远景，乡村世界成了一个遥远而空洞的布景。

先锋作家乡土书写的这些特征，一个主要的原因是作家们的生活经历所限。他们开始先锋写作时都很年轻，不过二十来岁的文学青年。正如余华的自白，他"没有插过队，没有当过工人。怎么使劲回想，也不曾有过曲折，不曾有过坎坷"③，无论是象牙塔中的格非和苏童，还是常年生活在浙江海盐县的余华，他们的人生阅历都十

---

① 格非、任赟：《格非小传》，格非《欲望的旗帜》，春风文艺出版社2005年版，第285页。
② 谭嘉：《作家苏童谈写作》，《当代作家评论》2002年第5期。
③ 余华：《我的"一点点"：关于〈星星〉及其他》，《北京文学》1985年第5期。

分有限。生活阅历的限制使他们很自然地青睐于以想象和虚构为主的写作方式。而且，余华和苏童等大部分先锋作家都没有实际的乡村生活经历，要他们了解和书写现实乡村，显然是勉为其难的事情。

更重要的原因还是作家们的写作意图。也就是说，他们根本就不想书写现实乡村，他们也不在意现实乡村。他们的关注点主要在小说形式，在如何虚构故事、展开叙事，与现实没有太大关系。其实，余华和苏童早期都曾经尝试过以写实手法书写自己相对熟悉的现实生活，①但他们显然不满意于这些意境单纯的篇什，之后都转向了与现实无直接关联的寓言化写作和历史题材。余华坦言是卡夫卡让他从传统的写实手法中挣脱出来，此后他追求的不再是"多换几个角度来观察社会"②，而是以虚伪的形式表现人的精神世界的真实；苏童则在陈年往事中找到了"虚构的热情"，沉迷于小说形式上的探索，注重小说的语言锤炼、意象渲染，致力于追求"纯粹的艺术的"小说境界。③相对而言，格非虽然拥有一定的乡村生活背景，但他在先锋写作时期致力于追求的，主要是小说语言和形式不受文学传统规范束缚的自由。④所以，极端重视形式和写作技巧的文学观念，才是作家们回避乡村现实、模糊化乡村背景的根本原因。事实上，这样的处理方式，也确实能够给作家们留下更多想象和虚构的空间，更切合作家们的形式探索。

---

① 如余华早期曾创作发表《第一宿舍》，《西湖》1983年第1期；《"威尼斯"牙齿店》，《西湖》1983年第8期；《鸽子，鸽子》，《青春》1983年第12期等作品。苏童也发表过《第八个是铜像》，《青春》1983年第7期；《近郊纪事》，《青年文学》1984年第7期；《一个白羊湖男人和三个白羊湖女人》，《青年文学》1985年第1期。这些作品明显受到了时代文学潮流的影响。
② 余华：《我的"一点点"：关于〈星星〉及其他》，《北京文学》1985年第5期。
③ 参见苏童：《虚构的热情》《答自己问》，收入汪政、何平编《苏童研究资料》，天津人民出版社2007年版，第45、34页。
④ 格非：《十年一日》，《塞壬的歌声》，上海文艺出版社2002年版，第66—67页。

按照传统的乡土小说概念，这些作品显然不能算作乡土小说。但是，我们以为，它们书写的是乡村，以乡村和乡土为主要故事背景，部分主人公也有农民的身份，因此，从宽泛角度来说，还是可以把它们理解为乡土小说。而从乡土小说的发展角度来看，这一颇具个性的创作，也构成了对传统乡土小说面貌全新的改变——至少，它给予了乡土小说更多样化的可能性，很有值得思索和探讨的意义。

二、观念的挑战与突破

与传统乡土小说相比，先锋乡土叙事显然是一种"另类"的乡土书写，但它们普遍借鉴了西方现代主义文学观念和技巧，呈现出一些新的叙事面貌和审美品格，在思想和审美性上都有新的开拓，从而构成了对乡土小说书写传统的某些突破和挑战。

首先，先锋乡土叙事对乡村神秘现象的书写突破了传统乡土小说的限制，呈现出有新意的审美特色。比如，苏童《仪式的完成》书写民俗仪式的神秘力量，以及余华《世事如烟》中所描述的宿命和离奇死亡事件，都超出了科学和理性的范畴，具有非常浓郁的含魅意味。相比之下，格非的《青黄》并不直接书写超自然的神秘现象，但在作家有意的叙述处理之下，作品的人物、情节和氛围同样具有浓郁的神秘色彩。小说以民俗调查为叙述框架，记录了麦村人回忆叙述的关于张姓外乡人的种种神秘事件：老艄公侵犯小青后就翻了船；外乡人的棺材被洪水从几里外的墓地冲到村中的祠堂前，棺材之中尸骨无存；小青的儿子"看见"死去多年的外祖父之后随即淹死在池塘中。从现代理性角度来看，麦村人所描述的这些神秘事件显然是无稽之谈，然而，它们在乡村社会中确实又有着存在的心理依据：麦村人关于外乡人的传说显然带有一定的虚拟色彩——

由于相互之间的隔膜而有意无意将其言行举止神秘化，而小青的不幸遭遇也使她对世界的理解发生了一定的变形和夸张。

事实上，小青及麦村人关于外乡人的神秘化描述不但有着直接的心理依据，同时也体现了中国传统鬼文化[①]观念的深刻影响。鬼文化根源于缺乏宗教信仰的国人对不可超越的死亡的恐惧心理，它不许诺天国，却承认与人间平行的阴间世界的存在，即认为人死后将以鬼魂的形式继续存在；它虚妄，却有着一定的心理慰藉意义。"子不语怪力乱神"的儒家传统使这一脉神秘文化始终只能处于边缘位置，但其在民间却保持着旺盛的生命力，尤其是在一些僻远蛮荒的乡村，农民"敬鬼神、听天命"的观念根深蒂固，甚至成为他们对抗苦难现实的精神武器。正如《青黄》的叙述者对小青所描述的灵魂重现现象的评价，"在乡间，人们往往把接踵而至的灾难归咎于冥冥中的天意"，由于农民的社会地位低下，他们往往比其他阶层承受着更多的苦难和灾祸，面对现实生活中突如其来的打击，他们无从反抗，便将不幸归咎于超越世俗存在的"天意"，从而获得精神上的安慰和超脱。并且，鬼文化对农民的影响还经由一系列关于禁忌和敬畏的风俗仪式渗透进乡村日常生活之中，像喊丧、点灯、烧纸、招魂等丧葬祭祀仪俗在传统乡土社会中都具有极其稳定的传承性。

正是由于鬼文化与农民、乡村之间的这种深厚联系，它早在1920年代便已进入现代乡土小说作家的视野，如鲁迅的《祝福》、王鲁彦的《菊英的出嫁》和台静农的《红灯》等作品都对与鬼文化

[①] 参见靳风林：《论中国鬼文化的成因、特征及其社会作用》，《中州学刊》1995年第1期。该文对中国鬼文化的成因、基本特征和社会作用进行了宏观考察。文章认为，"'鬼'泛指人死后与躯体相脱离而存在的各种'魂灵'"，并将"围绕'魂灵'问题而产生的各种现象以及与之有关的古籍、典章、礼仪、风俗"统称为"鬼文化"。

相关的思维观念和风俗仪式进行了书写，但囿于科学主义、理性主义的时代语境，作家们普遍站在文化启蒙的立场上，将其视为蒙昧落后的体现，视为封建神权对农民精神的侵蚀和毒害。经历五四科学主义话语的祛魅之后，相关文学书写更是几近绝迹。直到1980年代中期，在更加开放多元的文化语境中，与鬼文化相关的风俗和神秘现象书写才再次在文学中复归。

先锋作家们正是有意通过书写古老的风俗仪式来渲染小说的神秘氛围，①将人的幻觉、错觉融入现实之中，通过叙述处理制造神秘的叙事效果。在他们的许多小说中，风俗书写不再只是叙事的点缀或制造特殊审美效果的需要，而是直接参与小说的情节发展进程，种种难以解释的神秘现象因古老风俗的刻意渲染而变得"合情合理"。这种自觉的含魅叙事，借助于变形、错觉和夸张等艺术思维方式，传达出恐惧、虚无等现代生命体验，表现出生活的神秘与偶然以及历史的虚幻、不可把握，并因此而呈现出神秘荒诞的美学风格，对于传统乡土小说写作来说，这是一种完全的创新和突破。

其次，先锋乡土叙事从人性角度出发，拓展了对乡村文化的认识空间。由于先锋作家的乡土叙事不局限于具体的乡村生活背景，也就自动放弃了传统乡土小说的文化启蒙目的。同时，他们也放弃了将乡村作为知识分子精神乌托邦的理念，不致力于从现代与传统文化冲突的角度来理解乡村。也正因为如此，他们能够超越文化批判或文化怀旧的惯性模式，更集中在抽象的人性层面，对乡村文化做更具普泛性的价值思考。如余华的《河边的错误》，以马哲对河

---

① 格非就曾坦言他小说中神秘现象的来源："一是童年经验。孩童的认知能力较弱，也容易变形。二是三四十年前的中国乡村仍然保留了丰富的传说、风俗等历史内涵，可以给记忆或想象以足够的支撑。"参见余中华、格非：《我也是这样一个冥想者——格非访谈录》，《小说评论》2008年第6期。

边杀人事件的调查过程为叙述脉络，展现了小镇上人们之间的相互猜疑，以及由此造成的人性扭曲和异化，疯子这一完全缺乏理性的杀人凶手更被寄寓着人性本恶的深层内涵。另外，格非的《大年》书写豹子参加新四军前后行为的变化，以及村民们对待豹子态度的变化，深刻展示了人性恶的因素如何在权力下变异，从而将文化批判与人性揭示很好地结合在一起。

苏童的枫杨树系列小说在揭示人性方面同样自觉而深入。苏童曾表达过这样的观点："人的问题之大，可以掩盖政治变革社会变革的问题。"[①] 在具体的写作实践中，他也确实是将人性作为展现历史复杂性的一个重要切入点。在《一九三四年的逃亡》中，既有对农民为了进城而割舍亲情维系和宗族纽带的夸张化书写，也有对进城农民人性堕落、道德沦丧的揭示，尤其是以祖母蒋氏为典型，书写了灾害频仍年代农民为求生存，艰难挣扎而显露的人性的不同层面，其中既有为孕育抚养儿女而爆发的顽强坚韧的母性，也有为抢夺野菜而与枫杨树其他女人执刀相向，展现出人的动物性野蛮暴戾、不择手段的一面，以及对现实彻底绝望之后向地主阶级投降、寻求依附，更折射着农民面对现实苦难和打击的无奈与无力。这样的书写突破了简单的政治化视角以及对人性的阶级化处理，既彰显了人性的复杂，也表现了以伦理道德、礼治秩序为核心的传统乡村文化在灾荒年代的衰落。

《罂粟之家》则以南方的土地改革运动为背景揭示了人性欲望和传统观念的难以移易。小说所描述的枫杨树乡的文化传统是极具世俗意味的，即以食与色为核心。一方面，祖上饿殍遍野的历史记忆使枫杨树人恪守勤俭持家、节衣缩食的乡风，地主刘老侠疯狂敛

---

① 苏童、周新民：《打开人性的皱折——苏童访谈录》，《小说评论》2004年第2期。

聚土地的行为也被视为合理而正当的,另一方面是对情欲的无节制纵容,乃至于地主家父子兄弟共占同一个女人,毫无伦理道德底线。在这样的乡村氛围中,土改运动的推行是极其艰难的,正如工作队队长庐方的感慨:"南方的农民的生存状态是一潭死水,苦大仇深并不构成翻身意识,你剥夺他的劳动力他心甘情愿,那是一种物化的惰性。"而且,虽然土地改革最终以革命的暴力逻辑改变了枫杨树乡的现实经济关系和权力结构,却无法抑制农会主席陈茂的情欲,无法消除陈茂与地主一家之间的相互仇视和原始报复欲,更无法从根本上改变农民的传统思想意识:在陈茂看来,地主一家的遭殃与自己的走运不过是"风水轮流转",而在历史亲历者——那个给孙子追溯往事的祖父眼中,造成地主家族溃败的根本原因是地主家庭内部的血缘紊乱。可以说,农民始终是隔绝在现代性思想之外的。

除了思想层面的突破,先锋作家在艺术方面的探索更富有新意,也丰富和开拓了乡土小说的艺术审美空间。

第一,运用超现实手法展现了充满幻想色彩的乡村世界。先锋作家高扬写作主体的虚构能力,将叙述人及小说人物的体验、感觉、幻想与现实书写相融合,展现了一个个现实与幻想相杂糅的超现实世界。这之中,苏童的枫杨树系列小说的超现实色彩体现得尤为突出。这些小说常常在现实与幻想之间自由回旋,但这幻想并非无的放矢,而是鲜明地体现了"相信有超自然的主宰,相信万物有灵,相信灵魂和神灵的存在"[①]这一扎根于我们民族精神深处的原始神话思维。因而,虽然枫杨树乡只是一个虚构的乌有之乡,但作家奇谲、瑰丽的幻想却赋予了它超越现实乡村的灵性和别样的美感。

---

① 张紫晨:《中国巫术》,生活·读书·新知三联书店1990年版,第288页。

这个世界生活着一群充满野性生命力的生灵——美丽雄壮的怒山红马（《祭奠红马》）、神秘的家鼠（《一九三四年的逃亡》）、成精的野狗和不堪黑胶鞋压迫而涉河逃奔的老牛（《飞越我的枫杨树故乡》），自然万物皆有灵性，在天地间自由生存而不愿受任何羁绊。就连深受传统宗族观念影响的古老风俗仪式，也被作家涂抹上浪漫的幻想色彩，如《飞越我的枫杨树故乡》中，人死后入宗墓的地方习俗褪去了庄严肃穆的意味，变成了灵牌化为吉祥鸟背负亡者升天的约定，凄清阴森的七月半鬼节也演变成了具有民间狂欢色彩的烧花送鬼节，表现了农民的美好希冀和超脱精神。

苏童的超现实书写不但展现了一个充满灵性和幻想色彩的乡村世界，从中更寄寓着向往自由、寻找家园的深层文化精神。像《飞越我的枫杨树故乡》《祭奠红马》和《故事：外乡人父子》等作品不是对乡村生活的如实摹写，也不是对人物命运的简单再现，而是以超现实的手法来处理人物和情节，表达了人类对自由的向往，对充满野性的强悍生命力的渴望，以及对家园的永恒追寻。对于以写实和象征为主导的传统乡土小说而言，苏童的这些小说无疑提供了一种全新形态的乡土寓言——超现实的幻想与宗法观念浓厚的乡土社会的奇妙混合。作家有意赋予古老陈旧的乡村以空灵飘逸的韵味，也赋予那些叛逆的人物及其命运更具普遍性的象征意义，这样的乡村书写是诗化的，是寄寓着作家美学理念的幻梦，其艺术境界含蓄朦胧、意蕴悠长，极大地开拓了小说的美学空间。

第二，灵活多样的叙述方法使先锋乡土叙事具备了一定的现代品格。比如《青黄》采用多层次的叙述方法，避免了单一叙述视角的平铺直叙，呈现出深邃多义的美学风格。一方面，作者有意引入麦村人的有限叙述视角，用修羊栅栏的老人、外科郎中、康康、小青和看林人不同的回忆叙述来拼凑外乡人神秘传奇的一生，另一方面，作品又始终以叙述者干预控制着叙事，不断地在麦村人的讲述中穿插叙述者的声音，如"他在揭示一些事情的同时也掩盖了另一些事""我不知道这个女人的叙述究竟包含了多少可信的成分"，由此，叙述者的独白与麦村人的讲述之间构成了有意味的张力。对于麦村人充满神秘意味的叙述，叙述者既不是完全的认同，也不是简单地视其为迷信，而是以宽容平等的心态去倾听，并始终与之保持着一定的距离。这样的叙述处理不仅突破了传统与现代、愚昧与文明二元对立的乡土叙事模式的限制，也使小说具有了更丰富的象征化内涵。另外，格非在这篇小说中对空缺手法的运用也不同于早期小说中的生硬，较好地实现了外来文学形式与本土生活内容的融合，"青黄"的含义和九姓渔户历史的阙如不仅具有形式上的意义，实际上也隐喻着被排除在正史之外的民间边缘历史的被湮没命运。

三、如何深入地书写乡土——形式的意义与限度

先锋作家的乡土书写不啻为一次可贵的文学尝试，它们为当代乡土小说提供了一种全新的、个人化的乡村书写方式，在思想主题、形式技巧和审美风格上都呈现出许多新意，更对后来的文学发展产生了广泛、深刻的影响，但也存在着一些明显的缺憾。

首先，虚化的乡村写作严重削弱了其历史批判的力量。历史叙事虽然是先锋作家们规避现实的一种写作策略，但其中确实也蕴含着他们对历史的独特思考，甚至不乏洞察历史的深刻，比如格非的《追忆乌攸先生》以寓言形式揭露乡村基层权力对知识的污名化、剥夺话语权乃至最终戕杀，余华的《一九八六年》以隐晦曲折的方式书写国民的历史创伤记忆与遗忘，在一定程度上都可视为对中国

近现代历史的寓言化阐释和演绎。而且,他们的历史书写受到西方新历史主义思潮的启发,展现了为以往文学所忽略或遮蔽的历史的非理性一面,这对于突破单一的政治化视角,以新的历史观念反思云谲波诡的中国近现代历史,无疑是大有裨益的。作家们对此也是充分自觉的,格非就明确表达过他对权威历史的不信任:"我对历史的兴趣仅仅在于它的连续性或权威性突然呈现的断裂,这种断裂彻底粉碎了历史的神话。"[①]《大年》和《风琴》等作品正是这一历史观的进一步阐发,小说结尾处有意安排的布告,显示了作家对意识形态书写的所谓历史真实的有力嘲弄和拆解。

然而,格非们的历史书写并不是从乡村历史现象本身的演变和变迁出发,进而提炼出关于历史本质规律的思考,而是将乡村背景虚化,以先在的历史观念为主导,用个人化和虚构化的方式构想出一个个历史寓言,这样的处理方式使其人物和故事都失去了本土生活现实的有力支撑。像余华的《一九八六年》《河边的错误》等作品虽然揭示了历史的暴力逻辑和荒诞本质,以及由此造成的人性扭曲和伦理道德失范,但作品对小镇生活的粗疏勾勒、对人物精神和心理的过分抽象化描述,使得作品的历史批判指向无法落实到具体的民族生活与精神层面,进而导致了作品历史批判力量的减弱。同时,这种虚化的乡村写作策略也折射出作家对中国乡村历史与现实的隔膜,显示了他们历史意识的淡薄。比如格非过分夸大人的欲望和偶然因素的作用,甚至将历史导向不可知与虚无,实际上是将复杂的历史简单化了。事实上,乡村历史有其复杂的面向,诸如政治的失误与偏差、不同利益集团之间的争斗等,都可能会影响到历史的走向,而格非在揭示出一定历史真相的同时又形成了新的遮蔽。

---

① 格非:《小说和记忆》,格非《塞壬的歌声》,上海文艺出版社 2002 年版,第 15 页。

其次，过于强化的形式实验弱化了思想文化方面的突破精神。像苏童的枫杨树系列小说，如作者的自觉："对于城市和乡村，究竟认同什么样的文明、什么样的价值观？精神和血脉联系的结果是分裂的矛盾的，我难以找到一个统一的、和谐的点"①，从本质上来说是一种处于"无根"境遇中的现代人的寻根写作，包含着城乡文化冲突、现代人的精神归宿等命题，很有思想的深度。然而，作家最终还是未能将这种深层的文化反思融入写作之中，其意义和思想主要停留在形式层面。《一九三四年的逃亡》等作品虽不乏展示复杂的人性、强烈的精神漂泊感和追寻家园的文化精神，但作家未能真正揭示出现代人在城市与乡村之间徘徊的"无根"焦虑感，怀乡的结果最终将人导向无所归依的虚无。再如对乡村神秘现象的书写。作家们的创新意义固然突出，但除了《青黄》等个别作品将鬼文化与农民精神心理结合起来认识以外，大部分作品都未能对这一神秘文化背后隐含的复杂民族心理予以揭示和反思。比如《敌人》也写到了许多植根于民间的文化观念，如子午镇人的宿命观、鬼魂观以及对命理和风水的迷信等，但格非对这些带有前现代色彩的乡村经验的反复书写，主要是为了渲染神秘的氛围，以及承担设疑、误导等迷惑性情节的功能，而不是将这种独特的思维方式、文化心理融入具体的乡村生活与农民精神书写之中，小说的思想主题——将自我置于整个世界对立面的存在主义式命题，也与传统的乡土生活方式、本土文化心理是脱节的。

先锋乡土叙事之所以存在上述缺憾，根本原因在于他们未能将西方现代主义文学观念和技巧与中国本土的现实生活进行充分的对接，他们的叙事兴趣主要在传达抽象的哲学理念、实验形式技巧，

---

① 苏童、周新民：《打开人性的皱折——苏童访谈录》，《小说评论》2004年第2期。

而对乡村生活和农民命运缺乏情感牵系和人道主义关怀。在中国近百年的现代性建设过程中，乡村始终是历史的见证者，更是苦难的承受者，以乡土中国为表现对象的乡土文学，本应成为书写乡村历史与现实、农民的生存方式与精神状况的最具表现力的文学题材。所以，先锋作家们的乡土书写是一把双刃剑。他们确实不乏文学虚构与创造的天赋，为当代文学提供了全新的个人化文学经验，同时却也放逐了对乡村的深刻人文关怀。或者说，他们既写出了乡村历史的某些真实，同时却也遮蔽了更为复杂深刻的乡村真实。

在这个意义上说，先锋作家的乡土书写既给我们提供了开阔视野和艺术创新上的充分启示，也给我们提供了一些警示。

最根本的就是，文学光有形式和技巧上的进步是远远不够的，更需要将艺术探索与人文关怀相结合。乡土小说更是如此。乡土小说有一个独特性，就是它的书写对象是乡村和农民，也就是社会底层。而且，乡土小说的诞生和发展是与乡村和农民命运息息相关的，因此，它天然具有一个特别的要求，就是更强烈的人文关怀意识，对弱者和乡村命运的关怀。尤其应该关注现代化进程中人的生存处境和精神变异，揭示出更加丰富复杂的本土生活现实和文化精神。所以，在其他写作中，炫技式的写作也许有其一定价值，但是，在乡土小说领域，这就会成为显著的缺失。没有生命的形式遇到最需要关怀的生活，二者之间的反差会呈现出强烈的不协调，从而影响文学的品质。

从根本上说，我们每一个人都是来自乡村。我们与乡土世界、与乡村的大地、原野和树木，都有着不可分割的联系。我们关怀乡村，在一定程度上就是在关怀我们自己。在这个意义上说，对乡土的写作就是我们灵魂的写作，没有灵魂的乡村书写是没有生命力的。

第三节　中国乡村大地的当代回声
——莫言乡土小说审美论

在当代乡土小说书写历史中，莫言的创作是最有特色的一部分，也是引起最多争议的一部分。他于2012年获得了诺贝尔文学奖，本应该是中国文学的重要荣誉，但这也并没有平息人们对他的争议。包括莫言究竟依靠什么获奖，他的作品到底具有什么价值，达到了什么高度，以及究竟应该批判还是肯定，对这些问题都有不同的意见。在我看来，莫言创作的复杂性固然是引起这些争议的根本原因，同时我们看待莫言的方式也是重要原因。我们一直在中国现当代文学的价值观范围中来审视莫言。但实际上，莫言的创作已经超出了这一范围。他的创作姿态与现当代文学的主流姿态不同，审美追求也不一样。莫言小说体现的不是中国现当代文学主流的知识分子启蒙精神冲突，而是中国古老乡村大地的声音，是古老乡村文化在当代社会的回响。其审美精神就是典型的体现。

一、个性化的审美特征

在当代作家中，莫言的审美风格无疑是非常独特而极具个性化的。概而言之，其审美特征主要表现为以下三点：

其一，生命力之美。这一点，已经为评论家们所反复论及。特别是在对莫言早期作品《红高粱》的论述中。确实，《红高粱》中的"我"之所以那么倾情赞美"我爷爷""我奶奶"，是因为他们身上拥有着现在已经严重失落了的生命力，体现出雄强的精神气概和生命美学。正如女主人公的言论："我只有按着我自己的想法去办，我爱幸福，我爱力量，我爱美，我的身体是我的，我为自己做主，我不怕罪，不怕罚，我不怕进你的十八层地狱。"① 对于作品中的这些人物来说，生命就是一种独立自由的个性，一种不服输、敢抗争的力量。生命的伦理意义和审美价值就在这种个性和力量之中。

莫言《红高粱》之后的创作继续沿袭这一特征。《丰乳肥臀》中上官鲁氏的行为做派大违传统儒家伦理道德，并因此而广受非议，但她的生命力毫无疑问非常旺盛，对子女的爱也始终执着而顽强——这种爱的内在精神是对生命力的追求和肯定，也是人类得以繁衍生存的重要前提。② 正是基于这一点，作者毫不避讳对上官鲁氏予以高度的认同和赞美："书中的母亲，因为封建道德的压迫做了很多违背封建道德的事，政治上也不正确，但她的爱犹如澎湃的大海与广阔的大地……我认为，这样的母亲依然是伟大的，甚至，是更具代表性的、超越了某些畛域的伟大母亲。"③

在正常情况下，生命力表现为对强大对手的抗争和对逆境的克服，而在极端艰难的情况下，它就表现为承受苦难的能力。面对生命中的惨烈、恐惧和死亡，是否有直面的胆识、承受的毅力，是否能够保持人性的尊严和勇气，是对人勇气和力量的艰难检验，也是判别生命力是雄强还是怯弱的非常清晰的分界线。

莫言作品对此做了非常充分的探索性表现，那就是对酷刑的描写。刑罚，在最基本的层面是受刑人承受痛苦，对痛苦的承受能力是对生命耐力的一种严酷考验；但它还有另一个层面，就是行刑人和被行刑人之间意志的抗争。特别是严酷的刑罚，受刑人固然要承

---

① 莫言：《红高粱家族》，作家出版社 2012 年版，第 64—65 页。
② 这方面，已经有诸多批评家和学者做过论述，这里不多赘语。参见张志忠：《莫言论》，北京联合出版公司 2012 年版。
③ 莫言：《丰乳肥臀·新版自序》，浙江文艺出版社 2017 年版，第 1 页。

受强大的肉体痛苦，行刑人也要经受心理的巨大考验，他不只需要直面受刑人的痛苦，还要亲自去施加和制造痛苦，没有强大的精神承受力显然是做不到的。在一定程度上，酷刑的施行过程就是受刑人和行刑人意志力抗争的过程。

《红高粱》描写罗汉大爷被剥头皮的过程，侧重展现的是受刑人罗汉大爷英勇不屈，突出其顽强坚韧的生命力。《檀香刑》则是从刑罚的两个侧面来进行展现——也就是说，它既展现了受刑人对肉体痛苦的强大承受力，也展现了受刑人与行刑者意志力的抗争。第一次的受刑人是钱雄飞，他尽管身受剧痛，但凭借过人的忍耐力和意志力，坚持无半句呻吟，还一直对袁世凯大声叫骂，让袁恼羞成怒，也让那些观看行刑的人产生惊惧心理。第二次的受刑人孙丙更是如此。他遭受了空前惨烈的檀香刑，但对他来说，刑罚的痛苦已经根本不算回事，他甚至把它视作自己喜爱的猫腔中的一出戏。因此，他本可以逃生却自愿选择了死，将极度残酷而漫长的刑罚过程作为张扬生命力的一种方式。正是其生命力的坚韧，让心地极端冷酷的著名刽子手赵甲，也不得不为之敬佩。

其二，驳杂和放纵之美。

莫言小说审美还有另一个特点，就是不从单纯的角度来展示"美"，其笔下的美往往是驳杂而丰富的。莫言作品书写了乡村世界的多个方面，其中很少有单一向度的美或丑，它们一般都是美中有丑，丑中有美，混淆成一个难以分割的整体。早在1980年代末，丁帆先生就指出莫言引人争议的《红蝗》表面上是审丑，实质上是另一种审美方式。[①] 确实，在莫言笔下，美和丑不是像一般观念中截然分开的对立状态，而是难分彼此。最典型如他笔下的母亲

---

① 丁帆：《亵渎的神话：〈红蝗〉的意义》，《文学评论》1989年第1期。

形象，既有对子女强烈的爱和牺牲精神，也有对传统伦理的大胆悖逆。《红高粱》中的余占鳌的身份，既是充满正义精神的抗日英雄，也是杀人越货、让人恐惧的土匪。[①]单篇作品是如此，创作整体上也是如此，也就是说，莫言的不同作品展示乡村世界不同的侧面，在总体上，其营构的文学世界就是丰富而立体、善恶美丑相杂糅和交织在一起的。比如《红高粱》展现了乡村浪漫雄壮的一面，《欢乐》《红蝗》《酒国》则展现了其丑陋、卑琐的一面；《天堂蒜薹之歌》《丰乳肥臀》更多展现乡村对超现实的幻想和追求的一面，《檀香刑》《生死疲劳》则主要呈现出历史的沉重和压抑。与这种美丑、善恶、真假混合审美特点相一致，莫言小说的艺术表现也是戏谑与沉重共存，狂欢与痛苦并列，爱与恨、批判与眷恋相交织，其内涵正如其语言的汪洋恣肆，恰似混沌芜杂的黄河之水，体现出驳杂多元的美学特征。[②]

这样的美学特点，自然就难有明确的价值立场，而是呈现出非常极端的美学形态，呈现出非功利化和非道德化的放纵个性。1980年代《红高粱》中的郊外野合和酒中撒尿等行为固然远远地走在了时代美学规范的前面，《檀香刑》以夸张的笔法细致入微地展示行刑过程更是挑战了人们正常的审美心理。而且，如莫言自己所说："非民间的写作，总是带着浓重的功利色彩；民间的写作，总是比较少有功利色彩。"[③]莫言的这些夸张、极端的审美（丑）书写并不一定蕴含着实质性的精神内涵，而是仅仅以展示本身为目的。如果说《红高粱》的刑罚书写中罗汉大爷还有民族精神为底蕴，有伦理

[①] 王洪岳：《文学家莫言对当代中国美学的拓展与启示》，《贵州师范大学学报（社会科学版）》2015年第1期。
[②] 参见洪治纲：《论莫言小说的混杂性美学追求》，《中国现代文学研究丛刊》2015年第8期。
[③] 莫言：《文学创作的民间资源》，《当代作家评论》2002年第1期。

关怀为基础，那么，《檀香刑》对刑罚的描写就已经远离了伦理色彩，具有为刑罚而展示刑罚的效果。而《红蝗》等作品，将"大便"等被排斥于传统审美观念之外的许多丑的内容写进了文学，并且给予正面的褒扬态度，从审美角度来看，这无疑是一种具有挑战性的放纵。

对于这种审美表现，莫言曾将之归因于自己的创作习惯："我在现实生活中是个懦弱胆怯的人，但在写小说时却有坚强的意志和无所畏惧的胆量。我感到自从把'高密东北乡'作为自己的小说舞台后，我就从乞丐变成了国王。这里的一切都听我支配，这里的男女老少都听我驱使。我让谁死谁就不敢活，我让谁活谁就不敢死。我体会到了一个作家最大的幸福。开天辟地，颐指气使，我的'高密东北乡'可以包容天下，而天下万物，皆可以为我所用。"① 但显然，文学创作不是如此简单，在如此审美特征的背后蕴含着莫言独特的思想追求。

其三，故事和传奇之美。这主要体现在小说艺术层面。莫言非常推崇小说中的故事因素，将其作为小说的最重要因素："我一直强调小说的第一个因素是小说应该好看，小说要让读者读得下去。什么样的小说好看？小说应该有一个很好的故事、精彩的故事。"② 他对那种排斥故事的小说很反感："这种不讲故事的小说，就像试验田里的一个不成熟的农作物品种一样，始终也没获得大面积推广的资质。而讲述故事的小说还是小说的大多数，那些获得了普遍认同、引起读者关注的小说，无一例外的都是用精彩的方式讲述了精

---

① 莫言：《没有个性就没有共性》，《用耳朵阅读》，作家出版社2012年版，第136页。
② 莫言：《用自己的情感同化生活——与〈文艺报〉记者刘颋对谈》，《说吧，莫言》（中卷），海天出版社2007年版，第84页。

彩故事的小说。"① 正因如此，他非常重视故事的讲述方式，或者说在意故事本身。莫言故事叙述的技巧繁多，如感觉的充分应用，如真实与虚构的混杂，等等。甚至说，故事对于莫言小说如此之重要，以至于我以为，莫言小说中至少有一部分作品是纯粹的故事小说，或者说就是"为故事而故事"，它们很难以传统的意义意图进行探究，而更适合以传统的形式角度来理解。比如《木匠与狗》，虽然其中传达了农民式的因果报应主题，但是就本质来说，它应该就是讲述了一个乡村故事———一个融合了传奇、神秘和部分乡村伦理的故事，并没有其他微言大义。

这一点，可以在莫言对自己作品的阐释上得到印证。比如他的早期代表作《红高粱家族》，在文学批评家和一般读者的理解中，都是以独特的历史观为特点和中心，重点在于阐发其思想意义。但是莫言的理解却完全不同。他曾经明确表示："许多在历史上大名鼎鼎的人，其实也都是与我们一样的人，他们的英雄事迹，是人们在口头讲述的过程中不断地添油加醋的结果。我看过一些美国的评论家写的关于《红高粱家族》的文章，他们把这本书理解成一部民间的传奇，真是说到我的心坎里去了。"② 也就是说，他更倾向于将"故事"和"传奇"作为《红高粱家族》的核心，而不是一般所理解的思想观念。

就小说审美效果而言，莫言的小说大都充满虚构和大胆的想象，富有传奇甚至是荒诞之美。最典型的如《酒国》，将惊险、传奇、怪异等多种因素齐聚于小说之中，导致小说的故事始终悬置在真实与虚幻之间。其他如《天堂蒜薹之歌》《蛙》《生死疲劳》等几

---

① 莫言：《鲜明的法律之美——〈刑场翻供〉评点》，《说吧，莫言》（下卷），海天出版社2007年版，第358页。
② 莫言：《我在美国出版的三本书》，《小说界》2000年第5期。

乎无一不是如此。最具代表性的是他小说中多次出现的"吃煤"细节，亦真亦幻，亦实亦虚，充分体现了小说故事的传奇性，也呈现出独特的审美效果。

莫言小说的这三个审美特点各有侧重，也有主次之分，相互之间更有着密切的内在关联。简单地说，自由生命力构成莫言文学最基本的审美主导，贯穿于其整个创作生涯之中。其驳杂之美和放纵之美，包括富有想象力和传奇性的故事美，都是这种生命力的不同表现方式。

二、乡土大地的遥远回声

莫言的上述审美特征，在精神方面与现代启蒙文学传统有着较大差异，也与中国传统审美观念相去甚远，某些方面甚至具有颠覆性。如他在《红蝗》等作品中对"母亲"形象的亵渎性书写，以及《檀香刑》对刑罚的无节制渲染，既与传统伦理和现代人文精神有所背离，也迥别于中国主流文学的含蓄中和之美学风格。这也是莫言多年来一直饱受文学界和社会各界争议的重要原因。

然而，如果我们放弃中国传统文学的主流审美原则，改从中国乡村文化角度来看莫言，就会有完全不一样的理解。

莫言曾经多次明确表示自己的创作资源在民间，在于其童年和少年时代接受的乡村文化熏陶，以及祖辈和父辈们所讲述的故事。近年来，也有很多学者将莫言的创作资源和创作历程概括为"民间"，将之作为"民间写作"的代表。这一概括非常具有启示性，但我觉得还不够准确。准确地说，它应该属于乡村农民文化。因为"民间"是相对于主流体制、知识分子来说的，其内涵较为驳杂，既包括市民文化,也包括流民文化等内容。[①]莫言所书写的这些生活,包括他所展现的"审美"内容,背后蕴含的不是空洞而宽泛的"民间",而是中国农民阶层的立场和态度,所体现的是中国乡村文化的审美内涵,或者说,其背后蕴含的是农民文化的生命观和价值观。

作为一个传统的农业国家,中国乡村文化有悠久的历史。按照社会学家的说法,乡村文化属于"小传统",它与中国传统主流的儒家文化("大传统")有密切关联,却又有明显的不同。最典型的是,由于农民文化教育程度普遍不高,又长期居于社会边缘,生活方式直接与大自然相联系,他们的道德文化相比主流文化要自由宽松许多,在审美上也呈现出质朴简单的特点。莫言的小说审美与之密切相关。比如其作品中最突出的审美特质——生命力,就是底层乡村田野生活生存的最基本要素。因为在艰难的乡村演变历史中,苦难太多而且非常深重,如果没有雄强坚韧的生命力,就很难生存下来,使生命得到延续。因此,他们敬畏生命,慎终追远,也崇拜坚忍顽强的生命力。而且,面对如此频繁的苦难,人们也不可能一味地悲伤,而是转以自嘲和戏谑的态度来对待——尽管其中很多无奈,甚至不无阿Q精神的体现,但却是农民维持基本生存的重要方式。这就造就了农民对待苦难的非功利审美化立场。另外,从与生活密切关联的角度出发,农民的审美也带有更多的实用主义特点。比如,从传统的乡村生活来看,大便这样的事物并不是特别为

[①] 一个典型的例子,就是莫言与贾平凹的区别。贾平凹《废都》等作品的性描写之所以被人诟病,在于其狎邪口吻和气息。这不是真正的农民文化,而只能说是民间文化,或者准确地说是市民文化。因为色情不是农民文化的产物,而是属于城市小市民文化。色情所需要的金钱、闲暇等条件,都是农民不具备的。农民对性的认识更直接、坦率、简单,但不具有玩赏和色情性质。

人所反感,更是传统老农民所珍视的农家肥。

至于故事性,也是农民文化的重要特色。中国乡村生活单调,很少娱乐方式,农民们也没有高深的文化,一切都以简单的接受为目的。因此,对于农民们来说,无论什么艺术形式,能够吸引人的故事永远都是第一位的,否则,就不可能有存在的价值了。这一特征,体现在几乎所有乡村艺术中,如各种地方戏和说书,都是如此。对此,莫言的体会深刻而且切实:"我是一个没有多少理论修养但是有一些奇思妙想的作家。我继承的是民间的传统。我不懂小说理论,但我知道怎样把一个故事讲得引人入胜。这种才能是我童年时从我的祖父、祖母和我的那些善于讲故事的乡亲们那里学到的。"①

所以,就像荣格对歌德《浮士德》的评述:"不是歌德创造了《浮士德》,而是《浮士德》创造了歌德。"② 从根本上说,莫言小说的审美特征来源于中国广袤而历史悠久的乡村大地。是中国农民文化的深厚滋养,造就了莫言驳杂而多彩的文学创作。

当然,这绝非说莫言只是农民文化的模仿者——这里的"模仿"是在宽泛的意义上而言,也并非贬义,其含义近于"传承"或"创造性地呈现"——因为正是在对农民文化的复杂呈现里,莫言表现出了其超越时代和众人的胆识和创造力,这正是一个优秀而伟大作家所必须具备的素质。

乡村文化并非只有现在才出现,而是长久存在于历史和现实中。它之所以为人所忽略,与中国农民卑微的社会和文化地位有密切联系,也与主流文化与它的疏离相关。在长期的历史中,虽然有

---

① 莫言:《语言的优美和故事的象征意义——英文版小说集〈师傅越来越幽默〉序》,《说吧,莫言》(下卷),海天出版社2007年版,第402页。
② [瑞士]荣格:《心理学与文学》,冯川、苏克译,生活·读书·新知三联书店1987年版,第142—143页。

"礼失而求诸野"的说法,古代文学中也时有采风(征集民谣)的做法,但在大多数情况下,农民文化,以及由它所孕育的民间戏曲等文学艺术都是为主流文学所轻视的。这导致了乡村文化传统与主流传统一定的疏离,也使其呈现出各自不同的某些面目。简单地说,民间文学在礼教伦理的限制上就相对要松弛,宿命、神秘、暴力等因素也较普遍地存在其中。这种情况,在现代文明背景下也并没有大的改观。正因如此,当代中国文学界多次对这些文化采取过批判、改造和禁止等措施。它在社会生活中的位置越来越小,现当代文学作家也基本上对其持否定和拒绝的态度,致使其很少在文学作品中出现,更少有正面和细致的展示。[①]

莫言的表现与大多数作家不一样。他非常明确地承认自己的文学资源在乡村,以尊重和平等的姿态看待乡村文化:"小说,原本不是什么高贵的东西。它起源于下层,是那些茶楼酒馆的说书人,用他们的嘴巴,讲述给那些引车卖浆者流听的故事……我把说书人当成我的祖师爷。我继承的是说书人的传统"[②],并且提出"作为老百姓写作"[③]的文学主张,将自己的文学创作姿态放在与普通百姓平等的位置上。这使他能够以过人的坚毅和执着,始终深入地认识和书写乡土中国,形成了自己以中国乡村文化为基础的思想视野和艺术形式。虽然在他的创作历程中,这种创作姿态使他遭遇到官方和知识分子的多次批评,但他能够冷静地坚持,不断地探索,并获得了突出的成就。所以,莫言的文学创作,也完全可以看作他独立个性追求的结果,他创作天才的产物。

[①] 参见王爱松:《中国文学中的"鬼"哪去了》,《粤海风》2001年第1期。
[②] 莫言:《小说与社会生活——在京都大学会馆的演讲》,《说吧,莫言》(上卷),海天出版社2007年版,第172—173页。
[③] 莫言:《作为老百姓写作》,《用耳朵阅读》,作家出版社2012年版,第65—72页。

莫言接受的农民文化影响不是在表面，而是渗透到灵魂里，就像他对乡村的感情不是远距离，而是真正将自己融入其中，不可分离，他的作品整体上是一个在广袤乡村大地上游荡的灵魂。所以，他能够真正站在农民立场上说话，既是现实的农民，也是文化的农民。他的创作更带着乡村的沉重、压抑和无以言说的痛苦，也饱含着那种与大地紧密连在一起的蓬勃生命力。甚至包括莫言的文学生存方式也表现出农民文化的深刻影响。比如他的不少作品（如《天堂蒜薹之歌》《酒国》《蛙》《生死疲劳》等）借助艺术形式处理一些比较有争议的敏感题材，避免与现实之间的直接冲突，就充分体现了他农民式的狡黠和智慧。

莫言以乡土文化为底蕴的审美追求或者说美学风格并不是一蹴而就的，而是经历了从自发到自觉、逐渐完善和成熟的过程。具体来说，《红高粱》《红蝗》是这种美学自觉之真正起点，《天堂蒜薹之歌》《丰乳肥臀》等是有意识的反叛和创新，《檀香刑》和《酒国》则达到了其审美个性的顶峰。特别是《檀香刑》，莫言在其中传达出挑战读者审美感受力的明确意图，是其独立创作个性最充分和极致的张扬，提及该作，莫言称："我的写作是对优雅的中产阶级情调写作的抵抗。"①

此外，莫言小说中的审美内涵和方法以乡村文化为主，但并不意味着他是单一和封闭的。他在深厚的农民文化基础上，向西方、也包括向鲁迅开创的启蒙文学传统学习，借鉴和吸收了多方面内容，丰富和扩展了自己。特别是在艺术上，他借鉴了西方现代主义的诸多方法，将多民族的、世界性的方式融入本土生活之中。世界

---

① 莫言、夏榆：《记忆是一种声音激活——莫言谈〈檀香刑〉的写作》，《南方周末》2011年5月18日。

性因素是其创作的重要组成部分，或者说是其重要激发点。但是毫无疑问，莫言的创作和文化之根是扎在中国乡村的。

三、独特的文化意义与美学价值

评价莫言乡土小说的审美价值，首先需要厘清文化与审美的关系。因为当前许多批评家对莫言的批评，最主要针对的就是莫言的文化和审美立场。

文学是文化的一部分，但是它又不是一般的文化。文学在根本上是一种"审美"，而不是道德或文化的附属物。所以，批判文学，不能简单以文化的先进、道德与否来进行评判。姑且不说像纳博科夫《洛丽塔》、劳伦斯《查泰莱夫人的情人》这样具有道德挑战性的作品，即使是像梅里美《高龙巴》、福克纳《纪念艾米莉的一朵玫瑰花》这样的小说，如果纯粹以道德文明角度来看，也多有瑕疵。但从文学审美原则来看，这些作品具有突出的魅力和价值。

所以，从现代性视角来看，中国乡村文化斑驳复杂，或者用陈思和先生的话说就是"藏污纳垢"[①]——其中肯定存在一些负面因素，需要进行现代性的批判和改造。但是，从审美角度来看，则不一定这么严苛。我们应该允许文学创作与文化现代性之间存在一定的距离。它既可以给现代性文化留下反思的空间，也是对现代性文化的一种丰富，以个性化的方式展示自己的美学价值。

所以，文学完全可以对乡土文化持批判的审美态度，但它不应该是唯一的态度。鲁迅所开创的启蒙传统不能代表所有的文学方向，更不能让文学创作立场变得整齐划一。莫言站在乡土文化的立

---

① 陈思和：《莫言与中国当代文学》，《扬子江评论》2014年第5期。

场上，呈现其独立的审美形态，在姿态和立场上都提供了一种新的状貌，呈现出一种新的文学世界，确实具有拓展和创新的意义。

其一，展现了广袤丰饶的中国乡村原生态面貌。

无论是自然还是文化，中国的乡村都是非常广袤的，但是，传统文学较少展示，现代文学虽有突破，但也多受制于政治正确和文化正确的局限，很少有全面细致的展示。莫言的作品不一样，它们很少美化和掩饰，朴素而真实地进入日常生活，原生态地展示了乡村生活面貌。在这方面，莫言的丰富混杂美学特征具有重要的意义。因为无论是人还是生活都不是单纯的，或者说，只有展现了人和生活的多面性，才能说是真正有深度的展示。其中，对农民的苦难、贫穷、卑微表现尤为突出。苦难是中国乡村最典型的特征。莫言的书写没有丝毫回避，而是将几乎所有一切都关联着它，展现了广大的农民生活，他们的艰难、苦难、痛楚，以及他们的困惑、希冀和追求。他所表现的生命力，都是在苦难、痛苦的挤压下才得以充分展现的。所以，莫言的小说作品中充溢着乡村真实的生活和文化气息，也因而具有了大地的力量。它不是涓涓细流，而是奔涌而至的黄河；可能有泥沙，却更是气势逼人，而又真切厚重，也才显得如此真实而深刻，充分展示了其广袤、粗野和生命力。

其二，传达出了中国乡村大地的真实声音，提供了一种独特的文化和审美观念，特别是表现了反抗、自由追求精神。

由于文化教育的原因，历史上的农民基本上处于沉默状态，至少是无法进入文化主流、充分地展示自己的声音。现当代文学史上，赵树理展现了农民的现实问题和愿望，相比之下，莫言所展现的乡村声音更为丰富和驳杂。这在一定程度上还是缘于莫言的创作姿态，他与赵树理的"文摊文学家"立场一样，愿意"作为老百姓写作"，也就是放下居高临下的俯视姿态，以全部的思想和情感投入到乡村之中，饱含着切身的痛苦和灵魂的呻吟。比如《天堂蒜薹之歌》《枯河》《红蝗》《蛙》等作品，对权力压榨下农民生存痛苦的细致描述，对他们孤独、绝望和卑微人生的无奈叹惋，达到了非常真实而深刻的高度。在《天堂蒜薹之歌》的结尾处，更借助一个文学人物在法庭上的陈诉，表达农民遭受的各种现实压迫和精神困境，展示其内心的强烈愿望和激烈控诉。无论是深度还是胆识，在同时代作家中都是很突出的。

当然，莫言小说更为读者所认可和关注的，是他对乡村文化的积极面和价值面的展示。其中最突出的是对乡村自由精神的张扬。《红高粱》对农民生命力的表现虽然只是一种追怀，但却因其骄傲自信的态度而充满了艺术的感染力。《天堂蒜薹之歌》以直面现实的方式表现高羊、高马、金菊等农民对幸福、自由的强烈追求愿望。尽管这种追求以失败告终，但其生命力的意义却长存。《生死疲劳》也一样。其借助西门闹几世投胎的荒诞故事，表达的是乡村文化不屈的抗争精神，很容易让我们想到蒲松龄的著名短篇小说《席方平》。而如果我们撇开道德的视角，也不能不说，《檀香刑》所表现的意志力和生命力，确实蕴含着让人惊叹的自然和野性力量——在一直以"中庸""温良恭俭让"为特色的中国文化中，这样的文学表现非常罕见，但却不能否定它是真正中国乡村大地上的精神产物。

其三，它提供了真正立足于中国本土文化的生命观和审美文化。

当前中国文学的主流是向西方文学学习。这当然有必要，但是在最根本上，中国文学还是要找到自己的独创性，就是建立起在中国文化基础上的、独立的认识世界和表现世界的方式。文学崇尚的是个性而不是雷同，是创造而不是模仿。对此，莫言曾经进行过表达："如果说我的作品在国外有一点点影响，那是因为我的小说有个性，思想的个性，人物的个性，语言的个性，这些个性使我的小说中国特色浓厚。我小说中的人物确实是在中国这块土地上土生土长起来的。我不了解很多种人，但我了解农民。土是我走向世界的一个重要原因。"[1]其创作，包括其塑造的人物形象，也包括其借助人物形象所表达的生命观念、文化立场，以及所表现出的审美文化，都是立足于中国乡村文化，展示着中国独特的文化精神和审美个性——其中值得特别指出的是莫言小说的故事美学特征。故事之美是中国传统小说的重要特点，但近年来，这一传统已经为现当代文学作家们所普遍抛弃。许多作家都轻视故事，也不愿意讲故事，或者已经讲不好故事了。莫言的小说以精彩的故事之美诠释了故事性小说的价值和魅力，也是中国小说审美传统的一次个人性的复兴。

莫言小说以上这三个方面，是莫言赢得世界文学认可最根本的原因。有人把莫言得到诺贝尔文学奖归于出色的翻译等因素，都是皮相之言。莫言能够获奖，最根本的原因是他表现了古老东方乡村的生活和文化，展示了另一种与西方文化真正构成多样性差异的生存状态，并体现出另一种具有文化底蕴的生命观和审美观。而且，莫言的这些展示丝毫不肤浅，不是为了迎合西方读者而有意编造的，而是真正从原生态生活中自然生长出来的，是充分自足而富有生命活力和创造性魅力的。所以，它能给西方读者以新奇感和震撼感，并进而得到他们的认可和尊重。在这个意义上说，莫言的创作为当代中国作家与本土文化的深入关联提供了一个有启示意义的典型范本。

---

[1] 舒晋瑜：《莫言：土是我走向世界的重要原因》，《人民日报（海外版）》2012年10月12日。

第五章 新世纪的乡土审美（2000—2015）

引 论

21世纪的转型事实上是从1992年中国开始市场经济改革开始的。但我们把创作阶段划分的界线放在20世纪末也有其道理。因为其一，文化的转型比现实社会的变化要滞后一些，无论是社会文化心理还是文学艺术表现都是如此。其二，虽然中国在1992年开始市场经济改革，但是乡村社会参与这一改革的进程要晚一些。也就是说，虽然市场经济甫一实施，乡村就受到它的影响，特别是很快就有不少农民进城打工，打破了乡村生活和文化上的平静，但是真正大规模的农民进城还是在21世纪初以后，乡村文化的深刻和大规模改变也是从21世纪初才开始。

对于中国社会的这一转型，有社会学家将之誉为"千年以来未有之大变"。确实，在城市化所伴随的商业文化冲击下，中国乡村社会面貌发生了根本性的变化。传统依靠耕田割稻谋生的日子基本上脱离了农民生活，被费孝通作为"稳定社会"典型代表的集聚而居的乡村社会形态也不复存在，越来越多的乡村正走向严重的空心化。走出乡村的打工者虽然身份是农民，但生活方式已经与农村没有了任何关系。至于乡村伦理的变化更是无须多言，无数作家进行了丰富的描述，任何一个与乡村有关的人也都有深刻的感受。

这种状况，对乡土小说审美产生的影响巨大。最突出的一点就是，它不再像以往那样有清晰的时代特征，而是呈现零散多元的分化态势。在时代潮流中已经没有明确的主流，支流则很丰富、杂乱，让人很难看清楚变化的特点、轨迹，更难以探寻其中的规律和原因。

当然，在这当中也出现了一些共同的趋势。最直观的一点就是写实乡土小说的明显衰落。由于乡村现实的变化，以及作家们与乡村关系的疏离，对乡村现实进行写实书写的乡土小说大幅度减少。此外，在审美风格上，客观化的书写被情绪化的书写所替代，批判和感伤成为乡土小说重要的时代风格特点。

结合乡土小说内在特征，再联系乡土小说与外在整体文学格局的关联，21世纪初这十几年的乡土小说有如下改变（虽然这些改变不局限于审美，但无疑与审美有密切关联，并对审美产生了深刻影响）：

其一，民族特色的深度介入。之前，民族文学是当代文学的重要一部分。它们当然也书写乡土生活，但这些文学作品较多集中关注民族问题，与其他文学潮流联系也不密切，因此一般把它们放在民族文学看待，不与乡土小说发展相联系。但是近年来，这些民族生活题材的文学作品呈现出新的特点。其中最主要的，是现代性冲突的主题突出。随着民族地区乡村社会也进入改革阶段，现代与传统的冲突也很尖锐地出现在民族生活中。这成为民族文学的重要主题，也与传统与现代、都市与乡村的乡土小说主题有了直接的联系。阿来、石舒清、马金莲等民族作家在这方面都有优秀的作品。民族文学丰富了乡土小说创作，也构成其中重要而有特色的一部分。

其二，艺术风格的融合——南北融合。这里的南北当然都是泛指，但不可否认的是，地域上的差异带来了传统南方文学和北方文学不同的风貌特点。北方的粗犷激烈，南方的细腻委婉，在作家创作上体现得相当明显。然而，随着社会的发展，地方交流的日益频繁，作家的流动性也更强，作家之间的相互学习和借鉴也更充分，于是，文学创作呈现出互相交融的特点，地域差别不再那么显著。

表现在乡土小说上，就是不少北方作家创作中呈现出较明显的南方化特点——从更深处思考，这其中也应该包含着优势文化的影响力问题。因为与北方作家创作呈现南方化特点的同时，却较少有南方作家往北方化方向转变。显然，这是因为在当前社会背景中，南方地区的经济和文化更为发达，它代表着文明和现代发展方向，于是在文化影响和文学权力中更有优势，对北方作家构成了一种吸引力和诱惑力。

其三，非虚构的介入。非虚构艺术与小说文体本来是相矛盾的，但是，由于种种原因，在1980年代以来的中国，"纪实小说""非虚构小说"概念一直绵延不绝。对此合理性和得失这里暂且不论，只是它确实构成了当代乡土小说一个比较突出的审美特点。因为当下的非虚构写作不是个案，而是比较普遍。如孙惠芬《上塘书》、林白《妇女闲聊录》、梁鸿"中国在梁庄"系列和黄灯《一个农村儿媳眼中的乡村图景》，等等。对于这一创作现象，我曾经在评论梁鸿的作品时有过讨论。而且，这一创作正方兴未艾，很多问题还不是看得很清晰，因此没有纳入本书的研究范围。

在我看来，写实始终是乡土小说的重要类型。特别是在乡村急剧转型背景下，写实乡土小说更具有价值。因此，我选择了贺享雍这个几十年坚持乡村写实小说创作的四川作家作为个案之一。另外，西北地区既是后发展地区，又是民族地区，它的乡土小说创作很有自己的代表性。至于"80后"作家，代表着乡土小说创作者中最年轻的群体，也代表着乡土小说的未来，他们的生活环境与前辈作家不同，他们的创作也有许多新的特点。当然，限于篇幅，这些关注都不可能面面俱到，只能选择一个小的角度，从一个侧面切入。但还是希望能够一叶知秋，能够提供一些当前乡土小说发展的新状貌。

第一节 "南方化"：西部乡土小说的新审美趋向
—— 以红柯、李进祥、石舒清等作家为中心

"中国当代西部小说是以鲜明的乡土特征和本土情怀进入人们视野中的。"[①] 自"西部文学"这一命名诞生起，西部乡土小说的审美关键词几乎就被限定在豪放粗犷、大气磅礴、深沉厚重等具有阳刚特质的词汇内，西部作家致力于追求和实现一种"苍凉、粗犷、孤寂、浑厚、辽阔、悲怆、坚韧、雄壮的美学风格"[②]。但人们很少意识到，近年来西部乡土小说已经表现出一种新的审美趋向，那就是传统地域风格的弱化，呈现出与"南方文学"交融的态势。红柯、石舒清、李进祥等是其中的显著代表。他们的小说立足西

---

① 赵学勇、孟绍勇：《西部小说："概念"、"命名"及历史呈现——当代西部小说与西北地域作家群考察之一》，《兰州大学学报》2005年第2期。
② 丁帆主编：《中国西部现代文学史》，人民文学出版社2004年版，第20页。

部，书写西部，既有阳刚特质，又经常表现出细腻、柔美的南方文学特色。这些创作，不仅打破了长期以来文学创作和批评上对"地域"和"文学风格"的对应，同时也为西部文学注入了新的色彩和活力。

一、柔与美的复归：水和女性

西部和南方两地迥异的自然景观和地域文化共同决定了两地文学在审美上的不同。在不同审美传统的影响下，南北方文学在面对同一审美对象时侧重表现的特征也是不同的。比如，同样是书写山水，北方文人更注重表现山的崇高、水的浩荡，南方作家更善于表现山的灵秀、水的优美。因此陈晓明说："南方的河以她无比俏丽的姿态给人以妩媚多情的韵味，如果说北方的河凶猛狂暴具有男性的力量的话，那么南方的河则是纯粹的女性。"[①] 然而，红柯、石舒清等西部乡土作家却表现出与传统西部文学不一样的创作态势，其创作呈现出一种新的审美风貌。

其一，美学风格上从"山文化"到"水文化"的转变。

孔子有言："知者乐水，仁者乐山。知者动，仁者静。知者乐，仁者寿。"从南北方文学传统来看，显然北方更适合以仁厚的山文化作为代表，作家们更倾向于在山的巍峨中建构崇高而质朴的美学风范。南方则更适宜以睿智的水文化作为代表，在轻柔的流水吟唱中追求温情婉转的审美效果。沈从文就非常明确地将自己的创作与"水"联系在一起："我的感情流动而不凝固，一派清波给予我的影

[①] 陈晓明：《诡秘的南方》，《福建文学》1991年第5期。

响实在不小。……我认识美，学会思索，水对我有极大的关系。"①

但这并非意味着所有西部作家都只是干旱的代表，笔下只有黄土、戈壁、大漠、飞沙等名词。在一些西部作家的笔下也曾经有过"北方的河"。近年来的一些作品中，这种对"水"的书写更为丰富和强烈，书写方式上也融入了更多的南方文学特征。从许多作品的命名上我们就可以感受到这种对"水"的热情。如红柯的《额尔齐斯河波浪》《大河》，李进祥的《换水》《女人的河》《一窖清水》等，都是如此。在对"水"的艺术表现上，这些作品更大幅度地减弱了对速度、力量、气势等效果的追求，转而将之与细腻的情感世界联系起来。李进祥的短篇小说几乎都围绕着家乡的"清水河畔"，《女人的河》讲述了留守妻子阿依舍与清水河交织的命运。阿依舍从出生在清水河边，到出嫁前洗离娘水，再到接亲车沿着清水河一路走，最后嫁到河湾村望着门前的河水慨叹，她的人生始终与清水河发生纠缠。静默流淌的清水河既是阿依舍生命的见证者，也是阿依舍感情的寄托者。阿依舍将对丈夫思念的泪水流成河，期待着河水能载着她的心，随男人一道漂泊。"水"在这里作为一种流动的意象与波动的情感相连接，水的状态也搅动着人物内心的涟漪。

红柯的很多作品也都写到河流。其中，《大河》《额尔齐斯河波浪》所描绘的额尔齐斯河，《雪鸟》中的奎屯河，都充满着自然的野性力量，体现着传统西部文学的地域文化特征。但他也有不少侧重表现河流秀丽柔美的作品。如小说《帐篷》中，少年日日看着去河边打水的苏拉姐姐，河水将苏拉姐姐的美衬托得异常灵动：

河颤了一下，水光闪动。一个苗条红润的少女提着水桶从河

---

① 沈从文：《从文自传》，江苏人民出版社2014年版，第37页。

边走过来。河让她搅了一下,河就跟过来了,跟得很紧。她的面孔一直模糊着,水光弥漫整个草原,草原也是模糊的。①

这里的河流没有了额尔齐斯河波涛汹涌的气势,却以温和灵动的姿态轻而易举地将少女的魅力衬托出来,甚至连打水这一平常的行为也变得圣洁神秘起来。

除了表层对水的描写以外,这些西部作家还致力于挖掘水的深层文化内涵。水是生命的起源,也自然地联系着欲望与生殖力。南方文学中不乏将"水"和情欲缠绕交织的现象。这种手法在近年来的西部小说中也可以看到。红柯的《廖天地》最能体现这一特点,小说有一段男人与泉水之间的互动:

> 他把手伸进去,可以感觉到泉水的跳动,跟小动物一样。他趴到地上,嘴贴上去,舌头伸进泉里,舌头就大了,跟鱼一样往深水里扎。他听见泉水啊了一下,他的舌头搅得更欢。泉水翻腾起来,他紧紧压着泉水,越压它翻腾得越厉害。……他身下在的是秋天无边无际的草原,和草原上的一眼泉。他笨手笨脚起来,走好远,还能听见肚子里哐啷哐啷的泉水声,像个孕妇。他怀了大地的孩子,他很高兴。②

这段对人和泉水互动交欢的书写极富浪漫色彩,象征着自然的泉水与作为自然之子的人完美地契合,或许,除了"水"以外,任何自然界的其他存在都无法实现这样的效果。与之类似,《美丽奴

---

① 红柯:《帐篷》,《跃马天山》,长江文艺出版社2001年版,第181页。
② 红柯:《廖天地》,《朔方》1998年第4期。

羊》里，泉水既类比着女性，也象征着生殖力，男人称女人就像一口泉，因为"那口泉是大地上最美妙最有生殖力的地方"①。这样就直接在"水"与女性、与生殖力之间建立起了内在联系。

其二，文学形象上从"硬汉"到女性的转变。

文学审美与性别有着紧密的联系，"阳刚／阴柔"的对立时常通过"男性／女性"的对立表现出来。在更推崇阳刚之美的西部文学中，男性占据重要地位。当代西部小说对"硬汉"的建构从未缺席，西部作家笔下的"硬汉"形象层出不穷，张承志《北方的河》《金牧场》，张贤亮的《绿化树》等，都涉及对"硬汉"的塑造，红柯笔下也不乏此类形象，《西去的骑手》里的"尕司令"马仲英、《大河》中的托海都是代表。反观南方文学，对英雄"硬汉"的热情则减弱很多，南方作家们更乐于也更善于塑造女性形象，表现女性的柔美特质。刘士林说道，"神话学家的研究表明，在原始崇拜这种最初的精神萌芽中，就已经出现了'北方文化英雄多为男神而南方文化英雄多是女神'的区别"②。这种发现似乎为北方文学乐于塑造硬汉、南方文学倾向书写女性在神话学上找到了合理的依据。

但近年来，西部乡土作家的女性形象塑造在朝着引人注目的方向发展。红柯小说就是如此。他的故事中，绝大多数女性都展现了自由独立的个性魅力。《阿力麻里》中天真无邪的少女米琪、《野啤酒花》里勇敢追随爱人的丫头，都是如此。长篇小说《大河》中的多个女性，无一不是思想独立、自由勇敢的个体。面对感情问题时，无论是执意自由恋爱、拒绝服从的女兵，不顾一切陷入爱情的

---

① 红柯：《美丽奴羊》，《人民文学》1997年第4期。
② 刘士林：《西洲在何处——江南文化的诗性叙事》，东方出版社2005年版，第21页。

赤脚医生尉琴,还是受老金生命力吸引的女医生,在她们身上丝毫看不出女性被压抑、被男性主导的痕迹,这些人物真正展现了女性独立完整的个性魅力。

李进祥的创作则更致力于展现女性主体、反映女性的生活和情感世界。《钻进耳朵里的蚊子》《吃进肚子里的顶针子》都是直接以女性视角展开的,这些作品将少女的细腻心思、青春期萌动与烦恼展现得异常细致精妙。女性柔美的特质在他笔下得到更为完整地揭示。《钻进耳朵里的蚊子》呈现了少女的心理蜕变。下过雨后,"我"跟着两个大姑娘荷素、麦燕一起上山找草,两个大姑娘拥有少女的小秘密,"我"只能在不远处听她们窃窃私语,在好奇、压抑、焦虑的多重心理下,"我"感觉耳朵里似乎进了蚊子,突然伤心地哭起来。哭过后遇到同班的男孩嘎西,意外中与嘎西的一个拥抱使"我"觉得自己也是大姑娘了。拥有心事成为"我"从女孩蜕变为少女的关键,站在女孩世界里对青春期的强烈好奇、对自我成长与蜕变的期待,以及蜕变成功后的异样心理共同揭示出女孩的成长瞬间。对女性心理状态的把握充分显示出李进祥作为一个男性作家敏锐细腻的感受力。

同时,李进祥的作品还表现出对女性悲剧性命运的高度关注。《口弦子奶奶》《女人的河》《花样子》《害口》《换水》等作品,反映了不同年龄、不同境况下女性的艰辛处境。这些作品里,女人的一生经常被浓缩在爱情和婚姻当中,充满着情感和性的压抑,女人的命运也因此被演绎得或忧伤、苦涩,或哀婉、凄美,蕴含着敏感细腻、婉约含蓄和颓废伤感的情感特征。

对于西部乡土小说创作来说,作家们的女性形象塑造是很有突破价值的。传统西部作家多书写男性的生活和精神世界,对女性有较多忽略。近年来的这些创作,女性形象不只是拥有完整而立体的个性，而且，她们内心的绽放和伤痛得到了作家们充分地揭示和关注。它们是西部乡土小说创作的一股鲜活而清冽的气息。

二、精雕细琢的艺术手法

南北方文学审美类型的不同决定了作家们在表现方式上也存在着比较明显的差异。南方作家以敏感细腻著称，苏童、余华、格非等，都因其心理刻画和感觉的营造而为人们所称道，相比之下，西部作家们则看似更为粗糙大条，对内心世界的揭示相对薄弱。同时，在表现外在世界时，南方文学也更为精细，而西部文学悲壮雄浑、辽阔粗犷的美学追求也相应地以更为硬朗的方式呈现，西部作家更倾向于采取一种粗线条的、相对直白简约、朴实无华的方式。但红柯、石舒清等作家却放弃了传统西部作家的文学手法，更着力于对内在世界与外在风景的精细雕琢。

首先，作家们十分重视对人物心理状态的刻画。这一现象已经开始受到关注，"在宁夏优秀作家的笔下，常常流淌出非常细腻的文字，比如郭文斌、石舒清、季栋梁、漠月、李进祥等的中短篇小说里面，那种对于人性的内在冲突的解剖，是写得很细的，一些局部呈现出微雕式的精致"[①]。以石舒清为例，他非常善于把握人物内在的"细微"。小说《清水里的刀子》近些年获得了较多的关注，但相关评论基本离不开"终极关怀"这一中心。但笔者以为，这篇小说对人物心理状态的描摹同样精彩。这一点是尚未得到充分重视的。正如作品所呈现的，故事有着清晰的脉络：马子善老人离开坟院—与儿子讨论搭救亡人的仪式—儿子清洗、饲养老牛—老牛不吃

---

① 黄发有：《西部文学的审美特色——以甘肃文学为核心》，《扬子江评论》2012年第5期。

不喝—马子善磨刀—杀牛当天马子善离家—回家看到牛头,可以说,几乎每一环节都建立在大量心理描摹的基础上,整部作品细腻感人的魅力很大程度上也得益于此。

小说用了近乎四分之一的篇幅来作为开篇,刻画马子善老人走出坟院门的那一刹那场景。这一刹那传递出丰富的信息量。马子善的女人殁了,变成了坟院里一个新的坟包,在死亡面前,即便是走过人生数十载的老人,内心也是惊心动魄、波澜起伏的。耳畔的呼声带着他回想自己的一生,从一个婴儿长到目前这样,他感到尴尬又辛酸;坟院里的坟头多了起来,想到又要吵吵闹闹,这又让他有了"淡淡的失意";站在生死之门上想法颇多,他感受到一种"觉悟的幸福";抬头看到孤单的日头,觉得孤单也是一种福分;好看的媳妇现在变成了一个坟包,他想到要赶紧给自己找一块长眠之地;可人却连自己的死期都不知道,这又让他感到异常的"伤感与恐惧"。小说以较大的篇幅来追踪这短短"一刹那"的心理波动,致力于揭示马子善老人平静外表下翻涌的、琐碎又繁杂沉重的心思。小说第一句"和自己在同一面炕上滚了几十年的女人终于赶在主麻前头埋掉了"①还是平静客观脱离感情的,经过坟院门口这长久的一刹那,马子善老人的形象、小说的总体基调以及故事的走向都已经确立了大致的方向。只有充分认识了这一刹那的作用,才更加能够接收到后续杀牛事件带给老人的冲击和力量。

对小说精细雕琢的追求还体现在一些作品对"感觉"的营造上。实际上,西部作家的很多短篇创作都非常注重内在体验和感觉的营造,只是这一特点总是被浮于表层的地域标签以及"宏

---

① 石舒清:《清水里的刀子》,《名作欣赏》2002年第5期。

大""硬朗""崇高"等整体风貌所遮蔽。对细微事物所具备的细腻感受是彰显作家能力和追求的重要表现,"因为艺术到了高境时,其标志便是作家感觉到了细微之事物和写出了细微之感觉"[①]。

在这方面,李进祥的小说《讨白》堪称一部感觉极度丰富的作品,小说讲述了一对旧日战友重逢的故事。多年前锁拉西的"叛逃"导致马亚瑟找了他12年,在一个隐蔽的半山意外地找到了锁拉西家。见面的瞬间充斥着复杂的情绪,"有惊,有喜,有疑惑,也有恐惧"。二人商量好,三天后动手处死锁拉西。在这三天时间里,锁拉西认真接待好友、招待村人、安排后事、讨好念白,坦然等待死亡。时间的紧迫和锁拉西的从容之间形成了强烈的反差。反倒是在要动手的马亚瑟眼里,外界的一切感觉都被无形中放大。夜间山头夜猫子的叫声在山谷里回响,这声音听在马亚瑟耳中,也"响在马亚瑟的心上"。晚上看着锁拉西和家人相聚,在他眼里,女人手中的灯火也化作好友生命的象征,"女人一手端着灯盏,一手遮挡着一点橘黄色的火苗,像在呵护着一个生命。火苗一闪一闪的,马亚瑟真担心它会熄灭了。它终于闪进另一个窑洞,马亚瑟才松了一口气"[②]。临动手前,闷雷在马亚瑟听来也有万钧之力:"大地便焦躁地絮语着,树叶沙沙地响起来,青草有节奏地一起一伏,众鸟都又惊又喜喃喃地叫着,翅膀随着风张扬……"[③]小说通过"行刑人"马亚瑟的视角敏感地捕捉三天中从外在事物到内心世界的精细感觉,安静肃穆的生命倒计时、紧张压抑的氛围、配合着对好友兼"叛徒"的矛盾心理,如此精准地把握使人仿佛能看到时间在以秒为单位慢慢流逝,对细微感觉的书写可以说是这篇小说的核心魅力

---

① 曹文轩:《二十世纪末中国文学现象研究》,作家出版社2003年版,第199页。
② 李进祥:《讨白》,《回族文学》2015年第2期。
③ 同上。

所在。

其次,着力于对风景的细致描摹。传统西部作品多对自然风景采取粗糙简单的书写方式,但近年来的一些西部作家不再如此。典型如红柯的作品。他的长篇小说《大河》里就出现了大量对风景的细致描绘,在这部小说中,阿尔泰地区被红柯描绘得极富魅力,平缓的丘陵、古老的森林、安静神秘的河流,"空气的透明度达到极限,再遥远的东西都近在眼前,太阳就卧在山顶的草丛里……峡谷平缓开阔,谷底的草原菊、菊花上的蝴蝶都清清楚楚"[①]。红柯的小说从未放弃过对西域之大美的表现,这种大美在他笔下化身为一个个细微具体的审美对象,在他抒情化的语言下,西部风景的原始、单纯、神圣的特质展露无遗。

小说《美丽奴羊》里除了对神性的刻画,对草原自然样貌的刻画也充满了诗意。红柯笔下,牧草与羊之间的关系充满着灵性,面对草地上的羊,青草展现出超自然的神性,"整个草地豁然一亮,那光是从牧草的神髓里发出来的,牧草积蓄了很久,在一种甜蜜急切的期待中,出于本能地闪射出纯朴和温情"[②]。《吹牛》中两个草原汉子的友情也在如诗如画般的草原上展开,整篇小说只有一个核心事件:男主人公赴好友马杰龙的约,一起"吹牛"。赴约途中路过升起"绿色光芒"的天空,走过"拼贴画"一样"黑白相间"的花牛,穿过"紫色的苜蓿""蓝色的毋忘我"和"大片大片的草原菊","他的朋友马杰龙就坐在金黄的菊花地上,笑眯眯的,那笑容就像从花里开出来的"。[③] 红柯笔下,两个西北汉子的见面被这些简洁的语言描述得诗意又动人。细腻柔和之景与旷达豪爽的人之间既

---

① 红柯:《大河》,云南人民出版社2004年版,第8—9页。
② 红柯:《美丽奴羊》,《人民文学》1997年第4期。
③ 红柯:《吹牛》,《时代文学》1999年第1期。

形成鲜明的对比,又自然而然地交织融合,使整篇作品呈现出别样的和谐浪漫。

李进祥的小说则侧重于对人文风景的细致描摹。他的作品展现了多种别具特色的民风民俗,如"花样子""挦脸""干花儿""口弦子"等。小说《挦脸》就是对"挦脸"这一过程详尽的刻画。挦脸,相当于开脸,姑娘结婚前专门找人将脸上的绒毛除去。女人挦脸工序复杂,先"弹",再"刮",最后"拾"。兰花是河湾村里最好的挦脸师傅,小说描述她给菊花挦脸的过程:

> 丝线一开一合,发出一种嗡嗡声,她感觉自己是在弹奏音乐,对方的皮肤就是乐器。不同的皮肤有不同的乐感,有些是清澈流畅的,有些是艰苦涩重的,有欢乐的、哀怨的、悲切的。……丝线一点点地在菊花的脸上弹过,菊花的脸一点一点地亮起来,像太阳一块块地照过草地。①

这一过程被描写得如同一个艺术家在小心雕刻艺术品。在西部乡村,依旧保留着这种古老的民间手艺,与现代科技和机器不同,这些手艺里不仅留存着手艺人的骄傲,还能从中尝到人生的诸多味道。兰花在挦脸中才能感受到"纯净与高贵",也借由挦脸了解到菊花生活的不易,多年来内心的恩怨也就此化解。

西部文学中的确不乏对人物心理状态与外在风景的表现,但是,通过南方化的细腻精致的表现方式进入西部独有的人物、景观和物体中,更能充分地揭开以往书写中忽视和掩盖的细节,呈现西部生活细微之处的动人一面。

---

① 李进祥:《挦脸》,《女人的河》,宁夏人民出版社2012年版,第198页。

三、怀旧与感伤

一般来说，南方文学更善于表现怀旧和感伤的情绪。当代的叶兆言、苏童等人就充分继承了这种传统。在他们的小说中，"能感受到一种来自语言结构中的颓唐破坏、感伤惆怅的文人怀旧情绪所带出的悲凉婉约的情调"[1]。陈晓明在《南方的怀旧情调》里明确指出，南方特别是江苏作家的作品中具有一种"怀旧情调"，并认为"'怀旧'是一种情调、一种境界、一种风格"[2]。比较而言，北方作家更具英雄主义和乐观主义的特点，鲜见颓败与感伤的情绪。

但是，与以往北方作家不同的是，当前不少西部作家也开始呈现怀旧和感伤创作特点了。西部小说传统的对悲壮、悲情乡土的表现，在石舒清、李进祥等作家笔下有很大的改变，他们更倾向于从个人的情感体验出发，表现个人的感伤与怀旧情绪。这种情绪主要来自正在消失的现实乡村。以石舒清为例，即便已经在城市生活多年，他依然表现出对故乡的留恋。石舒清的创作题材始终限制在乡村，故乡对他而言是最重要的创作资源，他毫不避讳对书写故乡的偏爱："对我这样的写作者而言，故乡的重要性是怎么强调也不会过分的。……我觉得对一个以写家乡风物人事为尚的写作者，无论怎么挪移，无论挪到哪里，也无法把他挪出故乡去。"[3] 然而，城市化的进程却逐渐吞噬着乡村的领地，当旧日的乡村不再时，作家们只能将目光投向记忆，在记忆深处吟唱西部的怀旧与感伤。正如石舒清谈到小说《底片》的创作渊源时所说："我在已逝的岁月之海

---

[1] 木弓：《感伤的秦淮河派小说》，《上海文论》1992年第2期。
[2] 陈晓明：《南方的怀旧情调》，《上海文论》1992年第2期。
[3] 石舒清：《大木青黄》，中国言实出版社2018年版，第115—116页。

里勤勉打捞。这部小说就是我打捞记忆的结果。"①

石舒清的怀旧还通过儿童视角的叙述方法体现出来。《开花的院子》以孩童的视角叙述,无论是讲述的内容还是感情基调都带着一种《呼兰河传》般的怀旧意味。小说中,对旧物件的情感被精准地保留在嗅觉和视觉的记忆中,干爷爷家留在柜子里的老照片"也许是久锁不出的缘故,加之柜子又老似一口棺材,使这些照片已经如深秋的落叶一样枯黄了,而且一种发霉的气息缭绕不散,使人觉得鼻孔里要掉出老鼠屎来"②。过去的记忆愈是远去,作家愈是在细微精准之处确认往事的真实可感。回首往事时,即便是一盏灯、一簇火苗、一只蜜蜂乃至一片花瓣,都是清晰具体的。《短片四则》讲述了从母亲嘴里听到的故事,每则故事开篇"母亲说"三个字就带来一种悠远的时间感,"母亲说,她小的时候,她家的后院里颇多长虫","母亲说一次家里给外太爷举念了一只芦花大公鸡","母亲说,外奶奶那时候常常孵鸡娃"③。母亲口中的故事遥远又熟悉,如今回忆起来都沾染着古旧的味道。儿童视角在石舒清的作品中非常受青睐,除这两部小说以外,《清洁的日子》《小青驴》等同样选择儿童视角,在孩童的天真中追溯过往的记忆,弥漫着迟迟无法散去的怀旧气息。

除了在记忆深处探寻之外,乡村旧思想、旧物件同样承载着西部的感伤与怀旧。李进祥笔下的西海固,是再贫瘠和普通不过的西部乡村了,但他朴素的讲述中又不乏对乡村的深情。一方面,他书写着苦涩艰难的现实处境;另一方面,他又在用深情的笔触、无限的眷恋对抗和冲淡着现实的苦涩。小说《挂灯》充分显示了城市

---

① 石舒清:《大木青黄》,中国言实出版社2018年版,第109页。
② 石舒清:《开花的院子》,时代文艺出版社2001年版,第174页。
③ 石舒清:《短片四则》,《灰袍子》,宁夏人民出版社2012年版,第32、35、37页。

化背景下乡村老辈人的感伤和心酸。亚瑟爷为村里留不住人头疼不已，想到父亲在世时说的"人心里得有一盏灯"，于是大费周章地给村里挂上了灯，灯挂了，才能照亮老人内心的希望。然而，城市化使乡村的落寞成为必然，亚瑟爷的努力注定是失败的，即便挂上了灯，村里的年轻人也不会回来。这样看来，老人企图以"挂灯"的方式挽救村庄这一行动本身就带有无法抹去的失落与无奈。李进祥的多部作品中都坚持着对乡村旧物的关注。《花样子》《干花儿》《口弦子奶奶》这三篇短篇小说在主题上具有高度的一致性，都以西部独特的旧物为基础，讲述数十年的爱情悲剧。人物之间的爱情悲剧为日渐失去的"花样子""干花儿""口弦子"蒙上一层老旧忧伤的气息。在李进祥作品中，时常出现的乡村旧物和旧风俗，既呈现出浓郁的地方特色，也使作品在情感上表现出一种南方文学审美特有的惆怅与哀伤。

四、南北交融的意义和前景

西部小说与"南方文学"交融的态势并不完全是新鲜事。正如杨义所言："我们讲地域文化的时候千万不要把地域文化看成是完全封闭的、凝固的，它只不过是我们大文明系统中的一个子文明、一个小系统。而且是以其独特的因缘和相互的关系而变异着的一个子文明、一个小系统。"[①] 地域文化除了具有一脉相承的稳固基因，也具有交流和互动的基因。中国历史上，南北朝时期的"南风北渐"、东晋时期的"玄风南渡"都是南北文风互动交融的案例。许

---

① 杨义：《文学地图与文化还原——从叙事学、诗学到诸子学》，北京师范大学出版社2011年版，第63页。

多伟大的文学作品也是在南北的交融中诞生的。屈原诗歌的诞生就源自南北的互动,王国维认为,"屈子南人而学北方之学者也",北人感情与南人想象的贯通成就了屈原的文学,"观后世之诗人,若渊明、若子美,无非受北方学派之影响者。岂独一屈子然哉!岂独一屈子然哉!"① 这些交融了南北方文学的伟大诗人,不仅为如今文学的南北交融开辟了先例,也以其创作实绩证明了优秀的文学作品离不开对"异域"文学风格的适度吸纳。近年来西部文学正面临着来自内部和外部的多重压力,在这一背景下,乡土小说探索新的美学趋向更体现出其必要性。

一方面是西部文学自身正陷入"地域"的窠臼。在过去30余年的发展中,过于强调文学的地域性已经显示出其局限,这种局限较为明显地表现在创作和批评中。创作上,过于强调地域的稳定性与封闭性导致文学审美类型的单一;批评上,僵硬地将地域—作家—文学风格对应导致文学批评的僵硬化模式化。在这一过程中不自觉地为西部文学设定"地域"的界限,在这种状况下的西部文学很难突破自我。当前也不乏对打破西部文学单一审美的期待,"西部文学应该打破单一的审美格局,倡导审美风格和艺术探索的多样性"②。

另一方面,在全球化浪潮袭来的年代,城市对乡村的挤压愈发严重。这不仅表现在城市化景观对乡土小说的日益占领,也表现在新的价值、伦理观念对乡村旧观念的侵占。文学景观表现出明显的单一化和同质化,商场、饭店、大厦、红绿灯等诸多现代化景观广泛地存在于文学中,这种新的变化是无法阻挡的。同时,正如李进

---

① 王国维:《王国维学术经典集》,江西人民出版社1997年版,第153页。
② 黄发有:《西部文学的审美特色——以甘肃文学为核心》,《扬子江评论》2012年第5期。

祥在《挂灯》中揭示的，乡村老辈人的"旧观念"也面临着前所未有的挑战。这种情况下，西部作家们迫切需要寻求新的方式和道路来发展自身。

红柯、石舒清等作家的写作体现出当下西部作家的努力。他们打破了长久以来"西部"和"南方"这两大文学区域在文学审美上的稳定状态，与南方文学的交融使西部文学在平静沉稳的状态中激起涟漪。他们的作品突出表现了一种超越环境制约、更超越传统思维观念和成见的努力。同时，我国西部与东部发展还存在巨大差异，经济上的落后对这些作家而言反倒成为一种天然的"优势"，与南方发达地区的作家相比，西部作家们离土地更近，这些作家也正是借此抵抗着全球化时代下文学景观的趋同。

在西部稳定的审美类型中追寻新的审美趋向，最关键的问题是西部乡土小说与"南方文学"如何结合，也就是南北交融的方式问题。在这方面，红柯、李进祥等人的探索很值得借鉴。

最根本的，是保持坚定的西部关注态度。作家们虽然借鉴了南方文学很多特点，但却从来都没有放弃对西部生活的关注。比如，在内容上，他们作品的关键词依然是独属于西部的。红柯小说中的马、羊、靴子、胡杨，石舒清小说中的老牛、拱北，李进祥的干花儿、清水河，等等，都具有鲜明的西部地域特色。他们笔下的人物也都具有一种独属西部的生命力和感染力。无论是李进祥笔下为爱情煎熬的女子、在城市艰难生存的乡下人，还是红柯笔下无数无拘无束、鲜活恣肆的生命，这些人物的艺术魅力都离不开西部土壤的滋养。同样，在精神上，作家们也始终表现出对西部精神的坚守。虽然关于西部精神的内涵众说纷纭，但大体都离不开雄浑的审美风貌、张扬的生命意识与深重的苦难精神。红柯、李进祥作品中不乏对这些内容的表现，他们关于西部生命、现实、乡村、命运等问题的思考也正是源自他们身上无法割舍的"西部精神"。

在此前提下,西部乡土小说与南方文学的融合,就不是对传统自我的放弃,而是一种丰富和拓展,是在南方化审美经验下对西部乡土的重新审视和观照。这样的效果是进一步发展了西部文学的审美特征,而不是减少和消失。如果说以往对西部风景的表现勾勒了西部的壮阔样貌,那么,在南方化的精细笔触下,西部景致的细节被填充得更为饱满。同时,南方化的表现方式将笔触伸向人物的精神和心理深处,更能发动细腻感人的力量,文学精神的深度和广度都得到进一步的拓展。所以,这种融合南北方艺术的实践,极大地增强了西部乡土小说的艺术性和审美性,也更促进了其艺术多样性和艺术感染力。

加里·斯耐德说:"普通的好文章就像一座花园。在那里,经过锄草和精细的栽培,其生长的正是你所想要的。你收获的即是你种植的,所谓种瓜得瓜,种豆得豆。然而真正的好文章却不受花园篱笆的约束。它也许是一排豆角,也可能是几株野豌豆、大百合、美洲茶,以及一些飞进来的小鸟儿和黄蜂。这儿更具多样性,更有趣味,更不可预测,也包含了更深广得多的智力活动。"[①] 这段话用来形容近年来西部乡土小说中南北交融的现象极为贴切。换言之,多年以来,传统的西部文学土地上已经种植、生长并收获了颇多作家和读者"想要的"文学作品,如今,红柯、李进祥、石舒清等作家正以南北交融的方式打破着地域的篱笆,推动着西部乡土小说走向新的审美阶段。我们可以预见到西部乡土小说未来更美好、更斑斓的前景。

---

① 转引自鲁枢元主编:《自然与人文:生态批评学术资源库》(下册),学林出版社2006年版,第992页。

第二节　现实主义的守望与未来前景
——以贺享雍《乡村志》为中心

一、现实主义的当代命运

现实主义创作方法在乡土小说中的出现，是从1930年代开始的。茅盾指出乡土文学作者应该进入农民的现实生活，写出他们"与我们共同的对于运命的挣扎"①，并在"农村三部曲"中进行了典型示范。在茅盾的影响下，现实主义乡土小说创作开始发展，叶紫、吴组缃的《丰收》《樊家铺》开始以写实笔法书写现实乡村。

此后，赵树理和"十七年"乡土作家们将现实主义创作方法做了进一步的推动。赵树理的乡村"通俗故事"既表达了解放区农民的许多现实困境和愿望要求，也以生动的口语化形式走进了农民的阅读视野。"十七年"乡土文学则更是集体性地进入乡村现实，几乎是以合唱的形式展现了剧烈的乡村变革运动。

然而，正如"现实主义"这一概念内涵存在较多不稳定处，各个时期的现实主义书写也具有各自特点。如果说1930年代乡土小说的现实主义属于生活积累不够、观念色彩胜过生活气息的话，那么，"十七年"时期的现实主义就是图解政治的理念太强，压过了对生活的客观再现。作家们虽然大都具有丰富的生活基础，作品中的生活细节也真实饱满，但都因为缺乏对现实的批判和反思精神而受到严重限制。

就总体而论，多年来的现实主义乡土小说存在着较为明显的缺

---

① 茅盾：《关于乡土文学》，原载《文学》1936年2月1日第6卷第2号，收入《茅盾全集》（第21卷），人民文学出版社1991年版，第89页。

陷。其一，过于切近现实，缺少作家的主体精神。它们往往抱有宣传现实政策的主观愿望，其主题就少有对问题的揭示，更缺少质疑和批评。这导致了它们往往只反映了现实生活的表层现象，却没有揭示出真实、复杂的深层生活实质，主导思想上距离启蒙思想比较遥远。其二，艺术上缺乏足够的创造性，缺乏对现实主义艺术的发展。作家们获得了描摹乡村生活细节上的成功，借鉴民间文学方法和方言口语也有其特色，但是，却缺乏对文学形式的改造和对现代艺术的吸纳，致使艺术表现不够丰富和深刻，存在浅显和雷同的缺陷。

正因为这样，进入1980年代后，随着文学界整体上对现实主义创作方法的质疑与否定，乡土小说也集体性地逐渐远离现实主义。虽然有周克芹《许茂和他的女儿们》、路遥《平凡的世界》、贾平凹《浮躁》等作品获得了较高的成就和较大的声誉，但总的来说，在乡土小说领域，直接面对乡村现实、特别是有志于展现乡村现实大变革的作品越来越少，乡村书写呈现个人化和零散化的趋势。

1990年代后，乡村社会发生了巨大变化，乡土作家与乡村现实之间的关系也受到严重影响。随着乡村生活方式的转变，城乡之间生活和文化差距日渐缩小，特别是传统乡村伦理的迅速坍塌，乡村再难以让作家们产生生活的熟悉感和心灵的归宿感。在现实和情感层面，作家们与现实乡村都产生了严重疏离。与此同时，由于传统生产方式和民俗生活普遍退出乡村，更年轻的乡土作家们已经难有机会见识到传统的劳作和风习，他们即使有过乡村成长记忆，也难以拥有充分而典型的乡村生活体验。

在此背景下，反映现实乡村生活的作品更为萎缩。作家们的关注点集中在伦理文化变迁上，侧重于表现怀念过去和自我感伤，对现实乡村作家们则普遍持否定和拒绝的态度，很少有对现实乡村进行冷静展示和细致描绘的创作。如果将"乡土"的"乡"主要从现实层面解读,"土"从文化角度解读,那么,当前乡土文学基本上只见"土"而不见"乡"了。

二、乡土的守望与创新

虽然乡土小说创作在整体上远离了现实主义创作方法,但还是有一些作家在顽强地坚持,特别是一些基层作家。四川作家贺享雍即为之一。贺享雍是真正的农民出身,依靠文学写作才离开农村,成为一名国家工作人员和作家。迄今为止,他已经创作了近700万字的作品,这些作品绝大多数都是以乡村现实生活为题材,以现实主义写实为创作方法。他近几年出版的系列长篇小说《乡村志》,集中地体现了他现实主义书写的个性特征:

其一,以问题为中心,挚切关注乡村现实。

与20世纪五六十年代的赵树理一样,贺享雍坚持在文学中书写乡村问题,是一位典型的问题小说家,《乡村志》则是一部典型的"乡村问题小说"。

《乡村志》一共10部。这些小说的人物和故事各自独立,都以一个叫贺家湾的西部乡村为背景,人物故事也相关联,集中展现1949年后特别是改革开放后的乡村生活。在内容上,它们有一个突出的共同点,就是都以问题为中心,或直接针砭当下乡村的现实矛盾,或结合乡村几十年的历史变迁,揭示和思考乡村社会的沉疴和困境。比如《土地之痒》关注农村土地关系和流转问题,《村医之家》展示长期困扰乡村大众的医疗健康问题,《民意是天》聚焦于乡村政治选举,《是是非非》《青天在上》则揭示了村民与乡村干部之间的矛盾,《人心不古》思考的是乡村法律和环境意识以及文化生活，《大城小城》则书写了乡村伦理的巨大变迁，等等。整体来看，《乡村志》几乎就是一部当下乡村现实的问题集成。这些问题都与当前乡村现实相关联，牵动着乡村人的日常生活，更与乡村的现实稳定和未来发展息息相关。

而且，《乡村志》揭示问题，并不以展示为最终目的，而是在努力寻求着问题的解决方法。作品中虽然有对现实的忧患和不满，却很少情绪化的愤激，而是更致力于冷静理性地客观展现问题的过程，思考问题产生的原因，探究解决问题的方法，其目的是改变乡村面貌，促进乡村的发展和变革。以当前乡土文学最集中书写的乡村伦理问题为例。《乡村志》也关注这方面的内容，如《人心不古》等多部小说都叙述了当前乡村农民成天打麻将度日、精神生活匮乏的现实，《大城小城》更集中揭示了乡村社会传统的亲情和邻里关系的严重变异。其中也有昔日乡村和现实的比较，但它们不是简单的好坏对照，而是被作为问题的背景和原因来思考。典型如《人心不古》，它细致地叙述了乡村打麻将风气形成的全过程，认为其原因在于生活方式改变所带来的文化单调和枯燥，并尝试借助恢复乡村传统的喜庆娱乐节目，从根本上解决这一困惑乡村文化发展的重要问题。

其二，细致而全面的现实乡村生活描画。

贺享雍曾经说过，他写《乡村志》，是希望"将共和国成立以来特别是改革开放以来的乡村历史，用文学的方式形象地表现出来，使之成为共和国一部全景式、史诗性的乡土小说"①。显然，他希望笔下的贺家湾成为一个如福克纳"约克纳帕塔法县"或莫言"高密东北乡"那样广阔的文学乡村世界。事实上，《乡村志》以如

---

① 向荣、贺享雍：《〈乡村志〉创作对谈》，《文学自由谈》2014年第5期。

此庞大的篇幅，全面而细致地展现了改革开放以来40余年的乡村生活变迁，既寓含有历史的嬗变印记，又丰富多元，确实是一幅当代乡村生活的"清明上河图"。

具体来说，它展示了乡村生活的多个层面，既有物质，也有精神。物质层面的典型是日常生活，也就是乡村生活的各种细节。这其中有各种乡村政治和经济事务，比如大小会议、农民纠纷调解等，也有传统的乡村劳动，乃至琐细的家庭生活，家长里短，事无巨细，几乎无所不包。在乡村，日常生活往往是与独特的地域色彩结合在一起的，《乡村志》正是如此，"涉及生产、饮食、居住、婚姻、丧葬、节庆、娱乐、礼仪、风水、传说等，上至人生礼仪、节日岁时、行为禁忌，下至人际往来、游戏娱乐"[①]，全面而细致地展示了具有浓郁川东色彩的乡村生活风习。像乡村青年男女从说媒、相亲、定亲到最后婚礼的全过程，以及分家起灶、看风水、算命打卦，等等，都如风俗画一般呈现其中。

精神层面的典型体现者则是各式乡村人和复杂乡村关系。《乡村志》塑造了众多乡村人物形象，他们中有乡村干部、知识分子，也有医生和普通农民，虽然身份有别，但都不是观念的化身，而是渗透着乡村的泥土气息和露水滋味，凝结着典型的乡村文化性格，是乡村社会生态链条中的真实一分子。如热恋土地、勤劳忠厚的贺世龙，善良勤奋却命途坎坷的乡村医生贺万山，曾经有理想追求却被现实不断磨蚀、逐渐世故自私的贺端阳，以及象征着乡村灵异文化的贺凤山……莫不如此。而且，这些人物都不是孤立的存在，而是有着亲眷、邻里、上下级等复杂关系，因此，人物之间的交往，

[①] 贺享雍：《自序：我的乡土我的神》，《远去的风情》，四川出版集团·天地出版社2013年版，第2页。

也就构成了原生态的乡村社会关系——从政治、经济、伦理，到环境、土地，几乎无所不包。换言之，作品塑造这些人物，揭示这些人物关系，也就展示了乡村现实的政治、文化和心理等多重生态，对中国乡村社会做了一次深度的扫描和透视。

其三，质朴通俗的叙述方式。

现实主义乡土小说的一个突出特点，就是遵照现实生活，以质朴的文学形式反映生活。《乡村志》就是如此。

这首先表现在其切实的人物形象和朴实的生活细节上。作品描述了多位农民及乡村干部，他们从外貌形象，到生活语言，包括思想行为，都普通日常，也都有着非常朴素平淡的人生轨迹。特别是在人物心理上，他们在现代与传统、个人利益与他人利益等方面的矛盾和冲突，都高度吻合农民的身份和文化特点。可以说，这些人物都是真实农民的再现，与原生态的乡村浑然一体。与之相应，作品的生活细节也非常朴实，从最亲密的父子、夫妻，到普通的邻里交往，以及最日常的生活琐事，都遵循乡村生活原有的面目，简单得近于平静，朴实得几乎单调，但却是乡村生活的真实写照。

其次表现在故事化的小说结构。《乡村志》所有作品都是以故事作为中心构架，每一部作品都讲述一件事情或一个人的生活故事。其讲述方式尽管不完全一样，叙述的节奏也有变化，但都追求故事的生动、曲折和流畅，情节安排跌宕起伏、悬念曲折，读起来既直白浅显，与乡村生活、与农民的接受水准保持一致，又扣人心弦、悬念丛生，很能吸引读者。

最后是通俗化的叙述方式和叙述语言。作品的叙述方式与故事化结构完全一致，特别是在多个地方有意识地借鉴中国传统话本小说的表达方式，比如"话说""按下不表"等，来对故事发展进行转换，显示出对传统口传文学叙述方法的继承，也更加强了作品的通俗化故事效果。此外，作品在人物语言中广泛运用方言口语，包括那些不很符合文明规范的歇后语、口语等，散落于作品各处。它们幽默风趣，家长里短，虽然难免有不够简洁之处，但却真正与乡村生活自然融汇。作品的叙述语言不完全统一，而是存在叙述者身份上的差异。如《村医之家》，就完全以乡村医生贺万山的口语来进行叙述，《人心不古》则因为叙述者是退休中学教师，语言就略带书面气息。但是，它们都没有脱离朴素通俗的基本特性。这种叙述方式，既使作品洋溢着非常浓郁的乡村生活气息，也通俗易懂，能够为普通农民所理解和接受。

《乡村志》的创作特点，鲜明地指向乡土小说的现实主义方向。这既让我们想起1940年代的赵树理、1950年代的柳青和1980年代的路遥，又可以看到周立波《山乡巨变》、李准《李双双小传》、浩然《艳阳天》等作品的某些影子。可以说，尽管在创作精神、艺术探索等方面，贺享雍与上述作家之间也许并不完全一致，但在以写实方式书写乡村、展示乡村方面，《乡村志》确实是茅盾—赵树理—"十七年"现实主义乡土小说传统的回归。

三、现实主义与乡村现实

在当下的中国，贺享雍《乡村志》这种挚切关注现实乡村的作品确有着特别的价值。

这最首要的原因是源于乡村的现实状况。自1980年代改革开放以来，特别是新世纪以来，中国乡村发生了重大变化。农民又一次拥有了种植自己土地的权利，还获得了离开乡村生活的自由，这使农民们的物质生活有了迅速的改进，文化生活也发生了大的变化。但是，改革也带来了很多问题。包括留守儿童、老人赡养、医疗保障，以及家庭伦理淡漠、生态环境保护等。特别是快速城市化导致的乡村空心化、荒芜化问题，致使许多乡村面临崩溃。

乡村命运关系到农民的生存状况，而且还密切关联着更广泛的社会和大众。换言之，乡村现实的问题既是广大乡村的问题，也与中国社会整体的发展直接相关。改善乡村环境，振兴乡村发展，可以说是关系到改革全局、社会全局。正因如此，社会各界都非常重视现实乡村问题，乡村振兴也成为时代热点。作为以乡村为中心关注对象的乡土文学，将视野投入现实乡村问题和农民命运中，揭示和思考乡村的现实和文化困境，帮助促进乡村的振兴，应该是义不容辞的。

其次，也源于对当前文学社会责任意识的期待。社会责任意识是中国古代到现代文学的优秀传统和重要特色。在1980年代之前，文学确实是受到"社会""集体"名义过分的禁锢，所以，人们对文学个人权利的争取具有充分的正当性，但是，最近一些年以来，一些作品完全弃置社会意识，回避和畏惧现实，将文学内涵局限在个人情感和欲望之内，将创作当作个人欲望和游戏的产物，也是对文学本质的片面化认知。这既会严重影响文学创作的思想高度和价值品质，也会进一步导致文学和社会的疏离。可以说，社会责任意识已经成为当前文学面临的一个重要问题。

贺享雍《乡村志》对乡村现实问题的热切关注，无疑是对时代要求的积极呼应，而他之所以拥有这种自觉，则是其社会责任意识的结果。《乡村志》能够切中乡村重要问题，细致真切地反映乡村生活，显示出作者对乡村的谙熟和深厚生活积累，这与贺享雍来自农村、在乡村生活多年有直接关系，但更是他对乡村发展和农民命运深切的关爱之情所致，是他社会使命感的内在体现。他这样表达过自己的乡村情感："我很喜欢生我养我的这片土地，尽管它很贫穷。我对这片土地上的历史沿革、风土民俗都了如指掌。我更热爱生活在这片土地上的父老乡亲。正因为热爱，我才替他们忧，替他们愁，替他们喜，替他们乐，洞悉盛衰，呼吁变革。"① 他还明确自己文学创作的主旨是"为时代立传，为乡村写志，替农民发言"②。所以，正如有批评家对贺享雍的评价，"农民和农村对于他就是生活的场所与创作的源泉，生命的体验与精神的归依"③，贺享雍深厚的乡村情感，对农民和乡村命运的挚切关怀，是他真切把握到现实乡村问题症结所在的重要基础，也是他有勇气和热情来创作这些"问题小说"的思想前提。

更重要的是，贺享雍《乡村志》不是简单地做现实政策宣传，而是努力以独立的思考，为乡村决策者和关注者提供思想启迪。这使他走出了以往许多乡土小说作品的思想窠臼，具有了更高的突破价值。

从创作立场上看，其不是某种既有观念或政策的简单维护者和宣传者，而是有自己对乡村社会独立、深入的思考。具体来说，贺享雍不是简单站在某种立场上作为代言人，更不是借乡村变迁来倾诉个人情感，而是努力客观地展示乡村的现实状况，致力于独立思考和探索乡村发展问题。因此，他所持的是开放、多元和超越性的姿态，对乡村矛盾中的各种维度都力图进行客观展示、揭示，做到不袒护、无偏向。可以说，其姿态既是符合主流话语的，又有揭示问题的因素，同时还更加包含乡村自身立场，是多方面姿态的融合。作品超越了简单的政策宣讲和阐释，与之，既存在某些契合，

---

① 舒晋瑜：《贺享雍：我想构筑清明上河图式的农村图景》，《中华读书报》2014年11月19日第11版。
② 向荣、贺享雍：《〈乡村志〉创作对谈》，《文学自由谈》2014年第5期。
③ 赵雷：《家族史·地方志·乡土情——评〈乡村志〉》，《扬子江评论》2015年第3期。

又具有一定的张力关系。

比如对现实政治。作品对改革开放以来40余年乡村政治、生活和民智的书写，毫无疑问是肯定和积极的，作品展现了乡村生活和文化的迅速发展，并表达了明确的褒扬和认同态度。但是，它又绝不是对现实简单的歌颂和迎合，也不盲目乐观，做轻松化处理，而是立足于乡村发展基础，对许多问题进行了反映和正面面对。

乡村民选是近年来乡村政治改革中的重要举措，对此，作者给予了总体上的肯定，也揭示了其中的问题。其典型是《民意是天》，作品完整叙述了贺端阳长达十余年的选举历程，期间他遭遇了乡村权力的欺凌、恶势力的威胁等多方面的挫折，最后他虽然当选了村主任，但似乎并不是真正依靠自己的能力，而是建立在与各种势力妥协的基础上。而且，结合其他几部作品来看，贺端阳上台后，也并没有真正有所作为，而是逐渐被环境所同化。通过贺端阳的选举故事和形象刻画，作品对乡村民选的理解不是简单化的赞美，而是有诸多的探究和思考。同样，对于乡村发展重要环节之一的政府管理部门，《乡村志》也多直面其问题所在。或者说，作品既充分展示了这些管理机构的重要性，甚至认为它们是乡村发展的核心关键，但更指出其问题多多，症结重重。比如乡干部对乡村的隔膜，官僚主义和低效率作风，以及对老百姓事不关己高高挂起的工作态度等，依然存在。至于在曾经的发展阶段，乡官与奸商勾结，以各种腐败形式侵吞农民土地和其他集体财产，更是让人触目惊心，也让人更加珍视目下全社会包括乡村努力根除腐败、让社会转向清明的社会风尚。

同样，对五四的启蒙传统，作品也是既有所继承又有所不一致。如《民意是天》《是是非非》对乡村选举中村民们的表现，特别是某些村民的颟顸狭隘，完全可以与文化批判和文化启蒙思想结合起来。特别是《青天在上》中，农民贺世忠从一个曾经的村干部沦落为一名老上访户，这其中既有乡政府不作为的因素，也有中国传统农民文化劣根性在起作用。特别是他在见到官员时的怯懦，求人办事时的低声下气，一旦不成即反目成仇的表现，很容易让我们联想到鲁迅笔下的阿Q。而且，作品对现代文明进入乡村，也持明确的理解和支持态度，即这对乡村振兴是有益的态度和价值取向。如《土地之痒》虽然肯定老一代农民的恋土感情，但也理性地认识到农民与土地关系分离的必然性，并表达了对现代思想观念进入乡村的期待。

然而，《乡村志》也有不少与启蒙文化不相一致的地方。典型如对乡村传统和乡村神秘文化的态度。作品也涉及了神秘文化，如算命、风水等，一些民俗描写中也包含不少在现代文明看来是落后和愚昧的细节。但其并没有简单否定，而是将之归结为乡村的传统文化或智慧，在基调上是认可的。缘何？正是因为它们在乡村传统伦理价值存续方面仍然有积极的作用——在这一点上，《乡村志》所取的是包容的、乡村人自己的视点，而非单纯的启蒙式视点及写作意图。在解决乡村问题过程中，当乡村风俗与执法方式存在冲突，甚至相对立的时候，作品也多从乡风民俗角度考虑，展示其无奈中的合理性。典型如《人心不古》中退休教师贺世普与村民之间的矛盾，他们分别代表的无疑是现代文明和乡村传统，虽然作品对贺世普有较多理解，但并没有完全将责任推给村民一方，而是含蓄地表示贺世普过于机械地遵照法律条文办事，没有充分考虑到乡村传统和民风习俗，也是他最终败退乡村的重要原因。

正因为这样，《乡村志》超出了以往乡土作品大多比较单一的文化和启蒙立场，而是更为复杂多元。甚至可以说，在现实政治、现代启蒙、乡村自身这三方面，很难说清楚作者究竟是站在哪一方，其往往是复杂的、交织着多方面的理性思辨和考虑，试图从更超越的视野来看待问题。正是这一点，赋予了作品许多深入而独到的认识，颇多具有新意、不同流俗之处。

比如对当前乡村伦理文化的变异，绝大多数乡土文学作家都持明确的否定姿态，并对往昔乡村表示赞美和追怀。但《乡村志》不一样，它所展示的昔日乡村伦理关系并不完美，而是同样受到当时现实的严重制约——在贫穷的巨大压力下，家庭亲情也受到很大伤害，伦理关系也被扭曲。也就是说，在作者看来，当前错误的金钱观和对物质利益过分追逐所导致的伦理变异固然让人担忧，但往昔的金钱匮乏和艰难的生存条件也并不一定就会保持伦理完美。所以，也许不应该简单地谴责金钱，而是应该思考如何正确地合理地对待金钱。再如，作品展示了贺家湾的数十年历史，也塑造了不同时期的各届村领导形象。由于时代语境密切联系着乡村社会的变化，有些人习惯于将这些乡村领导人物的品格与时代环境直接关联，将人物当作意识形态的代表符号来对待。但是《乡村志》不同，无论是对早年的村支书"老革命"郑锋，还是对改革时代的贺端阳，它都没有进行简单褒贬，而是尽可能地将人物从时代环境中剥离出来，着力于表现人性的复杂性，从而更客观地对人物进行描画。比较于很多对历史、对历史人物的简单化认识，《乡村志》的叙述和思考显然更为理性，也更客观真实，它能够让读者的视野超越当下，进入更深远的历史和更广阔的背景，从而产生对问题的更深刻认识。

四、现实主义如何创新

文学是美的艺术，文学评论也当然不可忽略文学性。事实上，近年来，学术界围绕着与贺享雍《乡村志》具有现实主义方法共同性的"十七年"乡土小说的文学性问题有所争议。在这个意义上说,对《乡村志》审美性的评价,既是针对作家作品本身,也与现实主义创作方法问题密切相关。

首先,《乡村志》是对写实乡土文学艺术魅力的再度彰显。对乡村生活美的展示是乡土文学的审美感染力之一。但是,自1980年代对"十七年文学"进行批判性反思以后,这种美学特征在乡土文学中很少得到精彩的呈现。《乡村志》以自己的表现证明了乡村写实艺术并没有过时。特别是作品对乡村劳作和民俗民生的展现,具有特别的审美和历史记录价值。因为随着乡村的凋敝,传统农业生产方式的消亡,许多具有审美和文化意义的民俗都将很快消失。《乡村志》的追求无疑体现了审美和文化的自觉,也丰富了乡土文学的艺术性:"村庄除人以外,房屋、花草、树木、河流、田野、农具、牲畜等物以及各种自然景象也是其一分子,它们和人一道共同构成的关系和发出的声音,组成了村庄斑驳的色彩和嘈杂的喧哗,从而让一个村庄活了起来,丰盈了起来。"[①]所以,尽管它包含的九部作品在艺术表现上有所差别,艺术水准也不完全一致,但总体上说,却体现了乡村写实小说独特的艺术价值,其中最优秀的两部,《村医之家》和《土地之痒》,放在整个乡土文学历史上也属于优秀之作。

而且,它还证明了写实艺术方法与思想深度之间并不对立。如前所述,切近现实的书写方式,由于缺乏远距离的观照,比较容易堕入现实感伤或急功近利的困境当中。但《乡村志》以自己的个案方式显示这种缺陷并非必然。只要作者不为现实观念和视野所囿限,就完全能够实现思想的超越,达到优秀文学的深度和高度。事

---

① 贺享雍:《自序:我的乡土我的神》,《远去的风情》,四川出版集团·天地出版社2013年版,第3页。

实上，深入现实生活当中，又具有揭示和批判现实的勇气和能力，正是传统现实主义文学不朽价值之所在。中外文学史上的许多经典乡土文学作品，如哈代的《德伯家的苔丝》，莱蒙特的《农民》，斯坦贝克的《愤怒的葡萄》等，都是如此。《乡村志》虽然尚未完全达到文学经典的高度，但其价值和方向无疑是正确的。

其次，《乡村志》的现实主义写实艺术既继承了传统现实主义方法，又对现代文学方法有所吸收，显示了对现实主义艺术的融合和发展。在整体上，作品采用的是较为通俗化的故事形式，包括叙述语言、结构方式都与质朴的乡村生活相一致。而且主题也相对比较简单，基本上每一部作品讲述一个中心事件或者一个人的故事，也就是揭示一个问题。但是，它的艺术形式并不如此简单，而是巧妙地融合了现代艺术方法，体现了更高的艺术特征。比如，它虽然以问题为中心，但不是简单将问题展示出来，而是将问题与历史变迁、人物命运联系在一起，而且内涵绝不单一。比如《村医之家》对农村医疗问题的揭示，就是通过贺万山的个人命运与时代变迁结合在一起，将医疗问题凝聚在人物的坎坷生涯、动人的爱情故事，以及几代人的鲜活故事中。这一融合是如此之紧密，以至于让人更多为人物命运所感动，之后才有思索和回味。这样的结构方式无疑是现代艺术与传统现实主义方法的高度统一。

同样，作品的叙事艺术也借鉴了许多现代小说技巧，力图将故事讲述得更多元，更丰富，也更深入。前面谈到过其不同小说根据人物身份变换叙述语言的特点，它们在叙述方法上也多有变化。比如《村医之家》采用让主人公与人对谈、倾诉往事的叙述方式，《盛世小民》的叙述时空交错，颇有蒙太奇的艺术构架，《男人档案》更尝试采用三种人称穿插的叙述方式，综合了全知、内知不同人物的多个视角来进行讲述。这些都使得《乡村志》在叙述上避免了单调呆板的缺陷。像《村医之家》的倾诉式叙述，能够让人物内心世界得到充分的舒展，又使叙述更为流畅自然，比较起传统的顺时针叙述，效果确实好了很多。

贺享雍的《乡村志》以现实主义方法获得了一定成功，特别是在当下现实主义文学普遍匮乏的背景下，这一作品对振兴现实主义乡土小说创作具有特别的意义。但它也存在着一定的不足，需要作者进一步认识和警醒。

第一，历史高度问题。

我一直认为，文学要获得价值，包括影响时代文化、获得读者的认可，都需要有思想魅力，也就是思考得要比一般人深远，站立的角度要比其他人高。现实主义小说更是如此。因为你所书写的故事尽人皆知，如何看待这些问题就显得更为重要。从其宏大规模建构就可以看出，《乡村志》有全面审视时代变迁的创作意图，但是客观上，作品的意图还没有完全得到实现。过于切近现实问题和现实政策，以及缺乏超越性的思考，一定程度上影响了作品的历史感和思想深度。

在这方面，柳青的《创业史》、路遥的《平凡的世界》具有很好的参考意义。这两部作品也存在这样那样的不足，但它们能够成为时代经典，一个重要的原因就在于它们所具有的思想高度。《创业史》努力思考乡村发展、私有制、城乡关系、农村青年出路等问题，虽然不一定很正确，但确实体现了作者的认真思考。正是这种强烈的思考精神，使作品具备了宽阔的历史视野，并获得了较强的思想启迪意义，从而得到大家的广泛认可。《平凡的世界》也是试图站在历史的高度审视乡村变迁，思考和探索诸如农民出路、城乡关系等问题。孙少平和孙少安的形象、命运之所以受到那么多读者的关注，正是因为这两个形象与时代密切相关，是同时代许多人命运的体现。作品对人物的关怀很峻切，对现实的思考很沉重，作品本身也因此厚重而深刻。

第二，现实与人的问题。

文学是人学，在任何时候、任何地方，文学都不应该脱离这一原则。就现实主义文学而言，关注现实当然很重要，但是，最重要还是关注现实中的人，塑造真实生动的人物，写出其真实喜怒哀乐，表达其内心渴求，并呈现出深刻的人性关怀。

《乡村志》在这方面有所成就。它能够关注人，贴着人的真实生存来写，这是毫无疑问的，也是它坚持现实主义方法的突出成就之所在。它所塑造的一些乡村基层干部，就非常真实而接地气。但是，它还是有不少让人遗憾之处，就是对人的塑造基本上局限于现实和工作层面，很少涉及文化、人性层面，也就是说，没有将人物的思想、作为与其深刻的文化背景结合起来，特别是没有与人性的复杂面结合起来。而且，作品还存在一个问题，就是人物较多，叙述也比较分散，没有很集中对一个或几个人物持续深入地展示，致使一些有个性的人物形象没有被充分凸显，甚至被遮蔽了。

与之相关还有一个方面，就是文学需要清醒地认识自我，与现实保持必要的距离——即使是与现实关系密切的现实主义文学也不例外。文学在任何条件下都不应该成为现实的简单对应物，而是要保持自己的独立性。也就是既深入生活之中，又能有一定的超脱。只有这样，作家才能超越而不是囿限于生活，才能将生活看得更清楚，并形成独立深刻的思想。这一问题，也是《乡村志》作者需要认真思考和对待的。

第三，艺术表现问题。

《乡村志》有10部，但是各部之间的艺术水准不是很平衡，说明作者还缺乏足够的精品意识。某些作品的叙述过于琐碎，而另一些则叙述速度过快，相互之间没有形成张弛有度的艺术效果。包括在表现方法上，人物心理描写、风景描写相对较少，艺术风格相对来说不是很丰富。

上述这些不足，不都是源于作者贺享雍的个人创作能力，而是与外在环境有一定关系。所以，对其缺陷的指出和针砭，不是针对作家和作品个体，而是针对整个现实主义乡土小说，乃至整个现实主义文学创作本身。

随着乡村社会的快速转型，像贺享雍这样拥有丰富乡村生活经验的作家已经越来越少了。我们不可能要求所有的作家都像贺享雍那样，都采用现实主义方法来创作，但是，贺享雍的《乡村志》给我们以启示：在今天，甚至在未来，现实主义乡土小说没有过时，也永远不会过时。因为，在很长一段时间内，乡村会在中国存在，乡村问题也会存在，农民的生存和出路更不可能在短期内消失。因此，如何关注乡村、热爱乡村，又如何敢于直面乡村、独立地思考乡村问题，以及对现实主义创作方法进行大胆继承和开拓，是乡土小说作家们需要学习和借鉴的。我相信，现实主义创作方法总有重现辉煌的时候，乡土小说领域也是如此。

第三节　乡村之子的故乡遥祭
——论"80后"作家的乡村书写：以马金莲、甫跃辉、郑小驴为中心

20世纪20年代，鲁迅曾经这样概括台静农、许钦文等乡土作家的创作："凡在北京用笔写出他的胸臆来的人们，无论他自称为用主观或者客观，其实往往是乡土文学，从北京这方面说，则是侨

寓文学的作者。……因为回忆故乡的已不存在的事物，是比明明存在，而只有自己不能接近的事物较为舒适，也更能自慰的。"① 这是在中国这个传统的农业文明国度乍遇开放的一种自然反应。精神和文化世界尚处在新旧交替之际的作家们，既接受了现代文明的影响，决意于放弃旧的文化，但同时却又难以摆脱强大的传统文化教育和情感记忆的影响，于是，这种矛盾与愁绪构成了早期乡土小说的特点，也开创了鲁迅的乡村批判和沈从文的乡村怀恋两大传统。

在一个世纪后的今天，乡村面貌和整个社会的文化面貌都有了很大的不同。乡土小说也呈现出与以往不同的新的面貌。在当前乡土小说创作中，在21世纪初才崭露头角的"80后"作家很具有自己的创作个性。虽然目前情况下，完全投身于乡土小说创作、又取得一定成就的作家数量不多，但他们的作品在整体上呈现出与前辈作家们很明显的不同，显示出独特生活经验和文化环境给予他们深刻影响的印记，非常值得思考和讨论。"80后"乡土小说作家中，马金莲、甫跃辉、郑小驴是影响最大的几位，本节也就选择他们三位作家为个案进行典型性的分析。

一、最纯粹的个人回忆者

马金莲出生于1982年，是宁夏作家。甫跃辉生于1984年，来自贵州。郑小驴于1986年出生，是湖南人。无论是从生活地域还是文化背景，三人都存在着较显著的差异。但是，考察他们的创作，却可以发现其中存在的很多显著共同点。

---

① 鲁迅：《且介亭杂文二集·〈中国新文学大系〉小说二集序》，《鲁迅全集》（第6卷），人民文学出版社1981年版，第247页。

其一，叙述者的亲历色彩。

从外在形式看，三位作家作品都喜欢采用第一人称，或者是隐含的第一人称叙述；而更细致地考察，他们作品中的叙述者普遍拥有与作家本人颇多外在和内在的一致性，包括年龄、身份，现实生活处境、内心世界，与外在世界的关系，等等，都可以看到作家自身的强烈印记。在一定程度上，作家们所创作的小说完全可以看作是他们本人的生活和精神自叙传。

马金莲作品的叙述者很明确地包含着与作者一样的民族、宗教、性别、身份，大多采用与作家年龄一致的对往昔的反顾视角、以未成年女童视角讲述昔日故事，传达出很强的怀念和感伤色彩；也有作品（如《马兰花开》）虽然讲述的明显是他人的故事，但其性别、民族等身份却依然与作家相同，显然，作品中传达的是自己对生活的思考，渗透的是作家自己的价值观念。正因为这样，在一部作品的"序言"中，马金莲明确将小说创作与自己的心迹进行了密切的关联：

> 但是如今书写乡村，明显要比书写城市难度大，因为当下的乡村已经远远不是我们最初成长、生活、熟悉的那个乡村，社会裂变的速度和纵深度早就渗透和分解着乡村，不仅仅是表面的外部生存环境的变化，还有纵深处的隐秘的变迁，包括世态、人心、乡村伦理、人情温度……乡村像一个我们熟悉的面具，一不留神，它已经变得让我们感觉面目全非和陌生难辨。而在意识里，却对乡村寄予了我们最初成长岁月里的美好和情感，现在我们还以这一尺幅去衡量乡村，无疑现状会让我们失落。[①]

[①] 马金莲：《安守宁静的美好（代序）》，《1987年的浆水和酸菜》，花城出版社2016年版，第4—5页。

甫跃辉小说叙述者身份也基本上同作者一样，是从边地乡村来到上海大都市的青年。他的作品主要集中在两个题材，一是身处都市的青年知识者对于故乡的怀念和追忆，其中也包含对都市生活的一些感喟；二是都市青年的现实返乡，对故乡的所见所闻及所感。显然，这些内容都有作者的生活和情感影子存在，包含着作者经历过或感受过的乡村少年成长记忆，带着浓郁的1980年代和1990年代的乡村生活和文化痕迹，也包含着乡村少年的青春萌动，以及或甜蜜或苦涩的记忆。与此同时，作品还充分传达了一个从乡村到城市生活的青年人所不可避免要经历的生活艰难和文化游子感受，以及现实与回忆的复杂糅合。

郑小驴也经历了从乡村到城市的复杂生活历程，只是他不像甫跃辉那样以求学的方式进入到体制内生活，而是更多个人的传奇和坎坷经历。也因此，他作品叙述的故事与甫跃辉大体相似，大部分作品书写的是乡村往事回忆，还有一些作品叙述在城乡之间漂泊的乡村少年的拼搏故事。在对作品生活的熟悉和情感的投入方面，二人有很多一致处，只是与甫跃辉相比，郑小驴作品的生活苦难更为深重，叛逆色彩更强，情绪也更激烈一些。这与作者自身的生活经验有密切关联。

其二，生活的个人性。

三位作家的作品大都从个人视角展开，较少涉及现实政治等宏大主题，只聚焦在个人情感和生活世界，带着很强的个人生活记忆色彩。特别是三位作家回忆性作品都比较多，基本上都只写个人记忆中的情感和伦理，时代政治的背景只是隐约可见。只有郑小驴的部分作品略有例外。因为他的不少作品关注乡村计划生育，这是一个与国家政策相关联的题材。作者也将其与一代人的集体记忆结合起来："深夜的手电筒、狗吠、敲门声，干部的威逼利诱与专横跋扈——它们在我的脑海中挥之不去。我想同龄人中也有很多人和我拥有同样的记忆，计划生育算得上是"80后"这代人的集体记忆了。"① 但从作品的书写来看，它所针砭的只是具体的生活，不涉及对大的时代的政治评判，在写作方式上也主要是结合个人生活记忆，从个体角度来进行展示。

由于作家们的关注点基本上聚焦于个人，因此，他们的作品一般看不到对乡村生活的全景性展示。其对往事的回忆多局限于成长记忆中的细致和琐碎，现实题材作品也很少着眼于乡村现实生活状貌。相比之下，马金莲关注的现实乡村世界要广阔一些。她写到乡村留守老人和儿童的艰难，写到拆迁潮流中乡村的消失，也写到乡村家庭的日常伦理。但她的视角也是完全个人化的，没有要展现乡村现实整体的意图，也没有这样的效果。比如马金莲写现实劳作场景（这在其他两位作家的创作中是比较少见的）："背着青草爬这道陡坡，远比背着大红日头锄地吃力。"② 以及《永远的农事》，通过小女孩眼中姐姐的成长，展示农村生活的艰辛和农家女孩的成长历程，都是如此。

正因为这样，对于三位作家的许多作品来说，乡村已经不是真实的现实，而是一个虚幻的过去，或者说是一个内心的记忆而已。他们作品中所投射出来的乡村世界，都经过了个人生活和情感的过滤，狭窄、零碎而个人化，基本上看不到时代的整体面貌，只能借助它们去进行填充和想象。

其三，强烈的个人情感色彩。

作为个体创作，三位作家作品所表达的情感特点是不一样的。

---

① 郑小驴：《西洲曲》，人民文学出版社2013年版，第261页。
② 马金莲：《父亲的雪》，阳光出版社2010年版，第90页。

如郑小驴的情感更激烈，愤激和批判色彩更强烈；马金莲的情感则带有女性的宁静和内敛；甫跃辉介于二者之间，平静下蕴含着冲突和激烈。但在差异性的背后，却有很强的一致性，就是都带着强烈的个人情感，传达出个人的生命感受。最基本的共同特点，是都包含着忧郁和诉说的基调，传达出乡村孤独者的缄默（甫跃辉）、迷茫（马金莲）和呐喊（郑小驴）。

郑小驴的叙述最充分地表达了乡村的孤独与恐惧感。他作品中的乡村少年，无论是农村留守者还是城市漂泊者，都怀着强烈的孤独意识。他们所感受到的生活很少有温暖，更多是暴力和仇恨，以及四处弥漫着的人性之恶。这一切，使他的作品中始终游动着一种紧张不安的气息，就像作品所描写的乡村自然风景，也带上了寂寞和恐惧的色彩："打上尿素的南方水稻田，不几天就会疯长，绿得可怕。"①

甫跃辉的作品也一样。他的《刻舟记》充分全面地表达了内心的孤寂和迷茫气息。作品是回顾往事，但在这些回忆中，丝毫感受不到充实和亲切，而是更增添了孤独和无奈。"回忆能带来什么呢？大多时候，回忆只能让我们感觉到，两手空空。两手空空啊！"②作品中的"刻舟"是一个很典型的隐喻，就是时间流逝了，但是"过去"已经深深铭刻在那里，一动不动了。"我想我是那把被扔进时间之流中的剑吧，舟没怎么动，剑却跑到前面去了。"③在一定程度上，作品与余华《呼喊与细雨》有些相似，它们都写了少年成长中的孤独、教育问题，表达了对暴力的关注。只是《呼喊与细雨》中还保留着一些温情，至少是对温情的渴求，而《刻舟记》

---

① 郑小驴：《少儿不宜》，安徽文艺出版社2014年版，第10页。
② 甫跃辉：《时光若水，刻舟求剑》，《刻舟记》后记，文汇出版社2013年版，第212页。
③ 甫跃辉：《刻舟记》，文汇出版社2013年版，第25页。

则只有弥漫不散的恐惧和死亡气息。

作为一名女作家,马金莲作品的情感表现要平静许多。特别是最近几年创作的新作,如《马兰花开》,写一个回族女性从少女到女性的成长历程,其中主要书写其内心感受。就其主体来说,具有对生命认识逐渐从个人走向群体、从沉郁走向达观的过程,内在精神是平和而大众化的民族宗教。但她也有一个时期的创作,甚至也包括近年的部分作品,在回忆往事或叙述现实村民生活时,也都带着强烈的不安和恐惧意识——就回忆型作品而言,是对不可捉摸未来的恐惧;就现实型作品而言,是度日的艰难、生计的沉重。前者如《1987年的浆水和酸菜》,后者如《我的母亲喜进花》等。这些情感的特点,包括其变化发展轨迹,都融合了作者的往昔生活记忆和现实生活感受,是个人情感世界的充分体现。

二、乡村的孤独与绝望

三位作家的作品都与创作主体有着密切的关系,他们所呈现出来的乡村世界也有着很强的共性。

其一,苦难和痛苦。

它们弥漫于几乎所有作品中。回忆中的乡村是如此,现实中的乡村也一样。其中郑小驴的作品最为典型。他的历史记忆充满着痛苦和饥饿。如《1921年的童谣》《1945年的长河》《1966年的一盏马灯》,写乡村家族历史故事,充斥着杀戮、血腥、性侵、疾病等,个体基本上都是悲剧,都被历史的洪流所淹没。再如《坐在雪地上张着嘴》,写饥荒之年,人相食,毫无亲情的悲惨场景。《蛮荒》中"爷爷"对往事的回忆也很少欢乐,主要是苦涩和不幸。他的代表作品《西洲曲》中的生活也充满着欺骗、死亡、伤害(姐姐左兰)。在

《弥天》中，将祖父的死与老黄牛的死密切关联在一起，借老黄牛来喻指像祖父这样的农民："它温驯而富有耐性，具有老黄牛身上所有的优良品质。它是世界上最富有忍耐心的牲畜，软弱而温驯。"①

甫跃辉的小说苦难意识没有那么强烈，但恐惧感却更强。他的作品对童年和少年成长的回忆，很少有幸福和欢乐的场景，基本上都是不幸和失望。即使偶尔有幸福，也是痛苦与痛苦之间的短暂过渡："然而，欢乐只有一里长。谁都没有想到，不多一会儿，蹦蹦跳跳的欢乐忽地就陷进了那塘浑浊肮脏的悲哀。在村子灰暗漫长的历史当中，这将是一段色彩浓烈、悲喜纠结的记忆。"②

苦难和恐惧意识最极端的表现，是郑小驴和甫跃辉很多作品中都书写了的死亡，其几乎成为一个笼罩性的主题。这些死亡各式各样，有偶然的事故，有老年的自然亡故；有少年印象中的事件，也有现实中的传闻；有与人类有亲密关系的狗被虐杀，也有现代环境下鱼类的死亡……不一而足。但这些死亡事件是如此密集而频繁地充斥于他们的作品中，并不是偶然和巧合，而是造成了作品强烈的恐惧色彩，就像一个挥之不去的噩梦，始终笼罩在作品之上，给人以巨大的压抑感，也使整个小说世界的基调变得压抑而沉重。

文化败落也是这些作品中普遍展示的现象。作家们描画的乡村世界里，已经看不到任何的田园诗意，也看不到传统的乡村伦理亲情，只有绝对的自私和对金钱的追逐③。如甫跃辉《散佚的族谱》所写的家族故事就是典型。充斥于作品中的只有利益争夺和相互倾轧，丝毫看不到温暖和善良。显然，作品以"散佚"来命名，寓意

---

① 郑小驴：《弥天》，《少儿不宜》，安徽文艺出版社2014年版，第84页。
② 甫跃辉：《散佚的族谱》，安徽文艺出版社2014年版，第71页。
③ 参见祁春风：《乡村少年的自我确证与道德激情——郑小驴论》，《粤港澳大湾区文学评论》2021年第2期。

就是指家族亲情的散佚、传统乡村伦理的散佚。

其二,没有希望的未来。

正如郑小驴所说:"我们将面对一个完全陌生化的故乡,一个再也回不去的故乡。那时我们都会变成故乡的弃儿。"[①]这样的乡村世界充满着迷茫和绝望,是没有希望和出路的。对于乡村青年来说,他们最终只能选择逃离乡村,去城市挣扎。然而,城市对于他们并不意味着幸福和美好,城市同样充满着灾难和恐惧,带给他们各种各样的伤害。郑小驴《少儿不宜》就写到在城里上大学的堂哥,虽然留在城里,但在巨大的生活压力下,跳楼成为残疾人。显然,对于郑小驴的这些人物来说,漂泊是他们无奈的宿命,因为他们已经无路可走。

甫跃辉和马金莲同样书写没有希望的乡村现实,不过,他们主要不是关注现实生活场景,而是更侧重于文化和心灵层面,表现方式也有所差别。甫跃辉的表现是对乡村"怪力乱神"的较多书写。在《刻舟记》《西洲曲》等多部作品中,甫跃辉都写到了乡村中的灵异现象。这可以看作一种对乡村自然和传统的敬畏之心,也是一种由恐惧、怀念等情绪而引起的精神状态。也就是说,正如金理所论述的[②],包括鬼魅叙事在内的乡村灵异现象书写,并不止于内容,更折射出作品主人公的精神状态,他们犹如鬼魅一般"游离飘荡",被时代疏远得没有归属感。甫跃辉所写的乡村超现实现象,还可以看作作家对没有未来和希望的乡村世界的内心恐惧的折射。

马金莲所描绘的乡村世界略有些不同。这既体现在她所描绘的西北回民生活世界地域相对偏僻,经济发展和文化变化相对较慢,

---

① 郑小驴:《你知道的太多了》,作家出版社 2015 年版,第 230 页。
② 金理:《郑小驴论——兼及一种"青春文学"的再生》,《当代作家评论》2013 年第 4 期。

也体现在她笔下的乡村面貌经历了一个变化和发展的过程。

在马金莲创作之初,她的作品较少现实苦难书写,而是表现出对传统文化的较高认可和较强信心。如《四儿妹子》就书写了一个有较强亲情和信仰色彩,以善为中心,结局也比较美好的故事。然而,这些作品同时也表达出对未来的一种强烈的隐忧,就是意识到现实力量的强大和传统文化无法预料的命运,从而只能寄希望于理想和虚幻色彩的祈求:"我祈求真主慈悯所有的人,尤其这些守在机器旁过着枯燥日子的生命个体,他们一定要好好的,平安、健康,然后,还有自己的快乐,尽管这些都是奢侈的。"①

果然,很快,她的很多作品就转向了对乡村苦难的书写,包括乡村自身生活的苦难,也包括城市带给乡村的苦难。如《我的姑姑纳兰花》就写一个美丽的乡村姑娘两次经历欺骗,最终在一场不幸福的婚姻中走向死亡。作品中,对女性善和美的渲染,与其最终毁灭的命运形成鲜明的对比,使作品呈现出鲜明而激越的悲剧色彩。"显得落落大方,又小鸟依人,小巧的五官上闪着发自内心的甜笑,看得出她很幸福,幸福洋溢出来,像气泡一样弥散在整个婚礼礼堂,把在场的人都感染了。"② 同样,《尕师兄》等作品对传统爱情故事进行了反讽式书写。这些作品书写了表面的浪漫,结局却是不美满。或者以浪漫为开始,却以欺骗和悲剧结束。它们无一例外都给人以沉重感和压抑感。

马金莲近年来的很多作品关注乡村现实生活,也都是以苦难为中心。如《三个月亮》写留守儿童的生活。母亲或因生活所迫,或受城市诱惑,抛弃孩子离开农村,只留下孤独的小孩在乡村期盼和

---

① 马金莲:《四儿妹子》,《河南女人》,作家出版社2018年版,第113页。
② 马金莲:《我的姑姑纳兰花》,《河南女人》,作家出版社2018年版,第154页。

煎熬。《糜子》写农民辛勤劳作,但最终还是敌不过天灾,只能以悲剧收场。《老两口》写主人公生养了六个儿子,到80岁了还得靠自己劳动维持生计。最后种植的失败,预示着他们连最基本的生存都难以维系。"日子还得过,好歹都得往下过,活一天就得挣扎一天。"[①] 这既是乡村现实的颓败,更是乡村伦理的颓败。《舍舍》则写一个原本平静祥和的家庭,在丈夫遭遇车祸后,妻子还在悲伤中,其他家人却只顾争夺利益,完全没有了善良和亲情,显示出乡村伦理的完全败坏。乡村现实和乡村回忆都充满着悲剧和苦难,同样,对城市,马金莲也没有寄予希望,而是表示了反感和拒绝。如《搬迁点的女人》就写了进城后的农民生活,他们并不感到幸福,而是生出强烈的思乡情感。

对于乡村的未来,马金莲的处理方式与甫跃辉和郑小驴有所差别。一方面,她选择了回归传统,也就是退避到民族宗教文化中,去寻找心灵的慰藉。它可以看作一种回归,也是源于对现实的不满和失望。如《马兰花开》,女主人公从少女成长为一个家庭主妇,回归民族传统的家庭生活。虽然与她年轻时候的梦想相距很远,她内心中也有不满和不甘,但最终,她还是在这种生活中找到了满足和幸福感。

另一方面,或者说在回归传统的同时,她也表达出较强的迷茫感。如《瓦罐里的星斗》,写乡村完全败落,人们纷纷离开乡村,移居城镇。只有傻瓜克里木在顽强地守望,并收集了很多人们弃置的瓦罐。这种守望由于不合时宜受到人们的嘲笑,克里木最终也以死亡告终。作品一方面对克里木寄予理解和同情,通过叙述者在克里木收集的瓦罐中见到星斗,寓意那些背离乡土的人们丢弃瓦罐,

---

① 马金莲:《老两口》,《碎媳妇》,宁夏人民出版社2012年版,第72页。

实际上是背弃了自然和传统；但另一方面，作品对村人们的选择也无奈地表示理解，因为他们已经无法留守，村庄已没有了他们的生存之地。

从这个方面说，三位作家对乡村未来的书写实际上有着内在的一致性，那就是乡村已经不存在希望。无论是现实的苦难和凋敝，还是伦理的彻底沦丧，都导致了这种状况。除了马金莲为其笔下的女性勉力安排了回归传统之路（这种道路显然是甫跃辉和郑小驴无法安排的），其他两位作家笔下的农民只能选择进城这条唯一道路。但这一选择充满着无奈，前途更是渺茫，农民的命运就如同飘萍和断线风筝，不知其未来究竟怎样。

三、一代人的记忆与未来

"80后"乡土小说的特点并非偶然，而是时代的造就。"每一代的成员分享某种经历和记忆……他们可能没有共同的信仰或价值观，但他们以不同的方式回应着相同的境遇。"① 正如西方学者的论述，时代造就了代际的共同经历，影响着他们的思想，也形成了他们文学上的共同指点。

从大的背景上说，1990年代以来中国社会的经济和文化大转型对这一时代所有人的思想和行为都产生了深刻的影响。特别是在乡村，随着传统文化伦理的渐次坍塌，现代消费文化成为文化主流，对农民心理和文化的影响尤其剧烈。因为二者之间的反差更为显著，而文化程度相对较低的农民受商业影响更为剧烈，行为也更

---

① ［英］彼得·伯克：《历史学与社会理论》，姚朋等译，上海人民出版社2010年版，第182页。

为外露。这导致在近一二十年间，乡村伦理问题成为广受人们关注的社会问题。

我们不能简单否定这一转型。也许它是中国乡村改变不可避免的阵痛，它也确实在很大程度上改变了乡村长期的贫穷面貌。但毫无疑问，乡村文化建设是一个不可忽略的重要问题。特别是乡村文化坍塌之后，缺乏有效的精神文化（以物质为中心的消费文化不能成为真正的精神文化）对其空间进行填补，致使精神空虚、伦理缺失成为当前乡村社会中最突出的问题之一。与之相关的是，很多人也失去了生活和心理上的稳定感，滋生出孤独感、漂泊感和虚无感——很多学者都关注到当前部分乡村地区的农村老人自杀现象。它主要不是源于现实贫困，更多是源于缺乏亲情温暖，以及对生命意义的虚无感。① 乡村剧变影响到生活在乡村的每一个人。其中感受最深的，还是出生在1980年代后的这一代人。② 因为在他们的童年时期，乡村还处在相对稳定的环境中，但在他们刚刚开始拥有较清晰记忆的年龄时，乡村就已经进入"进城潮流"，消费文化开始急剧地冲击乡村社会。因此，一方面，他们从根本上说是乡村传统文化的首代被抛弃者。他们还没来得及感受传统乡村伦理的温馨和稳定，就已经被投入乡村的文化剧变和动荡之中。另一方面，在他们开始记事的年龄，乡村社会已经完全从集体时代退隐，进入纯粹的个人劳作时代。这倒不是说集体劳动比家庭劳动更有魅力，但至少在劳作规模和氛围上会有所差异，特别是在童年的记忆中。而很

---

① 参见徐京波：《农村劳动力外流背景下的家庭离散与老人自杀问题透视》，《西北农林科技大学学报》2017年第2期。

② 当然，由于地域、个体生活经验等方面的原因，这种代际特点不可能存在一个截然的年龄分界线。事实上，部分出生于1970年代后期和1990年代初的作家也可以被纳入这一群体。这里的"80后"只能是一个模糊的指称。

快，随着进城打工潮流的出现，乡村出现严重的"空心化"，农田大量抛荒，传统的乡村劳作已经不再是乡村的日常场景，而是逐渐消失了。

所以，正如郑小驴在《80后，我们的路在哪？》里谈到的：

> 中国最新的30年里，80后作为参与者与见证者，目睹着一系列的变故……在时代的缝隙中，文学作为一种理想，成了纯粹乌托邦式的抒情，对这代人来说，已经失去了像前几代人那样靠文学改变命运的可能性。如果80后里还有纯文学和理想主义精神，这一定是出于最纯粹的喜爱，也仅仅是喜爱。未来80后这代人里的现当代文学，很大部分必将在对过去这二三十年的反思中产生。①

也如马金莲在《瓦罐里的星斗》中的深情感叹："被柴烟缭绕的村庄，叫人心里说不出的温暖、踏实。现在这种踏实彻底被打破了，再也找不到了。"② 他们是乡村生活方式和文化交替之际的第一代人。

在一定程度上，"80后"作家是最能代表乡村文化转型的一代人。或者说他们是具有乡村记忆的最后一代人。他们的特殊性在于他们既有乡村童年记忆，但却并不熟悉传统的乡村日常生活。从文化角度来说，他们是被传统乡村文化遗弃的一代，但他们却不自觉地接受过乡村文化最后的滋养，而不得不承受着对这一文化的朦胧记忆和精神怀想。只是这种感情和怀恋没有现实为依托，只能是在

---

① 郑小驴：《80后，我们的路在哪？》，新华网2011年5月19日。
② 马金莲：《瓦罐里的星斗》，《碎媳妇》，宁夏人民出版社2012年版，第204页。

儿时的记忆上漂泊着,无法在现实中停留。比他们更年轻的乡村儿童,就已经完全没有对传统乡村生活的记忆,也不再能够感受任何乡村传统文化的滋养了。对于他们,有的只是已经完全凋零的村庄,只有留守老人和留守儿童构成的残败乡村。

如此,"80后"作家的乡土小说就具有特别的意义,他们代表了乡村之子对乡村文化最后的祭奠——准确地说是遥祭。他们的乡村书写,也自然呈现出这种生活独特性的深刻印记。前述他们作品中较少乡村写实书写,是因为他们的生活记忆中已经没有那种传统乡村劳作场景,更没有那种生活带给他们的心灵乐趣,他们无法对它进行细致地再现。至于他们创作中的个人化特征,也是源于他们乡村集体生活记忆的匮乏,他们只能从个人出发,书写自己的个体经验。特别是在文化交替时代,他们的父母们正在努力为生计奔波,不可能有很多的余暇来陪伴和关心他们,他们感受到的更多是乡村的孤寂和内心的孤独,以及乡村冷寂生活所带来的恐惧感。

"80后"乡土作家的情感特点也深深铭刻着他们这一代人的生活印记。与前辈作家们相比,"80后"乡土作家在乡村情感上的最大不同就是,他们不再有对往昔的精神回望和对未来的期待,而是只有个人性的悲凉和孤独。因为很简单,回望往昔要建立在有美好记忆的基础上,对未来期待也需要有现实或记忆中的参照物。这一点,对"50后""60后"和部分"70后"作家来说都很正常。他们拥有美好的乡村文化记忆,拥有乡村文化浸润下的深厚感情,因此,他们面对现实乡村,很自然会产生一种与过去的对比,与记忆乡村的对比,并产生出强烈的现实批判或者文化怀旧等特点,如陈应松、张炜、贾平凹等人的作品,都是如此。

但是"80后"作家不同。乡村文化对于他们来说不是心灵的浸润，而只是一种童年记忆而已。他们的文化世界中，更主要是现代城市文化，乡村文化的色彩已经很微弱。他们也许还保持有对乡村记忆中某些文化内涵的感情，但已经不存在深刻的留恋。无论是从现实还是从文化角度来看，他们对乡村只有逃离，只有迷惘。所以，对于现实乡村的颓败和乡村文化的坍塌，他们不可能像他们的前辈作家那样愤激，那样深情地怀念过往，在乡村文化旧梦里去寻找心灵慰藉。他们所表现的是平静，无奈和淡然下的平静。除了像马金莲这样，因为拥有独特民族文化背景，对乡村文化拥有着特殊感情，也可以在其中寻找到心灵的归依之所，更多的"80后"乡土作家的心灵只能漂泊，也只有漂泊。

所以，"80后"乡土作家的创作虽然是文学作品，但却具有充分的社会学和文化学意义，让我们从一个独特的侧面真实而深刻地看到了乡村颓败，看到了这一颓败所留下的巨大伤口，它惨烈而醒目，内在而持久，是古老乡村文化在衰退之前留下漫长背影中的重要一部分。

作为文学，"80后"乡土作家的创作也具有重要的文学意义。这种意义既与其文化社会学内涵密切相关，也在于其纯粹审美上的个性特色。

其一，前述的社会学和文化学意义本身就具有审美价值。因为它具有很强的特别性，是其他人无法书写的。这种书写，既提供了一个社会学视野下的独特历史范本，也是乡土小说书写中的独特样本。这些作品凝结着最后一代有乡村记忆的人的经验和感受，自然呈现着对乡村最后的、却是遥远方式的祭奠。因为他们没有对乡村文化过多的情感关系，他们不像其他很多作家那样在描述乡村现实时带着过于强烈的主观感情，导致描写的失真和情绪的泛滥（最典型的是贾平凹。此外，包括张炜等大多数乡土作家都有此倾向）[①]，而是能够更客观也更真实地展现乡村文化崩塌之后乡村社会的现实处境——它不仅是现实的崩塌，同时也是文化的崩塌、心灵的崩塌，一种无路可退的坍塌。

正如鲁迅所说"悲凉之雾，遍被华林"，这一对中国乡村文化不归之路的惨淡书写，传达的是彻底的、无可挽回的悲凉。这一切由"80后"这具有乡村最后记忆的一代人来写就，更呈现出特别的悲凉意味。

这其中最有价值的，是作家们对城乡转型文化心态的独特揭示。乡村社会在短短时间内经历文化的剧变，自然会有丰富复杂的心态变迁。对此，很多重要的乡土小说作家作品都有所反映和揭示。如贾平凹《浮躁》《秦腔》，陈应松《马嘶岭血案》等作品，表达了或躁动或愤激的情感。"80后"乡土作家在这方面显示了自己的与众不同。独特的生活经验和感受，赋予了他们对这一心理揭示的个性和深度。

这就是"80后"作家多次写到的在城乡之间的逡巡者——一些来自乡村却漂泊于城市的青少年。如郑小驴《少儿不宜》中的堂哥和《西洲曲》中的哥哥，都是从农村来到城市生存，都经历了被欲望诱惑和挣扎的艰难过程，心理更纠结于传统伦理和个人欲望的矛盾之中。堂哥最后的自杀、哥哥的退学，都与这种文化纠结有着直接关系。也就是说，他们虽然没接受太多乡村文化滋养，但乡村文化依然在他们心中留下了深刻的印记，对他们的文化心理和价值观念产生了影响。从这方面来说，他们可以被形容为乡村文化的"遗腹子"——一方面，他们没有得到乡村很好的关照，也缺乏对乡村

[①] 参见贺仲明：《否定中的溃退与背离：八十年代精神之一种嬗变——以张炜为例》，《文艺争鸣》2000年第3期。

的深厚感情，找不到希望和意义，这使他们只能选择逃离乡村，进入城市。在城市生活中，他们也容易被城市诱惑，不愿意再回归家乡；但是另一方面，他们尽管有在身体上贪恋城市的一面，甚至可能沉溺于城市的欲望世界中，但内心却不自觉地被传统乡村伦理所"折磨"，经常在享受"堕落"快感的同时又陷入自我忏悔和痛苦中。

如同"80后"乡土作家们是乡村文化最后的祭奠者一样，这些人物所表达的心理矛盾是非常独特的，是乡村文化在其子民心中残存的最后影响力，或者说是乡村文化对现代消费文化最后的、也是无奈的抵抗。这种心理显然是作家们所亲身感受到的，因此其表现得相当真切细致，展示了社会学与美学上的双重魅力。

其二，对乡土小说审美的探索。

其中的一个方面，是对乡村生活细节的展示。这一点其实是颇让人感到意外的。因为由于乡村现实的巨大变化，对乡村生活的写实已经逐渐远离乡土小说了。老一代乡土作家尽管有乡村经验，但他们关注的主要是乡村伦理，而且心情过于峻切，很难舒缓自然地呈现乡村现实生活，也因为对乡村现实的心理抗拒，不愿意对乡村现实进行客观再现的书写。而如前所述，"80后"作家缺乏丰富的乡村生活经验，甚至只留下微薄的生活记忆，但事实上，在部分"80后"作家的笔下却展现了相当细致而真实的乡村生活图景，使乡村写实这一传统艺术方法在融合一定现代表现方式的情况下得到再次呈现。

作家们所展现的主要是一些记忆中的乡村生活场景。如马金莲《绣鸳鸯》中的乡村景致：

> 天气干冷干冷的，西北风贴着地面不断刮过来，卷起一些干草末子跑到南墙下打旋儿。天空是铅灰色的，我们都不喜欢这种

天气，我们的愿望是要么晴朗，暖暖的日头照着；要么下雪，鹅毛大雪狠狠往下落。①

以及在《短歌》中的人物描述：

来玉兰人长得不错。五官小巧，搭配在一起，有一种特别眉清目秀的效果，加上身材细巧而颀长，性子温顺和婉，和当下那些咋咋呼呼的女孩相比，她的身上有一种不显山不露水的含蓄美。②

郑小驴《西洲曲》也有同样细致的女性外表美描述：

她有一张洁白的瓜子脸，秀气而澄澈的眼睛，脸上带着瓷器般的光泽……当我靠近她时，总能嗅到一股淡淡的女人香。这是令人深深迷醉的气息。她常穿着一件翠绿色的毛衣，肚子渐渐大了起来，身材看上去更加丰腴。她笑起来的时候，脸上便会浮现两个浅浅的小酒窝……这么说吧，她身上散发出来的女性气息使我深为沉醉。③

这几段描写都非常细致传神。它融合着作者的童年记忆，凝聚着个人情感，显示出传统写实艺术的特别感染力。

我以为，这在根本上源于作家们平静的心情——尽管是绝望

---

① 马金莲：《绣鸳鸯》，《绣鸳鸯：马金莲中短篇小说选》，中国言实出版社2016年版，第3页。
② 马金莲：《短歌》，《绣鸳鸯：马金莲中短篇小说选》，中国言实出版社2016年版，第78页。
③ 郑小驴：《西洲曲》，人民文学出版社2013年版，第2页。

后的平静——没有过多强烈地显示否定情绪,因此展现得细致而自然。所以,它们尽管只是一种记忆中的现实场景,但并不影响其独特魅力。说到底,文学就是一种记忆。作家们书写乡村,就是记录一种已经逝去的情感生活。在其中,凝结着与作家生活关系最密切的内容,亲人情感、日常乡村生活就成为其中最有感染力的内容。

在"80后"作家对乡村生活的细致写实书写中,我看到了乡土小说写实艺术发展的某些趋势——它也许是一种回光返照,但也可能意味着一种新的希望和回归。

当然,对于"80后"作家的乡土小说创作,我还是感到了很多遗憾。一个最根本的原因是参与乡土写作的作家还是太少,他们的乡土小说作品数量也很有限。本节所论的三位作家是成就最突出,坚持乡土书写也最久的,其他能如此长时间坚持的已经很少。更多的情况是一些作家在乡土小说中起步,但浅尝辄止,很快就转到其他题材领域去了。甚至就本节选择的三位作家中,也只有马金莲和甫跃辉基本上始终坚持在乡土领域耕耘,郑小驴近年来的乡土小说作品数量也显著减少。这也许是社会发展的必然,也是城市化带来的自然结果。甚至也与文学地位的转型有着深刻关联——因为这种情况不只是在乡土小说领域,整个文学写作都呈现衰落的趋势。

但是,对这一代作家,对于他们的乡土小说创作,我依然满怀着期待。我以为,对于这些作家来说,乡村始终是他们最深刻的记忆,也是他们文学创作的深厚精神资源,只要他们用心,完全可以在这一领域有更深入的开掘,挖掘出乡村记忆背后的深层内涵,赋予它更深刻、更广泛的意义,比如生态、哲学,等等。

所以,在对这一代作家表达充分期待的同时,我也希望他们能够对乡土小说做出更好的提升和发展,希望他们在更高的思想视野下,努力超越个人,进入更高的思想和艺术境界。这当中,思想方面的素养是非常重要的一个内容。只有深刻思想的照耀，作家创作才能走出个人和代际囿限，步向真正的文学高峰。比如，目前"80后"作家的创作基本都呈现出沉重的情感基调。这也许是一种与生俱来的文化宿命。但不管怎样，单一风格始终是一个缺陷。只有具有轻盈或更丰富的其他风格，他们作为一代人的创作才意味着成熟。他们如果能够完成这种超越和转型，就一定能创造出乡土小说的新的靓丽风景。那将是乡土小说新的灿烂和辉煌前景。

结语：乡土的未来与审美的未来

本书的研究对象截止到 2015 年。从 2015 年到今天已经过去近 9 年了。几年间，乡村社会和乡土小说又都发生了许多新的变化。通过这几年时间的缓冲，我们对乡村社会和乡土小说审美等相关问题也有了更多冷静思考的时间，形成一些新的思考。

就乡村社会发展来说，一个无可置疑的大趋势是日益凋敝。随着城市化进程的深入，越来越多的农民进入城市生活，与之相应，越来越多的村庄将被弃置，不复存在。同时，乡村伦理生存的空间也会进一步缩小。伴随着越来越现代的生活方式，现代社会的价值观已经完全统治了年轻一代——生活方式对价值观的影响毋庸置疑。

特别是信息化时代的便利快捷，极大地改变了年轻一代的思想观念。因为很简单的道理，在农业文明时期，勤劳、老实等品格很重要，它直接关联着人的基本生存，关系到能不能做到维持生计、生活稳定，但在信息化时代，一切都可以依靠金钱达到。只要有金钱，就可以实现"招之即来挥之即去"的便利生活，可以获得所有高质量的生存需要。在这种情况下，金钱的作用得到更大凸显，而传统伦理中的勤劳、老实、善良等因素似乎失去了存在的价值。[①] 所以，可以想象的是，如果社会文化管理部门不做出恰当的引导和调整，再过一些时间，除了极少数西部地区乡村，已经没有人再信奉传统乡村伦理，人们都将在金钱中心的价值观主导下生活。

这一趋势的影响是如此之激烈而深远。甚至即使在以后，国家的乡村城市化政策有所调整，中国乡村社会也绝对不可能再回复到往日的生活状态。因为作为乡村生活主体的人的思想观念已经发生了很大的变化。这一改变是根本性的，既渗透到每天的日常生活中，也涉及深层的精神和文化世界，是短期内无法改变的。

从这个角度上说，传统的中国乡村生活只能属于历史，只能留存在人们记忆当中了。不管曾经经历过那种生活的人们以什么样的心情看待它，是批判其落后，还是怀念其单纯，它的命运都是如此。在高速发展的时代面前，历史车轮只能向前，不能向后，也不以任何人的意志为转移。

在这个背景下，乡土小说概念很自然会发生变化——这一点，我在文章中曾经进行过思考[②]——乡土小说的审美形态、审美内涵等也是一样。因为乡土小说的美学基础是其内容，也就是乡村生活世界。生活内容变化了，人们的美学观念、审美形态会发生改变，乡土小说的审美特征自然也会发生改变。

在目前情况下谈论未来乡土小说的审美，只能臆测。结合海外乡土小说发展的信息，可以得到一些启示。最具有启示性的是中国台湾地区的乡土小说。因为两地同根同源，文学发展也都是沿着五四现当代文学的基本方向，其乡土小说发展也与中国大陆地区文

---

① 参见贺仲明：《论高科技时代的文学意义》，《文艺争鸣》2021年第3期。
② 参见贺仲明等：《乡村伦理与乡土书写——20世纪90年代以来的乡土小说研究》，人民出版社2017年版。

学有很多相似和关联之处。

相比于大陆地区从 1970 年代末开始改革开放、步入现代城市化进程，台湾地区的现代化发展要更早一些。早在 1980 年代前后，其乡村社会的现代转型就已经基本完成。相应地，台湾地区的乡土小说创作也在 1990 年代前后发生了较大改变。这些变化的趋势与中国大陆近年来的发展很类似。台湾乡土小说的发展具有对大陆乡土小说强烈的启示意义。

在台湾乡土小说发展中，很有特色的是一些"80 后"和"90 后"作家的创作。我以为，这些台湾青年乡土作家的创作特点，也很可能是大陆乡土小说的未来方向。结合这些信息，并梳理中国当代乡土小说的发展脉络，我以为，未来乡土小说的审美会朝着这样两个方向变迁：

其一是融合化。就是乡土小说不再仅仅书写乡村生活，而是融合了更广泛的内容。前些年出现的"打工文学"就是一个例子。"打工文学"的主要书写对象——进城务工人员，虽然身份是农民，但生活环境基本上是在城市。对于这类题材的小说，一开始有人反对将它们纳入乡土小说，但随着其影响力的扩大，特别是考虑到它与乡村之间深厚的关系，学者们基本都改变了观点，将它看作乡土小说新的拓展。

在未来，乡土小说一方面会继续与城市生活相融合，会将城市面貌、城市人和城市生活纳入其中；另一方面，还会将其他内涵融入进来，如民间神秘文化、传奇故事，等等。也就是说，未来的乡土小说将不再只是书写农民、乡村，甚至只是将其作为一个故事背景，故事的人物和背景都可能与乡村无关，至于思想观念等更是如此。

其二是思想化。当前的乡土小说审美，写实已经基本退出中心舞台。可以想到的是，在未来，这一趋势将更为严重。事实上，作家们的关注点也将逐渐离开乡村和农民，进入更广泛也更抽象的空间，那就是思想。乡村、乡土，本身就是一个富有丰富文化内涵的土壤，它与生态思想、本土化思想等都有深刻渊源。年轻作家们自然不会放弃这块思想土壤，可以从中开掘出广阔的文学空间。

从这方面来说，正如我们不应该对乡土小说的未来持悲观立场，我们对乡土小说审美也应持乐观而积极的态度。它的形态特征肯定不像我们以往任何一个时期，而是会呈现出新的面貌。但这并不意味着它的品质就会降低，而只是意味着转移，它完全可以达到同样高甚至更高的美学品格。就像在人类社会，乡土社会不可能完全消亡一样，在文学领域，乡土小说也始终会以其独特思想和艺术个性，以及独特的魅力价值，卓立于小说世界中。

参考文献

著　作

[爱尔兰]瑞雪·墨菲：《农民工改变中国农村》，黄涛、王静译，浙江人民出版社2009年版。

[德]奥斯瓦尔德·斯宾格勒：《西方的没落》（全2卷），吴琼译，上海三联书店2006年版。

[德]顾彬：《二十世纪中国文学史》，华东师范大学出版社2008年版。

[德]马克思：《马克思恩格斯文集》（第1卷），人民出版社2009年版。

[俄]别林斯基：《文学论文选》，满涛、辛未艾译，上海译文出版社2000年版。

[法]孟德拉斯：《农民的终结》，李培林译，社会科学文献出版社2010年版。

[法]米歇尔·福柯：《疯癫与文明》，刘北成、杨远婴译，生活·读书·新知三联书店2003年版。

[法]米歇尔·福柯：《规训与惩罚》，刘北成、杨远婴译，生活·读书·新知三联书店2003年版。

[法]让·鲍德里亚：《消费社会》，刘成富、全志钢译，南京大学出版社2014年版。

［古希腊］亚里士多德、［古罗马］贺拉斯：《诗学·诗艺》，罗念生、杨周翰译，人民文学出版社1982年版。

［美］本尼迪克特·安德森：《想象的共同体：民族主义的起源与散布》（增订版），吴叡人译，上海人民出版社2011年版。

［美］丹尼尔·贝尔：《资本主义文化矛盾》，赵一凡等译，生活·读书·新知三联书店1992年版。

［美］杜赞奇：《从民族国家拯救历史：民族主义话语与中国现代史研究》，王宪明等译，社会科学文献出版社2003年版。

［美］弗里曼、毕克伟、赛尔登：《中国乡村，社会主义国家》，陶鹤山译，社会科学文献出版社2002年版。

［美］吉尔兹：《地方性知识：阐释人类学论文集》，王海龙、张家瑄译，中央编译出版社2000年版。

［美］黄宗智主编：《中国乡村研究》（1—4辑），商务印书馆、社会科学文献出版社2003—2006年版。

［美］马泰·卡林内斯库：《现代性的五副面孔》，顾爱彬、李瑞华译，商务印书馆2002年版。

［美］克利福德·格尔兹：《文化的解释》，韩莉译，译林出版社1999年版；纳日碧力戈等译，王铭铭校，上海人民出版社1999年版。

［美］萨义德：《东方学》，王宇根译，生活·读书·新知三联书店2007年版。

［美］约翰·布林克霍夫·杰克逊：《发现乡土景观》，俞孔坚、陈义勇等译，商务印书馆2016年版。

［美］温迪·J.达比：《风景与认同》，张箭飞、赵红英译，译林出版社2011年版。

［美］宇文所安：《剑桥中国文学史》，刘倩等译，生活·读书·新知三联书店2013年版。

［日］柄谷行人：《日本现代文学的起源》，赵京华译，生活·读书·新知三联

书店 2006 年版。

［瑞士］荣格：《心理学与文学》，冯川、苏克译，生活·读书·新知三联书店 1987 年版。

［意］艾柯、［英］柯里尼：《诠释与过度诠释》，王宇根译，生活·读书·新知三联书店 2005 年版。

［英］查尔斯·查得威克：《象征主义》，周发祥译，昆仑出版社 1989 年版。

［英］彼得·伯克：《历史学与社会理论》，姚朋等译，刘北成修订，上海人民出版社 2010 年版。

［英］迈克·克朗：《文化地理学》，杨淑华、宋慧敏译，南京大学出版社 2003 年版。

［英］雷蒙·威廉斯：《乡村与城市》，韩子满等译，商务印书馆 2014 年版。

［英］西蒙·沙玛：《风景与记忆》，胡淑陈、冯樨译，译林出版社 2013 年版。

阿来：《机村史诗 1：随风飘散》，浙江文艺出版社 2018 年版。

蔡翔：《革命/叙述——中国社会主义文学—文化想象（1949—1966）》，北京大学出版社 2010 年版。

曹锦清：《当代浙北乡村的社会文化变迁》，上海远东出版社 2001 年版。

曹锦清：《黄河边的中国——一个学者对乡村社会的观察与思考》，上海文艺出版社 2000 年版。

曹顺庆：《中西比较诗学》，北京出版社 1988 年版。

曹文轩：《二十世纪末中国文学现象研究》，作家出版社 2003 年版。

陈继会主编：《20 世纪中国乡土小说史》，中原农民出版社 1996 年版。

陈平原：《中国小说叙事模式的转变》，北京大学出版社 2010 年版。

陈平原、夏晓虹、严家炎、吴福辉、钱理群、洪子诚编：《二十世纪中国小说理论资料（1897—1976）》（五卷本），北京大学出版社 1989、1997 年版。

陈徒手：《人有病，天知否？》，人民文学出版社 2011 年版。

陈吉元：《当代中国的村庄经济与村落文化》，山西经济出版社 1996 年版。

陈奎德：《中国大陆当代文化变迁（1978—1989）》，台湾桂冠出版社 1991 年版。

陈序经：《乡村建设运动》，大东书局 1936 年版。

程金城：《中国 20 世纪文学思潮论》，读者出版集团、甘肃人民美术出版社 2008 年版。

程美宝：《地域文化与国家认同——晚清以来"广东文化"观的形成》，生活·读书·新知三联书店 2006 年版。

春荣：《新时期的乡土文学》，辽宁大学出版社 1986 年版。

崔志远：《乡土文学与地缘文化：新时期乡土小说论》，中国书籍出版社 1998 年版。

董大中主编：《赵树理全集》，北岳文艺出版社 2019 年版。

戴光中：《赵树理》，中国华侨出版社 1997 年版。

杜国景：《合作化小说中的乡村故事与国家历史》，中国社会科学出版社 2011 年版。

杜润生：《中国农村体制变革重大决策纪实》，人民出版社 2005 年版。

丁帆：《中国乡土小说史论》，江苏文艺出版社 1992 年版。

丁帆主编：《中国西部现代文学史》，人民文学出版社 2004 年版。

丁帆：《中国乡土小说史的世纪转型研究》，人民文学出版社 2013 年版。

樊星：《当代文学与地域文化》，华中师范大学出版社 1997 年版。

范家进：《乡土小说三家论》，上海三联书店 2002 年版。

费孝通、张之毅：《云南三村》，社会科学文献出版社 2006 年版。

费孝通：《江村经济》，商务印书馆 2001 年版。

费孝通：《江村农民生活及其变迁》，敦煌文艺出版社 2004 年版。

费孝通：《生育制度》，商务印书馆 1999 年版。

费孝通：《乡土中国》，北京出版社 2004 年版。

费孝通：《乡土重建》，岳麓书社 2012 年版。

费孝通：《中国士绅》，生活·读书·新知三联书店 2009 年版。

冯尔康：《中国社会结构的演变》，河南人民出版社 1994 年版。

冯尔康等：《中国宗族社会》，浙江人民出版社 1994 年版。

甫跃辉：《刻舟记》，文汇出版社 2013 年版。

复旦大学中文系编：《中国当代文学研究资料·赵树理专集》（上），福建人民出版社 1981 年版。

高玉：《现代汉语与中国现代文学》，中国社会科学出版社 2003 年版。

格非：《欲望的旗帜》，春风文艺出版社 2005 年版。

格非：《塞壬的歌声》，上海文艺出版社 2002 年版。

中国工人出版社、山西大学合编：《赵树理文集》，中国工人出版社 1980 年版。

郭晓平：《中国现代小说风景叙事之研究》，中国社会科学出版社 2019 年版。

郭志刚、章无忌：《孙犁传》，北京十月文艺出版社 1990 年版。

韩春燕：《文字里的村庄——当代中国小说的村庄叙事》，上海人民出版社 2011 年版。

韩少功：《韩少功作品系列》，上海文艺出版社 2012 年版。

韩少功：《精神的白天与夜晚》，泰山出版社 1998 年版。

韩少功：《山南水北》，作家出版社 2006 年版。

韩少功：《进步的回退》，上海文艺出版社 2012 年版。

韩少功：《马桥词典》，作家出版社 1996 年版。

韩少功：《暗示》，上海文艺出版社 2012 年版。

韩少功：《在小说的后台》，山东文艺出版社 2001 年版。

浩然口述：《浩然口述自传》，天津人民出版社 2008 年版。

浩然：《泥土巢写作散论》，河南大学出版社 1997 年版。

浩然：《喜鹊登枝》，作家出版社 1958 年版。

浩然：《苍生》，北京十月文艺出版社 1998 年版。

贺享雍：《乡村志》，四川文艺出版社 2020 年版。

贺雪峰:《乡村社会关键词：进入 21 世纪的中国乡村素描》，山东人民出版社 2010 年版。

贺雪峰:《小农立场》，中国政法大学出版社 2013 年版。

贺雪峰:《新乡土中国：转型期乡村社会调查笔记》，广西师范大学出版社 2003 年版。

贺仲明等:《乡村伦理与乡土书写——20 世纪 90 年代以来的乡土小说研究》，人民出版社 2017 年版。

红柯:《跃马天山》，长江文艺出版社 2001 年版。

红柯:《大河》，云南人民出版社 2004 年版。

洪子诚:《中国当代文学史》，北京大学出版社 1999 年版。

黄霖、韩同文选注:《中国历代小说论著选》，江西人民出版社 2000 年版。

黄修己:《20 世纪中国文学史》（上下卷），中山大学出版社 2004 年版。

霍香结:《地方性知识》，新世界出版社 2010 年版。

贾平凹:《贾平凹文集》，陕西人民出版社 2008 年版。

贾振勇编:《左翼十年——中国左翼文学文献史料辑》，人民出版社 2015 年版。

金梅:《孙犁自叙》，团结出版社 1998 年版。

孔见等:《对一个人的阅读——韩少功与他的时代》，江苏文艺出版社 2013 年版。

孔见:《韩少功评传》，河南文艺出版社 2008 年版。

赖大仁:《当代文学批评的价值观》，社会科学文献出版社 2013 年版。

老舍:《老舍文集》，人民文学出版社 1991 年版。

李丹梦:《文学"乡土"的地方精神》，北京大学出版社 2014 年版。

李继凯:《秦地小说与三秦文化》，湖南教育出版社 1997 年版。

李静等:《城市化进程与乡村叙事的文化互动》，中国社会科学出版社 2015 年版。

李钦彤:《论百年乡土文学视野下的浩然小说创作》，广西师范大学出版社

2011年版。

李杨：《50—70年代中国文学经典再解读》，山东教育出版社2003年版。

李杨：《抗争宿命之路——"社会主义现实主义"（1942—1976）研究》，时代文艺出版社1993年版。

廖述务：《韩少功研究资料（增补本）》，天津人民出版社2017年版。

山东大学中文系编：《柳青专集》，山东大学出版社1979年版。

梁漱溟：《乡村建设理论》，上海人民出版社2006年版。

李庆真：《变迁中的乡村知识群体与乡村社会》，光明日报出版社2010年版。

李小云、赵旭东、叶敬忠主编：《乡村文化与新农村建设》，社会科学文献出版社2008年版。

林耀华：《金翼：一个中国家族的史记》，庄孔韶、方静文译，生活·读书·新知三联书店2016年版。

刘忱等：《现代化进程中的中国乡村社会文化重建》，中国大百科全书出版社2017年版。

刘可风：《柳青传》，人民文学出版社2016年版。

刘建军等：《论柳青的艺术观》，上海人民出版社1981年版。

刘士林：《西洲在何处——江南文化的诗性叙事》，东方出版社2005年版。

刘铁芳：《乡土的逃离与回归：乡村教育的人文重建》，福建教育出版社2008年版。

刘志琴主编：《近代中国的文化变迁录》（3册），浙江人民出版社1998年版。

鲁枢元主编：《自然与人文：生态批评学术资源库（下册）》，学林出版社2006年版。

鲁迅：《鲁迅全集》，人民文学出版社1981年版。

鲁迅：《鲁迅文集全编》，国际文化出版公司1995年版。

陆学艺：《"三农"新论——当前中国农业、农村、农民问题研究》，社会科学文献出版社2005年版。

路遥:《路遥全集》,北京十月文艺出版社2013年版。

路遥:《路遥全集:散文·随笔·书信卷》,广州出版社太白文艺出版社2000年版。

马金莲:《1987年的浆水和酸菜》,花城出版社2016年版。

马金莲:《马兰花开》,宁夏人民教育出版社2014年版。

马以鑫:《中国现代文学接受史》,华东师范大学出版社1998年版。

茅盾:《茅盾全集》,人民文学出版社1991年版。

毛泽东:《毛泽东选集》(第3卷),人民出版社1953年版。

蒙万夫等编:《柳青写作生涯》,百花文艺出版社1985年版。

孟繁华、程光炜:《中国当代文学发展史》,中国人民大学出版社2009年版。

莫言:《红高粱家族》,作家出版社2012年版。

莫言:《丰乳肥臀》,浙江文艺出版社2017年版。

莫言:《用耳朵阅读》,作家出版社2012年版。

莫言:《说吧,莫言》,海天出版社2007年版。

钱理群、温儒敏、吴福辉、王超冰:《中国现代文学三十年》,上海文艺出版社1987年版。

钱理群:《1948:天地玄黄》,中华书局,2008年版。

乔以钢:《中国当代女性文学的文化探析》,北京大学出版社2006年版。

瞿秋白:《瞿秋白文集》(文学编 第1卷),人民文学出版社1985年版。

邵宁宁:《当代中国现代文学研究》,中国社会科学出版社2012年版。

申甲鱼编:《赵树理在长治》,中国文联出版公司1990年版。

沈从文:《沈从文文集》(第10卷),花城出版社1984年版。

沈从文:《从文自传》,江苏人民出版社2014年版。

沈辉编:《苏雪林文集》(第3卷),安徽文艺出版社1996年版。

石舒清:《大木青黄》,中国言实出版社2018年版。

石舒清:《开花的院子》,时代文艺出版社2001年版。

石舒清：《灰袍子》，宁夏人民出版社2012年版。

孙大佑、梁春水编：《浩然研究专集》，百花文艺出版社1994年版。

孙犁：《孙犁文集》（补订版），百花文艺出版社2013年版。

孙犁：《孙犁文集》（第4卷），百花文艺出版社1992年版。

孙犁：《孙犁文论集》，人民文学出版社1983年版。

孙犁：《孙犁全集》，人民文学出版社2004年版。

孙犁：《晚华集》，山东画报出版社1999年版。

孙犁：《曲终集》，百花文艺出版社1995年版。

孙犁：《秀露集》，百花文艺出版社1981年版。

孙犁：《孙犁小说全集》，时代文艺出版社2000年版。

孙犁：《铁木前传》，百花文艺出版社2012年版。

孙犁：《老荒集》，山东画报出版社1999年版。

汪曾祺：《汪曾祺小说全编》（中），人民文学出版社2016年版。

汪政、何平编：《苏童研究资料》，天津人民出版社2007年版。

王德威：《抒情传统与中国现代性：在北大的八堂课》，生活·读书·新知三联书店2010年版。

王德威、陈思和、许子东：《一九四九以后：当代文学六十年》，上海文艺出版社2011年版。

王国维：《王国维学术经典集》，江西人民出版社1997年版。

王宁主编：《诺贝尔文学奖获奖作家谈创作》，北京大学出版社1987年版。

王晓明主编：《二十世纪中国文学史论》，东方出版中心1997年版。

王瑶：《中国现当代文学史稿》（上下册），新文艺出版社1954年版。

温铁军：《八次危机：中国的真实经验（1949—2009）》，东方出版社2013年版。

温铁军：《三农问题与世纪反思》，生活·读书·新知三联书店2005年版。

温儒敏：《中国现代文学批评史》，北京大学出版社1993年版。

吴福辉主编：《二十世纪中国小说理论资料》（第3卷），北京大学出版社1997年版。

文振庭编：《文艺大众化问题讨论资料》，上海文艺出版社1987年版。

吴秀明：《当代中国文学六十年》，浙江文艺出版社2009年版。

吴义勤：《中国当代新潮小说论》，江苏文艺出版社1997年版。

仵埂等编：《柳青研究文集》，西安出版社2016年版。

夏志清：《中国现代小说史》，复旦大学出版社2005年版。

邢小利、邢之美：《柳青年谱》，人民文学出版社2016年版。

徐勇：《乡村治理与中国政治》，中国社会科学出版社2003年版。

徐勇：《中国乡村政治与秩序》，中国社会科学出版社2012年版。

严家炎：《中国现代小说流派史》，人民文学出版社1989年版。

严家炎主编：《二十世纪中国文学与区域文化丛书》，湖南教育出版社1995年版。

阎晶明：《十年流变——新时期文学侧面观》，陕西人民教育出版社2015年

杨义：《文学地图与文化还原——从叙事学、诗学到诸子学》，北京师范大学出版社2011年版。

姚文放：《当代审美文化批判》，山东文艺出版社1999年版。

姚文放：《当代性与文学传统的重建》，人民文学出版社2004年版。

姚文放：《现代文艺社会学》，社会科学文献出版社2007年版。

叶朗：《中国美学史大纲》，上海人民出版社1985年版。

余荣虎：《中国现代乡土小说理论流变论》，中国社会科学出版社2011年版。

余英时：《中国思想传统的现代诠释》，江苏人民出版社2004年版。

张福贵、黄也平、李新宇：《20世纪中国文学的文化审判》，时代文艺出版社1999年版。

张健、李怡、张清华、赵勇、张柠等编：《中国当代文学编年史》（10卷），山

东文艺出版社 2012 年版。

张鸣：《乡村社会权力和文化结构的变迁》，陕西人民出版社 2013 年版。

张鸣：《乡土新路八十年：中国近代化过程中农民意识的变迁》，三联书店上海分店 1997 年版。

张炜：《小说坊八讲》，湖南文艺出版社 2013 年版。

张志忠：《九十年代的文学地图》，山西教育出版社 1999 年版。

张志忠：《莫言论》，北京联合出版公司 2012 年版。

张紫晨：《中国巫术》，生活·读书·新知三联书店 1990 年版。

赵树理：《赵树理文集》，中国工人出版社 2000 年版。

赵树理：《赵树理全集》，大众文艺出版社 2006 年版。

赵顺宏：《社会转型期乡土小说论》，学林出版社 2007 年版。

赵学勇、王贵禄：《守望·追寻·创生：中国西部小说的历史形态和精神重构》，北京大学出版社 2012 年版。

赵学勇：《传奇不奇：沈从文构建的湘西世界》，商务印书馆 2016 年版。

赵学勇：《生命从中午消失——路遥的小说世界》，兰州大学出版社 1995 年版。

赵学勇等：《革命·乡土·地域——中国当代西部小说史论》，中国人民大学出版社、山西教育版社 2009 年版。

赵学勇等：《现当代文学与乡土中国——20 世纪中国乡土文学与西部文学研究》，兰州大学出版社 1993 年版。

赵园：《地之子——乡村小说与农民文化》，北京十月文艺出版社 1993 年版。

赵园：《论小说十家》，生活·读书·新知三联书店 2011 年版。

赵允芳：《寻根·拔根·扎根：90 年代以来乡土小说的流变》，作家出版社 2009 年版。

郑小驴：《西洲曲》，人民文学出版社 2013 年版。

郑小驴：《你知道的太多了》，作家出版社 2015 年版。

钟叔河编：《周作人文类编·本色》，湖南文艺出版社 1998 年版。

学位论文

傅异星：《多样现代性追求与乡土中国的悲悯书写——新时期乡土小说研究》，浙江大学，2008年。

韩文淑：《新世纪中国乡村叙事研究》，吉林大学，2009年。

韩玉洁：《作家生态位与20世纪中国乡土小说的生态意识》，苏州大学，2009年。

李少咏：《现代性语境中的乡村政治文化言说——新时期河南小说主题研究》，河南大学，2005年。

李勇：《论1990年代以来的乡村小说叙事》，武汉大学，2010年。

苗变丽：《新世纪长篇小说叙事时间研究》，河南大学，2011年。

宋学清：《"新乡土写作"的发生：新世纪长篇乡土小说研究》，东北师范大学，2018年。

王华：《新世纪乡村小说主题研究》，华中师范大学，2011年版。

王建仓：《中国现代乡土文学的境界叙事和意象叙事——兼论沈从文和贾平凹》，陕西师范大学，2009年。

魏家文：《民族国家意识与现代乡土小说》，武汉大学，2005年。

吴鹍：《台湾后乡土文学研究》，山东师范大学，2014年。

吴妍妍：《作家身份与城乡书写——二十世纪后二十年小说中城乡形象的一种阐释》，苏州大学，2006年。

许心宏：《文学地图上的城市与乡村——二十世纪中国小说"城—乡"符号结构研究》，浙江大学，2010年。

许燕：《20世纪90年代以来小说中的土地书写研究》，兰州大学，2018年。

许玉庆：《远逝的村庄——新时期文学中的"村庄"意象研究》，山东师范大学，2009年。

闫薇：《1950年代到1970年代农业合作化小说研究》，吉林大学，2009年。

晏洁：《论中国现代文学多重视角下的乡土叙事》，暨南大学，2015年。

余琼：《1980年代以来女性作家的乡土叙事研究》，浙江大学，2016年。

禹建湘：《现代性症候的乡土想象》，华中师范大学，2007年。

张瑞英：《地域文化与现代乡土小说生命主题研究》，山东师范大学，2007年。

张懿红：《1990年代以来中国乡土小说研究》，兰州大学，2006年。

周水涛：《论新时期乡村小说的文化意蕴》，武汉大学，2003年。

庄孔韶：《银翅：中国的地方社会与文化变迁（1920—1990）》，生活·读书·新知三联书店2016年版。

邹鹏：《新世纪初的乡土小说论》，曲阜师范大学，2007年。

后　记

本书是我乡土小说研究领域的第三本专著，其话题也是我兴趣最大的。我之前的研究主要集中在文学与社会、文化、心理等方面的关系，但内心一直希望能对乡土小说审美多做关注。我始终认为，文学最基本也最重要的特性是美，文学研究也绝对不能够忽视审美。这本书多少算是我对自己研究缺陷的弥补。由于研究角度的改变，我对这本书投入了比以往研究更多的精力，特别是再次细读了不少文本。毫无疑问，书稿会存在不少缺憾，但敝帚自珍，自己总体上感觉还比较满意——个人能力有限，能够尽力量达到自己可能的高度，就不会有太多遗憾了。而且，在本书的研究过程中，我也进一步感受到乡土小说的美学魅力，得到了丰富的审美滋养。我很愿意在这个领域继续研究。

本书的绝大多数章节曾在一些学术研究期刊上发表过，作为书稿时做了不同程度的修订。在此，特别感谢《文艺研究》、《文学评论》、《文艺争鸣》、《当代作家评论》、《扬子江文学评论》、《小说评论》、《中山大学学报》（社会科学版）、《暨南学报》（哲学社会科学版）、《南京师大学报》（社会科学版）、《山西师大学报》（社会科学版)、《中国现代文学论丛》等期刊的各位编辑师友,辛苦他们编辑拙稿时付出的艰辛劳动——包括帮我订正了不少错误。其中,第二章第一节、第四章第二节、第五章第一节三篇论文的发表稿,系我与博士生张增益、李珍妮共同完成。

  这本书是2016年度国家社科基金重点项目的最终成果。由于疫情等方面的影响,结项和出版都拖延了一些时间,但也多了一些修改和完善的机会。书稿在2020年结项时被专家鉴定为"优秀"等级。这里要特别感谢国家社科基金项目各位评审专家的大力支持,以及专家们提出的宝贵意见。

  本书的出版,要感谢我的大学同窗好友肖启明先生的热情关心!本书还得到暨南大学高水平学科建设经费的资助,感谢暨南大学社科处、文学院的大力支持!也要感谢暨南大学中国现当代文学专业多位研究生(不仅仅是我指导的学生):李珍妮、刘志珍、赵琦、姚钰婷、李玲悌等人认真细致的校对!最后,还要感谢三联书店编辑认真高效的工作!

甲辰年春于羊城